KB107373

어둠 속의 사건

Une Ténébreuse Affaire

세계문학전집 412

어둠 속의 사건

Une Ténébreuse Affaire

오노레 드 발자크

이동렬 옮김

민음사

드 마르곤* 선생님께,

사셰성(城)의 유숙객으로서 감사를 드리며

드 발자크

*장 드 마르곤(Jean de Margonne, 1780~1858). 발자크의 어머니와 친밀
한 사이로 투렌 지역에 사셰(Saché)성을 가지고 있었다. 발자크는 여러 차
례 그 성에 머물며 작품 구상과 집필을 했다. 현재 사셰성은 발자크 박물관
이 되어 있다.

일러두기

1 이 책은 Balzac, *La Comédie Humaine VIII*(Bibliothèque de la Pléiade, 1977)를 저본으로 번역했다.

2 모든 주석은 옮긴이 주이다.

차례

1장

경찰의 시름

1803년 가을은 우리가 제정(帝政)이라고 일컫는 시대의 초기에서 가장 아름다운 가을 가운데 하나였다. 10월에 비가 내려 초원을 시원하게 적셔 주더니, 11월 중순에도 아직 나무에 푸른 잎이 무성했다. 그래서 마침 그때 종신 집정관으로 선포된 보나파르트와 하늘 사이에 상응 관계가 있다고 사람들이 생각하기 시작했고, 그 인물의 위엄 일부는 그런 현상에 기인하고 있었다. 실로 이상한 일은, 1812년이 되어 일기가 불순해지자 그의 행운도 기운 것이다. 그해 1803년 11월 15일 오후 4시경, 장원(莊園)의 긴 가로수 길에 네 줄로 늘어선 수백 년 된 느릅나무 꼭대기에 햇빛이 붉은 가루를 뿌리듯 내리쬐고 있었다. 모랫길과 드넓은 로터리의 풀숲이 햇빛에 반짝였다. 로터리는 땅값이 그렇게 비싸지 않던 옛 시절, 들판 가운데에 장식으로 만들어 놓은 것이었다. 공기가 너무나 맑고 날씨가 하도 온화해서, 어느 가족이 여름처럼 바깥바람을 쐬고 있었다. 초록색 단추가 달린 초록색 즈크 천 사냥복 윗도리와 같은 천으로 된 바지를 입고, 얇은 창을 댄 구두를 신고, 무릎까지 올라오는 같은 천 각반을 찬 사나이가 정성을 기울여 소총을 손질하고 있었다. 능란한 사냥꾼들이 여가 시간에 총 손질에 쏟는 그런 정성이었다. 그 사나이는 사냥용 망태도 불치도 갖고 있지 않았다. 그가 사냥을 떠나거나 사냥에서 돌아왔다는 것을 알려 주는 어떠한 도구도 없었다. 그의 곁에 앉아 그를 쳐다보고 있는 두 여자는 불안감을 감추지 못하는 모습이었다. 누구든 수풀 속에 숨어서 이 장면을 주시한 사람이 있다면, 아마 그 사람도 이 사나이의 늙은 장모와 아내처럼 몸을 떨었을 것이다. 사냥꾼이 사냥감을 잡는 데 이처럼 세심한 주의를 기울이는 일은 결코 없으며, 오브[1]에서는 사냥하는 데 강선(腔線)을 두른 이런 육중한 총을 사용하지도 않는다.

"당신 노루를 잡으려는 거예요, 미쉬?" 그의 아름답고 젊은 아내가 명랑한 표정을 지으려고 애쓰면서 물었다.

미쉬는 대답하기 전에 자기 개부터 살폈다. 앞으로 내민 다리 사이에 주둥이를 처박고 사냥개의 멋진 자세로 드러누워 햇볕을 쬐고 있던 개가 막 머리를 쳐들고, 로터리 왼편으로 트인 샛길 쪽과 가로수 길 4분의 1리외[2] 앞 부근을 번갈아 쳐다

---

1) 파리 분지 동쪽 샹파뉴 지방에 있는 현의 이름.
2) 프랑스의 옛 길이 단위. 1리외는 약 4킬로미터.

보며 냄새를 맡기 시작했던 것이다.

"아니, 하지만 살쾡이³⁾를 놓치고 싶지는 않아." 하고 미쉬가 대답했다. 하얀 털에 갈색 점이 박힌 잘생긴 스패니얼 개가 으르렁거렸다. "그래, 밀정 놈들이구나! 여기엔 놈들이 득실거린다니까." 미쉬가 혼잣말로 중얼거렸다.

미쉬 부인이 하늘을 향해 고통스러운 표정으로 눈길을 처들었다. 고대의 조각상 같은 몸매에 깊은 상념에 잠긴 푸른 눈의 아름다운 금발 여인은 음울하고 쓰라린 슬픔에 빠져 있는 것처럼 보였다. 남자의 모습이 두 여자의 심한 불안을 어느 정도 설명해 줄 수 있을 것 같았다. 관상의 법칙은 성격에 적용하는 경우뿐만 아니라, 인간의 운명과 관련해서도 정확한 것이다. 앞날을 예견하게 해 주는 관상이 있다. 만약 단두대에서 죽는 사람들의 얼굴을 정확히 그리는 것이 가능하다면(그런 생생한 통계 자료는 사회에도 아주 중요할 텐데), 처형당하는 모든 사람들의 얼굴에, 심지어 무고하게 죽는 사람들의 얼굴에도 이상한 표지가 있다는 것을 라바터⁴⁾와 갈⁵⁾의 과학은 틀림없이 증명할 수 있을 것이다. 그렇다, 운명은 격렬한 죽음을 맞을 사람들의 얼굴에 그 낙인을 찍어 놓는다! 그런데 관찰력

---

3) 당시에는 타인을 파멸시켜 자신의 행운을 개척하려는 정치적 음모꾼들을 가리키는 말로 쓰였다. 여기서 미쉬는 이 단어를 앞으로 등장할 공드르빌 백작을 암시하는 말로 쓰고 있다.
4) 요한 카스파어 라바터(Johann Kaspar Lavater, 1741~1801). 얼굴의 특징과 성격 사이에서 상관관계를 본 관상학자.
5) 프란츠 조셉 갈(Franz Joseph Gall, 1758~1828). 골상과 개인의 자질 및 기능 사이에 상관성을 상정한 골상학자.

있는 사람의 눈에는 분명히 드러나 보일 그 도장이 소총을 만지고 있는 사내의 인상적인 얼굴에 뚜렷이 찍혀 있었다. 키가 작고 뚱뚱하며, 냉정한 성격임에도 원숭이처럼 거칠고 민첩한 미쉬는 하얀 얼굴에 붉게 충혈된 자국이 있었다. 곱슬거리는 무성한 붉은 머리털이 칼믹족6)의 얼굴처럼 탱탱한 얼굴에 불길한 인상을 드리웠다. 노르스름하고 투명한 두 눈은 호랑이의 눈처럼 깊숙한 속을 드러내 보였는데, 그를 살펴보려는 사람의 시선은 깊은 눈 속에서 어떤 움직임도 온기도 발견하지 못한 채 길을 잃고 말 것이다. 미동도 없이 빛나는 엄격한 두 눈은 결국 공포심을 자아낼 것이다. 부동의 눈과 민첩한 몸의 지속적인 대비가 처음 대할 때부터 미쉬가 풍기는 얼음 같은 인상을 더욱더 강화해 주었다. 그의 민첩한 행동은 단 하나의 고정 관념에 연결되어 있는 것 같았다. 동물들이 본능을 위해 생명을 주저 없이 바치는 것과 같은 이치인 것이다. 1793년 이래로 그는 자신의 적갈색 수염을 부채꼴 모양으로 다듬었다. 공포 정치 기간 동안 그가 자코뱅 클럽의 의장이 아니었다 할지라도, 얼굴의 이런 특징만으로도 그는 보는 사람의 공포심을 자아냈을 것이다. 코가 납작한 그의 소크라테스풍 얼굴은 대단히 아름다운 이마로 장식되어 있었는데, 이마가 너무 튀어나와서 마치 얼굴 위로 돌출한 것처럼 보였다. 툭 불거진 두 귀는 항상 주위를 경계하는 야생 동물의 귀와 같은 일종의 운동성을 지니고 있었다. 시골 사람들에게 흔한 습관처럼 반

---

6) 유럽인이 서몽골족을 일컫던 명칭.

쯤 벌어진 입은 아몬드처럼 단단하고 하얗지만 고르지는 않은 이를 드러내 보였다. 광택이 나는 무성한 구레나룻이 군데군데 자색이 도는 하얀 얼굴을 에워싸고 있었다. 앞쪽은 짧게 깎고 양 볼과 머리 뒤로는 길게 늘어뜨린 머리칼은 다갈색의 붉은 기운으로 얼굴이 가진 이상하고 운명적인 면모 전체를 완전하게 부각시켰다. 짧고 굵은 목은 단두대의 날을 유혹하는 것 같았다. 이 순간, 비스듬히 내리쬐는 햇빛이 세 사람의 얼굴 전체를 환하게 비춰 주었다. 개가 이따금씩 세 사람의 얼굴을 번갈아 쳐다보았다. 그런 데다 이 장면은 장엄한 무대 위에서 펼쳐지고 있었다. 로터리는 프랑스의 가장 풍요한 소유지 가운데 하나이며, 이론의 여지 없이 오브현에서 가장 아름다운 소유지인 공드르빌 영지 끝에 위치해 있는 것이다. 이 소유지는 멋진 느릅나무 가로수 길들, 망사르[7]의 설계로 건축된 성, 담으로 둘러싸인 1500에이커의 직할 영지, 아홉 채의 커다란 농가, 숲 하나, 방앗간들과 목초지들로 이루어져 있다. 왕가의 소유지에 버금간다고 할 만한 이 소유지는 대혁명 전에는 드 시뫼즈 가문의 것이었다. 시뫼즈(Ximeuse)는 원래 로렌 지방에 위치한 봉토였는데, 마침내 발음하는 대로 시뫼즈(Simeuse)로 쓰이기에 이르렀다.

---

7) 발자크는 이 작품에서 Mansard로 쓰고 있으나, 사실 Mansart가 맞는 철자이다. Mansart란 이름의 유명한 건축가는 두 사람이 있다. 프랑수아 망사르(François Mansart, 1598~1666)와 쥘 아르두앙 망사르(Jules Hardouin-Mansart, 1646~1708)가 그들인데, 연대로 미루어 보아 이 작품에서 지칭하는 건축가는 전자일 것이다.

대대로 부르고뉴 가문에 충성했던 귀족들의 집안인 드 시뫼즈 가문의 번영은 기즈 가문[8]이 발루아(Valois) 왕가[9]를 위협하던 시대로까지 거슬러 올라간다. 왕실에 반항한 로렌 가문에 대한 시뫼즈가문의 충성을 리슐리외[10] 그리고 그 뒤를 이어 루이 14세가 기억하는 바람에 시뫼즈 가문은 왕실에서 배척당했다. 옛 부르고뉴파, 옛 기즈파, 옛 신성동맹[11]파, 옛 프롱드파[12]였던 가문의 후예인 17세기 당대의 드 시뫼즈 후작이(이렇듯 그는 왕권에 대항하는 귀족 계급의 4대 원한을 물려받았다.) 생시뉴에 와서 정착하게 되었던 것이다. 루브르궁에서 배척당한 조신(朝臣)은 유명한 드 샤르주뵈프 가문의 분가(分家) 출신인 드 생시뉴 백작의 과부와 결혼했다. 생시뉴 백작령은 샹파뉴 지방의 옛 백작령 중 가장 훌륭한 백작령이어서, 생시뉴 분가는 본가와 마찬가지로 유명했고, 본가보다 더 부유해졌다. 그 시대의 가장 부유한 인사 가운데 한 명이었던 후작은 궁정에서 재산을 탕진하는 대신 공드르빌을 건축하여 영지들을 꾸미고, 오직 멋진 사냥을 할 목적으로 토지를 더

---

8) 기즈(Guise) 가문은 본래 로렌(Laurraine) 가문에서 갈라져 나온 가문으로, 16세기에 발루아 왕가와 맞설 만한 세력을 갖고 있었다.

9) 1328년부터 1589년까지 프랑스를 통치한 왕가이다.

10) Richelieu(1585~1642). 프랑스의 고위 성직자이자 정치가로서, 죽을 때까지 루이 13세의 대신을 역임하며 막강한 정치적 영향력을 행사했다.

11) 16세기 종교 전쟁 때 결성된 프랑스 가톨릭 연맹으로, 앙리 3세, 앙리 4세의 왕권과 대립했다.

12) 루이 14세가 미성년이었고 마자랭이 재상을 지내던 시기에 일어난, 절대 왕정에 반대하는 귀족들의 반란 '프롱드의 난'을 지지하던 파벌.

사들여 영지에 합쳤다. 또 그는 트루아의 생시뉴 저택과 멀지 않은 곳에 시뫼즈 저택을 지었다. 두 개의 옛 저택과 주교관이 오랫동안 트루아의 유일한 석조 건물이었다. 후작은 시뫼즈 저택을 로렌 공작에게 매각했다. 후작의 아들은 모아 놓은 돈과 그 막대한 재산의 일부를 루이 15세의 치세 동안 탕진했다. 그러나 그는 함대 사령관이 되고, 뒤이어 부제독이 되어 혁혁한 무공(武功)으로 젊은 날의 무분별을 보상했다. 이 해군의 아들인 후대의 드 시뫼즈 후작은 쌍둥이 자식을 남기고 트루아의 단두대에서 최후를 마쳤는데, 현재 이 쌍둥이 후손은 망명하여 콩데 가문[13]의 운명을 따라 외국에 나가 있었다.

예전에 로터리는 대(大)후작이 사냥할 때 약속 장소로 쓰던 곳이었다. 그 집안에서는 공드르빌을 건립한 시뫼즈를 대후작이라고 불렀다. 1789년 이래로 미쉬는 직할 영지 내에 위치한 약속 장소에 거주해 왔는데, 그가 사는 건물은 루이 14세 시대에 지은 것으로 생시뉴 정자라고 불렸다. 생시뉴 마을은 노뎀(노뎀은 노트르담이 변한 말이다.) 숲 끝에 있고, 사냥개 쿠로가 밀정의 냄새를 맡던 네 줄로 늘어선 느릅나무 가로수 길은 바로 숲으로 연결된다. 대후작의 서거 이후로 이 정자는 완전히 방치되어 있었다. 부제독은 샹파뉴 지방보다는 바다와 궁정에서 훨씬 더 많은 시간을 보냈기 때문에, 그의 아들이 황폐한 정자를 미쉬의 거처로 내주게 되었다.

---

13) 콩데(Condé) 가문은 부르봉 왕가의 한 분가이며, 이 가문의 콩데 공 (Louis Joseph de Bourbon)은 대혁명 후 망명하여 혁명에 맞서는 귀족 계급 투쟁의 대표적 인물로 활약했다.

이 고귀한 건물은 벽돌 건물이며, 건물 모서리와 문과 창문은 벌레가 기어간 것처럼 보이는 무늬가 박힌 돌로 장식되어 있다. 아름답지만 녹이 슨 열쇠가 달린 철책이 건물의 각 측면을 둘러싸고 있다. 철책 뒤에는 무성한 나무들이 솟아 있는 넓고 깊은 도랑이 펼쳐지는데, 도랑의 난간에는 침입자들을 막기 위해 무수한 꼬챙이들을 꽂아 놓은 아라베스크 문양의 쇠 울타리가 솟아 있다.

직할 영지를 둘러싼 담은 로터리가 이루는 원주(圓周)를 벗어나 더 먼 곳에서 시작된다. 담 밖으로는 느릅나무를 심은 비탈이 웅장한 반원형을 그리고 있고, 그곳에 대응되는 직할 영지 안의 반원형은 이국적인 나무 덤불로 이루어져 있다. 정자는 그 두 개의 말굽 모양이 그리는 로터리의 중심을 차지하고 있다. 미쉬는 1층의 옛 방들을 마구간, 축사, 부엌, 장작 광으로 개조했다. 옛날의 화려함에서 남은 유일한 자취는 검고 흰 대리석으로 바닥을 깐 대기실뿐이다. 직할 영지 쪽에서 그 대기실로 들어가려면 루이 필리프[14]가 참전 용사를 위한 병원으로 만들기 전 베르사유에서 볼 수 있었던 것과 같은 작은 창유리를 끼운 프랑스식 창을 통과하게 되어 있다. 정자의 내부는 벌레에 파먹혔지만 대단히 특색 있는 옛 충계에 의해 두 부분으로 나뉘는데, 충계는 천장이 약간 낮은 다섯 개의 방이 있는 2층으로 연결된다. 그 위로는 넓은 다락방이 펼

---

14) Louis Philippe(1773~1850). 1830년 7월 혁명 후 성립된 7월 왕정(1830~1848)의 왕.

쳐져 있다. 이 유서 깊은 건물은 사면이 경사진 큰 지붕으로 덮여 있는데, 지붕 꼭대기에는 납으로 만든 두 개의 꽃다발이 장식되어 있다. 그리고 지붕에는 망사르가 선호하는 둥근 창 네 개가 뚫려 있다. 망사르의 이런 설계에는 그럴 만한 이유가 있다. 아테네식 지붕 밑 방과 이탈리아식 평면 지붕은 프랑스의 풍토와는 어울리지 않기 때문이다. 미쉬는 다락방에 가축 사료를 넣어 두었다. 옛 정자를 둘러싸고 있는 직할 영지는 전체가 영국식으로 만들어졌다. 백 보쯤 떨어진 곳에는 지금은 더러운 물이 고인 연못에 불과하지만 전에는 호수였던 자리가 있는데, 나무들 위로 끼는 가벼운 안개 그리고 해 질 녘이면 수많은 개구리, 두꺼비, 그리고 다른 시끄러운 양서류 들이 울어대는 소리가 그 자리가 호수였음을 증명해 준다. 노후한 사물들, 숲의 깊은 정적, 가로수 길의 전망, 멀리 보이는 숲, 그외에 수많은 세부적인 것들, 녹슨 철책이며 이끼가 뒤덮인 돌더미 등 모든 것이 아직도 잔존하는 건축물에 시적 정취를 풍기게 한다.

이야기가 시작되는 시간, 미쉬는 이끼투성이의 흙벽에 몸을 기대고 서 있었다. 흙벽 위에는 그의 화약통, 모자, 손수건, 드라이버, 걸레 등 그의 수상쩍은 작업에 필요한 모든 도구들이 널려 있었다. 그의 아내의 의자는 정자의 바깥쪽 문 곁에 기대어 있었는데, 그 문 위쪽에는 화려하게 조각된 시뫼즈가(家)의 문장(紋章)이 '여기서 죽노라!'라는 아름다운 명구(銘句)와 함께 아직도 남아 있었다. 시골 아낙네 차림의 장모는 미쉬 부인 앞에 자기 의자를 놓아두고 습기를 피하기 위해 발을 의자

다리에 걸치고 있었다.

"아이가 거기 있소?" 미쉬가 아내에게 물었다.

"그 애는 연못 주위를 맴돌고 있어, 개구리와 곤충에 미쳐 있거든." 장모가 대신 대답했다.

미쉬가 두려움을 불러일으키는 휘파람을 불었다. 그러자 그의 아들이 즉각 달려왔는데, 그것은 공드르빌의 관리인이 행사하는 압제를 잘 증명해 주었다. 1789년 이래로, 특히 1793년부터 미쉬는 이 땅의 주인이나 다름없었다. 그가 그의 아내, 그의 장모, 고셰라는 이름의 어린 하인, 그리고 마리안이라는 이름의 하녀에게 불어넣는 두려움을 사방 10리외 안의 사람들이 모두 느끼고 있었다. 이런 감정의 이유에 대한 설명을 더 이상 늦춰서는 안 될 것 같은데, 그 설명은 미쉬의 초상화를 정신적인 면에서까지 완성하게 될 것이다.

드 시뫼즈 노(老)후작은 1790년에 재산을 빼앗겼다. 그 일이 닥치기 전에 자신의 아름다운 공드르빌 소유지를 믿을 만한 사람의 손에 맡길 수 없었던 것이다. 드 브룬스빅 공작 및 드 코부르크 공[15]과 내통했다는 이유로 고발당한 드 시뫼즈 후작 부부는 감옥에 수감되었고, 마르트[16]의 부친이 주재한 트루아 혁명 법정에서 사형 선고를 받았다. 그리하여 아름다운 영지는 국유 재산으로 매각되었다. 후작과 후작 부인이 참수당할 때, 사람들은 그 자리에서 공드르빌 소유지 관리인의

---

15) 드 브룬스빅 공작(le duc de Brunswick)과 드 코부르크 공(le prince de Cobourg)은 독일의 귀족들로, 프랑스 혁명에 적대적이었다.
16) 미쉬의 아내 이름인 마르트는 여기에서 처음 언급된다.

모습을 보고 끔찍스러운 느낌을 받았다. 그가 아르시[17] 자코
뱅 클럽 의장이 되어 트루아의 처형장에 나타난 것이다. 보잘
것없는 농부의 아들로 태어나 일찍 고아가 된 미쉬는 그를 거
두어 성에서 기른 다음 관리인 자리까지 준 후작 부인의 후의
를 한껏 받은 사람으로, 그를 찬미하는 사람들은 그를 브루투
스 같은 사람으로 여겼다. 그러나 이런 배은망덕한 행위가 있
고부터 고장 사람 누구도 그를 그렇게 생각하지 않게 되었다.
공드르빌의 취득자는 마리옹이란 이름의 아르시 출신 인사로,
시뫼즈 가문의 집사 노릇을 했던 사람의 손자였다. 마리옹은
혁명 전후에 변호사 일을 했는데, 영지의 관리인을 두려워해
서 그를 다시 자신의 관리인으로 삼고 3000리브르의 봉급 외
에도 매매 이익까지 나누어 주었다. 이미 1만여 프랑의 재산
을 가진 것으로 알려져 있는 데다 애국자라는 명성까지 얻게
된 미쉬는 트루아에서 혁명의 사도로서 혁명 법정을 주재했던
피혁 제조인의 딸과 결혼했다. 성격이 생쥐스트[18]와 비슷했던
이 피혁 제조인은 나중에 바뵈프[19]의 음모에 연루되었다가,
처형을 피하기 위해 자살했다. 마르트는 트루아에서 가장 아
름다운 처녀였다. 그래서 그녀는 감동적인 겸손함을 지녔음에

---

17) 트루아에서 2킬로미터쯤 떨어진 곳에 있는 도시.
18) 루이 앙투안 드 생쥐스트(Louis Antoine de Saint-Just, 1767~1794). 열
렬한 과격파 혁명가로서 프랑스 혁명기에 로베스피에르와 함께 활동하다가
처형되었다.
19) 프랑수아 노엘 바뵈프(François-Noël Babeuf, 1760~1797). 프랑스의
혁명가. 1796년에 음모를 꾸몄다가 1797년 사형 선고를 받고 단두대에서 처
형되었다.

도 불구하고 무시무시한 아버지의 강요에 의해 공화국 축제에서 자유의 여신으로 분장해야 했다. 재산 취득자는 칠 년 동안 공드르빌에 채 세 번도 오지 않았다. 그의 할아버지가 시뫼즈 가문의 집사였던 관계로, 당시에 아르시 사람들은 모두 시민 마리옹이 시뫼즈 가문의 대리인이라고 믿었다. 헌신적인 애국자이고 트루아 혁명 법정 의장의 사위이며 오브현 대의원 중 한 명인 말랭의 보호도 받는 공드르빌의 관리인은 공포 정치가 지속되는 동안 일종의 존중의 대상이었다. 그러나 산악당[20]이 패배하고 장인이 자살하자, 미쉬는 일종의 속죄양이 되었다. 모든 사람이 그와 아무런 관계가 없는 행위들에 대해서도 그의 장인과 그에게 책임을 전가하는 것이었다. 관리인은 군중의 그런 부당함을 아랑곳하지 않았다. 그는 뻣뻣하고 적대적인 태도를 취했다. 그의 언사는 대담했다. 그렇지만 무월(霧月) 18일[21] 나폴레옹 쿠데타 이후부터, 그는 강한 사람들의 철학이라고 할 수 있는 깊은 침묵을 지켰다. 더 이상 세상의 여론에 맞서 다투지 않고, 행동하는 것으로 만족했다. 그런데 그가 소유한 토지 가치가 대략 10만 프랑에 달했기 때문에, 그런 얌전한 처신은 그를 아주 엉큼한 사람으로 보이게 만들었다. 우선 그는 돈을 전혀 쓰지 않았다. 그리고 그의 재

---

20) 프랑스 혁명 시기의 과격파로 마라, 로베스피에르, 생쥐스트 같은 극단주의자들이 여기에 속했다.
21) 무월은 프랑스 혁명력의 둘째 달로, 10월 22일~11월 21일에 해당한다. 1799년 무월 18일에 이집트에서 돌아온 나폴레옹이 쿠데타를 일으켜 총재 정부(Directoire)를 전복하고 집정 정부(Consulat)를 세우게 된다.

산은 매년 그의 직책에 따른 봉급과 이윤으로 얻는 6000프랑의 금액과 장인의 유산 상속으로 이루어진 것이어서, 전적으로 합법적이었다. 십이 년 전부터 관리인으로 일했고 누구나 그의 저축액을 헤아릴 수 있었음에도 불구하고, 집정정부 초기 그가 5만 프랑 상당의 농장을 매입했을 때에는 옛 산악당원에 대한 비난이 일었다. 아르시 사람들은 그가 큰 재산을 일굼으로써 존경을 되찾으려는 의도를 갖고 있다고 생각했던 것이다. 불행하게도, 모두들 그 일을 잊어 가던 때에 어리석은 일이 하나 터져서 시골 사람들의 험담으로 악화하는 바람에, 그의 잔혹한 성격에 대한 세간의 믿음이 되살아나게 되었다.

어느 날 저녁, 생시뉴의 소작인을 포함한 몇몇 농부와 함께 트루아를 떠나는 길에 미쉬가 대로 위에 종이 한 장을 떨어뜨렸다. 생시뉴의 소작인이 몸을 굽혀 그것을 주웠다. 그러자 미쉬가 고개를 돌려 그 사람의 손에 들린 종이를 보고는 대뜸 허리띠에서 권총을 꺼내 들어 장전하더니, 종이를 펴 보면 머리를 날려 버리겠다고 그 사람을 위협했다. 소작인은 글을 읽을 줄 아는 사람이었다. 미쉬의 행동이 너무나 빠르고 난폭하며, 그의 목소리가 소름 끼치고, 그의 눈이 하도 이글거려서, 일행 모두가 두려움에 등골이 서늘해졌다. 생시뉴의 소작인은 당연히 미쉬의 적이었다. 시뫼즈 형제와 친척 간인 드 생시뉴 양이 생시뉴성에 살고 있었는데, 그녀에게 남은 재산은 소작지 하나뿐이었다. 어린 시절에 트루아와 공드르빌에서 함께 놀았던 쌍둥이 친척들이 그녀의 삶의 유일한 목적이었다. 그녀의 하나뿐인 오빠 쥘 드 생시뉴는 시뫼즈 형제보다 먼저 망명했다가 마인츠 전선[22]에서 전사했지만, 앞으로 이야기하게 될 매우 희귀한 특권에 의해, 남자가 없는데도 생시뉴 가문의 이름은 소멸하지 않았다. 미쉬와 생시뉴 소작인 사이에 일어난 이 사건의 소문은 군내(郡內)에 요란하게 퍼져 나갔고, 그 결과 미쉬를 둘러싼 수상쩍은 색조는 더욱더 음침해졌다. 그러나 이 상황이 미쉬를 가공할 존재로 만든 유일한 상황은 아니었다. 사건이 벌어지고 몇 달 후, 시민 마리옹이 시민 말랭과 함께 공드르빌에 왔다. 마리옹이 말랭에게 소유지를 매각할 것이라는 소문이 돌았다. 말랭은 그동안 정치적 사건들의 혜택을 받아 왔고, 무월 18일의 공적에 대한 보상으로 최근에는 제1집정관에 의해 국가참사회의 일원으로 임명된 사람이었다. 그러자 소도시 아르시의 정치인들은 마리옹이 시뫼즈가 사람들의 차명인(借名人)이 아니라 시민 말랭의 차명인임을 알아차리게 되었다. 막강한 국가참사회원은 아르시의 가장 중요한 인물이었다. 그는 자신의 정치적 동지 한 사람을 트루아의 지사로 파견했고, 보비자주란 이름의 공드르빌 소작인의 아들에게 군복무를 면제해 주었으며, 모든 사람에게 도움을 주었다. 그러므로 이 매각 건은 말랭이 군림해 왔고 지금도 군림하고 있는 이 고장에서 결코 반대자를 만나지 않을 것 같았다. 시대는 제국의 여명기였다. 오늘날 프랑스 혁명사를 읽는

---

22) 독일의 도시 마인츠는 1792년 프랑스에 점령되었다가, 1793년 7월 23일에 프랑스 망명자들이 포함된 독일 군대의 포위 공격으로 독일에 탈환되었다. 본문에 언급된 마인츠 전선은 이 포위 공격 때 형성된 전선을 말하는 듯하다.

사람들은 대중의 정치적 사고(思考)가 그 시대의 아주 근접한 사건들 사이에서 얼마나 엄청난 간극을 보였는지 모를 것이다. 격렬한 소요 후에 각자가 느끼는 평화와 안정에 대한 전반적인 필요성이 더없이 심각한 이전 사건들을 완전히 망각하게 만들었던 것이다. 역사는 강렬한 새로운 이해관계에 의해 부단히 성숙하여, 신속하게 늙어 갔다. 그리하여 미쉬를 제외하고는 아무도 아주 단순해진 이 사건의 과거를 추적하지 않았다. 매각 당시 아시냐 지폐[23] 60만 프랑으로 공드르빌을 매입했던 마리옹은 에퀴[24] 100만 프랑에 그것을 다시 매각했다. 그러나 말랭이 실제로 지불한 금액은 등기 비용뿐이었다. 말랭과 같이 법률 서기를 지낸 동료 그레뱅이 자연스럽게 이 부정 매매 절차를 도왔는데, 국가참사회원은 그를 아르시의 공증인으로 임명받게 함으로써 보상해 주었다. 아름다운 가로수 길 왼편, 숲과 직할 영지 사이에 위치한 농가의 그루아주라는 이름의 소작인이 미쉬의 정자로 매매 소식을 전해 왔을 때, 미쉬는 얼굴이 하얗게 질려 밖으로 나갔다. 그는 마리옹을 엿보다가 마침내 영지의 산책로에서 그와 일대일로 마주쳤다.

"공드르빌을 판다고요?"

"그래요, 미쉬, 그래요. 당신은 세력가를 주인으로 갖게 될 거요. 국가참사회원은 제1집정관의 친구이고 장관들 모두와도 아주 친밀한 관계라오. 그가 당신을 보호할 거요."

---

23) 프랑스 혁명기에 발행되었던 지폐.
24) 19세기의 5프랑 은화.

"그러니까 그를 위해 땅을 간직해 온 거로군요?"

"그런 뜻은 아니오." 하고 마리옹이 대답했다. "당시에는 내 돈을 어떻게 투자해야 좋을지 몰랐고, 그래서 안전을 위해 국유 재산에 투자했던 거요. 그렇지만 내 부친이 일했던 집안의 땅을 계속 소유하는 것이 나에게도 적절하지 않고……."

"하인으로, 집사로 일했지요." 미쉬가 격렬하게 말했다. "그러나 당신은 그 땅을 팔지 못할 거요! 내가 그 땅을 원합니다. 내가 땅값을 치를 수 있어요, 내가 말이오."

"자네가?"

"그래요, 내가. 참말이지 금화로 80만 프랑이요……."

"80만 프랑이라고? 그 돈이 어디서 났는데?" 마리옹이 놀라서 물었다.

"그건 당신이 상관할 바 아니죠." 미쉬는 이렇게 대꾸하고 나서, 좀 부드럽게 나지막한 소리로 덧붙여 말했다. "나의 장인은 많은 사람을 구했어요!"

"자넨 너무 늦게 나섰어, 미쉬. 계약이 이미 이뤄졌거든."

"파기하시오, 선생!" 관리인이 땅 주인의 손을 잡아 바이스로 조이듯 꽉 조이면서 소리쳤다. "나는 미움을 받고 있어요. 나는 부자가 되어 힘을 갖고 싶소. 그러니 나에겐 공드르빌이 필요해요! 이걸 알아 두시오, 나는 목숨에 연연하지 않습니다. 나에게 땅을 팔든지, 아니면 내가 당신 머리를 날려 버리겠소……."

"하지만 적어도 말랭과 계약을 취소할 시간이 필요하오. 그 사람 쉽지 않거든……."

"이십사 시간을 주겠소. 그리고 이 얘기를 한마디라도 누설하면, 당신 모가지를 무 대가리 자르듯 잘라 버리겠소⋯⋯."

마리옹과 말랭은 밤중에 성을 떠났다. 마리옹은 두려움을 느껴 국가참사회원에게 미쉬와 만난 사실을 털어놓고, 그 관리인을 엄중히 감시하라고 말했다. 마리옹으로서는 실제로 토지 대금을 지불한 사람에게 그 토지를 돌려줄 의무를 저버릴 도리가 없었는데, 미쉬는 그런 사정을 이해하거나 받아들일 사람 같지 않았다. 그런 데다 마리옹 자신과 그의 동생의 정치적 출세는 말랭을 위한 마리옹의 봉사에 기인하는 것이었다. 말랭은 1806년에 변호사 마리옹을 제국 법원의 법원장으로 임명받게 했을 뿐 아니라, 총괄 징세인 제도가 만들어지자마자 변호사의 동생에게 오브현의 총괄 징세인 자리를 주선해 주었던 것이다. 국가참사회원은 마리옹에게 파리에 머물라고 말하고, 경찰부 장관에게 알려 관리인을 감시하게 했다. 그러면서도 말랭은 미쉬를 극단으로 몰아가지 않기 위해, 그리고 어쩌면 그를 더 잘 감시하기 위해 미쉬가 아르시 공증인의 감독하에 계속 영지의 관리인으로 남아 있도록 놔두었다. 이때 이후 미쉬는 점점 더 말이 없어지고 생각에 잠긴 모습으로 변했으며, 악행을 저지를 수도 있는 사람이라는 평판을 얻게 되었다. 당시에 제1집정관이 장관 못지않은 지위를 부여했던 국가참사회원 자리에 있었고 나폴레옹 법전 작성자 중 한 사람이었던 말랭은 파리에서 중요한 역할을 했다. 그는 그다지 평판이 좋지 못한 부유한 납품업자 시뷔엘의 무남독녀와 결혼한 다음, 파리의 포부르 생제르맹에 대단히 아름다운 저택을 구입했다. 그는 오브현의 총괄 징세를 위해 시뷔엘과 마리옹을 결속시켰다. 또한 말랭은 자신의 이해(利害)에 관계되는 모든 사항을 그레뱅에게 맡겨놓고 있었으므로, 공드르빌에는 두 번 다시 오지 않았다. 그러니 오브현의 옛 대의원이었던 그가 아르시 자코뱅 클럽의 옛 의장을 두려워할 이유가 무엇이겠는가? 그동안 이미 하층 계급에서 매우 불리하게 돌던 미쉬에 대한 평판은 자연히 부르주아 계층에도 퍼져 나가게 되었다. 그리고 마리옹, 그레뱅, 말랭은 이유를 설명하거나 자신들이 연루되지는 않은 채, 미쉬를 극도의 위험인물로 부각시켰다. 경찰부 장관을 통해 그 관리인을 감시하게 했던 당국은 미쉬가 위험인물이라는 믿음을 버리지 않았다. 그 고장에서는 미쉬가 관리인 자리를 계속 유지하는 것에 놀랐다. 하지만 사람들은 이런 양보를 미쉬가 불러일으키는 두려움의 결과로 여겼다. 그러니 이제 누군들 미쉬의 아내가 드러내는 깊은 우려를 이해하지 못하겠는가?

본래 마르트는 어머니에 의해 신심 깊게 자라났다. 신실한 가톨릭 신자였던 두 사람은 피혁 제조인의 견해와 행동 때문에 괴로움을 겪었다. 마르트는 여신의 복장을 하고 트루아 시내를 돌아다녔던 과거사를 얼굴을 붉히지 않고서는 회상할 수 없었다. 미쉬의 평판이 점점 나빠지는데도 마르트는 너무 두려운 나머지 판단이 잘 서지 않았고, 아버지의 강요 때문에 미쉬와 결혼하지 않을 수 없었다. 그렇지만 그녀는 자기가 사랑받는 것을 느낄 수 있었다. 그리고 그녀의 마음 깊은 곳에서는 그 무서운 남자에 대한 더없이 진실한 애정이 고동치고 있었다. 그녀는 남편이 부당한 일을 하는 것을 본 적이 없으며, 적어도 그녀에게는 그의 언사가 난폭한 적이 없었다. 요컨대 그는 아내의 모든 욕망을 간파하려고 애쓰고 있었다. 이 가련한 천민은 자기가 아내에게 유쾌하지 못한 존재라고 생각하고 거의 밖에서만 지냈다. 마르트와 미쉬는 서로를 경계하는 가운데, 오늘날 사람들이 '무장 평화'라고 부르는 상태로 살아가고 있었다. 마르트는 아무도 만나지 않고 지냈으며 칠 년 전부터 그녀를 짓누르는 도살자의 딸이라는 비난과 아울러 남편을 향한 배반자라는 비난 때문에 심한 고통을 겪고 있었다. 시뫼즈 가문에 충실한 사람인 보비자주가 경작하는, 가로수 길 오른편 평지에 있는 벨라슈라는 이름의 농장 일꾼들이 정자 앞을 지나면서 "저게 바로 유다의 집이야!"라고 말하는 소리를 그녀는 몇 번 들었다. 미쉬가 짐짓 그것을 더 원하는 것처럼 보이기도 했는데, 그와 열세 번째 사도[25]의 얼굴이 기묘하게 닮았다는 점 때문에 유다라는 그 밉살스러운 별명은 실제로 고장 전체에 퍼져 있었다. 따라서 이런 불행과 미래에 대한 막연하고 지속적인 두려움이 마르트를 깊은 생각에 잠기게 만들었다. 헤어날 길 없는 부당한 추락보다 더 깊은 슬픔을 자아내는 것은 없다. 전반적으로 우울한 색조를 띠는 샹파뉴 지방의 가장 아름다운 풍경을 배경으로 하여 화가가 이 하층민 가족의 멋진 그림을 그려 낼 수도 있을 것이다.

---

25) 유다는 예수의 12사도 가운데 하나였고, 배반 후 그는 12사도에서 제외되고 마티아로 대체되었기 때문에 사실 열세 번째 사도라는 표현은 정확하다고 할 수 없다.

관리인이 아들의 발걸음을 더 재촉하기 위해 "프랑수아!"
하고 소리쳤다.

열 살 된 아이 프랑수아 미쉬는 직할 영지와 숲을 마음껏
돌아다니며 자질구레한 온갖 혜택을 주인처럼 누렸다. 열매를
따 먹고 사냥을 하며 아무 근심 걱정 없이 지냈다. 사람들로
부터 배척당하는 바람에 정신적으로 고립된 것과 마찬가지로
직할 영지와 숲 사이라는 위치 때문에 마을에서도 고립되어
있는 가정에서는 아이가 유일하게 행복한 존재였다.

"저기 있는 걸 모두 모아 나한테 가져와라." 아버지가 흙벽
을 가리키며 아들에게 말했다. "나를 똑바로 쳐다봐! 너는 네
아비 어미를 좋아하기는 하는 거냐?" 아이가 아버지를 포옹하
려고 다가왔다. 그러나 미쉬는 몸을 움직여 소총을 치워 놓고
는 아들을 밀쳤다.

"됐어! 너 이 녀석 이따금 여기서 벌어지는 일들을 나불대
고 다녔지." 들고양이처럼 무서운 두 눈을 아이에게 고정한 채
미쉬가 말했다. "이 말을 명심해라. 아무리 하찮은 것이라도
여기서 벌어지는 일을 다른 사람에게 털어놓는다면, 고세, 그
루아주나 벨라슈 농장 사람들, 심지어 우리를 사랑하는 마리
안에게라도 털어놓는다면, 그건 네 아비를 죽이는 짓이다. 다
시는 그런 일이 일어나지 않도록 해라, 그러면 어제의 실수는
용서하마." 아이가 울기 시작했다. "울지 마라. 아무튼 사람들
이 너에게 무슨 질문을 하든 간에, 농부들처럼 '나는 몰라요!'
라고 대답해야 해. 이 고장을 어슬렁거리면서 나에게는 모습
을 드러내지 않는 사람들이 있어. 들었죠, 두 사람도? 마찬가

지로 입단속 잘해요." 미쉬가 여자들에게 말했다.

"여보, 당신 무슨 일을 하려는 거예요?" 하고 마르트가 물었다.

장전할 화약의 양을 주의 깊게 재어 총신에 붓던 미쉬는 총을 흉벽에 기대 놓고서 마르트를 향해 말했다. "내가 이 소총을 갖고 있는 것을 아는 사람은 아무도 없어, 그 앞에 서 있어!"

네 발로 일어선 쿠로가 맹렬하게 짖어댔다.

"훌륭하고 영리한 짐승이란 말이야! 내 생각에 밀정들이 분명하다……." 미쉬가 외쳤다.

그들은 정탐당하는 것을 알고 있었다. 마치 하나의 영혼을 가진 듯한 쿠로와 미쉬는 아랍인과 그의 말이 사막에서 사는 것처럼 함께 살고 있었다. 관리인은 쿠로가 내는 소리의 모든 어조와 그것이 뜻하는 의미를 알고 있었고, 마찬가지로 개는 주인의 눈에서 그의 생각을 읽고 그의 몸 밖으로 배어 나오는 생각을 느낄 줄 알았다.

"당신은 저자들을 어떻게 생각해?"

로터리 쪽으로 가면서 보도에 모습을 드러낸 불길한 느낌의 두 인물을 아내에게 가리키며 미쉬가 나지막한 소리로 외쳤다.

"이 고장에 무슨 일이 일어나고 있는 거야? 저 사람들 파리 사람 아니야?" 노부인이 말했다.

"아! 저기 있어!" 미쉬가 외쳤다. "내 소총을 감춰, 저자들이 우리에게 오고 있어." 그가 아내의 귀에 대고 말했다.

로터리를 가로지른 두 명의 파리인은 화가에게는 분명히 전형적으로 보일 것 같은 얼굴 모습을 갖고 있었다. 부하처럼 보이는 사람은 위쪽이 접힌 승마용 장화를 신고 있었는데, 윗단이 약간 아래로 처져서 빈약한 장딴지와 별로 깨끗하지 못한 다색의 비단 양말이 드러나 보였다. 금속 단추가 달린 살구 빛 줄무늬의 짧은 바지는 품이 너무 넓었다. 몸이 옷 안에서 편안해 보였고, 옷의 해진 주름은 그가 사무실에 앉아 지내는 사람임을 말해 주고 있었다. 돌돌 말린 곱슬곱슬한 검은 머리칼이 이마를 덮고 뺨을 따라 늘어져 있었으며, 배 위쪽의 단추 하나만 채우고 풀어 헤친, 덕지덕지 수가 놓인 누비 조끼는 그 인물을 더욱더 단정치 못해 보이게 만들었다. 철제 시곗줄 두 개가 바지 위에 늘어져 있었고, 셔츠는 흰색과 푸른색 카메오 핀으로 장식되어 있었다. 계피색 웃옷은 뒤에서 보면 이름 그대로[26] 영락없이 대구와 흡사한 긴 옷자락 때문에 만화로 그리면 안성맞춤일 것 같았다. 연미복의 유행은 나폴레옹 제정만큼 거의 십 년간 지속되었다. 커다란 주름이 많이 잡힌 넥타이는 얼굴의 코까지 파묻힐 만큼 헐렁했다. 여드름 투성이 얼굴, 벽돌색의 길고 큰 코, 생기 있는 광대뼈, 치아가 빠졌지만 위협적이고 굶주린 듯한 입, 두터운 금귀고리로 장식한 귀, 좁은 이마 등 기괴해 보이는 모든 특징이 작은 두 눈으로 인해 무시무시한 모습을 띠었다. 돼지의 눈처럼 뚫려 있는 두 눈은 지독한 탐욕과 아울러 거의 즐거운 기색이 도는

---

26) 연미복(habit en queue de morue)은 직역하면 '대구 꼬리 옷'이란 뜻이다.

빈정거리는 표정의 잔인성을 드러내고 있었다. 얼음처럼 냉랭한 파란색의 탐색하는 듯한 날카로운 눈은 혁명기에 만들어진 경찰의 무서운 상징인 그 유명한 눈 문양의 모델이 될 만했다. 그는 검은 비단 장갑을 끼고 가는 단장을 들고 있었다. 그는 틀림없이 공적 인물일 것이다. 왜냐하면 그의 몸가짐과 코담배를 한 줌 집어 콧속에 집어넣는 그의 태도에는 하급 관료의 거드름 같은 것이 배어 있었기 때문이다. 하지만 그것은 공공연히 급료를 받으면서, 위에서 내린 명령을 통해 일시적으로 권력을 손에 쥔 하급 관료와 같은 태도였다.

다른 한 사람은 취향은 동일하지만 더 우아하고 입은 모습이 대단히 멋지며 세세한 부분까지 신경을 쓴 복장을 하고 있었다. 착 달라붙는 긴 바지 위에 신은 수바로프식 장화[27]가 그가 걸을 때마다 삐걱거리는 소리를 냈다. 그는 윗도리에 짧은 외투를 걸치고 있었다. 그 외투는 클리시파[28]와 금빛 청년들[29]이 채택한 귀족적 유행을 따른 것이었는데, 유행은 클리시파와 금빛 청년들보다 더 오래 살아남았다. 그 시대에는 여러 정파보다 더 오래 지속된 유행들이 있었는데, 그것은 1830년이 이미 우리에게 제시해 보인 무정부주의의 징후였다. 이 빈틈없는 멋쟁이는 서른 살쯤 되어 보였다. 그는 태도에서 상류

27) 수바로프(Suwaroff 또는 Souwarov)식 장화는 발자크가 앞서 발표한 소설 『올빼미당원』에서도 동일 인물 코랑탱이 신고 있던, 당시 유행하던 장화의 일종이다.
28) 클리시 공원에 모였던 왕당파 클럽을 일컫는다.
29) 1794년 반(反)로베스피에르파에 가담했던 젊은 멋쟁이들을 뜻한다.

사회의 냄새를 풍겼고, 값비싼 보석들을 지니고 있었다. 셔츠 깃은 귀 높이까지 닿았다. 거의 방약무인하다고 할 그의 거들먹거리는 모습은 일종의 숨겨진 우월감을 드러내 보이고 있었다. 희끄무레한 얼굴은 피 한 방울도 스며 있지 않은 것 같았고, 가느다란 납작코는 시체의 얼굴에 매달린 코처럼 냉소적인 모습을 띠고 있었으며, 초록빛 두 눈은 의중을 헤아릴 길이 없었다. 그 눈길은 꽉 다문 얇은 입만큼이나 신중해 보였다. 둥근 황금 장식이 햇빛에 반짝이는 등나무 지팡이를 가지고 공기를 가르며 걸음을 내딛는 이 메마르고 냉담한 젊은이와 비교하면 첫 번째 사내는 착한 어린애 같았다. 첫 번째 사내가 제 손으로 사람의 머리를 자를 수 있다고 한다면, 두 번째 사내는 순수와 아름다움과 덕성을 중상모략의 올가미로 감싸서 물속에 빠뜨리거나 냉정하게 독살할 수 있는 사람이었다. 붉은 얼굴의 사내가 자신의 희생자를 익살로 위로할 수 있다고 한다면, 두 번째 사내는 미소조차 머금지 않을 것 같았다. 첫 번째 사내는 마흔다섯 살로, 맛있는 음식과 여자를 좋아할 것 같았다. 이런 부류의 남자들은 모두 자기 직업의 노예가 되는 열정을 가지고 있다. 그러나 젊은 사람은 열정도 악덕도 없었다. 만약 그가 스파이라면 외교계에 소속되어 순수한 기술적 작업을 할 것이다. 그는 계획하는 자였고, 다른 사내는 수행하는 자였다. 그는 개념이고, 다른 자는 형식이었다.

"여기가 공드르빌이겠죠, 아주머니?" 하고 젊은이가 물었다.

"이곳에서는 아주머니라는 말 안 써요. 우리는 여전히 간단하게 서로를 시민이라고 부른답니다, 우리는요!" 미쉬가 대꾸했다.

"아, 그렇군요!" 젊은이는 기분 상한 기색도 없이 아주 예사로운 태도로 말했다.

노름꾼들이 사교계에서 노름을 할 때, 특히 에카르테[30]를 할 때, 자기들의 패배를 예고하는 듯한 태도와 시선과 목소리와 카드 섞는 방식을 지닌 노름꾼이 맞은편에 자리 잡는 것을 보고 혈관 가운데로 낭패감이 스쳐 지나가는 것을 느끼는 경우가 종종 있다. 젊은이의 모습을 보자, 미쉬는 그런 종류의 예언적인 허탈감 같은 것을 느꼈다. 그는 치명적인 예감에 사로잡혀, 단두대가 어렴풋이 보이는 것 같았다. 아직 그들 사이에 아무 연관성이 없음에도 불구하고, 그 선멋쟁이가 그에게 운명적인 존재가 될 거라고 어떤 목소리가 외쳐대는 것 같았다. 그처럼 그 작자의 말은 귀에 거슬렸다. 그 작자는 의도적으로 거칠게 보이고자 했으며, 실제로 그러했다.

"당신은 국가참사회원 말랭 씨에 속해 있지 않나요?" 두 번째 파리 사람이 물었다.

"내 주인은 나요." 미쉬가 대꾸했다.

"부인들, 여기가 공드르빌이 맞죠? 말랭 씨가 여기서 우리를 기다리기로 했습니다." 젊은이가 매우 정중한 태도를 취하며 말했다.

"저기가 직할 영지요." 미쉬가 열린 철책을 가리키며 말했다.

"그런데 왜 소총을 감추는 거요, 아주머니?" 철책 앞을 지나

---

30) 상대방의 동의하에 패를 바꿔 받을 수 있는 카드놀이의 일종.

가다가 젊은이의 쾌활한 동반자가 총신을 얼핏 보고 말했다.

"당신은 시골에 와서도 쉬지 않고 일을 하는군요." 젊은이가 미소를 지으며 말했다.

두 사람 모두 의혹에 사로잡혀서 발길을 돌렸다. 그들의 얼굴이 무표정했음에도 불구하고, 관리인은 그 의혹을 간파했다. 개 쿠로가 짖어대는 가운데, 마르트는 그들이 소총을 살펴보도록 내버려 두었다. 그녀는 미쉬가 무언가 고약한 일을 꾸민다고 확신하고 있었기 때문에, 그 낯선 사람들의 통찰력을 오히려 다행스럽게 여기는 편이었다. 미쉬가 아내에게 험한 눈길을 던져 그녀를 무서움에 떨게 만들었다. 그는 이 발각과 만남을 운명적인 기회로 받아들이면서, 소총을 집어 들고 장전할 준비를 했다. 그는 목숨에 집착하지 않는 듯 보였으며, 그때 그의 아내는 남편의 불길한 결심을 알아차렸다.

"이 근처에 늑대들이 있는 모양이죠?" 젊은이가 미쉬에게 물었다.

"양들이 있는 곳에는 언제나 늑대들이 있는 법이오. 당신들은 지금 샹파뉴 지방에 와 있고, 저기 숲이 있어요. 여기엔 멧돼지도 있고, 크고 작은 짐승들이 무엇이나 다 있소." 미쉬가 이죽거리는 태도로 말했다.

"코랑탱, 이 사람이 우리가 찾는 미쉬가 틀림없는 것 같군요……." 두 사내 중 나이 든 사람이 다른 사람과 눈짓을 주고받은 다음 이렇게 뇌까렸다.

"우리가 함께 돼지를 친 적은 없는 것 같은데." 관리인이 대꾸했다.

"없지. 하지만 시민, 우리는 자코뱅들을 지도했지. 당신은 아르시에서, 나는 다른 곳에서. 당신은 아직도 자코뱅 당원의 예절을 간직하고 있는데, 그건 이제 통용되지 않는다네, 친구." 나이 든 뻔뻔스러운 자가 대꾸했다.

"직할 영지가 몹시 커 보여서 우리가 길을 잃을 수도 있겠군요. 당신이 관리인이라면, 우리를 성으로 인도해 주시오." 코랑탱이 단호한 어조로 말했다.

미쉬는 휘파람을 불어 아들을 부르고 계속해서 총탄을 장전했다. 코랑탱이 무관심한 눈길로 마르트를 응시한 반면, 그의 동료는 마르트에게 매혹된 것처럼 보였다. 그러나 코랑탱은 나이 든 탕아가 소총에 겁을 먹은 나머지 알아차리지 못한 그녀의 고뇌의 흔적에 주목했다.

"나는 숲 저 너머에서 약속이 있어서 당신들에게 그런 도움을 줄 수가 없소. 하지만 내 아들이 당신들을 성으로 안내할 거요. 당신들 도대체 어디로 해서 공드르빌에 온 거요? 혹시 생시뉴를 통해서 왔소?" 하고 관리인이 물었다.

"우리도 당신처럼 숲속에 볼일이 있었어요." 코랑탱이 아무런 빈정거림의 내색 없이 대답했다.

"프랑수아." 하고 미쉬가 소리쳤다. "사람들 눈에 띄지 않게, 오솔길로 해서 이분들을 성으로 안내해라. 이분들은 왕래가 많은 길로는 다니시지 않는단다. 먼저 이리 와 봐!" 그가 자기에게 등을 돌린 채 낮은 소리로 얘기를 주고받으며 걸어가는 두 낯선 사람을 보면서 말했다. 미쉬는 아들을 붙잡더니, 아내의 두려움을 더하게 만드는 표정을 짓고서 거의 경건한 태도로 아들을 포옹했다. 아내는 등에 식은땀이 났고, 울 수는 없어서 메마른 눈으로 자기 어머니를 쳐다보았다.

"가 봐라." 하고 그가 아들에게 말했다. 그리고 그는 시야에서 완전히 사라질 때까지 아들을 바라보았다. 쿠로가 그루아주 농가 쪽을 향해 짖어댔다.

"오오! 비올레트구나." 미쉬가 계속해서 말했다 "오늘 아침부터 벌써 세 번째로 지나가는군! 대체 무슨 일이 있는 거지? 그만 짖어라, 쿠로!"

잠시 후 말이 종종걸음 치는 소리가 들렸다.

파리 근방의 소작농들이 흔히 이용하는 조랑말에 올라탄 비올레트가 커다란 챙이 달린 둥그스름한 모자를 쓰고 주름투성이의 희끄무레한 얼굴을 드러냈다. 평소보다 더 음울해 보이는 얼굴이었다. 심술궂게 반짝이는 잿빛 눈이 엉큼한 성격을 숨기고 있었다. 무릎까지 올라오는 하얀 천 각반을 찬 깡마른 두 다리는 등자 위에 걸치지 않고 늘어져 있어서, 징을 박은 두꺼운 구두의 무게에 의해 지탱되고 있는 듯 보였다. 그는 푸른 천 윗도리 위에 흰 줄과 검은 줄이 번갈아 쳐진 망토를 걸치고 있었다. 머리 뒤로는 흰 머리칼이 구불구불 늘어져 있었다. 그의 복장, 짤막한 다리를 가진 회색 말, 배를 앞으로 내밀고 윗몸을 뒤로 젖힌 그의 말 타는 방식, 좀먹어 너덜너덜해진 형편없는 고삐를 쥐고 있는 살갗이 튼 두툼한 흑갈색 손 등 모든 것이 어떻게 해서든 땅을 사서 악착같이 소유하고자 하는 욕심 많은 노랑이 농부의 모습을 형용하고 있었다. 마치 외과 의사가 메스로 찢어 놓은 것 같은 푸르스름한 입술이 달린 입, 그리고 얼굴과 이마의 무수한 주름살은 오직 얼굴의 윤곽만이 표현할 수 있는 표정의 움직임을 막고 있었다. 동양인과 야만인 들이 침착한 엄숙함 밑에 그들의 감정과 계산을 숨기듯 거의 모든 시골 사람들이 그들의 감정과 계산을 감추기 위해 꾸미는 겸손한 태도에도 불구하고, 그 얼굴에 잡힌 굳은 선들은 위협을 표출하는 것처럼 보였다. 냉혹한 방식을 점점 더 체계적으로 사용함으로써 보잘것없는 날품팔이 농군에서 그루아주의 소작농이 된 비올레트는 애초의 욕망을 능가하는 위치를 차지한 후에도 여전히 그런 방식을 유지하고 있었다. 그는 이웃의 불행을 원했고, 그것을 간절하게 기원했다. 그 불행에 기여할 수 있을 때면 그는 흔쾌히 그것을 거들었다. 비올레트는 드러내 놓고 시샘을 했다. 그러나 온갖 악의를 갖고 있으면서도, 의회의 반대파가 하는 행동과 마찬가지로 그는 합법성의 한계를 넘어서지는 않았다. 그는 자신의 행운은 타인의 파멸에 달려 있다고 믿었으며, 자기보다 상위에 있는 모든 사람은 자신의 적이고 그 적에 대해서는 어떤 수단을 써도 좋다고 생각했다. 농부들에게는 이런 성격이 매우 보편적이다. 그의 당면한 큰 관심사는 계약 기간이 육 년밖에 남지 않은 소작농 임차 기간의 연장을 말랭에게서 얻어 내는 것이었다. 그는 관리인의 재산을 시샘해 미쉬를 밀착 감시하고 있었다. 인근 사람들은 미쉬 집안과 그의 긴밀한 관계를 비난했다. 그러나 자신의 농지 임차를 십이 년 동안 더 지속시킬 희망으로, 이 교활한 농부는 미쉬를 불신하는 말랭과 정부를 위해 봉사할 수 있는 기회를 엿보고 있었다. 공드르빌의 특별 경비원과 산림 감시인 및 몇몇 나무꾼의 도움을 받으면서 비올레트는 아르시의 경감에게 미쉬의 행동을 미주알고주알 일러바치고 있었다. 이 관리는 미쉬의 하녀인 마리안을 정부 편으로 끌어들이려고 시도했으나 허사였다. 그러나 비올레트와 그의 공모자들은 어린 하인 고셰를 통해 모든 것을 알아냈다. 미쉬는 고셰의 충성심을 믿었지만, 어린 하인은 조끼나 버클이나 면 양말이나 사탕 같은 하찮은 것들을 받는 대가로 주인을 배신하고 있었다. 그런 데다가 이 사내 녀석은 제가 지껄이는 말의 중요성을 짐작조차 하지 못했다. 비올레트는 미쉬의 모든 행동을 중상모략했으며, 관리인이 알아채지 못하는 사이에 터무니없는 가정을 내세워 모든 행동을 불법적인 것으로 몰아갔다. 그렇지만 미쉬는 그 소작인이 자기에게 하는 비열한 행동을 뻔히 알면서도, 그를 속이는 것을 재미있어 했다.

"당신 벨라슈에 볼일이 많은 모양이야, 또 나타나는 것을 보니!" 하고 미쉬가 말했다.

"또라니! 그건 비난하는 말 같은데, 미쉬 씨. 설마 이런 총으로 참새를 갈기려는 건 아니겠지! 이 소총은 본 적이 없는데……."

"그건 소총들이 나는 내 밭에서 자라난 거야. 자, 내가 총을 어떻게 심나 보라고." 미쉬가 대꾸했다.

관리인은 30보 앞의 뱀 한 마리를 겨냥하더니 그것을 동강내 버렸다.

"이런 산적의 무기를 갖고 있는 건 당신의 주인을 지키기 위해서인가요? 그가 당신에게 그걸 선물한 모양이지."

"이걸 나한테 가져다주려고 그가 일부러 파리에서 왔소." 미쉬가 대꾸했다.

"사실 그의 여행에 대해 마을 사람 모두가 수군거리고 있어요. 어떤 사람들은 그가 면직당해서 업무에서 물러났다고 하고, 또 다른 사람들은 이곳 사정을 잘 알아보러 왔다고 하더군요. 그 사람은 왜 마치 제1집정관의 행차처럼 예고도 없이 나타난 걸까? 그가 오는 걸 당신은 알고 있었소?"

"난 그의 비밀을 알고 지낼 만큼 그와 자별한 사이가 아니야."

"그러니까 아직 그를 보지 못했단 말이오?"

"숲을 순찰하고 돌아와서야 그가 왔다는 것을 알았지." 미쉬는 이렇게 대답하고 소총을 다시 장전했다.

"그는 그레뱅 씨를 찾으러 아르시에 사람을 보냈어요. 그 사람들 뭔가 '심의할'[31] 모양이지?"

말랭은 심의관을 지낸 바 있었다.

"당신 생시뉴 쪽으로 가면 나 좀 태워 주구려, 나도 그리로 가니까." 관리인이 비올레트에게 말했다.

비올레트는 미쉬같이 덩치 큰 사내를 말 잔등에 태우는 것이 너무 겁나서, 말에 박차를 가해 서둘러 떠났다. 유다는 소총을 어깨에 메고 황급히 길로 나섰다.

"미쉬는 누구를 원망하는 걸까요?" 마르트가 자기 어머니에게 물었다.

_____

31) 여기서 '심의하다'라는 말은 말랭이 심의관을 역임한 것에 빗댄 말장난으로, '논의하다', '상의하다'의 의미이다.

"말랭 씨가 온 것을 안 후부터 저 사람 안색이 어두워졌어." 하고 어머니가 대답했다. "그런데 날씨가 습하니 안으로 들어가자."

두 여자가 벽난로의 맨틀피스 아래 앉자, 쿠로가 짖는 소리가 들려왔다.

"남편이 돌아왔네요!" 하고 마르트가 외쳤다.

정말로 미쉬가 층계를 올라오고 있었다. 불안에 사로잡힌 그의 아내가 남편을 따라 방으로 갔다.

"아무도 없는지 살펴봐." 그가 들뜬 목소리로 마르트에게 말했다.

"아무도 없어요. 마리안은 소를 끌고 들에 나갔고, 고셰는……"

"고셰는 어디 있는데?" 그가 되물었다.

"모르겠어요."

"나는 그 꼬마 녀석을 못 믿겠어. 다락방에 올라가서 뒤져보고, 집 안 구석구석을 샅샅이 훑어보라고."

마르트가 밖으로 나갔다. 돌아왔을 때 그녀는 바닥에 무릎을 꿇고 기도를 올리고 있는 미쉬의 모습을 보았다.

"당신 대체 무슨 일이에요?" 그녀가 질겁해서 물었다.

관리인은 아내의 허리를 잡아 자기 쪽으로 끌어당기더니, 그녀의 이마에 입을 맞추고 감동한 목소리로 대꾸했다.

"가엾은 마누라, 만약 우리가 다시 못 보게 되더라도, 내가 당신을 몹시 사랑했다는 것을 알아주오. 저 덤불의 낙엽송 밑에 묻어 둔 편지에 쓰인 지시를 하나하나 그대로 따르도록 하고." 그는 아내에게 나무 한 그루를 가리키며 잠시 뜸을 들인 다음 말을 이었다. "편지는 양철통 안에 들어 있소. 반드시 내가 죽은 다음에 그것에 손대야 하오. 나한테 무슨 일이 일어나든, 사람들의 편견에도 불구하고, 나의 팔은 하느님의 정의에 봉사했다고 생각하시오."

마르트는 점차 얼굴에 핏기가 가시더니, 속옷 색깔처럼 하얗게 질렸다. 그녀는 겁에 질려 똥그래진 눈으로 남편을 빤히 쳐다보았다. 그녀는 뭔가 말을 하고 싶었으나, 목구멍에 침이 바짝 말랐다. 미쉬는 그림자처럼 사라졌다. 그가 침대 밑에 매어 놓은 쿠로가 절망에 빠진 개들이 그러듯이 요란하게 짖어 대기 시작했다.

마리옹 씨에 대한 미쉬의 분노에는 그럴 만한 충분한 이유가 있었지만, 그 분노는 미쉬가 보기에 훨씬 더 범죄적 인물인 말랭에게로 옮겨 갔다. 말랭의 비밀은 관리인의 눈에 명백하게 드러났다. 그는 국가참사회원의 행위를 평가하는 데 있어 다른 사람들보다 유리한 입장이었던 것이다. 정치적으로 말하자면, 그레뱅의 도움으로 국민 의회[32]에서 오브현 대의원으로 지명되었던 말랭에게 미쉬의 장인이 신임을 받은 바 있었다.

시뫼즈 가문과 생시뉴 가문을 말랭과 맞닥뜨리게 했으며 쌍둥이 형제와 드 생시뉴 양의 운명에, 아니, 그 이상으로 마르트와 미쉬의 운명에 무거운 그림자를 드리운 상황에 대해 언급하는 것이 쓸데없는 일은 아닐 것이다. 트루아의 생시뉴

___
32) 프랑스 혁명 의회(1792~1795).

저택은 시뫼즈 저택과 마주 보고 있었다. 교묘하고 신중한 손에 의해 선동을 받은 하층민들이 시뫼즈 저택을 약탈하고, 적과 내통한 혐의로 고발된 후작 부부를 찾아내서 국민병에게 인도하여 수감시킨 후, 군중은 자연히 "이제 생시뉴 저택으로!" 하고 소리쳤다. 군중은 생시뉴가 사람들이 시뫼즈가 사람들의 죄와 무관하다고 생각하지 않았다. 의연하고 용기 있는 드 시뫼즈 후작은 용감해서 사태에 뛰어들 위험이 있는 열여덟 살 난 자신의 두 아들을 구하기 위해, 사건이 벌어지기 조금 전에 그들을 친척 아주머니인 드 생시뉴 백작 부인에게 맡겼다. 시뫼즈가에 충실한 두 명의 하인이 그 젊은이들을 가둬 두고 있었다. 가문의 대가 끊기는 것을 보고 싶지 않은 노인은 극단적인 불행이 닥칠 경우에도 두 아들에게는 모든 것을 숨기도록 부탁해 두었다. 당시 열두 살이었던 로랑스는 두 형제에게서 똑같이 사랑받고 있었고, 또 그들을 똑같이 사랑하고 있었다. 많은 쌍둥이들이 그렇듯 시뫼즈 형제도 서로 너무 닮아서, 그들의 어머니는 혼동하지 않으려고 오랫동안 그들에게 다른 색깔의 옷을 입혔다. 먼저 난 맏이의 이름은 폴마리였고, 다른 아이의 이름은 마리폴이었다. 상황에 숨겨진 비밀을 들어서 알고 있던 로랑스 드 생시뉴는 여성으로서 자기 역할을 아주 훌륭하게 해냈다. 그녀는 친척 오빠들을 다독이고 그들의 비위를 맞춰서, 하층민들이 생시뉴 저택을 둘러쌀 때까지 그들이 집 안에 머물러 있도록 만들었던 것이다. 위험이 닥치자 두 형제는 즉각 알아차렸고, 한 번의 눈길로 서로 의사가 통했다. 그들은 즉시 결심을 하고 자기들의 두 하인과 드 생시뉴 백작 부인의 하인들을 무장시켰다. 대문에 바리케이드를 쌓고 덧창을 닫은 다음, 다섯 명의 하인과 생시뉴가의 친척인 도트세르 사제와 함께 창가에 자리를 잡았다. 여덟 명의 용감한 전사들은 군중을 향해 무섭게 사격을 가했다. 총탄 한 발이 발사될 때마다 포위자 한 명이 죽거나 부상당해 넘어졌다. 로랑스는 비탄에 빠지는 대신, 냉정하게 총에 장전을 하거나 총탄과 화약이 떨어진 사람들에게 보급을 해 주었다. 드 생시뉴 백작 부인은 무릎을 꿇고 주저앉아 있었다.

"어머니, 뭐 하시는 거예요?" 하고 로랑스가 물었다.

"기도한다, 그들과 너를 위해서!" 어머니가 대답했다.

그것은 유사한 상황에서 스페인 평화의 왕자[33]의 어머니가 한 고상한 말이었다. 순식간에 열한 명이 죽거나 부상당해 바닥에 쓰러졌다. 이런 종류의 사건은 하층민 무리의 열기를 가라앉히거나 아니면 고조시키기 마련이다. 감정이 격화해 공격을 계속하거나 아니면 중단하는 것이다. 앞에 선 자들은 겁에 질려 뒷걸음쳤지만, 살육과 약탈을 자행하러 온 무리 전체는 시체들을 보자 "학살이다, 살인이다!" 하고 고함치기 시작했다. 조심스러운 사람들이 인민의 대의원을 찾으러 갔다. 그때 낮에 일어난 비통한 사건을 알게 된 두 형제는 국민 의회 의원이 그들의 집을 파괴하려고 하지 않을까 하는 의심이 들었고, 그들의 의심은 바로 확신으로 바뀌었다. 복수심에 불탄 두 형

---

33) 스페인 왕 카를로스 4세의 대신이었던 마누엘 데 고도이(Manuel de Godoy, 1767~1851)에게 붙여진 별명. 그의 어머니가 '고상한 말'을 한 것은 그가 목숨을 잃을 뻔한 1808년 폭동 때의 일화이다.

제는 정문 아래에 자리를 잡고 말랭이 나타나자마자 죽여 버리려고 장총을 장전했다. 백작 부인은 얼이 빠졌다. 집이 잿더미가 되고 딸이 살해당하는 모습이 떠올라, 그녀는 향후 일주일 동안이나 프랑스를 사로잡은 그 영웅적인 방어에 대해 친척 형제를 비난했다. 말랭이 재촉하자 로랑스가 문을 살짝 열었다. 로랑스의 모습을 보자, 인민의 대의원은 두려움을 불러일으키는 자신의 성격과 그 아이의 연약함을 믿고 안으로 들어갔다. 그가 그런 식의 저항에 대해 해명을 요구하는 말을 꺼내자마자 로랑스가 대꾸했다. "뭐라고요, 당신은 프랑스에 자유를 주겠다고 하면서, 자기 집에 가만히 있는 사람들도 보호하지 못하잖아요! 저들이 우리 저택을 파괴하고 우리를 죽이려고 하는데, 우리는 무력을 무력으로 물리칠 권리도 없다는 건가요!" 말랭은 꼼짝달싹 못 하고 멈춰 섰다. 마리폴이 그를 향해 말했다. "대후작께서 성을 축조하실 때 고용했던 석공의 손자인 당신이 중상모략을 받아들여 우리 부친을 감옥으로 끌고 갔소!" 두 젊은이가 분노로 몸을 떨며 장총을 흔들어대는 모습을 보자, 이제 끝장이다 싶은 생각에 말랭이 대답했다. "그분은 석방될 것입니다." 그러자 마리폴이 엄숙하게 말했다. "당신 목숨은 이 약속에 달려 있소. 오늘 저녁에 약속이 이행되지 않으면, 우리는 다시 당신과 마주할 거요!" 이번에는 로랑스가 말했다. "울부짖는 저 무리로 말하자면, 만약 당신이 저들을 돌려보내지 않는다면, 첫 총탄은 당신을 향하게 될 거예요. 말랭 씨, 이제 나가세요!" 국민 의회 의원은 밖으로 나가 가정과 인신보호령 그리고 거주의 신성한 권리를 들먹이며 대중을 설득했

다. 그는 법과 인민은 절대적인 것이며, 법이 곧 인민이고, 인민
은 법에 따라서만 행동해야 하고, 법이 힘이어야 한다고 말했
다. 필요의 법칙이 그를 웅변적으로 만들어서, 그는 군중을 해
산시킬 수 있었다. 그러나 그는 두 형제의 경멸적인 표현과 생
시뉴 양의 "나가세요!"라는 말을 결코 잊지 않았다. 따라서 로
랑스의 오빠인 드 생시뉴 백작의 재산을 국가 재산으로 경매
할 때는 분할이 엄격하게 시행되었다. 관할구의 관리들이 로랑
스에게는 성, 직할 영지, 정원, 그리고 생시뉴라고 불리는 소작
지만 남겨 주었다. 말랭의 지침에 따라, 특히 망명자가 공화국
에 대한 무장 반란에 가담했을 경우에는 국가가 망명자의 권
한을 대리하기 때문에, 로랑스는 자신의 유산 유류분에 대한
권리만을 가진다는 조치였다. 광풍이 몰아쳤던 그날 저녁, 로
랑스는 두 사촌에게 닥칠지도 모를 말랭의 배신이나 함정을 두
려워한 나머지 그들에게 떠나기를 간청했고, 두 형제는 서둘
러 말을 타고 프로이센 군대의 전초지에 이르렀다. 두 형제가
공드르빌 숲에 다다랐을 때 생시뉴 저택이 포위되었다. 인민
의 대의원이 무장을 하고 시뫼즈가문의 후계자들을 체포하려
고 들이닥친 것이다. 그는 심한 열에 떨며 자리를 보전하고 누
워 있는 드 생시뉴 백작 부인이나, 열두 살 난 아이에 불과한
로랑스는 감히 체포하지 못했다. 하인들은 공화국의 엄한 조치
를 두려워한 나머지 자취를 감추고 없었다. 이튿날 아침에는
두 형제의 저항과 프로이센으로의 탈출 소문이 인근에 퍼졌다.
생시뉴 저택 앞에 3000명의 군중이 운집했고, 저택은 전광석
화로 파괴되었다. 시뫼즈 저택으로 옮긴 드 생시뉴 부인은 열병

이 악화해 거기서 사망했다. 미쉬가 정치 무대에 등장한 것은 이런 사건들이 일어난 이후였다. 후작과 후작 부인이 약 오 개월간 감옥에 수감돼 있었기 때문이다. 그 기간 동안 오브현의 대의원은 임무를 수행했다. 그러나 마리옹 씨가 말랭에게 공드르빌을 팔고 인근 지방 전체가 민중 봉기의 결과를 망각하기에 이르자, 미쉬는 비로소 말랭의 정체를 모두 이해하게 되었다. 어쨌든 그의 본모습을 알 수 있을 것 같았다. 말랭은 푸셰[34]처럼 수많은 얼굴과 그 각각의 얼굴 밑에 헤아릴 수 없는 깊이를 갖고 있는 인물들 가운데 하나였던 것이다. 그런 인물들은 게임을 하는 순간에는 결코 속내를 알 수 없으며 게임이 끝나고 오랜 시간이 흐른 후에야 비로소 설명이 가능해지는 것이다.

말랭은 인생의 중요 고비마다 아르시의 공증인인 충실한 친구 그레뱅과 상의하는 것을 거른 적이 없었다. 멀리 떨어져 있어도, 사물과 인간에 대한 그 친구의 판단은 분명하고 확실하고 정확했다. 이처럼 상의하는 습관이야말로 지혜로서, 이류 인간들의 힘을 이루는 것이다. 그런데 1803년 11월 국가참사회원에게 너무도 심각한 국면이 닥쳐서, 편지 한 장이 두 친구를 위험에 빠뜨릴지도 모를 상황이 되었다. 상원 의원으로 임명될 예정인 말랭은 파리에서 자신의 입장을 해명해야 할 상황이 발생할까 두려웠다. 그는 제1집정관 보나파르트의 눈에 열성적 태도로 보일 법한 단 하나의 이유를 둘러대고 파리

---

34) 조제프 푸셰(Joseph Fouché, 1759~1820). 술수와 음모에 능했던 프랑스 정치인으로 경찰부 장관을 여러 번 역임했다.

의 저택을 떠나 공드르빌로 왔다. 한데 여기서 문제되는 것은 국가가 아니라 말랭 자신의 이해관계였다. 미쉬가 직할 영지를 따라가며 야만인과 같은 방식으로 복수에 유리한 순간을 노리는 동안, 사태를 자기를 위해 이용하는 데 이골이 난 정치인 말랭은 영국식 정원의 작은 풀밭 쪽으로 친구를 데리고 갔다. 그곳은 비밀 회합에 안성맞춤인 인적 없는 장소였다. 그래서 두 친구는 풀밭 가운데에 자리 잡고 나지막한 소리로 얘기를 주고받았기 때문에, 누군가 숨어서 엿듣는다 해도 말소리를 알아듣지 못하도록 거리가 충분히 떨어져 있었다. 만일 방해꾼이 나타난다면 그들은 화제를 바꿀 수 있을 것이다.

"왜 성의 방 안에 남아 있지 않고?" 하고 그레뱅이 말했다.

"자네 경찰 국장이 내게 보낸 두 사내를 보지 못했나?"

피슈그뤼,[35] 조르주,[36] 모로,[37] 폴리냐크[38] 사건[39]을 처리

---

35) 샤를 피슈그뤼(Charles Pichegru, 1761~1804). 프랑스의 장군. 나폴레옹에 맞서는 음모를 꾸몄다가 체포되어 교살되었다.

36) 조르주 카두달(Georges Cadoudal, 1771~1804). 프랑스의 정치가. 1800년과 1803년 두 차례에 걸쳐 나폴레옹에 맞서는 음모를 꾸몄다가 처형당했다.

37) 장 빅토르 마리 모로(Jean Victor Marie Moreau, 1763~1813). 프랑스의 장군. 혁명군에 참여했고 무월 18일의 쿠데타 때 나폴레옹을 지지했으나, 후에 나폴레옹과 반목해서 왕당파의 반(反)나폴레옹 음모에 가담했다가 미국으로 망명했다.

38) 쥘 드 폴리냐크(Jules de Polignac, 1780~1847). 반나폴레옹 음모에 가담했다가 수감되었고, 왕정복고 후에 샤를 10세 치하에서 외무부 장관과 총리를 역임했다.

39) 당시 제1집정관이었던 나폴레옹을 제거하려고 꾸민 1800년 12월 24일의 정치적 음모를 뜻한다.

하는 데 있어서 비록 푸셰가 집정관실의 중심인물이기는 했지만, 그는 아직 경찰부 장관이 아니었고, 말랭처럼 국가참사회원 자리에 머물러 있었다.

"그 두 사내는 푸셰의 두 팔과 같은 존재들일세. 그중 하나, 얼굴이 레몬수 병처럼 생기고 욕심 사나운 입술에 새초롬한 눈을 한 젊은 멋쟁이 있지. 그자는 혁명력 7년에 일어난 서부의 폭동[40]을 이 주 만에 끝장낸 자야. 다른 사내는 르누아르[41]의 후계자 같은 자로, 경찰의 대(大)전통을 잇는 유일한 존재지. 나는 그저 공적 인물의 신임을 받는 평범한 경관 한 명을 요청했는데, 저 두 작자를 나에게 파견했지 뭔가. 아! 그레뱅, 아마도 푸셰가 내 속내를 파헤치고 싶은 모양이네. 그래서 나는 그 사람들을 성에서 식사나 하라고 두고 나온 거야. 그자들은 모든 걸 살펴볼 테지만, 왕당파의 흔적이든 사소한 단서든 아무것도 발견하지 못할 거야."

"아! 그렇구먼. 그런데 도대체 자네는 무슨 게임을 벌이는 건데?" 하고 그레뱅이 물었다.

"이보게, 친구, 이중(二重) 게임은 아주 위험한 법이지. 한데 푸셰와 관련해서는 게임이 삼중인 셈이야. 어쩌면 그자는 내가 부르봉 왕가와 내통한다는 사실을 냄새 맡았는지도 몰라."

---

40) 발자크의 다른 소설 『올빼미당원』에 환기된 바 있는 푸제르(Fougères) 전투를 말한다. 코랑탱이 여기서 중요한 역할을 했다.
41) 장 샤를 피에르 르누아르(Jean-Charles-Pierre Lenoir, 1732~1807). 1776년부터 1785년에 걸쳐 치안 감독관을 역임한 인물로, 현대 프랑스 경찰 체계 창시자 중 한 사람으로 꼽힌다.

"자네가!"

"그래, 내가." 하고 말랭이 대답했다.

"자네 그럼 파브라[42] 건을 기억하지 못하는 건가?"

이 말은 국가참사회원에게 깊은 인상을 남겼다.

"그런데 언제부터야?" 그레뱅이 잠시 뜸을 들였다가 물었다.

"종신 집정관제 이후[43]부터."

"증거는 없겠지?"

"그런 건 없어!" 말랭이 엄지손가락 손톱을 윗니로 잘근잘근 씹으며 대답했다.

　말랭은 불로뉴 진지[44]로 인해 궤멸의 위협을 받은 영국이 보나파르트 때문에 처한 위태로운 처지를 짧은 몇 마디 말로 명쾌하게 묘사하면서, 프랑스와 유럽이 모르고 있지만 피트[45]는 의심하고 있는 기습 계획의 중요성을 그레뱅에게 설명했다. 그런 다음 영국 때문에 보나파르트가 빠지게 될 위태로운 처지도 설명했다. 영국의 금력에 의해 맺어진 프로이센, 오스트리아, 러시아의 거대 연합은 70만 명의 병사를 무장시킬 것이다. 동시에 무시무시한 음모가 국내에 조직망을 확산시키고,

---

42) 토마스 드 파브라(Thomas de Favras, 1744~1790). 나중에 루이 18세가 된 프로방스 백작이 1789년에 꾸민 반혁명 음모의 주모자로, 같은 해에 체포되어 이듬해에 교수형에 처해졌다.
43) 나폴레옹이 종신 집정관이 된 1802년 6월 이후를 뜻한다.
44) 1803년 나폴레옹이 영불해협에 면한 항구 불로뉴쉬르메르(Boulogne-Sur-Mer)에 축조했던 진지.
45) 윌리엄 피트(William Pitt, 1759~1806). 나폴레옹에 맞섰던 영국의 정치가.

산악당원46)과 올빼미당원,47) 그리고 왕당파와 그들의 왕자들을 결집하고 있었다.

말랭이 계속해서 말했다.

"세 명의 집정관이 존속하는 동안은 루이 18세를 믿을 수 있었어. 혼란은 계속될 것이고, 어떤 움직임을 이용하면 자기가 포도월48) 13일과 실월(實月) 18일49)에 대한 복수를 할 수 있을 거라고 말이야. 그러나 종신 집정관제가 보나파르트의 의도를 드러내게 되었지. 보나파르트는 곧 황제가 될 거야. 이 전직 소위가 한 왕조를 건설하고자 하는 걸세. 그런데 이번에는 그의 목숨을 겨냥한 음모가 생니케즈가(街)의 음모50)보다 더 교묘하게 꾸며지고 있어. 피슈그뤼, 조르주, 모로, 앙지앵 공작,51) 아르투아 백작52)의 두 친구인 폴리냐크와 리비에르53)

---

46) 프랑스 대혁명기의 과격한 혁명주의자들을 지칭한다.

47) 1793년부터 루아르강 북부에 퍼졌던 반혁명적 왕당파를 지칭한다.

48) 공화력 1월로 9월 22일(23, 24일)부터 10월 22일(23일)에 해당한다.

49) 1795년 10월 5일과 1797년 9월 4일에 바라(Barras)가 젊은 보나파르트의 도움으로 왕당파의 위험에서 벗어난 역사적 사건을 말한다.

50) 1800년 크리스마스 이브에 생니케즈(Saint-Nicaise)가의 나폴레옹 마차 앞에서 일어난 폭발 사건. 오십 명이 희생되었으나, 제1집정관 나폴레옹은 무사했다.

51) Duc d'Enghien(1772~1804). 프랑스의 왕자. 반나폴레옹 음모에 연루된 혐의를 받아 독일의 망명지에서 납치되어 총살당했다.

52) Comte d'Artois(1757~1836). 루이 15세의 손자이며 루이 16세의 동생. 왕정복고 후 샤를 10세로 즉위했다.

53) 리비에르 공작(Duc de Rivière, 1765~1828). 프랑스의 정치가. 반나폴레옹 음모에 가담했다가 수감되었고 왕정복고 후 상원 의원과 주(駐) 터키 대사를 역임했다.

가 다 연루돼 있단 말일세.”

“이 무슨 잡탕이란 말인가!” 하고 그레뱅이 외쳤다.

“프랑스는 은밀하게 침투당했어. 전면적 공략을 하려고 수단을 가리지 않고 있단 말일세! 조르주가 지휘하는 백 명의 행동대원이 집정관 수비대와 집정관 자신을 공격할 거야.”

“그렇다면 그자들을 고발하게나.”

“집정관과 경찰부 장관, 그리고 경찰 국장과 푸셰가 그 거대한 음모의 단서를 잡은 지 벌써 두 달이 되었네. 그러나 아직 음모의 전모를 파악하지 못해서, 현재로서는 모든 것을 알기 위해 가담자 거의 모두를 마음 놓고 행동하도록 놔두고 있는 거라네.”

그러자 공증인이 대꾸했다.

“권리로 말하자면, 무월 18일에 보나파르트가 공화국에 대항하여 음모를 꾸몄던 것보다, 부르봉 왕가가 보나파르트에 대항해 어떤 시도를 계획하고 실행할 훨씬 더 많은 권리를 보유한 셈이지. 보나파르트는 공화국의 자식이라고 할 수 있으니 말일세. 보나파르트는 자기 어머니를 학살한 셈이고, 부르봉 왕가는 자기 집으로 되돌아가고자 하는 것이니까. 보나파르트 정권이 망명자 명단 작성을 마감하고, 그 명단에서 사면되는 사람 수를 늘리고, 가톨릭 신앙을 복원하며, 반혁명적 포고령을 축적해 가는 것을 보면서, 왕자들이 자신들의 복귀가 불가능하지는 않더라도 점점 더 어려워지고 있음을 이해했다고 생각하네. 보나파르트가 그들의 귀환에 유일한 장애가 되어 가니, 그들이 그 장애를 제거하고자 하는 것은 더할 나위 없이 자명한 이치지. 음모자들은 패배하면 악당이 되고, 승리하면 영웅이 될 것이니, 자네의 난감한 입장도 당연한 것으로 보이네."

이번에는 말랭이 말했다.

"루이 16세를 혁명의 흐름 속에 우리와 마찬가지로 깊이 담그기 위해 국민 의회가 루이 16세의 목을 유럽의 왕들에게 던졌듯이, 보나파르트로 하여금 앙지앵 공작의 목을 부르봉 왕가 사람들에게 던지게 만드느냐 아니면 현재 프랑스 민중의 우상이며 미래의 황제인 보나파르트를 뒤엎고 그의 잔해 위에 정통 왕좌를 세우게 만드느냐가 문제인 것이네. 피스톨의 성공적 발사나 생니케즈가의 폭발 장치의 성공 같은 사태에 나의 운명도 좌우되는 것이지. 그들이 나에게 모든 이야기를 해 주지는 않았어. 나는 결정적인 순간에 참사원에 합류해 부르봉 왕조의 복고를 위한 정당한 행동을 지휘하라는 제안을 받았을 뿐이라네."

"기다리게." 하고 공증인이 대꾸했다.

"그건 불가능해! 나는 바로 지금 결정을 내려야만 하네."

"대체 왜?"

"시뫼즈 형제가 음모에 가담해 있어, 그들이 이 고장에 들어와 있네. 나는 그들을 뒤쫓게 하고 음모에 연루되도록 내버려 둠으로써 그들을 나에게서 제거해 버리느냐, 아니면 그들을 은밀히 보호하느냐, 양단간에 결단을 내려야만 해. 그런데 나는 평범한 하급 부하들을 요청했는데, 스라소니 같은 날쌘 요원들을 선별해 보내왔단 말이야. 그자들은 헌병대 병력을 제

편으로 확보하기 위해 트루아를 거쳐서 왔네."

"공드르빌은 이미 자네 것이고, 음모는 불확실한 미래일 뿐이네." 하고 그레뱅이 말했다. "자네의 두 파트너인 푸셰도 탈레랑[54])도 그 음모에 가담하지 않았어. 그들과 함께 정면 승부를 하게. 무슨 소리인가! 루이 16세의 목을 자른 자들 모두가 정부에 참여해 있고 프랑스는 국유재산 취득자들로 가득한데, 자네는 공드르빌을 다시 자네에게 요구할 사람들을 복위시키겠다는 건가? 바보가 아니라면, 부르봉 왕가 사람들은 우리가 한 모든 일을 백지화하려 들 걸세. 그러니 보나파르트에게 알리게나."

"나 같은 지위에 있는 사람은 밀고를 할 수 없는 법이네." 말랭이 격하게 말했다.

"자네 같은 지위라고?" 그레뱅이 미소를 지으며 소리쳤다.

"나는 법무부 장관 자리를 제안받고 있어."

"자네의 현혹을 이해할 만하네. 그러나 정치적 어둠 속에서 사정을 분명히 파악하고 출구를 알아채는 것은 나의 몫이네. 한데 보나파르트 같은 장군이 팔십 척의 함선과 40만 명의 병사를 거느리고 있는 경우에는, 부르봉 왕조를 복귀시킬 수 있는 사태를 예상한다는 것은 불가능하네. 정치적 예측에서 가장 어려운 것은 기울어가는 권력이 언제 쓰러지느냐를 아는

---

54) 샤를 모리스 드 탈레랑 페리고르(Charles-Maurice de Talleyrand-Périgord, 1754~1838). 프랑스의 정치가. 귀족 출신의 성직자로, 프랑스 대혁명에 참여한 후 프랑스의 여러 정치 체제에서 주로 외교 업무를 담당하며 정치적으로 중요한 역할을 했던 노회한 인물.

것일세. 그런데 이보게, 보나파르트의 권력은 지금 상승기에 있어. 푸셰는 자네의 속내를 알아내서 자네를 제거하고자 자네를 염탐시킨 것 아니겠나?"

"아니, 나는 사절에 대해서는 확신하고 있어. 더구나 푸셰라면 그런 교활한 자들을 둘이나 내게 파견하지는 않을 거야. 그들은 내가 너무나 잘 알고 있어서 의심을 품지 않을 수 없는 자들이거든."

"나는 그자들이 두렵네." 그레뱅이 말했다. "푸셰가 자네를 경계하고 자네를 시험하고자 하는 것이 아니라면, 왜 자네에게 그자들을 파견했겠는가? 푸셰는 아무런 이유 없이 그런 장난을 치지는 않아……."

"그 사실이 나에게 결심을 서게 하네." 하고 말랭이 외쳤다. "저 시뫼즈 형제 때문에 결코 안심이 안 돼. 내 입장을 알고 있는 푸셰가 어쩌면 시뫼즈 형제를 놔줬다가 그들을 통해 콩데[55]에게까지 이르려고 하는지도 모르지."

"어이, 이보게! 공드르빌의 소유자가 보나파르트 치하에서 불안에 떨 필요는 없어."

눈길을 쳐든 말랭이 무성한 굵은 보리수 잎 사이로 총신을 얼핏 보았다.

"내가 틀린 게 아니야. 총을 장전하는 둔탁한 소리가 들렸어." 두터운 나무둥치 뒤로 몸을 숨긴 후 말랭이 그레뱅에게

---

55) 루이스 조제프 드 부르봉(Louis Joseph de Bourbon, Prince de Condé, 1736~1818). 대혁명 후 망명해 혁명에 저항한 부르봉 왕가의 중심인물로, 왕정복고 후에 프랑스로 귀환했다.

말했다. 친구의 갑작스러운 행동에 불안을 느낀 공증인이 나무둥치 뒤로 친구를 따라갔다.

"미쉬로군. 그의 적갈색 수염이 보였어." 하고 그레뱅이 말했다.

"겁먹은 표정을 짓지 말게." 말랭이 되풀이해 말하면서 천천히 걸어갔다. "저 사람이 토지의 취득자들에게 뭘 원하는 거지? 그가 노리는 것이 분명코 자네는 아니야. 그가 우리 얘기를 들었다면, 기도나 하라고 권해야겠는걸! 우리가 들판으로 나가는 편이 나을 뻔했어. 빌어먹을, 누가 공중을 경계할 생각을 했겠어!"

"사람은 언제나 배울 게 있다니까! 그런데 그자는 아주 멀리 있었고, 우리는 귓속말로 소곤거린 셈인데." 공증인이 이렇게 말했다.

"이 일에 대해 코랑탱에게 몇 마디 귀띔해야겠네." 하고 말랭이 대꾸했다.

잠시 후 미쉬가 얼굴을 잔뜩 찌푸리고 하얗게 질려서 집으로 돌아왔다.

"무슨 일이에요?" 질겁한 아내가 그에게 물었다.

"아무것도 아니야." 그가 비올레트의 모습을 보고 대답했다. 비올레트의 출현은 그에게 청천벽력과도 같았다.

미쉬는 의자를 잡아당겨 난롯불 앞에 조용히 앉더니, 서류 보관용으로 병사들에게 지급하는 것과 같은 양철통에서 편지 한 통을 꺼내어 난롯불에 집어 던졌다. 이 행동을 보자 마르트는 무거운 짐에서 놓여난 사람처럼 한숨 돌릴 수 있었지만, 비올레트는 몹시 의구심이 들었다. 관리인은 놀랄 만한 냉정함을 보이며 벽난로 맨틀피스 위에 소총을 내려놓았다. 마르트의 어머니와 마리안은 램프 불빛 아래에서 실을 잣고 있었다.

"자, 프랑수아, 이제 자자. 너 자고 싶지?" 하고 미쉬가 말했다.

그는 아들의 몸뚱이 가운데를 난폭하게 붙잡아 들고 나갔다. 그리고 층계에 이르자 아들의 귀에 대고 속삭였다. "지하실에 내려가서 마콩 포도주 두 병을 3분의 1쯤 비운 다음, 술병 두는 선반에 있는 코냑 지방의 브랜디로 채워라. 그러고 나서 백포도주 한 병의 반을 브랜디와 섞어라. 아주 민첩하게 해야 한다. 다 했으면 병 세 개를 지하실 입구에 있는 빈 술통 위에 놔둬라. 그리고 내가 창문을 열거든, 지하실에서 나가 내 말에 안장을 얹어 타고 나가 포토데귀외에서 나를 기다려라."

관리인이 거실로 돌아가면서 말했다. "어린 녀석이 통 잠을 자려고 하지 않는다니까. 어른들처럼 뭐든지 보고 듣고 알려고 하지를 않나, 원. 비올레트 영감, 당신이 우리 집 분위기를 망쳐 놓고 있어."

"맙소사! 맙소사! 누가 당신 혓바닥을 풀어 놓기라도 했나? 당신이 이렇게 말이 많은 적은 없었는데." 하고 비올레트가 외쳤다.

"내가 눈치도 못 채고 가만히 염탐이나 당할 줄 알았나? 이보게, 비올레트 영감, 당신은 좋은 편에 서지 않았어. 당신이 나를 원망하는 사람들을 섬기는 대신 내 편에 선다면, 내가 당신의 소작 계약을 갱신해 주는 것 이상으로 당신에게 해 줄 일이 있을 텐데…….”

“그 이상 무엇을?” 탐욕스러운 농부가 눈을 둥그렇게 뜨고 말했다.

“내 재산을 당신에게 싼값에 팔겠네.”

“돈을 내야 할 경우 싼값이란 없는 법.” 하고 비올레트가 선언조로 말했다.

“나는 이 고장을 떠나려고 해. 무소의 내 농장과 건물들, 파종한 씨앗과 가축 모두를 5만 프랑에 당신에게 넘기겠네.”

“정말!”

“마음에 드나?”

“아무렴, 두고 보지.”

“그 얘기를 좀 하세……. 그런데 나는 보증이 필요해.”

“나는 지금 가진 게 없는데.”

“말 한마디면 돼.”

“무슨 말?”

“누가 당신을 이리 보냈는지 나에게 말하게.”

“방금 갔던 곳에서 돌아오는 길에 저녁 인사나 하려고 들른 거네.”

“말도 안 타고 돌아왔다고? 나를 바보로 아는 건가? 자네는 거짓말을 하고 있어. 자네가 내 농장을 갖지는 못하겠군.”

“그럼 그레뱅 씨라고 해 두지! 그 사람이 나에게 이렇게 말하더군. 비올레트, 우리는 미쉬가 필요하니 그를 찾아가 보게. 그러고는 그가 없으면 기다리라고……. 그 말을 듣고 나는 오늘 저녁 이 집 안에 머물러 있어야 한다고 깨달았지…….”

"파리의 불한당 녀석들은 아직도 성에 있던가?"

"아! 잘은 모르겠어. 하지만 살롱에 사람들이 있었네."

"자네 내 농장을 갖게 되겠어. 아예 결정을 짓지! 여보, 가서 계약을 축하할 술을 좀 가져오오. 예전에 후작이 드시던 최고급 루시용 포도주를…… 우리는 어린애들이 아니라고. 입구의 빈 술통 위에 적포도주 두 병과 백포도주 한 병이 있을 거야."

"좋아! 마시자고!" 결코 취하는 적이 없는 비올레트가 말했다.

"자네는 침실의 침대 아래 타일 밑에 5만 프랑을 갖고 있으니, 그레뱅 공증인 사무실에서 계약을 체결한 다음 보름 후에 그 돈을 내게 주게나……" 그 말을 듣자 비올레트는 미쉬를 뚫어지게 쳐다보더니, 얼굴이 하얗게 질렸다. "아, 왜 그래? 아르시의 자코뱅 클럽을 주재하는 영예를 누렸던 평판 나쁜 자코뱅을 염탐하러 왔는데, 그 자코뱅이 자네에게 집적거리지 않을 줄 알았나? 나도 눈이 있네. 자네 집 타일에 회반죽이 새로 칠해진 걸 보고, 밀 씨앗을 뿌리려고 그 타일을 들어내지는 않았을 거라고 추측했지. 자, 마시세."

당황한 비올레트는 술의 성질을 알아차리지 못한 채 커다란 잔에 가득 따른 포도주를 다 마셔 버렸다. 두려움에 사로잡힌 그의 배 속에서 브랜디가 불에 달군 쇠꼬챙이가 배를 찌르듯이 맹렬하게 타올랐다. 자기 집에 돌아가 보물을 숨겨 둔 장소를 옮길 수만 있다면, 그는 무슨 일이든 했을 것이다. 세 여자는 미소를 짓고 있었다.

"술 괜찮나?" 술잔을 다시 채우며 미쉬가 비올레트에게 물었다.

"물론이지."

"자네 집처럼 편하게 있게, 악당 영감탱이야!"

술잔을 거듭 비우며 촌사람들이 매매를 체결할 때 주고받게 마련인 수많은 잔소리가 오가고, 농장의 명도 시기에 대한 활기 띤 토론이 벌어지면서 삼십 분이 흘렀다. 그동안 약속이나 부인(否認)이 뒤섞인 여러 말과 많은 주장이 되풀이되었다. "안 그런가?", "참말로!", "진정으로!", "말했던 그대로!", "내 목을 자르겠다니까……", "내가 한 말이 진짜가 아니면 이 술잔이 독배가 될 거구먼……." 등등의 말이 끼어들었다. 그러더니 비올레트가 식탁에 머리를 처박고 쓰러졌다. 얼근한 정도가 아니라 인사불성 상태였다. 그의 눈동자가 흐릿해지는 것을 보자마자, 미쉬는 서둘러 창문을 열었다.

"고셰 녀석은 어디 있소?" 그가 아내에게 물었다.

"잠자리에 들었어요."

"이봐, 마리안, 가서 그 녀석 방문을 가로막고 감시하고 있어." 관리인은 충실한 하녀에게 이렇게 말하더니, 이어서 장모에게 말했다. "장모님, 아래층에 계시면서 이 스파이를 지키세요. 망을 잘 보고, 프랑수아의 목소리가 들릴 때 말고는 문을 열어 주지 마세요." 그런 다음 심각한 목소리로 덧붙여 말했다. "이건 생사가 걸린 문제입니다! 이 집 안에 있는 사람 모두에게 나는 오늘 밤 집을 떠난 적이 없는 거예요. 단두대에 목을 걸고 이 사실을 꼭 지켜야 합니다."

그가 아내에게 급히 말했다. "자, 자, 여보, 당신은 외투 입고 신발 신고, 빨리 나갑시다! 아무것도 묻지 말고. 내가 같이 갈 테니까."

약 사십오 분 전부터 그 사내의 거동과 눈초리에는 저항할 수 없는 전제적인 권위가 배어 있었는데, 그것은 전쟁터에서 병사들의 사기를 북돋는 위대한 장군들, 군중을 휘어잡는 위대한 웅변가들, 또한 대담한 큰일을 꾸미는 배포 큰 범죄자들이 그들의 비상한 힘을 길어 올리는 신비스러운 공통의 우물에서 길어 올린 권위라고 할 만한 것이었다. 그 순간 그의 머리에서는 빛줄기가 새어 나오고, 그의 말은 거스를 수 없는 영향력을 발휘하고, 그의 거동은 타인에게 의지를 주입하는 것처럼 보였다. 세 여인네는 무시무시한 위기에 봉착한 자신들의 처지를 알아차렸다. 얼굴 전체가 번쩍거리고, 이마에 의미심장한 표정이 서려 있으며, 눈이 별처럼 빛나는 그 사내의 서두르는 행동을 대하자, 여인네들은 말로 알리지 않았어도 위기를 예감했다. 그녀들은 그의 두피에 땀이 맺혀 있는 것을 보았다. 그의 말소리가 초조와 분노로 여러 차례 떨렸다. 그래서 마르트는 수동적으로 그의 말에 복종했다. 어깨에 소총을 메고 몸 구석구석 철저하게 무장한 미쉬가 한길로 뛰어내렸고, 아내가 그를 뒤따랐다. 그들은 프랑수아가 덤불숲 속에 숨어 있는 교차로에 재빠르게 도착했다.

아들의 모습이 보이자 미쉬가 말했다. "녀석이 눈치가 있군."

그것이 그가 처음으로 한 말이었다. 그의 아내와 그는 한마디 말도 못 하고 거기까지 달려온 것이다.

그가 아들에게 말했다. "집으로 돌아가 제일 무성한 나무 속에 숨어 들판과 직할 영지를 살펴라. 우리 모두 자고 있었고 아무에게도 문을 열어 주지 않은 것으로 해야 해. 네 할머니가 깨어 계신데, 네 말소리가 들려야만 움직이실 거다! 내 말을 낱낱이 기억해야 한다. 네 아비 어미의 목숨이 달린 일이야. 우리가 밤에 밖에 나갔다는 사실을 사법 기관이 알아서는 절대로 안 된다." 아들의 귀에 대고 이 말을 하자, 아이는 항아리 속의 뱀장어처럼 소리 없이 숲속으로 미끄러져 들어갔다. 미쉬가 아내에게 말했다. "말을 타! 그리고 우리를 위해 하느님께 기도해요. 꼭 붙잡고 있어! 말이 쓰러질 수도 있으니까."

이 말을 하자마자, 미쉬는 말의 배때기를 발로 두 번 차고 두 무릎으로 힘차게 눌렀다. 말은 경주마처럼 빠르게 출발했다. 짐승은 주인의 뜻을 이해하기라도 하는 듯 십오 분 만에 숲을 가로질러 갔다. 미쉬는 최단거리의 지름길을 조금도 벗어나지 않고 달려서, 생시뉴성 꼭대기가 달빛에 환히 드러나 보이는 숲 가장자리 지점에 이르렀다. 그는 말고삐를 나무에 붙들어 매고 생시뉴 계곡이 굽어보이는 언덕으로 민첩하게 다가갔다.

마르트와 미쉬가 잠시 함께 주시한 성은 밤의 풍경 속에서 매력적으로 보였다. 그 성은 면적으로 보나 건축 양식으로 보나 별다른 중요성이 없음에도, 어떤 고고학적 특징이 없지 않았다. 아직도 물이 가득 담긴 깊고 넓은 해자(垓字)로 둘러싸여 언덕 위에 자리 잡고 있는 15세기의 옛 건물은 돌과 모르타르로 건축되었지만, 벽의 두께가 7피트에 달했다. 그 건물의 단순함은 봉건 시대의 거칠고 전투적인 삶을 감탄스럽게 상기시키는 바가 있다. 정말로 소박한 그 성은 석재의 십자형 창들이 뚫린 긴 본채 양쪽에 솟아 있는 불그스름한 색의 커다란 탑 두 개로 이루어져 있는데, 거칠게 조각된 건물의 십자가들은 포도나무 가지들과 흡사해 보인다. 층계는 바깥쪽 중앙부, 고딕식의 작은 문이 달린 오각형 탑 안에 위치해 있다. 2층과 마찬가지로 루이 14세 치세에 내부를 근대적으로 개조한 아래층 위로 거대한 지붕이 솟아 있는데, 그 지붕의 조각된 합각벽에는 십자형 창들이 뚫려 있다. 성 앞으로는 드넓은 잔디밭이 펼쳐지는데, 잔디밭의 나무들은 최근에 벌목되었다. 입구의 다리 양편에는 정원지기들이 사는 누옥 두 채가 있고, 집들 사이에는 분명히 근래에 만들어졌을 특징 없는 초라한 철책이 서 있다. 포장된 차도에 의해 두 부분으로 나뉜 잔디밭의 오른편과 왼편으로는 마구간, 외양간, 곳간, 장작 광, 빵 제조간, 가금 사육장 등 각종 부속 건물들이 늘어서 있는데, 아마도 그 건물들은 현재의 성과 유사했을 양 측면의 잔해 속에 세워졌으리라. 이 작은 성이 옛날에는 정사각형 모양이었고, 네 모서리가 요새화된 채 아치형 입구가 있는 거대한 탑에 의해 방어되었으며, 탑 아래, 현재 철책이 있는 자리에는 도개교가 설치되어 있었을 것이다. 원추형 지붕이 파괴되지 않고 보존된 큰 탑 두 개와 가운데 탑의 종루가 마을의 풍치를 돋우고 있었다. 탑과 마찬가지로 낡은 교회의 몇 발자국 떨어진 곳에 뾰족한 종탑이 솟아 있어 그 작은 성채의 건물들과 조화를 이루었다. 달이 건물의 꼭대기와 측면 모두를 환히 비추어 그 주위로 달빛이 반짝반짝 빛났다. 미쉬는 아내의 상념을 뒤엎으려는 듯 영주의 거처를 뚫어지게 쳐다보았다. 평소보다 더 고요한 그의 얼굴에는 희망의 표정과 일종의 오만한 기색이 어려 있었다. 그의 두 눈이 경계심을 품고 지평선을 굽어보았다. 그는 들판 쪽으로 주의 깊게 귀를 기울였다. 밤 9시쯤 된 것 같았다. 달이 숲 가장자리에 빛을 드리우고 있어서, 특히 언덕 위가 환히 밝혀져 있었다. 이런 위치가 미쉬에게는 위험스러워 보였다. 그는 남의 눈에 띨까 두려운 듯 아래로 내려갔다. 그렇지만 그쪽 부분이 노뎀 숲에 둘러싸인 아름다운 계곡의 평화를 흔드는 수상한 소리는 아무것도 들리지 않았다. 그토록 힘들게 달음질쳐 온 마르트는 기진맥진하고 불안에 떨면서 무언가 결말이 지어지기를 기다리고 있었다. 그녀는 무슨 일에 소용이 될까? 훌륭한 행위일까 아니면 범죄일까? 그 순간, 미쉬가 아내의 귀에 바짝 대고 말했다.

"드 생시뉴 저택에 가서, 그 댁 아가씨에게 할 말이 있다고 청해요. 그리고 아가씨를 보거든, 간격을 좀 두고 따라오라고 부탁하도록 해요. 그런 다음 다른 누구도 말소리를 들을 수 없는 거리에 이르거든, 그분에게 이렇게 말해요. '아가씨, 아가씨의 사촌 두 분의 목숨이 위험에 처했습니다. 그리고 그 자초지종을 설명해 줄 사람이 아가씨를 기다리고 있습니다.' 만약 아가씨가 두려워하고 의심하거든, 이렇게 덧붙이도록 해요. '그분들은 제1집정관에 반대하는 음모에 가담했는데, 그 음모가 발각되었습니다.' 당신 이름은 말하지 마시오, 우리는 너무나 의심받고 있으니까."

마르트 미쉬는 남편을 향해 고개를 들더니 이렇게 물었다.

"그러니까 당신 그들을 돕는 거예요?"

"그게 뭐?" 그는 질책을 각오하고 눈살을 찌푸리며 응수했다.

마르트는 "당신은 저를 이해하지 못해요."라고 외치면서 미쉬의 널찍한 손을 덥석 잡더니, 순식간에 눈물로 뒤덮인 그 손에 키스를 퍼부으며 그의 무릎 아래로 손을 떨어뜨렸다.

"뛰어가라고. 우는 건 나중에 하고." 그가 아내를 와락 힘주어 껴안으며 말했다.

아내의 발소리가 더 이상 들리지 않자, 강철 같은 사내의 눈에 눈물이 어렸다. 그는 그녀 아버지의 편향 때문에 그녀를 의심해서, 여태까지 자기 삶의 비밀을 그녀에게 감추어 왔다. 그러나 그의 성격의 숭고함이 그녀에게 폭발적으로 노출됐듯이, 아내의 단순한 성격에 깃든 아름다움이 갑자기 그에게 드러났다. 자기가 성(姓)을 따르는 남자의 타락으로 야기된 깊은 굴욕감에 시달리던 마르트는 순식간에 그 남자의 영예가 발휘하는 매혹에 빠져들었다. 그 변화가 일거에 이루어져서 정신이 아득해지는 느낌이었다. 나중에 남편에게 이야기했듯이, 이때 그녀는 더할 나위 없는 불안에 사로잡혀 자기들이 사는 정자로부터 생시뉴까지 처참한 상태로 옮겨 왔는데, 한순간에 천사들 틈에 끼어 천국으로 올라간 느낌이었다. 자기가 존중받지 못한다고 느껴 왔으며, 아내의 슬픔에 차고 우울한 태도를 애정의 결여로 여겨 왔고, 아내를 홀로 놔둔 채 주로 밖에서 지내며 모든 애정을 아들에게 쏟아 온 그는 이 여인의 눈물이 뜻하는 모든 것을 한순간에 깨달았다. 그녀는 자신의 아름다움과 부친의 의지가 그녀에게 강요한 역할을 저주해 왔다. 폭풍우 가운데의 번개처럼, 행복이 그들에게 더없이 아름다운 불길로 빛났다. 이건 분명코 번갯불이리라! 그들 각자는 지난 십 년 동안의 불화를 생각하며, 그것을 오직 자신의 잘못으로 여기며 자책했다. 미쉬는 소총에 팔꿈치를 기대고 손에 턱을 괸 채 꼼짝 않고 서서 깊은 상념에 빠져 있었다. 이와 같은 순간은 더없이 괴로웠던 지난날의 모든 고통을 수긍하게 만드는 것이다.

남편의 생각과 유사한 수많은 생각으로 동요된 마르트는 시뫼즈 형제가 처한 위험 때문에 가슴이 오그라드는 느낌이었다. 그녀는 모든 것을, 심지어 두 파리 사람의 태도까지도 이해할 수 있었지만, 소총의 용도에 대해서는 도무지 납득할 수 없었다. 그녀는 암사슴처럼 날렵하게 돌진해 성으로 가는 길로 접어들었는데, 뒤에서 사람의 발자국 소리가 나자 기겁해서 소리를 질렀다. 그러자 미쉬의 널따란 손이 그녀의 입을 틀어막았다.

"언덕 꼭대기에서, 모자 테두리의 은장식이 반짝이는 것이 보였소! 아가씨가 거처하는 탑과 마구간 사이에 있는 도랑의 틈새를 통해 들어가요. 개들이 당신을 뒤쫓으며 짖지는 않을 거요. 정원을 지나가 창문을 통해 아가씨를 부르시오. 아가씨의 말에 안장을 얹게 하고, 도랑으로 말을 끌고 오라고 이르시오. 나는 파리 녀석들의 계획을 검토해서 그들로부터 벗어날 수 있는 방법을 찾은 다음 그곳에 가 있겠소."

반드시 막아야만 하는 눈사태처럼 쏟아지는 그 위험이 마르트에게 날개를 달아 주었다.

생시뉴와 샤르주뵈프에 공통되는 프랑크족의 성(姓)은 두 이네프다. 부친의 부재중에 샤르주뵈프 가문의 다섯 딸이 성(城)을 방어한 이후, 생시뉴는 샤르주뵈프 가문 분가(分家)의 성(姓)이 되었다. 모두 눈부신 하얀 피부를 지녔던 그 다섯 딸이 그런 용맹한 행위를 한다는 것은 아무도 예상 못 한 일이었다. 샹파뉴 지방의 초기 백작들 가운데 한 사람은 가문이 존속하는 만큼 생시뉴라는 아름다운 이름에 의해 그 기억이 오랫동안 존속되기를 원했다. 그 특이한 무훈 이후로 그 가문의 딸들은 늘 자존심이 강했지만, 그녀들의 피부가 언제나 새하얗지만은 않았다. 그 가계의 마지막 딸 로랑스는 살리카법56)과는 반대로, 가문의 성(姓)과 문장(紋章)과 봉토의 상속자가 되었다. 그 집안에서만은 여자의 태반(胎盤)을 통해 귀족 가계가 계승되고 상속이 이루어진다는 샹파뉴 백작의 규칙을 프랑스 왕이 승인한 것이다. 그리하여 로랑스가 생시뉴 여백작이 되었고, 향후 그녀의 남편은 그 가문의 성과 문장을 쓰게 될 것이다. 가문의 문장에는 성(城)을 내놓으라는 독촉에 대해 다섯 자매 중 맏이가 한 장엄한 답변인 '노래하며 죽으리라!' 가 좌우명으로 적혀 있었다. 로랑스는 그 아름다운 여장부들과 어울릴 만큼, 운명의 내기처럼 보이는 새하얀 피부를 지니

---

56) 조상의 토지 상속권에서 여성을 배제하도록 한 중세의 법.

고 있었다. 푸른 정맥의 미세한 선들이 섬세하고 팽팽한 피부 조직 아래로 드러나 보였다. 아름다운 금발 머리는 더할 나위 없이 짙은 푸른 눈과 기막히게 어울렸다. 그녀의 모든 면모가 귀여운 모습을 띠고 있었다. 가녀린 허리와 우윳빛 피부의 연약한 몸매임에도, 그녀는 더없이 고매한 성격의 남자와도 같은 강인한 영혼을 갖추고 있었다. 그 누구도, 아무리 관찰력이 뛰어난 사람일지라도 그녀의 부드러운 면모, 그리고 암양의 머리와 어렴풋이 닮은 굽은 옆모습을 보고 그녀가 그런 영혼의 소유자라는 것은 짐작도 못했을 것이다. 그 극단적인 부드러움은 고상하긴 했지만 어린양의 순진함에 가까워 보였으니 말이다. "나는 꿈꾸는 양 같은 모습이야!" 때때로 그녀는 미소 지으며 말했다. 별로 말이 없는 로랑스는 몽상적이 아니라 정신이 마비된 것처럼 보였다. 그러나 심각한 상황이 닥치면 숨겨진 유딧[57]의 면모가 드러나 숭고한 면모를 띠었는데, 불행하게도 그녀에게는 그런 상황이 결핍되지 않았다. 로랑스는 열세 살의 나이에[58] 독자들이 이미 알고 있는 사건을 겪은 후, 16세기의 가장 흥미로운 건물들 가운데 하나인 생시뉴 저택이 바로 전날까지 서 있던 트루아의 광장 앞에서 고아가 되었다. 친척 가운데 한 사람인 도트세르 씨가 그녀의 후견인이 되어 그 상속녀를 즉시 시골로 데려갔다. 형 도트세르 사제

---

57) 구약성서 외경(外經)의 하나인 「유딧서」에 나오는 유대 여자로, 민족을 위기에서 구하기 위해 적진에 들어가 적장을 죽였다고 한다.
58) 앞부분에는 열두 살로 기록되어 있다. 약간의 착오가 있었던 것으로 보인다.

가 농부로 변장하고 탈출하다가 광장에서 총탄을 맞아 죽은 뒤 겁에 질린 이 정직한 시골 귀족은 피후견인의 이익을 방어할 수 있는 입장이 못 되었다. 게다가 아들 둘이 왕자들의 군대에 복무하고 있어서, 매일같이 조그만 소리만 들려도 아르시의 경찰대원들이 자기를 체포하러 온 줄로 생각하는 것이었다. 포위 공격을 버텨 냈으며, 조상들의 역사적인 새하얀 피부를 지녔음을 자랑스러워하는 로랑스는 폭풍우에 짓눌린 노인네의 그런 얌전한 비겁함을 경멸했고, 자신의 이름을 빛내기만을 꿈꾸었다. 그리하여 그녀는 떡갈나무 잔가지를 엮어 만든 관을 쓴 샤를로트 코르데[59]의 초상화를 생시뉴의 보잘것없는 살롱에 대담하게 내걸었다. 그녀는 법에 의해 사형당할 위험을 무릅쓰고 비밀 사자(使者)를 통해 쌍둥이 형제와 교신했다. 그 사자 역시 생명의 위험을 무릅쓰고 답신을 전해 왔다. 트루아의 재난이 일어난 이후 로랑스는 오직 왕정이라는 대의를 위해서만 살았다. 도트세르 부부가 정직한 품성을 지녔으되 활력이 없음을 공정하게 판단해 알게 된 후로, 그녀는 그들을 자신의 내면의 원칙과는 상관없는 사람들로 취급했다. 그렇지만 로랑스는 대단히 재치가 있고 진정한 관대함을 지니고 있어서 그들의 그런 성격을 원망하지는 않았다. 그녀는 착하고 친절하고 정답게 그들을 대했지만, 자신의 비밀은 그들

---

59) Charlotte Corday(1768~1793). 젊은 처녀로서 프랑스 대혁명에 참여했으나, 1793년 2월 지롱드 당원들이 추방되자 마라(Marat)를 지롱드 당원 추방과 공포 정치 체제 성립의 책임자로 여겨 1793년 7월 13일 마라를 단도로 찔러 살해한 후 처형당한 인물.

에게 하나도 털어놓지 않았다. 가족 내에서 뭔가를 끊임없이 숨기는 것처럼 마음에 시련을 주는 일은 없다. 성년이 되어서도 로랑스는 과거와 마찬가지로 도트세르 씨가 자기 집안일들을 맡아서 처리하도록 내버려 두었다. 자신이 아끼는 암말이 잘 보살핌을 받고, 자신의 하녀 카트린이 제 취향대로 몸치장을 하고, 자신의 어린 하인 고타르가 적절한 옷차림을 할 수 있는 한, 나머지 일은 거의 개의치 않았다. 다른 시절 같았으면 그녀를 즐겁게 했을지도 모를 일상사로 관심을 낮추기에는 그녀의 생각이 너무나 높은 목표를 향하고 있었던 것이다. 몸단장은 그녀에게 하찮은 일이었다. 게다가 그녀의 사촌 오빠들도 그곳에 있지 않았다. 로랑스는 말 타고 산책할 때 입는 짙은 녹색 승마복 한 벌, 걸어 다닐 때 입는 단춧구멍에 장식끈이 달린 소매 없는 블라우스와 평범한 천으로 된 드레스 한 벌, 그리고 집 안에서 입는 실내복 한 벌을 가지고 있었다. 그녀는 거의 밖에서 지냈기 때문에, 능란하고 용기 있는 열다섯 살의 어린 시종 고타르가 그녀를 호위하고 다녔다. 그녀는 공드르빌의 토지 어느 곳에서나 사냥을 했고, 소작인들도 미쉬도 그것에 대해 이의를 제기하지 않았다. 그녀는 말을 기가 막히게 잘 탔고, 그녀의 사냥 기술은 기적적이라고 할 만했다. 그 지방 사람들은 심지어 혁명기에도 항상 그녀를 아가씨라는 호칭으로 불렀다.

아름다운 소설 『롭 로이』[60]를 읽어 본 사람은 누구든 다

---

60) 스코틀랜드의 유명한 산적을 주인공으로 해서 쓴 월터 스콧의 소설.

이애나 버논을 기억할 터인데, 그 희귀한 여인의 성격을 구상하기 위해 월터 스콧은 평소의 냉정한 습관을 버려야만 했었다. 소설 속 다이애나를 그토록 매력적으로 만들어 주는 사랑스러운 격정을 제거하고 샤를로트 코르데의 절제된 열광을 그 스코틀랜드 사냥꾼 여자의 성품에 덧붙인다면, 로랑스를 이해하는 데 도움이 될 것이다. 젊은 여백작은 자기 어머니가 죽는 것, 도트세르 사제가 쓰러지는 것, 그리고 드 시뫼즈 후작 부부가 단두대에서 처형되는 것을 두 눈으로 본 여인이었다. 그녀의 하나뿐인 오빠는 부상을 입고 죽었으며, 콩데 공의 군대에 복무하고 있는 두 사촌도 언제 죽을지 모를 운명이었다. 시뫼즈 가문과 생시뉴 가문의 재산은 공화국에 보탬도 되지 못한 채 공화국에 의해 먹혀 버린 셈이었다. 그러니 겉보기에는 우둔함으로 퇴화한 듯한 그녀의 근엄성은 이해될 만한 것이었다.

도트세르 씨는 더할 나위 없이 청렴한 데다 최고로 능숙한 후견인임이 증명되었다. 그가 보살피는 가운데 생시뉴는 하나의 농가 같은 모습을 띠게 되었다. 기사(騎士)라기보다는 지주의 모습에 훨씬 더 가까운 그 양반은 약 200에이커 면적의 직할 영지와 정원을 잘 개간하고 활용하여 거기서 말들의 먹이와 사람들의 양식과 땔나무를 충당할 수 있었다. 또한 더없이 엄격한 절약과 소득의 국채 투자 덕분에, 성년에 이르자 여백작은 이미 충분한 재산을 회복하고 있었다. 1798년 상속녀는 연체된 미불금이 있기는 했지만 국채에서 2만 프랑의 정기 수입이 있었고, 생시뉴 토지 임대차 금액의 현저한 증가를 통한

1만 2000프랑의 수입이 있었다. 도트세르 부부는 톤티식 라 파르주 종신 연금[61] 3000프랑을 가지고 시골로 은퇴했다. 그 부스러기 재산으로는 생시뉴 이외의 다른 곳에서 사는 것이 불가능했다. 따라서 로랑스가 한 최초의 조치는 도트세르 부부가 생시뉴에서 쓰고 있는 작은 건물의 평생 사용권을 그들에게 주는 것이었다. 자기들의 두 아들을 생각해 매년 1000에 퀴를 저축한 도트세르 부부는 자신들에게와 마찬가지로 피후견인에게도 인색해져 상속녀에게 값싼 음식을 먹였다. 생시뉴의 연간 총 소비액은 5000프랑을 넘지 않았다. 그러나 어떤 세부 사항에도 관심을 기울이지 않는 로랑스는 모든 것을 좋게 생각했다. 더없이 사소한 일에도 행사되는 그런 성격의 눈에 보이지 않는 영향력에 부지불식간에 지배당한 후견인과 그의 아내는 어린애일 때부터 자기들이 알았던 그 처녀를 찬미하게 되었는데, 그런 것은 아주 희귀한 감정이었다. 로랑스의 태도, 후두음(喉頭音) 그리고 위압적인 시선에는 심지어 그것이 피상적일 때조차도 언제나 경외심을 불러일으키는 설명할 수 없는 어떤 힘이 있었다. 어리석은 자들에게는 빈 것이 깊은 것과 닮아 보인다. 저속한 자에게 깊이란 불가사의한 것이기 때문이다. 자기가 이해하지 못하는 모든 것에 대한 대중의 감탄은 아마도 여기에 연유하는 것이리라. 젊은 여백작의 습관적인 침묵에 충격을 받고 그녀의 비사교성에 놀란 도트세

---

61) 톤티식 연금은 가입자의 사망 시 그 지분을 나머지 가입자에 넘겨주어 최후의 생존자가 전액을 받는 방식의 종신 연금이며 라파르주 연금은 당시에 존재했던 톤티식 연금의 한 종류이다.

르 부부는 항상 무언가 큰일이 벌어질 것 같아 조마조마했다. 로랑스는 분별 있게 선행을 베풀면서 속아 넘어가지는 않음으로써, 귀족 신분임에도 농부들로부터 큰 존경을 받았다. 여성이라는 점, 그녀의 이름, 불행, 기이한 삶, 그 모든 것이 생시뉴 골짜기의 주민들에 대한 그녀의 권위에 도움이 되었다. 때때로 그녀는 고타르를 대동하고 하루 이틀 집을 떠나 시간을 보냈다. 그녀가 돌아와도 도트세르 부부 중 누구도 그녀에게 부재의 이유를 묻지 않았다. 이 점에 주목해야 할 텐데, 외면적으로 로랑스에게 이상한 점은 전혀 없었다. 더없이 여성적이고 연약한 겉모습 아래 여장부적인 면모가 숨어 있었던 것이다. 그녀의 마음은 극도로 민감했지만, 머릿속에는 남성적인 결단력과 금욕적인 강인함을 지니고 있었다. 그녀의 명민한 두 눈은 눈물을 흘릴 줄을 몰랐다. 푸른 정맥이 내비치는 희고 섬세한 그녀의 손목을 보고 그 손목이 최고로 단련된 기사의 손목에 도전할 수 있으리라고 상상하는 사람은 아무도 없을 것이다. 매우 부드럽고 나긋나긋한 그녀의 손은 훈련된 사냥꾼의 완력을 가지고 권총과 소총을 다뤘다. 작고 예쁘장한 비버 모피 모자를 쓰고 초록빛 베일을 내려 쓴 그녀의 외출복 차림은 여자들이 말을 타고 다닐 때의 평범한 차림새와 전혀 다르지 않았다. 너무도 섬세한 그녀의 얼굴, 검은 스카프를 두른 흰 목도 야외에서 말달리는 것을 전혀 힘겨워하지 않았다. 통령 정부 시절과 집정 정부 초기에는 로랑스가 그런 차림으로 나다녀도 아무도 그녀에게 신경 쓰지 않았다. 그러나 정부가 자리를 잡은 이후 오브현의 지사, 말랭의 친지들 그리고 말랭 자신 등 새로운 권력자들이 그녀의 평판을 떨어뜨리려고 애썼다. 로랑스는 보나파르트를 전복시키기만을 꿈꾸었다. 보나파르트의 야심과 승승장구는 그녀에게 격분 같은 것을 일으켰는데, 그것은 잘 계산된 차가운 격분이었다. 영광으로 뒤덮인 그 남자의 보잘것없는 무명의 적수인 그녀는 자신의 골짜기와 숲 한구석에서 무시무시한 집념을 가지고 그를 노렸다. 때때로 그녀는 생클루나 말메종62) 근처로 가서 직접 그를 죽이고 싶어 했다. 이런 목표의 실행이 그녀의 삶이 보여 주는 훈련과 습관을 설명해 준다고 할 수 있었다. 그러나 아미앵의 평화63)가 깨진 이후 제1집정관에게 맞서 무월 18일을 뒤집어 엎으려고 시도했던 사람들의 음모를 알게 된 로랑스는 그때부터 자신의 힘과 증오심을 보나파르트에게 타격을 가할 대단히 광범위하고 잘 조직된 큰 계획에 종속시켰다. 그 계획은 국외에서는 러시아, 오스트리아, 프로이센의 거대 동맹에 의한 것이었는데, 후일 보나파르트가 황제가 되어 아우스터리츠에서 그것을 무찔렀다. 그리고 국내에서는 서로 극도로 대립적이었으나 공통의 증오심에 의해 연합한 사람들의 동맹에 의한 계획이었는데, 그런 사람들 중 몇몇은 로랑스와 마찬가지로 암살이란 말에도 겁을 먹지 않고 개인의 죽음을 궁리하고 있었다. 그러므로 겉보기에는 너무도 연약하나 그녀를 잘 아는 사람에게는 너무도 강한 그 처녀는 지금으로서는 그 심각한 공

---

62) 생클루와 말메종은 파리 근교에 있던 나폴레옹의 거처를 지칭한다.
63) 1802년 3월 25일 프랑스와 영국 사이에 체결된 아미앵 조약에 의해 성립된 평화를 뜻한다.

격에 가담하기 위해 독일에서 온 귀족들의 충실하고도 확실한 안내자였다. 푸셰는 라인강 너머로 망명했던 사람들의 이런 협력에 근거해 앙지앵 공작을 음모에 엮어 넣으려 했다. 스트라스부르에서 얼마 떨어지지 않은 바덴의 영토에 이 왕자가 있는 것이 후에 그런 추정에 무게를 부여했다. 왕자가 정말로 계획을 인지하고 있는지, 계획의 성공 후 프랑스로 귀환할 것인지가 큰 의문이었는데, 부르봉 왕가의 왕자들은 그 비밀 사항에 대해 다른 비밀 사항들과 마찬가지로 깊은 침묵을 유지했다. 이 시대의 역사가 세월과 더불어 익어 감에 따라, 편견 없는 역사학자는 음모가 폭발하려는 시점에 왕자가 국경에 근접해 있었다는 것은 적어도 경솔한 일이었다고 지적할 것이다. 사실 왕족 전체가 그 음모의 비밀을 분명히 알고 있었던 것이다. 로랑스는 야외에서 그레뱅과 협의하면서 말랭이 보여 준 것과 같은 조심성을 자신의 아주 사소한 관계에도 신중하게 적용하고 있었다. 그녀는 노뎀 숲의 여러 변두리나 세잔과 브리엔 사이에 있는 생시뉴 계곡 너머에서 밀사들과 은밀하게 협의했다. 종종 그녀는 고타르를 데리고 단번에 15리외를 달려갔다가 생시뉴로 돌아오곤 했는데, 그래도 그녀의 싱싱한 얼굴에서는 작은 피로나 번뇌의 흔적도 발견할 수 없었다. 일찍이 그녀는 당시 아홉 살짜리 어린 목동이었던 아이의 눈에서 어린애들이 비범함에 대해 보이는 순진한 감탄의 표정을 알아보았다. 그녀는 그 아이를 자신의 마부로 삼고 영국인들과 같은 정성과 주의를 기울여 말을 돌보는 방법을 그 아이에게 가르쳤다. 그녀는 아이에게서 일을 잘 해내고 똑똑해지고 싶어 하는 욕구와 전혀 타산적이지 않은 모습을 알아보았다. 아이의 헌신성을 시험해 보고, 아이가 총명할 뿐만 아니라 고귀한 성격을 갖고 있음을 알게 되었다. 그 아이는 보상을 염두에 두지 않았던 것이다. 그녀는 아직 너무나 앳된 그 영혼을 함양했고, 그를 관대하게 대해 주었다. 아이의 자유분방함이나 소박함을 손상시키지 않으면서 반쯤은 야생적인 성격을 몸소 다듬었고, 아이에게 애착을 느낌으로써 아이 역시 자신에게 애착을 갖도록 만들었다. 그녀가 자신이 양성한 거의 충견과 같은 충성심을 충분히 시험하고 나자, 고타르는 그녀의 능란하면서도 순진한 공모자가 되었다. 아무도 의심할 여지가 없는 그 어린 시골뜨기는 생시뉴에서 낭시까지 가기도 했고, 때로는 자기가 그 고장을 떠났던 것을 아무도 알지 못하게 되돌아오기도 했다. 그는 스파이들이 사용하는 모든 술책을 다 썼다. 여주인이 심어 준 극도의 경계심도 그의 천성을 전혀 변질시키지 않았다. 고타르는 여자들의 간계와 어린아이의 천진스러움과 음모꾼의 꾸준한 주의력을 동시에 가졌으며, 이런 찬탄할 만한 자질들을 시골 사람의 속 깊은 무지와 무감각한 표정 밑에 감추고 있었다. 이 어린 사람은 바보스럽고 약하고 서툴러 보였다. 그러나 일단 일에 임하면 그는 물고기처럼 민첩했고, 뱀장어처럼 빠져나갔으며, 개들처럼 한 번의 눈길로 상황을 알아차렸다. 그는 생각을 냄새 맡을 줄 알았다. 그의 둥글고 붉고 착해 빠진 통통한 얼굴, 잠자는 듯한 갈색 눈, 농부처럼 깎은 머리, 복장, 그리고 매우 더딘 성장이 그를 마치 열 살짜리 어린애처럼 보이게 했다. 도트세르 형제와 시뫼

즈 형제는 스트라스부르에서 바르쉬르오브에 이르기까지 그
들을 보호해 준 사촌누이 덕분에 몇몇 다른 망명자들을 동
반하고 알자스와 로렌과 샹파뉴 지방을 통해서 프랑스로 들
어온 반면, 그들 못지않게 용감한 다른 음모자들은 노르망디
의 절벽들을 통해 비로소 프랑스에 접근할 수 있었다. 도트세
르 형제와 시뫼즈 형제는 로랑스가 석 달 전부터 각 현에서 부
르봉 왕가에 가장 헌신적이고 가장 의심할 소지가 없는 사람
들 중 선정한 사람들의 안내를 차례로 받으면서 노동자로 변
장해 숲에서 숲으로 걸어온 것이다. 망명자들은 낮에는 잠을
자고 밤에 이동했다. 그들 각자는 헌신적인 병사를 두 명씩 대
동했는데, 병사 중 한 명은 정찰하기 위해 앞에서 갔고, 다른
한 명은 불행한 일이 닥칠 경우 퇴각을 방어하기 위해 뒤에 처
져서 행진했다. 이런 신중함 덕분에, 이 귀중한 분견대는 별
탈 없이 약속 장소로 정해 둔 노뎀 숲에 도달할 수 있었다. 스
물일곱 명의 다른 귀족들도 동일한 신중함을 가지고 파리를
향해 인도를 받아 스위스를 통해 입국한 다음 부르고뉴 지방
을 통과했다. 드 리비에르 씨는 500명의 병사를 기대했는데,
그들 중 백 명의 귀족 청년들이 그 신성한 부대의 장교 역할
을 수행할 터였다. 수장으로서 더할 나위 없이 훌륭한 드 폴
리냐크 씨와 드 리비에르 씨는 발각되지 않은 모든 공모자들
에게 철두철미하게 비밀을 유지했다. 따라서 불로뉴 진지로 인
한 궤멸의 위험을 영국이 모르고 있던 것과 마찬가지로, 당시
에 보나파르트는 자신이 겪는 위험의 폭을 모르고 있었다고
오늘날에 와서 말할 수 있는데, 그것은 왕정복고기[64]에 이르

러서야 밝혀진 그 음모의 진상과 일치하는 사실이다. 그렇지만 경찰이 그 이상으로 교묘하고 능란하게 운용된 시대는 없었다. 이 이야기가 시작되는 순간, 똑같이 강한 소수의 사람들로 한정되지 않은 음모에 항상 존재하게 마련인 겁쟁이 가담자 하나가 죽음에 직면하자 정보를 누설했다. 그 정보는 계획의 목적에 대해서는 꽤 정확했지만, 다행히 그 폭에 관해서는 불충분한 것이었다. 따라서 말랭이 그레뱅에게 말한 바와 마찬가지로, 경찰은 음모의 모든 분기(分岐)를 파악하기 위해 감시받는 음모자들이 자유롭게 행동하도록 내버려 두고 있었다. 그렇지만 제1집정관을 공격하기 위해 스물다섯 명의 올빼미 당원과 함께 파리에 숨어 다른 사람들과 접촉하지 않고 단독 행동을 하는 음모의 실행자 조르주 카두달 때문에 정부는 어떤 면에서 진퇴양난에 빠져 있었다. 로랑스의 생각 속에는 증오와 사랑이 연결되어 있었다. 보나파르트를 파멸시키고 부르봉 왕조를 복위하는 것은 공드르빌을 되찾아 사촌들의 행운을 이루는 일이 아니겠는가? 서로 보완 관계인 이 두 감정은, 특히 스물세 살의 나이에는 영혼의 모든 기능과 생명의 모든 힘을 펼치기에 충분한 것이다. 따라서 두 달 전부터 로랑스는 생시뉴 주민들에게 그 어느 때보다도 더 아름다워 보였다. 양 볼은 장밋빛을 띠어 갔고, 때때로 희망이 그녀의 이마에 긍지의 표정을 부여했다. 그러나 석간 신문을 읽다가 제1집정관의

---

64) 나폴레옹 제정이 무너진 후 부르봉 왕조가 복귀한 1814년부터 1830년 까지의 기간.

보수적 법령들이 실려 있는 것을 볼 때면, 그녀는 부르봉 왕조의 그 적수가 머지않아 추락하리라는 위협적인 확신을 드러내지 않기 위해 눈길을 내리까는 것이었다. 그러므로 성에서는 젊은 여백작이 지난밤에 자기 사촌들을 다시 만났다는 것을 짐작하는 사람이 아무도 없었다. 도트세르 부부의 두 아들은 아버지 어머니와 같은 지붕 아래, 바로 여백작의 방에서 밤을 보냈다. 로랑스는 어떤 의심도 사지 않기 위해 도트세르 형제를 새벽 1시에서 2시 사이에 잠자리에 들게 한 다음, 약속 장소로 가서 사촌들과 합류해 그들을 숲 가운데로 데려가, 벌채 감독의 버려진 오두막에 숨겨 주었다. 그들을 다시 볼 거라 확신한 그녀는 기쁨의 기색을 조금도 내보이지 않았으며, 기다림의 흥분도 전혀 드러내지 않았다. 요컨대 그들을 다시 만난 즐거움의 흔적을 지울 수 있었으므로 무감동한 표정이었다. 고타르와 그녀의 유모의 딸인 예쁜 카트린은 비밀을 알고 있었지만, 그들은 자기들의 여주인을 본떠서 행동했다. 카트린은 열아홉 살이었다. 열아홉이라는 나이는 고타르의 나이와 마찬가지로 맹신적이어서, 그녀는 한마디 말도 없이 자기 목이 잘리는 것을 감수할 수 있었다. 고타르로 말하자면, 여백작이 머리칼과 의복에 뿌리는 향수 냄새를 맡는 것만으로도 한마디 불평 없이 혹독한 고문을 견딜 수 있었을 것이다.

급박한 위험에 대해 경고를 받은 마르트가 미쉬가 지적해 준 틈을 향해 그림자처럼 민첩하게 미끄러져 들어가던 순간, 생시뉴성의 살롱은 더없이 평화로운 광경을 보여 주고 있었다.

성에 사는 사람들은 그들에게 불어닥칠 폭풍우를 의심조차 하지 않았기 때문에, 그들의 태도는 그들의 상황을 맨 처음 알게 될 사람에게 연민을 유발했을 것이다. 페티코트를 걸친 양치기 소녀들이 거울 저편에서 춤추는 모습의 그림이 장식된 높은 벽난로 안에서는, 숲가에 위치한 성에서만 피울 것 같은 불길이 타고 있었다. 그 벽난로의 한구석, 화려한 초록빛 비단을 씌운 금박의 커다란 목제 사각형 안락의자 위에 젊은 여백작이 완전히 기진맥진한 자세로 늘어져 있었다. 파리로 들어가기 전 마지막 단계의 숙소에 네 귀족 청년을 무사히 도착시키기 위해 일행 앞에서 정찰을 한 다음 6시경에야 라 브리의 경계 지역에서 돌아온 그녀는 도트세르 부부가 저녁 식사를 마쳐 갈 무렵 갑자기 모습을 드러냈다. 시장기로 마음이 급했던 그녀는 흙 묻은 승마복과 장화를 벗지도 않은 채로 식탁에 앉았다. 피로로 기진맥진했던 그녀는 저녁 식사 후에도 옷을 벗는 대신 두 발을 발 받침대 위에 쭉 뻗은 채 금발의 머리 타래가 치렁치렁 늘어진 아름다운 맨머리를 커다란 안락의자 등받이에 가만히 기대고 있었다. 불길이 그녀의 승마복과 장화에 튄 흙 자국을 말려 주었다. 사슴 가죽 장갑, 작은 비버 털 모자, 초록색 베일과 승마 채찍은 작은 탁자 위에 던져진 채 그대로 있었다. 그녀는 네 명의 음모자가 잘 시간이 되었는지 보기 위해 꽃 모양의 촛대 두 개 사이 벽난로 틀 위에 걸려 있는 낡은 불[65]식 벽시계를 가끔 쳐다보았고, 때로는

---

65) 17세기 프랑스의 가구 제조인.

도트세르 씨와 그의 부인, 그리고 생시뉴의 주임 사제와 사제의 누이가 차지하고 있는 카드 테이블을 바라보기도 했다.

이 네 인물은 이 드라마에서 두드러진 역할을 하지는 않을 테지만, 그들의 얼굴은 1793년의 패배 이후 귀족 계급이 가지게 된 형상의 일면을 보여 주는 가치를 지닐 것이다. 이런 관점에서, 생시뉴 살롱의 풍경화는 적나라한 역사의 풍취를 지니고 있는 셈이었다.

당시 쉰두 살의 귀족이었던 도트세르 씨는 키가 크고 마르고 혈색이 좋았으며 강건한 체질이었는데, 극단적인 단순함을 예고하는 시선을 가진 푸른 자기(瓷器) 빛의 커다란 두 눈만 아니라면 활기찬 인물로 보일 수도 있었을 것이다. 주걱턱으로 끝나는 그의 얼굴의 코와 입 사이에는 데생의 법칙에 비추어 볼 때 터무니없이 넓은 공간이 자리하고 있었는데, 그 공간은 그의 성격과 완전히 조화되는 순종의 태도를 부여해 주었다. 용모의 세밀한 부분들도 그의 성격과 상응 관계를 이루고 있었다. 그가 거의 하루 종일 쓰고 지내는 중절모 때문에 짓눌려 있는 잿빛 머리털은 배(梨) 모양의 머리 윤곽을 그려 보이면서 마치 머리 위에 얹힌 빵모자 같은 모습을 하고 있었다. 시골 생활과 끊임없는 불안으로 인해 주름이 깊게 잡힌 이마는 밋밋하고 생기가 없었다. 매부리코는 얼굴을 약간 들려 보이게 했다. 검은색을 간직하고 있는 무성한 눈썹과 생기 있는 안색에서 유일한 힘의 징후를 엿볼 수 있었다. 이 징후는 전혀 거짓이 아니어서, 이 귀족은 단순하고 온화한 성품임에도 군주제와 가톨릭에 대해서는 결코 바뀌지 않는 확고한 신념을

지니고 있었다. 이 순박한 사람은 총 한번 쏘지 못하고 경찰대
원들에게 체포당해 순순히 단두대로 끌려갈 위인이었다. 그의
유일한 재원인 3000프랑의 종신 연금이 그의 망명을 막아 주
었다. 그리하여 그는 계속 왕가를 사랑하고 왕가의 복귀를 기원
하면서도 현실의 정부에 복종했다. 그렇지만 그는 부르봉 왕가
를 위한 어떤 기도에 참여함으로써 자신이 연루되는 것은 거부
했을 것이다. 그는 패배하고 약탈당했음을 영원히 기억하는 왕
당파 부류에 속하는 사람이었다. 패배 이후로는 침묵한 채 근검
절약하며 원한에 잠겨서 사는, 활력 없고 공공연한 변신이나 희
생도 불가능한 부류였다. 왕권이 승리하면 열렬히 환영할 태세
가 되어 있고 종교와 사제들의 친구지만, 불행이 가져다주는 모
든 치욕을 감내할 결심이 서 있는 부류였다. 그것은 의견을 가
지는 것이 아니라, 고집스러움일 뿐이었다. 당파의 본질은 행동
인 것이다. 지적 능력은 없지만 충성스럽고, 농부처럼 인색하면
서도 예의범절은 고상하고, 의향은 대담하지만 말과 행동은 신
중하고, 무엇이든 이용하며, 생시뉴 시장으로 임명되면 수락할
태세가 되어 있는 도트세르 씨는 신이 이마에 '좀먹은'이란 단
어를 새겨 넣은 그런 명예로운 귀족들을 찬탄할 만한 방식으로
대변하는 사람이었다. 그들은 시골에 있는 자기들의 성과 자기
들의 머리 너머로 혁명의 폭풍우가 지나가도록 방임했다가, 왕
정복고 체제하에서는 숨겼던 저축으로 부유해졌고, 신중했던
자신들의 충성심을 자랑스러워하며 재기했다가, 1830년[66] 이

---

66) 7월 혁명이 일어나 왕정복고 체제가 무너진 해.

후에는 시골로 되돌아간 귀족들이었다. 이런 성격의 의미심장한 외피라고 할 수 있는 그의 복장은 사람과 시대를 그려 보이고 있었다. 도트세르 씨는 작은 깃이 달린 담갈색의 긴 외투를 입었는데, 그것은 마지막 오를레앙 공이 영국에서 돌아오면서 유행시킨 것으로, 혁명기에는 흉측한 민중 복장과 귀족 계급의 우아한 프록코트 사이에서 타협을 상징하는 복색이었다. 로베스피에르와 생쥐스트의 조끼와 유사한 방식으로 작은 꽃무늬 줄이 쳐진 그의 조끼는 작은 주름이 잡힌, 셔츠에 달린 가슴 장식 윗부분을 드러내 보였다. 그는 짧은 바지를 입었지만, 그의 짧은 바지는 갈색 강철 버클이 달린 두꺼운 푸른색 천으로 지은 것이었다. 검은 풀솜실로 짠 양말은 검은 천 각반으로 동여매고 두꺼운 구두를 신은 가는 다리에 착 달라붙어 있었다. 또한 주름이 많이 진 모슬린 칼라를 황금 버클로 목에 꽉 조여 매고 있었다. 농민의 것인 동시에 혁명과 귀족의 것인 이런 복장을 채택하면서 그가 정치적 절충을 행하려는 의도는 전혀 없었다. 그저 별 뜻 없이 상황에 복종한 것뿐이었다.

감정적 시련으로 쇠잔해진 마흔 살 난 도트세르 부인은 늘 초상화를 위해 포즈를 취한 듯 보이는 한물간 여인의 얼굴을 하고 있었다. 하얀 새틴 리본이 장식된 레이스 보닛이 그런 엄숙한 모습을 띠게 하는 데 이상스럽게 기여하고 있었다. 그녀는 하얀 숄을 두르고 마리 앙투아네트 왕비의 슬픈 마지막 복장처럼 평평한 소매가 달린 적갈색 드레스와 매우 헐렁한 페티코트를 걸치고 있었지만, 분은 계속 발랐다. 그녀는 코가 뾰족하고 턱은 날카로웠으며, 얼굴은 삼각형에 가깝고, 눈은 흡사 울고 난 것 같았다. 그녀는 약간의 립스틱을 발라 회색빛 눈에 생기를 띠게 했다. 코담배를 애용했고, 예전에 멋쟁이 아가씨들이 즐겨 사용했던 자질구레한 조치들을 매번 시행했다. 그녀가 하는 행동의 모든 세부 사항은 '손 맵시가 좋다'는 말로 설명될 하나의 의식(儀式)을 이루었다.

도트세르 사제의 친구이고 시뫼즈 형제의 옛 가정 교사였던 구제라는 이름의 수도사 출신 사제는 도트세르 가문과 젊은 여백작에 대한 우정 때문에 이 년 전 생시뉴의 주임 사제로 은거하는 선택을 했다. 700프랑의 연 소득을 누리는 그의 여동생 구제 양은 주임 사제의 보잘것없는 급료에 자신의 수입을 보태면서 오빠의 살림을 맡아 했다. 교회와 사제관은 값이 별로 나가지 않았기 때문에 혁명기에 매각되지 않았다. 그래서 구제 사제는 성에 인접한 곳에 거주할 수 있었다. 사제관 정원의 담과 성 직할 영지의 담이 몇 군데에서 겹쳤기 때문이다. 구제 사제와 그의 누이동생은 일주일에 두 번씩 생시뉴에서 저녁 식사를 했고, 도트세르 가족과 카드놀이를 하기 위해 매일 저녁 생시뉴에 왔다. 로랑스는 카드놀이를 할 줄 몰랐다. 백발에 노파처럼 하얀 얼굴을 한 노인인 구제 사제는 상냥한 미소와 부드럽고 달콤한 목소리를 갖고 있었으며, 지성이 번득이는 이마와 매우 예리한 두 눈은 통통한 얼굴의 무미건조함을 돋보이게 했다. 중키에 단단한 몸매인 그는 프랑스식 검은 복장을 하고, 짧은 바지와 구두에 은제 버클을 달고, 검은 비단 양말을 신고, 가슴 장식이 늘어진 검은 조끼를 걸치고 있었는데 그런 차림은 품위를 조금도 손상하지 않으면서 당당한 풍채를 부여해 주었다. 나중에 왕정복고 체제에서 트루아의 주교가 된 그 사제는 젊은이들을 판단하는 데 익숙한 옛경험을 통해 로랑스의 통 큰 성격을 가늠할 수 있었다. 그는 그 처녀의 모든 가치를 제대로 평가했고, 처음 만날 때부터 그녀에게 존경 어린 경의를 표했는데 그것이 생시뉴에서 그녀를 독립적인 존재로 만들고, 선량한 귀족이며 엄격한 중년 부인인 도트세르 부부를 그녀에게 굽히게 만드는 데 큰 기여를 했다. 관습에 따르자면 당연히 로랑스가 도트세르 부부에게 복종해야 했을 것이다. 구제 사제는 반년 전부터 통찰력이 가장 뛰어난 사람들인 사제 특유의 재능으로 로랑스를 관찰해 오고 있었다. 스물세 살 난 이 처녀가 승마복의 풀린 단춧구멍 장식끈을 연약한 손으로 비트는 순간에도 보나파르트를 뒤엎을 생각을 한다는 사실은 알지 못했지만, 어쨌든 사제는 그녀가 큰 계획을 품고 동요된 상태라고 추측했다.

한편 구제 양은 상상력이 가장 부족한 사람들이라도 두어 마디 단어로 그 초상을 그려 볼 수 있는 여자들 가운데 하나였다. 지지리도 못생긴 껍다리 부류에 속하는 여자였던 것이다. 그녀는 자신이 못생겼다는 것을 알고 있었고, 자신의 안색과 뼈대 굵은 양손과 마찬가지로 길고 누런 치아를 내보이면서 그녀 자신이 맨 먼저 자신의 추함을 웃어넘겼다. 그녀는 무척 착하고 쾌활했다. 꼴사나운 구식 블라우스, 항상 열쇠들을 가득 넣고 다니는 주머니가 여럿 달린 매우 헐렁한 치마, 리본이 몇 개 달린 보닛과 머리띠를 착용했다. 그녀는 아주 일찍부터 마흔 살로 보였다. 하지만 자신의 말에 의하면, 이십 년 전부터 그 나이에 그대로 머물러 있음으로 해서, 그녀는 나이 먹는 것을 만회했다. 그녀는 귀족 계급을 존중했고, 그들에게 당연히 표해야 할 존경과 경의를 아낌없이 표함으로써 자신의 위엄을 유지할 줄 알았다.

고적한 생활의 무게를 견뎌 내기 위해 남편처럼 농사일도 없고 로랑스처럼 증오심이란 강장제도 없는 도트세르 부인에게는 이 사제 남매가 마침맞게 생시뉴로 와 준 셈이었다. 또한 어떤 의미에서는 육 년 전부터 모든 것이 개선되었다고 할 수 있었다. 가톨릭 신앙의 복원이 종교적 의무를 수행하도록 허용해 주었는데, 종교 생활은 다른 어느 곳보다 시골 생활에 더 많은 영향을 미치는 것이다. 제1집정관의 보수적 조치들로 안도를 느낀 도트세르 부부는 두 아들과 교신을 할 수 있었다. 그들의 소식을 듣고, 그들 때문에 더 이상 벌벌 떨지 않을 수 있었으며, 망명자 명부에서 삭제해 달라고 청원한 뒤 프랑스로 돌아오라고 두 아들에게 간곡히 타이를 수 있었다. 재무부는 국채 미불금을 청산하고, 반년마다 정기적으로 이자를 지급해 주었다. 그 당시 도트세르 부부는 그들의 종신 연금인 연 8000프랑의 소득 이상을 갖고 있었다. 노인은 자신의 선견지명에 만족스러워했다. 그는 무월 18일 이전에 자신의 피후견인과 함께 저축 총액 2만 프랑을 투자했는데, 알다시피 그 후 채권 가격이 12프랑에서 18프랑으로 상승한 것이다.

생시뉴는 오랫동안 헐벗고 텅 비고 황폐한 상태로 머물러 있었다. 신중한 후견인은 계략상 혁명의 소요 기간에는 생시뉴의 모습을 바꾸려 하지 않았다. 그러나 아미앵의 평화가 찾아오자, 그는 약탈당한 두 저택의 물건들 중 약간의 잔유물을 고물상에서 되사오기 위해 트루아로 여행을 다녀왔다. 그의 그런 정성으로 살롱에 가구 장식이 이루어졌다. 시뫼즈 저택에서 나온, 초록색 꽃무늬가 수놓인 하얀 비단으로 만든 아름다운 커튼이 지금 이 인물들이 모여 있는 살롱의 유리창 여섯 개를 장식하고 있었다. 살롱을 패널로 구획하고, 진주 몰딩으로 테두리를 대고, 모퉁이마다 안면상(顔面像) 장식을 했으며, 두 가지 색조의 회색으로 칠한 소목 세공으로 넓은 살롱 전체를 덮었다. 문 네 개의 상부는 루이 15세 때 유행했던 그리자유의 주제들을 보여 주었다. 트루아에서 도트세르 씨는 금박 콘솔 몇 개, 초록빛 비단으로 만든 가구 하나, 크리스털 샹들리에 하나, 상감 세공을 한 카드 테이블 하나, 그리고 생시뉴의 복구에 쓸 수 있는 모든 것을 찾아냈다. 두 저택의 약탈은 골짜기에도 여파를 미쳐, 1792년에는 성의 집기도 전부 탈취당했던 것이다. 트루아에 갈 때마다 도트세르 씨는 옛 영화의 유물을 몇 개씩 가지고 돌아왔다. 때로는 현재 살롱 바닥에 깔려 있는 것과 같은 아름다운 카펫, 때로는 삭스와 세브르 제 옛 자기 그릇 또는 식기였다. 여섯 달 전에는 감연히 생시뉴의 은그릇들을 파내기까지 했다. 요리사가 트루아의 긴 성 밖 끄트머리에 위치한 자신의 작은 집에 파묻어 두었던 것이다.

뒤리외란 이름의 충실한 하인과 그의 아내는 늘 젊은 여주인의 운명을 추종해 왔다. 뒤리외는 성의 심부름을 도맡아 하는 사람이었고, 그의 아내는 성의 살림을 맡아 했다. 뒤리외는 카트린의 여동생을 조수로 두고 요리법을 가르쳤고, 그녀는 훌륭한 요리사로 성장했다. 늙은 정원사와 그의 아내, 일급을 받는 그의 아들과 소치기 일을 하는 그들의 딸이 성의 인력을 보충하고 있었다. 여섯 달 전부터 뒤리외의 아내는 정원사의 아들과 고타르에게 생시뉴 가문(家紋) 색깔의 하인 제복을 은밀히 착용시켰다. 비록 이런 부주의에 대해 도트세르 씨에게 야단맞기는 했지만, 그녀는 생로랑 축일[67]과 로랑스의 생일에 거의 예전처럼 만찬이 차려지는 것을 보며 즐거워했다. 이렇게 고통스럽고도 더딘 사태의 복원은 도트세르 부부와 뒤리외 내외의 기쁨이었다. 로랑스는 이런 일들을 유치한 짓이라고 부르며 미소 지었다. 하지만 착한 도트세르 씨는 견실한 임무도 마찬가지로 생각해서 건물을 수선하고, 벽을 다시 쌓고, 나무를 들여올 수 있을 때마다 여기저기 나무를 심었으며, 한 뼘의 땅도 헛되이 내버려 두지 않았다. 따라서 생시뉴 골짜기 사람들은 그를 농업 분야의 절대적 권위자로 여겼다. 그는 매각되지 않고 공유지로 편입되어 있었기 때문에 다툼의 여지가 있던 땅 100에이커를 되찾았다. 그는 그 땅을 성의 가축을 사육하는 인공 목초지로 바꾸어 놓고 둘레에 포플러 나무를 심었는데, 그 나무들은 육 년 전부터 기막히게 잘 자라고 있었다. 그는 토지를 얼마간 더 사고 거기에 자신이 운영할 예정인 제2의 농장을 만들면서 성의 모든 건물을 이용할 작정이었다.

---

67) 8월 10일.

그리하여 이 년 전부터는 성에서의 생활이 거의 행복한 것이 되었다. 해가 뜰 무렵이면 도트세르 씨는 일꾼들을 감독하러 집 밖으로 나갔다. 늘 사람들을 고용하고 있었기 때문이다. 그는 점심을 먹으러 돌아왔다가, 소작농의 조랑말을 타고 감독관처럼 한 바퀴 순시를 했다. 그런 다음 저녁을 먹으러 돌아와서는 카드놀이로 하루를 마치는 것이었다. 성의 주민들은 저마다 일거리가 있어서, 그곳의 생활은 수도원에서처럼 규칙적이었다. 오직 로랑스만 갑작스러운 여행, 부재, 그리고 도트세르 부인이 가출이라고 부르는 행동을 통해 그런 생활에 혼돈을 가져왔다. 그렇지만 생시뉴에는 분쟁과 논란의 원인 두 가지가 존재했다. 우선 뒤리외와 그의 아내가 고타르와 카트린을 질투했는데, 그 아이들이 집안의 우상인 젊은 여주인과 그들 내외보다 더 친밀하게 지냈기 때문이다. 다음으로는 도트세르 부부가 구제 양과 사제의 지원을 받으면서, 그들의 두 아들과 시뫼즈가의 쌍둥이 형제가 외국에서 고생스럽게 사는 대신 귀국해서 그 평화로운 삶의 행복에 참여하기를 원한다는 점이었다. 로랑스는 그런 가증스러운 타협책을 치욕스러워했고, 순수하고 전투적인 불굴의 왕정주의를 대변했다. 그러나 혁명의 성난 격류로부터 지켜 낸 한 귀퉁이의 땅과 다행스러운 삶이 더 이상 위험에 빠지는 것을 보고 싶지 않은 나이 든 네 사람은 로랑스를 정말로 현명한 자기들의 신조로 전향시키려고 애썼다. 그들은 도트세르 형제와 시뫼즈 형제가 프랑스로 돌아오는 데 저항하는 원인의 많은 부분이 로랑스 때문이라고 추측했다. 피후견인의 오만한 경멸은 그 가련한 어른들을 질겁하게 했다. 그들이 그녀의 태도를 '옹고집'이라고 부르며 염려할 때 그들의 생각은 틀린 것이 아니었다. 그 대립은 생니케즈가의 폭탄 폭발 때 표출되었는데, 그것은 나폴레옹이 부르봉 왕가와의 교섭을 거부한 후 왕당파가 마렝고[68]의 승리자에 대해 가한 최초의 시도였다. 공화주의자들이 그 습격의 주모자라고 믿는 도트세르 부부는 보나파르트가 위험을 모면한 것을 다행으로 여겼다. 로랑스는 제1집정관이 목숨을 구한 것을 알고는 분해서 눈물을 흘렸다. 절망감이 평소의 위장(僞裝)보다 더 강했던 것이다. 그녀는 "나라면 성공했을 텐데." 하고 소리쳤다. 자신의 말이 모두의 얼굴에 불러온 아연실색한 반응을 주시하면서, 그녀는 구제 사제에게 말했다. "사람들에겐 가능한 모든 수단을 동원해 찬탈을 공격할 권리가 있는 것 아닌가요?" 그러자 구제 사제가 대답했다. "왕위 찬탈자들이 성공의 수단으로 무력을 사용했으니 그들에게 대항해서도 무력을 사용할 수 있다고 주장한 적이 있다는 이유로 교회는 철학자들에게 심한 공격과 비난을 받았어. 오늘날 교회는 제1집정관님에게 빚진 것이 많으니, 교회 전체가 아니라 예수회 신도들로부터 나온 그런 준칙에 반대해 그를 보호하고 지키지 않을 수 없다네." 이에 대해 로랑스는 우울한 태도로 대꾸했다. "그런 식으로 교회가 우리를 버리는군요!"

---

68) 이탈리아의 지명. 1800년 6월 14일 나폴레옹이 이곳에서 오스트리아군에게 승리를 거두었다.

그날부터 젊은 여백작은 나이 든 네 사람이 하느님의 뜻에 복종한다는 얘기를 꺼낼 때마다 살롱을 떠났다. 후견인보다 능란한 사제는 얼마 전부터 원칙에 대해 논쟁을 벌이는 대신 집정관 정부의 물질적 이점을 부각해 왔는데, 그것은 여백작의 생각을 바꾸려는 의도보다는 그녀의 계획을 밝혀낼 수 있는 어떤 단서를 그녀의 눈에서 찾아보려는 의도에서였다. 고타르의 잦은 부재, 로랑스 자신의 빈번한 나들이, 최근에 그녀의 얼굴에 보이는 골똘한 표정, 그리고 생시뉴의 말 없고 고요한 생활 속에서 특히 도트세르 부부와 구제 사제와 뒤리외 내외의 불안한 눈길을 벗어날 수 없는 일련의 사소한 사실들, 이 모든 것이 이 순응하는 왕당파의 두려움을 야기했다. 그러나 어떠한 사건도 일어나지 않았고 며칠 전부터는 정계에 완벽한 평온이 깃들어 있었기 때문에, 작은 성 안의 삶은 다시 평화로워졌다. 그들 각자는 여백작의 잦은 나들이를 사냥에 대한 열정 때문으로 여겼다.

밤 9시경 생시뉴성의 직할 영지와 안뜰과 성 밖에 깊은 고요가 깃드는 것은 충분히 상상할 만하다. 그 무렵 생시뉴성에서는 사물과 사람이 대단히 조화롭게 어울렸고, 완전한 평화가 깃들었고, 풍요가 다시 찾아왔으며, 행복한 결과들이 계속됨에 따라 선량하고 현명한 귀족 후견인은 피후견인이 자신의 순종적 태도로 전향할 것을 희망하고 있었다. 이 왕당파 인사들은 좀 경박한 형식으로 프랑스 전역에 독립 사상을 전파한 '보스턴' 카드 게임을 계속하고 있었다. 그 게임은 미국의 반란자들을 위해 창안된 것으로, 게임의 모든 용어가 루이 16세에 의해 고무된 투쟁을 상기시켰다. 그들은 '독립' 또는 '비참'[69)]을 연호하면서 로랑스를 지켜보고 있었다. 곧 로랑스는 졸음을 이기지 못하고, 입술에 신랄한 미소를 머금은 채 잠이 들었다. 잠들기 전 그녀가 마지막으로 한 생각은 간밤에 두 아들이 같은 지붕 아래에서 잤다는 사실을 도트세르 부부가 알게 된다면, 이 카드 테이블의 평화로운 그림에 얼마나 큰 공포심이 야기될 것인가 하는 문제였다. 로랑스처럼 자신이 운명의 주인임을 자랑스러워하는 스물세 살의 처녀라면 그 누가 자기보다 훨씬 열등한 위치에 있는 사람들에 대해 그녀처럼 다소간 연민의 정을 품지 않겠는가? "로랑스가 잠들었군요. 나는 아가씨가 이렇게까지 피곤해 하는 모습은 본 적이 없어요." 하고 사제가 말했다.

"뒤리외가 그러는데, 그녀가 탄 암말은 기진맥진해 있는데 그녀의 총은 사용한 흔적이 없대요. 도화선이 깨끗하다니 사냥을 한 게 아니죠." 도트세르 부인이 대꾸했다.

"아, 저런! 총은 아무 쓸모 없는 물건이었군요." 사제가 다시 말했다.

"제기랄! 스물세 살이었을 때 나는 평생 처녀로 남을 수밖에 없다는 걸 깨닫고 여기저기 뛰어다니며 다른 방식으로 몸을 피곤하게 만들었죠." 하고 구제 양이 소리쳤다. "나는 여백작이 사냥할 생각은 하지 않고 이 고장을 이리저리 돌아다니

---

69) '독립', '비참'은 미국 독립전쟁 때 영국군에게 포위되었던 보스턴시에서 유래한 카드놀이인 보스턴 게임에서 사용하는 용어다.

는 걸 이해할 수 있어요. 그녀가 사랑하는 사촌들을 보지 못하고 지낸 지 곧 열두 해가 되어 가요. 아! 내가 그녀처럼 젊고 예쁘다면 한달음에 독일로 달려갈 거예요! 그러니 이 가엾은 예쁜 아가씨가 국경 쪽으로 이끌려 갔던 건지도 모르죠."

"자네는 조심성이 없어, 구제 양." 사제가 웃으면서 말했다.

"스물세 살 처녀가 나돌아 다니는 걸 불안해들 하시니까 내가 이유를 설명하는 거예요." 하고 구제 양이 대꾸했다.

"그녀의 사촌들이 돌아올 거고, 그녀는 부유해지고 결국 마음의 평정을 찾을 겁니다." 도트세르 씨가 이렇게 말했다.

"제발 그랬으면!" 종신 집정관제 이후 다시 쓰이게 된 금제 코담뱃갑을 집으며 도트세르 부인이 외쳤다.

"이 고장에 새로운 일이 있어났습니다. 말랭이 어제저녁부터 공드르빌에 와 있어요." 도트세르 씨가 사제에게 말했다.

"말랭이요!" 그 이름을 듣더니 로랑스가 깊은 잠에서 깨어나며 소리쳤다.

"그렇다네. 하지만 오늘 밤 다시 떠난다는군. 그리고 이 급한 여행에 대해 여러 가지 추측이 오가고 있어." 사제가 대꾸했다.

"그 작자는 우리 두 가문의 악령이에요." 로랑스가 말했다.

젊은 여백작은 방금 자신의 사촌들과 도트세르 형제가 위험에 처한 모습을 꿈속에서 본 참이었다. 그들이 파리에서 겪을 위험에 생각이 미치자, 그녀의 아름다운 두 눈은 생기를 잃고 앞을 뚫어지게 응시했다. 그녀가 갑자기 자리에서 일어서더니, 아무 말 없이 자기 방으로 올라갔다. 그녀는 특별한 방에 기거했다. 숲을 굽어보는 망루 안에 위치한 그 침실 옆에는 서재와 기도실이 있었다. 그녀가 살롱을 떠나자 개들이 짖었고, 작은 철책에서 초인종 울리는 소리가 들렸다. 뒤이어 뒤리외가 겁에 질린 얼굴로 나타나 살롱에 대고 말했다. "면장이 찾아왔습니다! 뭔가 새로운 일이 생긴 것 같아요."

예전에 시뫼즈가의 조마사(調馬師)였던 면장은 때때로 성에 찾아왔는데, 도트세르 부부는 정치적 고려에서 그를 정중하게 대했으며, 그는 그런 예우를 아주 중요하게 여겼다. 굴라르라는 이름을 가진 그 사람은 생시뉴면에 재산을 가지고 있는 트루아의 부유한 상인의 딸과 결혼했는데, 자신의 저축을 모두 쏟아 부어 사들인 부유한 수도원의 토지들을 보태어 재산을 확장했다. 성에서 4분의 1리외쯤 떨어진 곳에 위치한 발데프뢰의 드넓은 수도원은 거의 공드르빌만큼이나 화려한 거처를 그에게 제공했고, 그 속에서 그와 그의 아내는 대성당 안의 두 마리 쥐와 같은 모습이었다. 생시뉴성에서 그를 처음 보았을 때 로랑스 아가씨는 웃으면서 이렇게 말했다. "굴라르, 당신은 먹보였어요!"[70] 대혁명에 매우 밀착되어 있었고 여백작에게 냉랭한 대접을 받았음에도, 면장은 언제나 생시뉴가와 시뫼즈가에 대해서는 공경의 끈으로 연결되어 있다고 느꼈다. 따라서 그는 성 안에서 일어나는 모든 일에 대해 눈을 감아 주었다. 살롱의 벽을 장식하고 있는 루이 16세, 마리 앙투

---

70) 그의 이름 굴라르(Goulard)가 먹보를 뜻하는 단어 굴뤼(goulu)와 발음이 비슷한 것에 빗대어 경멸적으로 던진 농담.

아네트, 왕자와 공주들, 프로방스 백작, 아르투아 백작, 카잘레스,[71] 샤를로트 코르데의 초상화를 못 본 척하는 것을 그는 눈을 감는다고 일컬었다. 그의 면전에서 공화국의 파멸을 기원하고 다섯 명의 총재[72]와 당시의 모든 상황을 조롱하는 것을 그는 모른 척했다. 미쉬가 그 직업을 재빨리 짐작해 냈으며 공드르빌에 가기 전에 그 고장을 미리 탐사했던 두 인물이 면장의 이런 입장을 이용했다. 면장은 많은 벼락출세자들과 흡사하게, 일단 출세를 성취하자 유서 깊은 옛 가문들을 다시 믿고 그 가문들과 연계를 맺기를 원했던 것이다.

스파이들 가운데 일인자라고 할 만한 코랑탱과 옛 경찰의 훌륭한 전통을 간직한 남자는 비밀 임무를 띠고 있었다. 비극적인 익살극의 배우라고 할 수 있는 이 두 인물이 이중의 역할을 하고 있다고 추정한 말랭의 생각은 틀린 것이 아니었다. 따라서 그들이 일을 시작하는 것을 보기 전에, 그들이 섬기는 사람의 얼굴을 드러내 보이는 것이 필요할지도 모르겠다. 제1집정관이 되면서 보나파르트는 푸셰가 경찰 전반을 지휘하는 것을 알게 되었다. 대혁명은 공공연하게 특별 경찰부를 창설했는데 그것은 당연한 조처였다. 그러나 마렝고 전투에서 귀환한 보나파르트는 경찰국을 창설하고 국장 자리에 뒤부아를

---

71) 자크 드 카잘레스(Jacques de Cazalès, 1758~1805). 프랑스의 정치가. 제헌의회 의원으로, 왕당파의 대표적 옹호자로서 활약했다.
72) 프랑스 혁명 때 총재정부(1795~1799)를 구성했던 다섯 명의 총재를 말한다.

앉혔으며 경찰부 장관에는 푸셰의 후임으로 나중에 라파랑 백작이 된 국민 의회 의원 코숑을 임명하면서, 푸셰를 국가참사회로 불러들였다. 확고한 정책과 웅대한 목표를 가진 정부 내에서 경찰부를 가장 중요하게 생각하는 푸셰는 보나파르트의 이러한 조치를 자신의 실각 혹은 적어도 자신에 대한 불신으로 간주했다. 나폴레옹의 목숨을 노린 폭발 사건과 지금 여기서 문제되고 있는 음모 사건에서 대(大)정치가 푸셰의 뛰어난 우월성을 다시 인식한 후, 나폴레옹은 그에게 경찰부 장관직을 돌려주었다. 그리고 더 시간이 흐른 뒤 발헤런[73] 사건 때, 황제는 자신의 부재중에 푸셰가 발휘한 재능에 질겁해 경찰부를 로비고 공작에게 맡기고 도트랑트 공작[74]은 일리리아 지방을 다스리도록 내보냈는데, 그것은 그야말로 유배와 다름없는 조치였다.

일종의 공포감으로 나폴레옹을 놀라게 한 그 특이한 천재성이 갑자기 푸셰에게 나타난 것은 아니었다. 가장 비상한 인물 가운데 한 명이지만 당시에는 제대로 평가받지 못했던 미미한 국민 의회 의원 푸셰는 폭풍우 속에서 만들어졌다. 총재 정부하에서 그는 속 깊은 사람들이 과거를 판단함으로써 미래를 보게 되는 수준의 인물로 성장했다. 그런 다음 돌연히, 범용했던 배우가 갑작스러운 각광을 받아 뛰어난 배우로 성장

---

73) 1809년 영국이 네덜란드의 섬인 발헤런에 군대를 파견했다가 프랑스군에 패퇴한 사건으로, 이때 푸셰는 국민병을 동원해 자신의 세력을 확장하려 했다고 의심을 받았다.
74) 푸셰의 작위명.

하듯, 그는 무월 18일의 급격한 혁명기에 능란한 솜씨를 증명해 보였다. 수도원의 위선 속에서 자라난 창백한 얼굴의 이 사내는 자신이 속했던 산악당의 비밀과 마침내 그가 끼어드는 데 성공한 왕당파의 비밀을 모두 그러쥔 채 인간과 사물과 정치판의 이해관계를 천천히 그리고 조용히 연구해 나갔다. 그는 보나파르트의 비밀을 꿰뚫어 보고, 그에게 유용한 충고와 소중한 정보를 제공했다. 자신의 기량과 유용성을 증명해 보인 데 만족한 푸셰는 자신의 전모를 드러내는 것은 삼가면서 만사를 굽어보는 위치에 머무르고자 했다. 그러나 그에 대한 나폴레옹의 불안감이 그에게 정치적 자유를 되돌려 준 셈이었다. 발헤런 사건 이후 황제의 배은망덕, 아니, 배은망덕이라기보다는 불신이 이 인물의 운명을 설명해 준다. 불행히도 그는 대귀족 출신이 아니었고, 그의 행동은 탈레랑 공을 모방한 것으로 여겨졌다. 당시 그의 옛 동료이든 새 동료이든 간에 그의 천재성의 폭을 의심하는 사람은 없었다. 모든 예측이 정확하고 믿기 힘들 만큼 놀라운 통찰력을 지닌 그의 천재성은 순전히 각료의 본분 내에서 발휘되는 것으로, 본질적으로 친정부적 성격을 띠고 있었다. 오늘날 제국의 역사가들은 모두 나폴레옹 몰락의 수많은 이유 가운데 하나로 그의 과도한 자존심을 지적한다. 그는 자신의 과오의 대가를 무자비하게 치른 셈이었다. 이 의심 많은 군주에게는 새로운 권력에 대한 배타적 독점욕이 엿보이는데, 그것이 대혁명의 소중한 유산인 능란한 인물들에 대한 그의 은밀한 증오만큼이나 그의 행위에도 영향을 미쳤다. 그 능란한 인물들과 더불어 자신의 사상을 위탁받은 내각을 꾸밀 수도 있었을 텐데 말이다. 그의 의심을 산 인물은 탈레랑과 푸셰만이 아니었다. 그런데 왕위 찬탈자들의 불행은 자기들에게 왕관을 씌워 준 사람들과 자기들이 왕관을 빼앗아 온 사람들을 모두 적으로 삼는다는 점이다. 나폴레옹은 재위 중 자신보다 우월하거나 자신과 동등한 사람들, 또는 그런 자부심을 가진 사람들을 완전히 자기 사람으로 만들지는 못했다. 따라서 그에 대한 서약으로 인해 그에게 빚을 졌다고 생각하는 사람은 아무도 없었다. 푸셰의 음흉한 천재성을 제대로 평가하거나 그의 전광석화 같은 일별을 경계할 능력이 없는 평범한 인물에 불과한 말랭은 은밀히 푸셰를 찾아가 공드르빌로 요원들을 파견해 달라고 부탁함으로써, 촛불에 달려드는 부나비처럼 제 몸을 태운 셈이었다. 그는 음모에 대한 정보를 얻을 희망으로 공드르빌에 간다고 말했던 것이다. 푸셰는 질문을 던져서 친구를 겁먹게 하지는 않은 채 왜 말랭이 공드르빌에 가는지, 어째서 자신이 얻을 수 있는 정보를 파리에 즉각적으로 보고하지 않는지 자문했다. 교활한 협잡에 길들여지고 많은 국민 의회 의원들이 행한 이중 역할에 닳고 닳은 전 오라토리오 수도사는 이렇게 생각했다. "우리가 아직 많은 것을 알지 못하고 있는데, 말랭은 누구를 통해 정보를 알아내는 거지?" 그리하여 푸셰는 잠재적인 또는 기회주의적인 어떤 공모 관계가 있다고 결론지었지만, 제1집정관에게 귀띔하는 것은 삼가기로 했다. 말랭을 잃기보다는 도구로 삼는 편을 선호했던 것이다. 이처럼 푸셰는 자신이 간파한 비밀의 많은 부분을 자신을 위해 간직하고, 다른 사람들에 대해 보나파르트보다 더 우월한 권력을 행사했다. 이러한 이중성이 나폴레옹이 자신의 장관 푸셰에 대해 가진 불평거리 가운데 하나였다. 공드르빌의 토지를 차지하는 데 사용한 간계 때문에 말랭이 시뫼즈 형제를 감시하지 않을 수 없는 사정을 푸셰는 알고 있었다. 시뫼즈 형제는 콩데의 군대에 복무하고 있었고 생시뉴 양은 그들의 사촌이니, 그들 사촌 남매들이 인근에서 만나 음모의 시도에 참여할 수도 있을 것이다. 그들의 참여는 그들이 헌신하고 있는 콩데 가문을 음모에 연루시키는 결과를 가져오게 마련이었다. 탈레랑 씨와 푸셰는 1803년의 음모 가운데 대단히 불분명한 이런 구석을 밝혀내려고 집착하고 있었다. 푸셰는 신속하고도 명석하게 이런 고려 사항들을 파악했다. 그러나 말랭과 탈레랑과 푸셰 자신 사이에는 더할 나위 없는 용의주도함을 필요로 하며 공드르빌성의 내부를 완벽하게 알고 싶도록 만드는 묘한 관계가 존재했다. 라 베스나르디에르 씨와 탈레랑 공, 겐츠와 메테르니히 씨, 던다스와 피트, 뒤록과 나폴레옹, 샤비니와 리슐리외 추기경의 관계[75]처럼 코랑탱은 푸셰에게 전적으로 종속되어 있었다. 코랑탱은 그 장관의 조언자가 아니라 충복으로서, 땅딸보 루이 11세의 비밀

---

75) 라 베스나르디에르(La Besnardière) 백작은 모든 체제에서 운명을 같이한 탈레랑과 특별한 종속적 관계로 얽혀 있었다. 겐츠(Gentz)는 메테르니히의 개인 사무실을 지휘한 사람이고, 던다스(Dundas)는 피트의 반프랑스 정책을 지지한 친구이자 조력자였고, 뒤록(Duroc)은 나폴레옹 군대의 충성스러운 지휘관이었으며, 샤비니(Chavigny) 백작은 리슐리외 추기경의 헌신적인 부하였다.

요원 트리스탕 같은 존재였다. 따라서 경찰부 내에 자신의 눈과 팔을 보유하기 위해 푸셰가 거기에 그를 남겨 둔 것은 당연한 일이었다.[76] 소문에 의하면 이 사내는 푸셰와 친척 관계라고 하는데, 그를 동원할 때마다 푸셰가 그에게 풍족한 보상을 해 주었기 때문에, 친척 관계가 공공연히 인정된 적은 결코 없었다. 코랑탱은 전 치안 감독관의 옛 제자인 페라드와 친구 사이였다. 그렇지만 그는 페라드에게 비밀을 다 털어놓지는 않았다. 코랑탱은 공드르빌성을 탐색해 그곳의 지도를 기억 속에 새기고 조그만 은신처까지도 샅샅이 알아내라는 명령을 푸셰로부터 받았다. 전 장관은 나폴레옹이 휘하의 장교들에게 아우스터리츠 전장(戰場)을 철수 예정 지점까지 상세히 검토하라고 이르듯, 코랑탱에게 "아마 우리는 그곳에 다시 돌아가야 할지도 몰라."라고 단호하게 말했다. 또 코랑탱은 말랭의 행동을 면밀히 살피고, 그 고장에서의 그의 영향력을 파악하고, 그가 쓰는 사람들을 관찰해야 했다. 푸셰는 시뫼즈 형제가 틀림없이 그 지역에 나타날 거라고 생각하고 있었다. 콩데 공에게 사랑받는 그 두 장교를 교묘히 염탐한다면, 페라드와 코랑탱은 라인강 너머에서 꾸며지는 음모의 여러 갈래에 대한 소중한 정보를 획득할 수 있을 것이다. 어떤 경우든 코랑탱은 생시뉴를 포위하고, 노뎀 숲에서 파리에 이르는 지역을 감시하기 위해 필요한 자금과 명령권과 요원들을 확보했다. 푸셰는

---

76) 이야기가 진행되는 시점인 1803년 11월에 푸셰는 경찰부 장관이 아니었다.

완벽한 용의주도함을 권고했고, 생시뉴성에 대한 가택 수색은 말랭이 제공하는 확실한 정보가 있을 경우에만 허용했다. 마지막으로 푸셰는 삼 년 전부터 감시해 온 미쉬의 알 수 없는 정체에 대해 코랑탱에게 이야기해 주었다. 코랑탱의 생각은 그의 두목의 생각과 마찬가지로 "말랭은 음모를 알고 있다!"는 것이었다. "하지만 푸셰도 음모를 알고 있는지 누가 알겠어!" 하고 코랑탱은 속으로 중얼거렸다.

말랭에 앞서 트루아로 출발한 코랑탱은 헌병대 지휘관과 합의해 가장 영리한 병사들을 선발하고, 능란한 대위 한 명을 그들의 대장으로 뽑았다. 코랑탱은 공드르빌성을 약속 장소로 지정하고, 열두 명의 병사로 구성된 경비대를 밤중에 생시뉴 계곡의 각각 다른 네 지점으로, 경보를 야기하지 않도록 상당한 간격을 두고 파견하도록 대위에게 지시했다. 네 경비대는 정방형 대열을 이뤄 생시뉴성을 조여 오도록 되어 있었다. 그레뱅과 따로 의논하는 동안 말랭은 코랑탱이 성안에 남아 자신의 임무 일부를 수행하도록 허용했다. 국가참사회원이 직할 영지에서 돌아오면서, 시뫼즈 형제와 도트세르 형제가 이 고장에 와 있다고 매우 단호하게 코랑탱에게 말했으므로, 두 요원은 헌병 대위를 즉시 파견했다. 귀족 청년들로서는 아주 다행스럽게도, 미쉬가 첩자 비올레트를 술에 만취하게 만드는 동안 헌병 대위는 가로수 길로 해서 숲을 가로질렀다. 국가참사회원은 우선 자신이 가까스로 피한 매복 사건에 대해 페라드와 코랑탱에게 설명했다. 그러자 파리에서 온 두 요원은 소총 사건 이야기를 했고, 그레뱅은 미쉬의 집에서 벌어지는 일에 대해 뭔가 정보를 얻을 목적으로 비올레트를 파견했다. 코랑탱은 좀 더 안전을 기하기 위해 소읍 아르시에 있는 그의 집에 친구인 국가참사회원을 유숙시키라고 공중인에게 말했다. 미쉬가 숲속으로 돌진해 생시뉴로 달려가는 순간, 페라드와 코랑탱은 공드르빌을 막 떠났다. 그들은 역마 한 마리가 끄는 버드나무로 만든 초라한 이륜마차를 타고 있었다. 아르시 헌병대에서 가장 교활한 사람 중 하나인 헌병 반장이 마차를 몰았다. 트루아의 헌병 대장이 그 사람을 추천했던 것이다.

"모든 것을 움켜쥐는 최선의 방법은 그자들에게 선수를 치는 것입니다. 그자들이 겁에 질려서 자기들의 서류를 빼돌리거나 도망치려고 하는 순간, 우리가 벼락 치듯 그자들의 집에 들이닥치는 겁니다. 헌병대의 경계선이 성 주위로 조여 들어가면서 그물망을 치는 효과를 낼 것입니다. 그렇게 하면 우리는 아무도 놓치지 않겠죠." 페라드가 코랑탱에게 말했다.

"그 사람들에게 면장을 보내면 좋을 겁니다. 면장은 호인으로 그 사람들을 해치고 싶어 하지 않으며, 그 사람들도 면장을 의심하지 않을 거예요." 헌병 반장이 말했다.

굴라르가 잠자러 가려고 하는데, 코랑탱이 작은 숲속에 이륜마차를 세우게 한 뒤 그에게 와서, 잠시 후 정부 요원 한 명이 도트세르와 드 시뫼즈 형제를 체포하기 위해 생시뉴성을 포위하라고 자기에게 요구할 거라고 은밀히 이야기했다. 체포 대상자들이 사라졌을 경우, 전날 밤 그들이 성에서 잤는지 확인하고 드 생시뉴 양의 서류를 수색한 후, 어쩌면 성에 사는 주인들과 하인들을 체포하게 될지도 모른다는 이야기도 했다.

"아마도 드 생시뉴 양은 고위 인사들의 보호를 받고 있는 것 같습니다. 나는 이 가택 수색을 그녀에게 미리 알리고, 어떻게 해서든 표 나지 않게 그녀를 구해 내라는 비밀 임무를 부여받았으니까요. 일단 수색 작업이 시작되면 나는 혼자가 아니니 내 마음대로 할 수 없을 겁니다. 그러니 성으로 달려가세요." 하고 코랑탱이 말했다.

면장이 한밤중에 찾아오자 카드놀이 하던 사람들은 몹시 놀랐고, 굴라르는 그들에게 더욱더 당황한 기색을 드러내 보였다.

"백작 아가씨는 어디 계시죠?" 하고 면장이 물었다.

"자고 있어요." 도트세르 부인이 대답했다.

그 말을 믿을 수 없었던 면장은 2층에서 나는 소리에 귀를 기울이기 시작했다.

"그런데 오늘 웬일이에요, 굴라르?" 하고 도트세르 부인이 그에게 물었다.

어떤 연령층에서나 볼 수 있는 그들의 순진무구한 얼굴 모습을 살피면서, 굴라르는 놀라움을 주체할 수 없었다. 보스턴 게임이 중단된 평화롭고도 천진스러운 광경을 목격하고, 그는 파리 경찰이 제기한 의혹을 도저히 이해할 수 없었다. 그 순간 로랑스는 기도실에 무릎을 꿇고 음모의 성공을 비는 열렬한 기도를 올리고 있었다. 그녀는 보나파르트 암살자들에게 구원과 도움을 내려 주십사고 하느님께 기원했다. 그 운명의 인간을 파멸시켜 달라고 하느님께 정성을 다해 탄원했다. 하르모디 오스,77) 유딧, 자크 클레망,78) 안카스트로엠,79) 샤를로트 코르데, 리모엘랑80) 같은 인물들의 열렬한 믿음이 순결한 처녀의 아름다운 마음을 불타오르게 했다. 카트린은 잠자리를 준비하고 있었고, 고타르는 겉창을 닫고 있었다. 따라서 그때 로랑스의 창문 밑에 도착해 조약돌을 던진 마르트 미쉬가 그들의 눈에 띌 수 있었다.

낯선 여자의 모습을 보자 고타르가 말했다. "아가씨, 새로운 일이 일어났어요."

"조용히 하세요! 이리 와서 나하고 얘기해요." 마르트가 나지막한 목소리로 말했다.

고타르가 새 한 마리가 나무에서 땅으로 내려앉는 것보다 더 빠르게 정원으로 내려갔다.

"잠시 후에 성이 헌병대에 포위될 거야. 너는 소리 나지 않게 아가씨의 말에 안장을 얹고, 이 탑과 외양간 사이에 난 도랑 틈으로 말을 내려보내라." 마르트가 고타르에게 말했다.

로랑스가 고타르를 따라 내려와 바로 곁에 있는 것을 보고 마르트는 몸을 부르르 떨었다.

"무슨 일이지?" 로랑스가 동요의 기색을 보이지 않고 간단

---

77) Harmodius. 기원전 514년 폭군 히파르코스를 살해한 젊은 아테네인.

78) Jacques Clément(1567~1589). 프랑스의 성 도미니크회 수도사로, 신성 동맹에 가담해 앙리 3세를 살해했다.

79) 스웨덴 왕 구스타프 3세를 살해한 사람.

80) 조제프 피코 드 리모엘랑(Joseph Picot de Limoëlan, 1768~1826). 1800년 12월 24일 생니케즈가에서 일어난 나폴레옹 살해 음모에 가담했던 인물.

하게 물었다.

"제1집정관에 대한 음모가 발각되었습니다. 아가씨의 사촌 두 분을 구하고자 하는 제 남편이 저를 보내 직접 오셔서 자기와 상의하자는 말씀을 아가씨께 전하라고 했어요." 마르트가 젊은 백작 아가씨에게 귓속말로 대답했다.

로랑스는 서너 발짝 뒷걸음치더니, 마르트를 뚫어지게 쳐다보며 "당신은 누구죠?" 하고 물었다.

"마르트 미쉬입니다."

"당신이 나에게 원하는 게 뭔지 모르겠군요." 드 생시뉴 양이 냉랭하게 대꾸했다.

"아, 그분들이 죽어요. 제발, 시뫼즈의 이름으로 간청합니다!" 마르트는 몸을 던져 무릎을 꿇고 로랑스를 향해 두 손을 내밀면서 말했다. "이곳에 아가씨를 연루시킬 만한 서류는 아무것도 없습니까? 방금 전 숲 마루에서 제 남편이 헌병들의 테 두른 모자와 총이 번쩍이는 것을 보았어요."

일단 지붕 밑 방으로 기어 올라간 고타르는 멀리서 헌병들의 모자 테를 얼핏 보고, 벌판의 깊은 고요함 속에 그들의 말이 움직이는 소리를 간파했다. 그는 허둥지둥 마구간으로 미끄러져 내려와 여주인의 말에 안장을 얹었고, 그의 지시가 떨어지자, 카트린은 말의 네 발을 헝겊으로 감쌌다.

"내가 어디로 가야 하죠?" 마르트의 형언할 수 없는 진실한 눈길과 어조에 놀란 로랑스가 그녀에게 물었다.

"도랑 틈새로요! 귀족의 편인 제 남편이 거기에 있습니다. 아가씨는 유다가 어떤 사람인지 아시게 될 거예요." 로랑스를 이끌면서 마르트가 이렇게 말했다.

카트린이 황급히 살롱으로 들어가 여주인의 채찍, 장갑, 모자, 베일을 집어 들고 밖으로 나갔다. 카트린의 갑작스러운 출현과 행동은 면장이 한 이야기에 대한 너무도 분명한 부연설명이어서 도트세르 부인과 구제 사제는 의미심장한 눈길을 주고받았는데, 그 눈길에는 다음과 같은 무서운 생각이 담겨 있었다. '우리의 모든 행복도 끝장이구나! 로랑스가 음모를 꾸미고 있고, 제 사촌들과 도트세르 형제를 파멸시켰구나!'

"무슨 말을 하려는 거요?" 도트세르 씨가 굴라르에게 물었다.

"성이 포위되었고, 곧 가택 수색을 받을 겁니다. 그러니 댁의 아드님들이 여기 있으면, 그들을 드 시뫼즈 형제와 함께 피신시키세요."

"내 아들들요!" 도트세르 부인이 어안이 벙벙해서 소리쳤다.

"우리는 아무도 보지 못했소." 하고 도트세르 씨가 말했다.

굴라르가 대꾸했다. "그렇다면 잘됐군요! 하지만 저는 생시뉴 가문과 시뫼즈 가문을 너무나 좋아해서, 두 가문에 불행이 닥치는 것을 바라지 않습니다. 그러니 제 말을 잘 들으십시오. 만약 위험한 서류를 갖고 계시다면……."

"서류라고……?" 도트세르 씨가 되뇌었다.

"그렇습니다. 서류를 갖고 계시다면, 태우십시오. 저는 나가서 경관들을 어르겠습니다." 면장이 이렇게 대꾸했다.

왕당파 염소와 공화파 양배추를 동시에 보살피고자 하는 굴라르가 밖으로 나갔다. 그때 개들이 요란하게 짖어댔다.

"더 이상 시간이 없네요, 그자들이 왔어요. 그런데 누가 백작 아가씨에게 알리죠? 아가씨는 어디 있습니까?"하고 사제가 말했다.

"카트린이 아가씨의 채찍과 장갑과 모자를 가지러 온 건 그걸 보존하기 위해서가 아니에요." 구제 양이 말했다.

굴라르는 생시뉴성에 사는 사람들이 아무것도 모르고 있음을 알려 주면서 두 경관의 발걸음을 몇 분이라도 지연하려고 애썼다.

"당신은 그 사람들을 몰라요." 페라드가 굴라르를 노골적으로 비웃으며 말했다.

음산한 분위기의 두 사내가 아르시의 헌병 반장과 헌병 한 명을 대동하고 집 안으로 들어섰다. 이 광경은 평화롭게 보스턴 게임을 즐기던 네 사람을 공포로 얼어붙게 만들었다. 그들은 그런 병력의 출현에 질겁해 꼼짝없이 제자리에 붙박여 있었다. 십여 명의 헌병이 내는 소리와 그들의 말발굽 소리가 잔디밭에 울려 퍼졌다.

"여기 없는 사람은 드 생시뉴 양뿐이군." 코랑탱이 말했다.

"아마 그녀는 자기 방에서 자고 있을 거요." 도트세르 씨가 이렇게 대꾸했다. "부인들, 저와 같이 가십시다." 코랑탱이 성큼 대기실로 가더니, 거기서 다시 층계로 내달으며 말했다. 구제 양과 도트세르 부인이 코랑탱을 따라갔다. "저를 의지하세요. 저는 당신들 편입니다, 면장을 미리 보내지 않았습니까. 제 동료는 믿지 말고, 저를 믿으세요. 제가 당신들 모두를 구하겠습니다!" 코랑탱이 도트세르 부인의 귀에 대고 속삭였다.

"도대체 무슨 일이지요?" 구제 양이 물었다.

"생사가 달린 문제입니다! 그걸 모르시겠어요?" 코랑탱이
대답했다.

도트세르 부인이 정신을 잃었다. 구제 양에게는 매우 놀랍
고 코랑탱에게는 몹시 실망스럽게도, 로랑스의 거처는 비어 있
었다. 모든 출구가 감시되고 있었기 때문에, 직할 영지나 성에
서 골짜기로 달아날 수는 없다고 확신한 코랑탱은 방마다 헌
병 한 명을 올려 보내고 부속 건물과 외양간 들을 수색하라고
명령한 다음, 다시 살롱으로 내려왔다. 살롱에는 이미 뒤리외
와 그의 아내, 그리고 하인들 모두가 불안에 휩싸인 얼굴로 몰
려와 있었다. 페라드가 작고 파란 눈으로 모두의 얼굴을 면밀
히 살폈다. 혼란의 와중에도 그는 냉정하고 태연했다. 구제 양
은 도트세르 부인을 돌보고 있었으므로 코랑탱 혼자 다시 모
습을 드러냈을 때, 말발굽 소리가 어린애의 울음소리와 뒤섞
여 들려왔다. 말들이 작은 철책을 통해 들어왔다. 모두들 불안
에 떠는 가운데, 헌병 반장이 카트린과 양손이 묶인 고타르를
앞세우고 나타나더니, 그들을 경관들 앞으로 데려갔다.

"포로들을 데려왔습니다. 이 어린 녀석이 말을 타고 도망치
고 있었습니다." 헌병 반장이 말했다.

"바보 같으니! 도망가도록 놈을 내버려 두지 않고? 놈을 따
라가 보면 뭔가 알아낼 수도 있었을 텐데." 코랑탱이 아연실색
한 헌병 반장에게 낮은 소리로 말했다.

고타르는 천치들이 하는 것처럼 펑펑 울기로 마음을 정했
다. 카트린은 순진무구한 태도로 머물러 있었는데, 그런 태도
는 늙은 경관을 깊은 생각에 잠기게 했다. 르누아르의 제자는

그 두 어린애를 서로 비교해 보고 교활하다고 믿었던 노귀족의 멍청한 태도와 카드를 만지작거리는 영적인 모습의 사제 그리고 하인들과 뒤리외 내외의 어리둥절한 모습을 유심히 살핀 다음, 코랑탱에게 가서 귓속말을 했다. "이 멍청이들과는 아무 볼일이 없겠는데요!"

코랑탱이 카드 테이블을 가리키며 먼저 눈짓으로 응답하더니 뒤이어 이렇게 덧붙였다. "이분들은 보스턴 게임을 하고 있었소! 여주인의 잠자리를 정리하는 사이 그 여자는 달아났고 그들은 기습을 당했으니, 우리가 그들을 몰아붙여 봐야지."

틈새에는 언제나 원인과 효용성이 있다. 오늘날 마드무아젤이라고 불리는 탑과 마구간 사이의 틈새가 어떻게, 왜 생겼는지 하는 유래는 다음과 같다. 생시뉴에 자리 잡자마자 도트세르 씨는 숲의 물이 해자로 흘러드는 긴 골짜기를 성의 수렵 금지 구역에 속하는 토지의 큰 두 부분을 가르는 길로 만들었다. 오로지 그가 어느 묘판에서 발견한 100여 그루의 호두나무를 그 토지에 심으려는 목적에서였다. 그 호두나무들은 십일 년 만에 아주 무성하게 자라서, 6피트 높이의 둑으로 양쪽이 둘러싸인 그 길을 거의 뒤덮고 있었다. 그 길은 최근에 구입한 30에이커 넓이의 작은 숲과 통했다. 성에 사는 사람들은 다 같이 모이게 되었을 때 공용 도로로 나가기 위해 철책을 한 바퀴 빙 도는 것보다는 직할 영지의 벽을 따라 소작지로 통하는 해자를 통과하기를 더 좋아했다. 그들은 그리로 통과하면서 뜻하지 않게 양쪽의 틈새를 더 넓히게 되었는데, 19세기에 들어와서는 해자가 완전히 무용지물이 되었을 뿐만 아니라 후견인이 해자를 활용하겠다는 이야기를 자주 했으므로, 그 틈새를 넓히는 행위에 별로 거리낌을 느끼지 않았다. 그렇게 파손 행위가 끊임없이 일어나 토사와 자갈과 돌을 양산해 해자 바닥을 메우기에 이르렀다. 일종의 그 두렁길로 인해, 물이 넘쳐 해자를 뒤덮는 것은 큰 비가 내릴 때뿐이었다. 그렇지만 성에 사는 모든 사람과 백작 아가씨 자신도 일조한 그런 파손에도 불구하고 틈새는 꽤 가팔라서, 그리로 말을 내려 보내거나, 특히 공용 도로 위로 말을 올려 보내기는 매우 어려웠다. 그러나 위기의 순간에는 말도 주인의 생각을 알아채는 모양이다. 젊은 백작 아가씨가 마르트를 따라가기를 주저하며 설명을 요구하는 동안 언덕 꼭대기에서 헌병들이 지나간 자취를 뒤쫓으면서 밀정들의 계획을 유추한 미쉬는 아무도 오지 않자 자신의 성공에 절망을 느끼고 있었다. 헌병 경비대는 목소리와 눈짓으로 서로의 의사를 이해할 수 있고 아무리 작은 소리와 아무리 사소한 것도 듣고 감시할 수 있는 보초들처럼 좁은 간격을 유지하며 직할 영지의 벽을 따라 행진하고 있었다. 미쉬는 배를 깔고 엎드려 땅바닥에 귀를 대고 인디언과 같은 방식으로, 들리는 소리의 세기에 따라 자기에게 남은 시간을 가늠했다. "내가 너무 늦게 도착했구나! 비올레트 놈에게 대가를 치르게 하고 말겠어! 놈이 술 취하기까지 시간이 너무 걸렸어! 이제 어쩌지?" 미쉬는 혼자 이렇게 중얼거렸다. 경비대가 철책 앞을 지나는 길을 통해 숲에서 내려오는 소리가 들렸다. 그 경비대는 공용 도로 쪽에서 오는 다른 경비대와 유사한 방식으로 움직이며 서로 접근하고 있었다. '아직 오륙 분 여유는 있구나!' 하고 그는 생각했다. 그 순간 백작 아가씨가 모습을 드러냈고, 미쉬는 억센 손으로 그녀를 낚아채 수풀에 가려진 길 속으로 떠밀었다.

"곧장 앞으로 가세요!" 미쉬가 그녀에게 말했다. 그리고 아내에게 덧붙여 말했다. "아가씨를 내 말이 있는 곳으로 모셔가. 헌병들이 듣는다는 것을 명심하고."

채찍과 장갑과 모자를 가지고 오는 카트린을 보자, 특히 백작 아가씨의 암말과 고타르를 보자, 위험 가운데서도 머리가 핑핑 돌아가는 이 사내는 방금 전 비올레트를 골탕 먹인 것처럼 헌병들을 골탕 먹이기로 작심했다. 고타르는 암말을 떠밀어 기적처럼 해자를 기어오르게 만들었다.

"말굽에 헝겊을 씌웠어……? 기특하구나!" 관리인이 고타르를 품에 껴안으면서 말했다.

미쉬는 암말이 여주인 곁으로 가도록 내버려 두고 장갑과 모자와 채찍을 받아 들었다.

"너는 꾀가 있으니 내가 하는 말을 알아듣겠지. 너의 말도 어떻게든 이 길 위로 기어오르게 해서 그대로 올라타고, 농장 쪽으로 들판을 가로질러 전속력으로 달아나면서 헌병들이 네 뒤를 따라가게 해. 출동한 저 경비대 전부를 내게서 떨어뜨려다오." 미쉬는 따라가야 할 길을 손짓으로 가리켜 자기 생각을 마무리 지으며 고타르에게 이렇게 말했다. 그리고 카트린을 향해 말했다.

"얘, 카트린, 생시뉴에서 공드르빌로 가는 도로로 또 다른 헌병들이 우리에게 다가오고 있다. 그러니 너는 고타르가 따라갈 길과 반대 방향으로 내달아 그 헌병들을 성으로부터 숲쪽으로 끌고 가 다오. 우리가 안심하고 인적 없는 길로 빠지게 해 주기 바란다."

카트린 그리고 이 사건에서 영리함을 수없이 증명해 보인 놀라운 어린아이 고타르는 헌병대 각각으로 하여금 그들의 사냥감이 도망치고 있다고 믿게끔 자신들의 술책을 착실히 수행했다. 어슴푸레한 달빛은 추적당하는 사람들의 키나 복장, 성별이나 수를 제대로 분별할 수 없게 했다. 추격대는 '도망치는 자는 체포해야 한다!'는 헛된 공식에 따라 그들을 뒤쫓아 달려갔는데, 코랑탱은 직전에 고등 경찰의 관점에서 이 공식의 어리석음을 헌병 반장에게 강력하게 증명해 보인 바 있었다. 헌병들의 본능에 기대를 걸었던 미쉬는 마르트가 지정된 장소로 안내한 젊은 백작 아가씨보다 조금 늦게 숲에 다다를 수 있었다.

그가 마르트에게 말했다. "정자로 달려가요. 파리에서 온 자들이 틀림없이 숲을 지키고 있을 테니 여기에 머무는 것은 위험해. 우리는 서로 자유롭게 행동할 필요가 있을 거야."

미쉬는 자기 말의 고삐를 풀고, 백작 아가씨에게 자기를 따라오라고 했다.

"당신이 나에게 보이는 호의에 대한 보증이 없는 한, 나는 더 이상 가지 않겠어요. 요컨대 당신은 미쉬라는 사람이니까." 로랑스가 말했다.

미쉬가 부드러운 목소리로 대답했다. "아가씨, 제 역할을 아가씨께 한두 마디로 설명할 수 있을 겁니다. 저는 드 시뫼즈 형제가 모르게 그분들의 재산을 지키는 사람입니다. 저는 그 문제에 관해 그분들의 돌아가신 부친과 저의 보호자이신 그 분들의 사랑하는 어머니로부터 지침을 받았습니다. 저는 제 젊은 주인들을 섬기기 위해 광적인 자코뱅 역할을 연기했습니다. 그러나 불행히도 연극을 너무 늦게 시작하는 바람에 옛 주인들은 구하지 못했지요!" 이 대목에서 미쉬의 목소리가 떨렸다. "젊은 분들의 탈출 이후로, 저는 품위 있게 사는 데 필요한 금액을 그분들에게 전달해 왔습니다."

"스트라스부르의 브렝메예 상사를 통해서요?" 그녀가 물었다.

"그렇습니다, 아가씨. 자기 재산을 지키기 위해 저처럼 자코뱅 연기를 한 왕당파 지렐 드 트루아 씨의 연락원들이죠. 어느 날 저녁 트루아에서 오는 길에 아가씨의 소작인이 주운 서류는 우리를 위태롭게 할 수 있는 그 일과 관계된 서류였습니다. 이제 제 생명은 제 것이 아니라 그분들 것입니다, 아시겠습니까? 저는 공드르빌의 주인 노릇을 할 수 없었습니다. 제 위치 때문에 어디서 그 많은 돈을 마련했느냐고 추궁당하고 목이 잘렸을 겁니다. 나중에 토지를 다시 사는 편이 낫겠다고 생각했습니다. 그런데 그 마리옹이란 악당 놈이 말랭이라는 다른 악당 놈의 하수인이었습니다. 어쨌든 공드르빌은 주인들에게 되돌아갈 것입니다. 그건 저에게 달린 일이죠. 네 시간 전, 저는 제 총 끝을 말랭에게 겨누고 있었습니다. 아! 그자는 끝장이 났겠죠! 그자가 죽으면 공드르빌은 경매로 팔릴 테고, 그러면 아가씨가 그걸 사실 수 있습니다. 제가 죽었을 경우에는 제 아내가 공드르빌을 살 수 있는 방법을 알려 주는 편지를 아가씨께 전했을 것입니다. 그런데 그 강도 같은 놈이 또 다른 불한당인 공모자 그레뱅에게 말하기를, 드 시뫼즈 형제분이 제1집정관에 대한 음모를 꾸미고 있고, 그들이 이 고장에 와 있으며, 공드르빌에서 안심하고 지내기 위해서는 그들을 넘겨 주어 아예 제거해 버리는 편이 낫겠다고 하는 것이었습니다. 그런데 저는 두 명의 고등 밀정이 오는 것을 이미 보았던 터라 소총을 거두고, 시간을 허비하지 않고, 이리로 달려왔습니다. 아가씨라면 어디서 어떻게 젊은 분들에게 미리 경고할 수 있는지 아시리라 생각했습니다. 경위는 이와 같습니다."

"당신은 진정으로 귀족다운 사람이군요." 로랑스가 미쉬에게 손을 내밀며 말했다. 미쉬는 그 손에 키스하기 위해 무릎을 꿇으려고 했다. 그러자 로랑스가 미쉬를 말리며 말했다. "일어나요, 미쉬!" 이 말을 하는 로랑스의 목소리와 시선은 미쉬가 십이 년 전부터 불행했던 만큼이나 이 순간 그를 행복하게 해 주었다.

"아가씨께서는 제가 남은 숙제를 다 마치기라도 한 것처럼 저에게 보상을 해 주시는군요. 그들의 소리가 들리십니까, 단두대의 경기병들 소리가? 하지만 그 얘기는 다른 곳에 가서 하기로 하죠." 미쉬가 말했다. 그는 백작 아가씨의 등 뒤에 자리 잡고 서서 그녀의 암말 고삐를 잡으며 다시 말했다. "자세를 잘 잡고 말을 채찍질하면서, 나뭇가지에 얼굴을 다치지 않게 하는 데만 정신을 집중하십시오."

뒤이어 그는 자신이 목표로 하는 장소를 향해 나아가며, 아가씨를 이끌고 삼십 분 동안이나 이곳저곳을 왔다 갔다 하면서 말을 질주하게 했다. 흔적을 흐려 놓기 위해 숲속 빈터를 통과해 갔던 길을 되짚어 가기도 했다.

"나도 당신만큼이나 이 숲을 잘 아는데, 지금은 도대체 어디에 있는지 모르겠네요." 백작 아가씨가 주위를 둘러보며 말했다.

"우리는 중심부에 있습니다. 우리 뒤에 헌병 두 명이 따라왔는데, 이제는 안심해도 됩니다!" 미쉬가 이렇게 대꾸했다.

관리인이 로랑스를 이끌고 간 경치 좋은 장소는 이 드라마의 중심인물들과 미쉬 자신에게 아주 운명적인 장소인 만큼, 그곳을 묘사하는 것이 역사가의 책무일 것이다. 게다가 그곳의 풍경은 앞으로 보게 되겠지만 제국의 법률적 연대기에서 유명해졌다.

노뎀 숲은 노트르담이라고 불리는 수도원에 속해 있었다. 그 수도원은 점령되어 약탈당하고 파괴당해서 수도사들과 재산이 모두 사라져 버렸다. 모두들 욕심내던 숲은 샹파뉴 백작들의 영지로 편입되었는데, 백작들은 후에 숲을 저당 잡혔다가 매각되도록 방치했다. 여섯 세기 동안 자연이 그 풍요롭고 강력한 녹색의 외투로 폐허를 뒤덮고 흔적을 지워서, 이제는 보잘것없는 둔덕 하나만 더없이 아름다운 수도원이 존재했던 자리를 가리키고 있었다. 둔덕은 아름다운 나무 그늘이 드리우고 뚫고 들어갈 수 없을 정도로 빽빽한 관목 숲에 둘러싸여 있다. 미쉬는 1794년부터 관목이 듬성듬성한 자리에 가시 돋은 아카시아를 즐겨 심어서 관목 숲을 촘촘하게 만들었다. 둔덕 아래에는 늪이 하나 있어 그곳이 사라진 샘물 자리임을 말해 주고 있었다. 아마도 예전에 그 샘물이 수도원의 위치를 정하게 했을 것이다. 노뎀 숲 등기 권리증의 소유자만이 8세기나 묵은 그 단어의 어원을 알아보고, 옛날에 숲 중앙에 수도원이 하나 있었다는 사실을 알아낼 수 있었다. 대혁명의 첫 천둥소리를 들으며 이의 제기를 당했기 때문에 자신의 등기 권리증을 살펴보지 않으면 안 되었던 드 시뫼즈 후작은 우연히 그런 전말을 알게 되자, 되는대로 머릿속 생각에 따라 수도원 자리를 찾아보기 시작했다. 숲을 속속들이 알고 있는 관리인이 자연히 이 일에서 자기 주인을 돕게 되었고, 삼림 관리인으로서 그의 명석함이 수도원의 위치를 알아내게 했다. 일부 흔적이 사라져 버린 숲의 다섯 개 주요 도로의 방향을 고찰함으로써, 그는 모든 도로가 작은 산과 늪에 이른다는 것을 알게 되었다. 예전에는 트루아, 아르시 계곡, 생시뉴 계곡, 바르쉬르오브로부터 그곳으로 오게 되어 있었다. 후작은 작은 산을 면밀히 조사해 보려 했으나, 그 작업에 이 고장과는 낯선 외지인들밖에는 쓸 수가 없었다. 급박한 상황에 쫓겨 그는 자신의 탐구를 포기해야 했고, 미쉬의 머릿속에는 둔덕에 보물 또는 수도원의 토대가 숨겨져 있을지 모른다는 생각이 남게 되었다. 미쉬는 고고학적 작업을 계속해 갔다. 둔덕의 가파른 한 지점 아래 두 그루의 나무 사이, 늪과 같은 높이에서, 그는 지면에 공동(空洞)의 울림이 있다는 느낌을 받았다. 그리고 어느 청명한 날 밤중에 곡괭이를 들고 와서 작업한 끝에, 석조 계단을 통해 내려가는 지하실 공간을 발견하기에 이르렀다. 제일 움푹한 부분이 3피트 깊이인 늪은 주걱 형상을 이루고 있는데, 주걱의 손잡이에 해당하는 부분은 둔덕에서 솟아난 것처럼 보이며, 광활한 숲속으로 스며들어 사라진 샘이 그 인공 바위에서 발원한다는 생각을 갖게 한다. 오리나무, 버드나무, 물푸레나무 등 수생 수목에 둘러싸여 있는 그 늪지는 오솔길들이 교차하는 장소이다. 오솔길은 오늘날에는 버려진 옛 도로들과 숲속 가로수 길의 잔해인 것이다. 흐르지만 고여 있는 듯 보이는 늪의 물은 물냉이 같은 잎 넓은 식물로 뒤덮여 있어, 잔풀이 밀생해서 자라는 늪 가장자리와 잘 구분되지 않는 완전한 초록빛의 표면을 보여 주고 있다. 물은 거주지 전체와 너무 멀리 떨어져 있어서, 맹수 말고는 어떤 짐승도 그것을 이용하러 오지 않는다. 개인 관리인들이나 사냥꾼들은 늪 아래로는 아무것도 존재할 수 없다고 확신하며 접근하기 힘든 둔덕 가장자리에 거부감을 느낀 탓에 숲의 가장 오래된 벌목지에 속하는 구석에 가 보거나 뒤져 보거나 탐색해 본 적이 결코 없었다. 그것을 이용할 차례가 되었을 때, 미쉬는 그것을 높이 솟아오른 큰 나무숲으로 놔두었다. 지하실 끝에는 천장이 둥근 작은 지하방이 있는데, 그것은 석재를 다듬어 만든 깨끗하고 온전한 방으로, '인 파체(in-pace)'라고 불리는 유형의 수도원 지하 감옥이다. 이 지하방의 위생적 환경과 층계 및 반원형 천장의 보존은 파괴자들이 허물지 않고 놓아둔 샘과 필시 대단할 벽의 두께로 설명할 수 있었다. 벽은 벽돌 그리고 로마인들이 사용한 시멘트와 유사한 시멘트로 축조되어, 상부에 물을 담고 있었다. 미쉬는 이 은신처 입구를 큰 돌들로 덮어 두었다. 그런 다음 그곳의 비밀을 혼자만 알고 아무도 알아채지 못하게 하려고, 그는 늪을 통해 그곳에 접근하는 대신 숲이 우거진 언덕을 거슬러 올라갔다가 급경사면을 통해 지하실로 내려가는 것을 철칙으로 삼았다. 두 탈주자가 그곳에 도착했을 때, 둔덕의 백 년 넘은 나무들 꼭대기에는 달이 아름다운 은빛을 비추고 있었다. 어떤 것은 둥글고 어떤 것은 뾰족하며, 어떤 것은 단 한 그루의 나무로 끝나고 또 어떤 것은 작은 수풀로 끝나는 식으로 그곳과 통하는 도로의 모양에 따라 다양하게 절단된 숲의 여러 입구에 드리운 무성한 나뭇잎에 달빛이 아롱지고 있었다.

거기에서는 어쩔 수 없이 눈이 멀리 아득한 전망 속에 빠져들어, 구불구불한 오솔길, 숲속 긴 가로수 길의 수려한 전망, 또는 장벽처럼 둘러선 검은색에 가까운 녹음을 연속으로 따라가게 되는 것이었다. 갈림길의 나뭇가지를 통해 스며든 달빛은 그 알려지지 않은 고요한 물을 맑은 물냉이와 수련 사이로 다이아몬드 조각처럼 반짝이게 했다. 개구리 소리가 그 아름다운 숲 귀퉁이의 깊은 정적을 뒤흔들었는데, 그곳에서 나는 야생의 향기는 영혼 속에 자유의 관념을 깨어나게 했다.

"이제 우리는 안전한가요?" 백작 아가씨가 미쉬에게 물었다.

"그렇습니다, 아가씨. 하지만 우리는 각자 할 일이 있습니다. 작은 언덕 꼭대기로 가서 나무에 우리의 말을 매고, 두 말의 주둥이 둘레에 천을 묶으십시오." 미쉬가 그녀에게 자기 넥타이를 내밀며 말했다. "제 말과 아가씨의 말은 영리해서, 조용히 있어야 한다는 걸 알 것입니다. 일을 마치시면, 이 급경사면을 통해 곧장 물 위로 내려오셔야 하는데, 승마복이 나뭇가지에 걸리지 않도록 조심하십시오. 저는 밑에 있겠습니다."

여백작이 말을 나무에 매어 숨기고 재갈을 물리는 동안, 미쉬는 돌들을 치워 지하방의 입구를 드러나게 했다. 지하실의 둥근 천장 아래 서게 되자, 자신의 숲을 잘 안다고 믿었던 여백작은 극도로 놀라지 않을 수 없었다. 미쉬는 석공과 같은 능란함을 발휘해 입구 위쪽을 다시 돌로 둥그렇게 막았다. 그가 일을 마치자, 말발굽 소리와 헌병들의 목소리가 밤의 정적 가운데 울려 퍼졌다. 그는 부싯돌을 요란하게 부딪쳐 작은 전나무 가지에 불을 붙인 다음, 여백작을 지하 감옥으로 안내했다. 그곳에는 양초 한 토막이 켜져 있어 지하방 내부를 알아볼 수 있게 해 주었다. 군데군데 녹슬어 구멍이 나긴 했지만 꽤 두꺼운 살대 몇 개가 붙어 있는 철제문은 관리인이 손보아 둔 덕분에 밖에서 빗장으로 잠글 수 있었고, 빗장은 양쪽에서 제 구멍에 들어가 맞았다. 피곤으로 기진맥진한 여백작은 돌 벤치에 주저앉았는데, 벤치 위쪽에는 벽에 고정된 갈고리 하나가 아직도 남아 있었다.

"살롱에 가서 얘기하시도록 하죠. 이제 헌병들은 저희들 하고 싶은 만큼 주위를 맴돌 거예요. 우리에게 닥칠 최악의 경우는 그자들이 우리의 말을 가로채 가는 경우일 겁니다." 미쉬가 말했다.

"우리의 말을 채 간다면, 그건 내 사촌들과 도트세르 형제를 죽게 만드는 거예요! 자, 당신이 알고 있는 게 뭐죠?" 로랑스가 물었다.

미쉬는 말랭과 그래뱅 사이의 대화에서 그가 알아들은 얼마 안 되는 사실을 그녀에게 이야기했다.

미쉬가 얘기를 마치자, 여백작이 말했다. "그들은 파리를 향해 가고 있고, 오늘 아침에 파리에 들어갈 거예요."

"야단났군요! 출입자 모두가 성문에서 감시당할 겁니다, 아시겠어요. 말랭은 저의 주인님들이 음모에 제대로 연루되게 해서 그들을 죽게 만드는 데 가장 큰 관심을 갖고 있습니다." 미쉬가 소리쳤다.

"그런데 나는 사건의 개요를 전혀 모르고 있어요!" 이번에는 로랑스가 소리쳤다. "조르주와 리비에르와 모로에게 어떻게 알리죠? 그들은 어디에 있고요? 결국 내 사촌들과 도트세르 형제만 생각할밖에요. 무슨 수를 쓰든 그들과 만나도록 하세요."

"전신이 최고의 준마보다 더 빠릅니다. 그리고 음모에 가담한 모든 귀족 가운데 아가씨의 사촌들이 최고의 표적일 겁니다. 제가 그들을 찾으면, 그들을 이곳에 머물게 해야 합니다. 사태가 끝날 때까지 우리가 그들을 여기서 지켜야 해요. 가엾으신 그들의 부친께서 저에게 이 은신처의 흔적을 찾게 하셨을 때 선견지명이 있으셨는지도 모르겠군요. 아드님들이 이곳으로 피신할 것을 예견하셨는지도 모르죠!" 미쉬가 말했다.

"내 암말은 다르투아 백작의 마구간 출신으로, 최고의 영국산 준마의 후손이에요. 그러나 이미 36리외를 달린 터라, 당신을 목적지까지 데려다주지 못하고 뻗어 버릴 거예요." 로랑스가 말했다.

그러자 미쉬가 대답했다. "제 말도 좋은 말입니다. 아가씨가 36리외를 달린 반면, 제가 가야 할 길은 18리외에 불과하지 않습니까?"

그녀가 대꾸했다. "23리외예요. 그들은 다섯 시간 전부터 행군하고 있고요! 당신은 라니 너머 쿠브레에서 그들을 만날 수 있을 거예요. 그들은 새벽에 선원으로 변장하고 쿠브레를 떠날 겁니다. 배를 타고 파리로 들어갈 요량이거든요."

그녀가 손가락에서 자기 어머니의 결혼반지 반쪽을 빼내며 계속해서 말했다. "이것이 그들이 신뢰할 유일한 물건이에요. 반지의 나머지 반쪽을 내가 그들에게 주었거든요. 그들의 병사 한 명의 아버지인 쿠브레의 경비원이 오늘 밤 숯장수들이 방치해 둔 숲속 오두막에 그들을 숨겨 주고 있어요. 그들은 모두 여덟 명이에요. 도트세르 형제 그리고 네 명의 병사가 내 사촌들과 함께 있거든요."

"아가씨, 그들이 병사들을 뒤쫓지는 않을 겁니다. 그러니 드 시뫼즈 형제분만 보살피고, 다른 사람들은 알아서 달아나게 놔두도록 합시다. 그들에게는 위험을 알려 주는 것으로 족하지 않을까요?"

"도트세르 형제를 저버리라고요? 안 돼요! 그들은 다 함께 죽거나 살아야 해요!" 로랑스가 말했다.

"그들은 소귀족에 불과한데도요?" 미쉬가 응수했다.

"알고 있어요, 그들에겐 기사 작위밖에 없죠. 하지만 그들은 생시뉴 가문과 시뫼즈 가문에 연결되어 있어요. 그러니 이 숲에 이르는 최선의 방법을 함께 의논한 다음, 내 사촌들과 도트세르 형제를 같이 데리고 오세요." 그녀가 대답했다.

"헌병들이 아직도 여기에 있네요! 그들의 소리가 들리십니까? 서로 의논하고 있는 것 같습니다."

"오늘 저녁 당신에겐 이미 두 차례의 행운이 있었어요. 그러니 가 보세요! 그들을 데려와서 이 지하실에 숨기세요. 여기라면 그들은 어떤 추적으로부터도 안전할 거예요! 나는 당신에게 아무 도움도 안 될 것 같네요. 나는 적을 비출 등대 역할을 하겠어요." 그녀가 격한 어조로 말했다. "나의 태연한 모습을 보면, 경찰은 내 친척들이 숲으로 되돌아오리라고는 상상하지 못할 거예요. 그러니 좋은 말 다섯 필을 찾아내어 라니에서 우리의 숲으로 여섯 시간 만에 달려오게 하고, 그 다섯 필 말을 덤불숲 속에 죽게 놔두면 됩니다."

"그런데 돈은요?" 백작 아가씨의 말을 들으며 깊은 생각에 빠져 있던 미쉬가 물었다.

"내가 오늘 밤 사촌들에게 100루이를 주었어요."

"그렇다면 제가 그들의 목숨을 보장하겠습니다." 미쉬가 소리쳤다. "일단 그들을 숨기고 나면, 아가씨는 그들을 만나선 안 됩니다. 제 아내나 아이가 일주일에 두 번씩 그들에게 양식을 날라다 줄 거예요. 그러나 저도 저 자신의 일을 장담할 수 없으니, 불행한 일이 닥치거든 제가 사는 정자의 지붕 밑 방 대들보가 도래송곳으로 뚫려 있다는 것을 기억해 두십시오, 아가씨. 큰 볼트로 막아 둔 구멍 속에 숲 한 귀퉁이의 지도가 들어 있습니다. 지도에 붉은 점으로 표시해 둔 나무들의 땅 위로 드러난 밑동에 검은 표시가 되어 있어요. 그 나무들 각각이 표지입니다. 각 표지로부터 왼쪽으로 셋째 늙은 참나무 둥치의 전방 2피트 지점 7피트 깊이에 양철통들이 묻혀 있습니다. 각각의 통에는 10만 프랑의 금화가 담겨 있고요. 나무는 열한 그루뿐인데, 그 열한 그루의 나무가 지금은 공드르빌을 빼앗긴 시뫼즈가문의 전 재산입니다."

"귀족 계급이 당한 타격을 회복하려면 백 년은 걸릴 거예요!" 드 생시뉴 양이 천천히 말했다.

"암호가 있습니까?"

"프랑스와 샤를! 이것이 병사들에 대한 암호예요. 로랑스와 루이! 이것은 도트세르 형제와 시뫼즈 형제에 대한 암호고요. 아! 어제 십일 년 만에 그들을 다시 만났는데 오늘 그들이 죽음의 위험에 직면했다는 것을 알다니, 이 무슨 운명인지!" 그녀는 슬픔에 찬 목소리로 덧붙여 말했다. "미쉬, 당신이 지난 십이 년 동안 고귀하고 헌신적이었던 것만큼 앞으로 열다섯 시간 동안에도 신중하게 행동해 주세요. 만약 사촌들에게 불행이 닥치면, 나는 죽어 버릴 거예요. 아니, 보나파르트를 죽이기 위해 살아남아야지!"

"모든 것이 파탄 나는 날에는, 우리 둘이서 그 일을 합시다."

로랑스가 미쉬의 거친 손을 잡고 힘차게 영국식 악수를 했다. 미쉬는 시계를 꺼냈다. 자정이었다.

"어떻게든 여기를 벗어나도록 하죠. 제 길을 가로막을 헌병을 조심하세요. 여백작님은 거리낌 없이 전속력으로 달려 생시뉴로 돌아가십시오. 그들이 거기 있으니, 그들을 약 올려 주세요." 미쉬가 이렇게 말했다.

구멍을 치우자, 미쉬의 귀에는 더 이상 아무 소리도 들리지 않았다. 그는 땅에 엎드려 귀를 대 보더니, 재빨리 다시 일어났다. "그들이 트루아 쪽 숲가에 있군! 그자들을 골탕 먹여야지!" 그가 중얼거렸다.

그는 여백작을 도와 지하실 밖으로 나오게 한 다음, 돌무더기를 다시 제자리에 덮었다. 그 일이 끝나자 비로소 자기 이름을 부르는 로랑스의 다정한 목소리를 들을 수 있었다. 그녀는 자기 말에 오르기 전에, 미쉬가 먼저 말에 타는 것을 보려고 했다. 그 거친 사내는 젊은 여주인과 마지막 눈길을 주고받으며 눈에 눈물이 그렁거렸지만, 그녀의 눈은 메마른 채였다.

"저 사람 말이 맞아. 그들을 약 올리자!" 더 이상 아무 소리도 들리지 않게 되자, 그녀는 혼자 중얼거렸다. 그리고 생시뉴를 향해 전속력으로 말을 달렸다.

아직도 혁명이 끝났다고 믿지 않으며, 그 시대의 개략적인 사법 절차에 대해 알고 있는 도트세르 부인은 아들들이 죽음의 위험에 처해 있다는 사실을 알게 되자, 그녀에게서 감각과 힘을 상실하게 만들었던 격렬한 고통 자체에 의해 감각과 힘을 되찾았다. 그녀는 두려운 호기심에 이끌려 살롱으로 내려갔는데, 그때 그곳의 모습은 정말로 풍속화가의 화필에 어울릴 만한 풍경을 제시해 보이고 있었다. 사제는 여전히 게임 테이블 앞에 앉아, 벽난로 한구석에 서서 나지막한 소리로 이야기를 주고받는 페라드와 코랑탱을 슬쩍슬쩍 쳐다보면서 기계적으로 카드를 만지작거리고 있었다. 코랑탱의 예리한 눈길이 그에 못지않게 예리한 사제의 눈길과 몇 차례 마주쳤다. 그러나 무기를 맞부딪쳐 교합한 후 방어 자세로 돌아가는 대등한 두 명의 강적처럼, 두 사람은 재빨리 눈길을 다른 곳으로 돌리곤 했다. 도트세르 씨는 기름지고 통통한 큰 키의 노랑이 굴라르 곁에 망연자실한 태도로 왜가리처럼 두 다리를 붙박고 서 있었다. 면장은 부르주아의 행색을 하고 있었지만 여전히 하인 같은 모습이었다. 그들 두 사람은 얼이 빠진 듯한 눈으로 헌병들을 쳐다보고 있었고, 고타르는 헌병들 사이에서 여전히 울고 있었다. 그의 양손은 너무 세게 묶여서 보랏빛으로 부풀어 있었다. 카트린은 단순함과 순진함으로 가득하나 속을 헤아릴 수 없는 태도를 계속 유지하고 있었다. 코랑탱의 견해에 따르면 이 하찮은 하인들을 체포하는 어리석음을 저지른 헌병 반장은 이곳을 떠나야 할지 머물러 있어야 할지 알 수가 없었다. 그는 칼자루에 손을 얹고 두 파리 사람에게 시선을 고정한 채, 생각에 잠긴 모습으로 살롱 한가운데 남아 있었다. 그리고 어리둥절한 뒤리외 내외와 성의 모든 하인들이 불안에 사로잡힌 경탄스러운 무리를 형성하고 있었다. 고타르의 경련적인 울음소리만 없었다면, 파리가 날아가는 소리도 들릴 지경이었다.

하얗게 겁에 질린 어머니가 문을 열고는 울어서 눈이 붉게 충혈된 구제 양에게 끌려오다시피 하며 모습을 드러내자, 모두들 그 두 여인 쪽으로 얼굴을 돌렸다. 성의 주민들이 로랑스가 들어오는 것을 보게 될까 봐 두려움에 떠는 것만큼이나 두 경관은 그녀가 들어오는 것을 보기를 기대하고 있었다. 하인들과 주인들의 자발적 동작은 목각 인형의 얼굴에 단 하나의 표정이나 눈 깜빡거림을 만들어 내는 기계 장치 같은 것에 의해 도출된 것처럼 보였다.

도트세르 부인은 코랑탱을 향해 서둘러 세 걸음을 크게 내딛더니, 군데군데 끊기기는 하지만 격렬한 목소리로 말했다. "이보세요, 제발 부탁이니 말해 주세요. 제 아들들이 무슨 일로 고발당했습니까? 그리고 당신은 그애들이 여기에 와 있다고 믿는 건가요?"

부인의 모습을 보면서 '뭔가 실수를 저지르겠군!' 하고 생각한 듯 보이는 사제가 두 눈을 내리깔았다.

"저의 의무와 제가 수행하는 임무가 부인에게 그 얘기를 해 드리는 것을 금하고 있습니다." 친절한 동시에 야유 어린 태도로 코랑탱이 대답했다.

그 멋쟁이의 가증스러운 정중함 때문에 더욱더 무자비한 것이 되어 버린 거절은 부인을 아연실색게 했다. 부인은 구제 사제 옆 안락의자에 주저앉더니, 두 손을 모으고 기도했다.

"이 울보를 어디서 붙잡았소?" 로랑스의 어린 시종을 가리키며 코랑탱이 헌병 반장에게 물었다.

"직할 영지 담을 따라 농장으로 가는 도로에서 잡았습니다. 녀석이 클로조 숲에 다가가고 있었습니다."

"그리고 이 여자애는?"

"그 여자애요? 그 여자애는 올리비에가 붙잡았습니다."

"그 애는 어디로 가고 있었소?"

"공드르빌 쪽으로요."

"두 아이가 서로 등진 방향에 있었단 말이오?" 코랑탱이 물었다.

"그렇습니다." 헌병이 대답했다.

"이 두 아이는 생시뉴의 어린 하인과 시녀가 아닌가요?" 코랑탱이 면장에게 물었다.

"그렇습니다." 굴라르가 대답했다.

페라드가 귓속말로 코랑탱과 두어 마디를 나눈 다음, 헌병 반장을 데리고 밖으로 나갔다.

그 순간 아르시의 헌병 반장이 들어오더니, 코랑탱에게 가서 나지막한 소리로 말했다. "나는 이 지역을 잘 알고 있고, 부속 건물들도 샅샅이 수색했습니다. 그 작자들이 땅속에 묻혀 있는 게 아닌 한, 아무도 없습니다. 우리의 총 개머리판으로 마루와 벽을 두드려 보아야 할 판입니다."

다시 돌아온 페라드가 코랑탱에게 따라오라고 손짓을 하더니 데리고 나가 도랑의 터진 틈을 보여 주고는 거기로 통하는 움푹한 길을 가리켰다.

"이제 술책을 짐작할 수 있겠어요." 페라드가 말했다.

"아! 내가 그걸 말해 주지요." 하고 코랑탱이 대꾸했다. "맹랑한 어린 놈과 계집애가 사냥감의 퇴로를 확보하기 위해 저 바보 같은 헌병들을 속여 먹은 거예요."

"날이 밝아야 진상을 알 수 있을 겁니다." 페라드가 응수했다. "저 길은 축축합니다, 제가 헌병 둘을 시켜 길 위쪽과 아래쪽을 차단하게 했어요. 환하게 볼 수 있게 되면, 발자국으로 누가 그곳을 지나갔는지 파악할 수 있을 겁니다."

"여기 말발굽 자국이 있군. 마구간에 가 봅시다." 코랑탱이 말했다.

"여기에 말이 모두 몇 필이나 있죠?" 코랑탱과 함께 살롱으로 돌아오면서 페라드가 도트세르 씨와 굴라르에게 물었다.

"자, 면장님, 당신도 알죠. 대답하세요." 그 관리가 대답을 주저하는 것을 보고 코랑탱이 그에게 소리쳤다.

"여백작의 암말과 고타르의 말, 그리고 도트세르 씨의 말이 있습니다."

"우리는 마구간에서 한 필밖에 못 봤어요." 페라드가 말했다.

"아가씨가 산책을 하고 있습니다." 뒤리외가 말했다.

"당신의 피후견인은 밤중에 이렇게 자주 산책을 다닙니까?" 무례한 페라드가 도트세르 씨에게 물었다.

"아주 자주 다니죠. 면장님이 그 사실을 보증할 것입니다." 도트세르 씨가 간단히 대답했다.

"아가씨가 엉뚱하다는 것은 누구나 알고 있어요." 카트린이 말했다. "아가씨는 잠자리에 들기 전에 하늘을 쳐다보곤 해요. 멀리서 반짝이는 당신네 총검이 아가씨의 궁금증을 불러일으킨 것 같아요. 밖으로 나가면서 아가씨가 새로운 혁명이 일어난 것은 아닌지 알아봐야겠다고 저한테 말했거든요."

"언제 나갔지?" 페라드가 물었다.

"당신들 총이 보였을 때요."

"어디로 해서 갔어?"

"그건 몰라요."

"또 다른 말은?" 코랑탱이 물었다.

"헌…… 헌…… 헌병들이 나…… 나…… 나한테서 그……
그걸…… 빼…… 뺏었어……." 고타르가 말했다.

"도대체 너는 어딜 가고 있었니?" 헌병 하나가 그에게 물었다.

"나는 나…… 나의 주…… 주…… 주인님…… 을 따라
서…… 농…… 가에 가고 있었지요."

헌병은 명령을 기다리며 코랑탱을 향해 고개를 들었다. 하
지만 그들이 하는 말이 너무도 거짓된 동시에 너무도 진실되
고 너무나 천진스러운 동시에 너무나 교활해서, 파리에서 온
두 사람은 '그들은 멍청이가 아닙니다!'라는 페라드의 말을 반
복하기라도 하듯 서로를 쳐다보기만 했다.

나이 든 귀족 남자는 풍자를 이해할 만한 재치는 없는 것
처럼 보였고, 면장은 우둔한 사람이었다. 모성애밖에 모르는
어머니는 바보같이 경관들에게 순진한 질문들만 퍼붓고 있
었다. 하인들은 모두 잠자는 중에 놀라서 깨어난 것이 분명했
다. 이런 자질구레한 사실들을 접하고 그들의 다양한 성격을
판단한 뒤, 코랑탱은 자신의 유일한 적수는 드 생시뉴 양뿐임
을 곧 알아차렸다. 아무리 능란하다 해도 경찰은 수많은 불리
함을 안고 있는 법이다. 경찰은 음모자가 알고 있는 모든 것을
알아내야 할 뿐만 아니라, 단 하나의 진실에 다다르기 전에 수
많은 사실을 상정해야만 하는 것이다. 또 경찰은 근무 시간에
만 깨어 있는 반면, 음모자는 끊임없이 자기의 안전을 생각한
다. 배반이 없다면, 음모를 꾸미는 것보다 더 쉬운 일은 없을
것이다. 막대한 행동 수단을 가진 경찰보다 음모자 한 명이 더
많은 재주를 부린다. 코랑탱과 페라드는 그들이 열려 있을 거

라 믿었던 문, 그들이 갈고리로 곁쇠질해 따기라도 했을 문, 사람들이 아무 말 못 하고 뒤에 죽치고 서 있을 줄 알았던 문에 의해 물질적으로는 물론 정신적으로도 꼼짝없이 차단당했음을 느끼면서, 누군지 모를 사람에게 미리 예측되고 농락당한 것을 알게 되었다.

"단언컨대, 두 명의 시뫼즈와 도트세르가 여가서 밤을 보냈다면, 그들은 아버지, 어머니, 드 생시뉴 양, 하녀, 또는 하인들의 침대에서 잤거나, 아니면 그들이 지나간 흔적이 전혀 없으니 정원 안에서 서성거렸다는 얘기가 됩니다." 아르시의 헌병 반장이 나타나 두 경관의 귀에 대고 속삭였다.

"도대체 누가 그들에게 미리 알렸을까? 뭔가 알고 있는 사람은 제1집정관, 푸셰, 장관들, 경찰 국장과 말랭 정도일 텐데." 코랑탱이 페라드에게 말했다.

"이 고장에 양들을 풀어놓아야겠어요." 페라드가 코랑탱의 귀에 대고 말했다.

"양들은 샹파뉴 지방에 있게 될 테니 잘된 일이군요." 문득 양[81]이라는 단어를 엿듣자 그 한마디로 모든 것을 짐작한 사제가 미소를 참지 못하고 말했다.

'이런! 여기 재치 있는 사람이 하나 있군. 이 사람과 의사소통을 할 수밖에 없겠어. 이 사람을 공략해야겠군.' 역시 미소를 지어 사제에게 응수하며 코랑탱이 이렇게 생각했다.

"선생들……." 어쨌든 제1집정관에게 충성의 증거를 보이고

---

81) 여기서 양은 밀정을 뜻하는 지방 속어로 쓰이고 있다.

싶은 면장이 두 경관을 향해 말을 꺼냈다.

"시민들이라고 부르시오…… 아직 공화국이 존재하니까."
코랑탱이 야유 어린 태도로 사제를 쳐다보며 대꾸했다.

면장이 말을 이었다. "시민들, 제가 이 살롱에 들어와 입을
열기도 전에 카트린이 서둘러 나타나더니, 여주인의 채찍과
장갑과 모자를 가지고 나갔습니다."

음울한 혐오의 중얼거림이 고타르를 제외한 모든 사람의
가슴 깊은 곳으로부터 솟아나왔다. 헌병들과 경관들을 제외
한 모든 사람이 고발자 굴라르를 불타는 듯한 위협적인 눈길
로 쳐다보았다.

"좋소, 면장 동지." 페라드가 그에게 말했다. "상황은 분명합니
다. 누군가 시민 생시뉴에게 정확히 때맞춰 예고해 줬군요." 그
는 의심에 가득 찬 태도로 코랑탱을 쳐다보며 덧붙여 말했다.

"헌병 반장, 저 어린 녀석에게 엄지손가락을 죄는 고문 기구
를 채우고 다른 방으로 데려가시오." 코랑탱이 헌병에게 말했
다. "그리고 저 계집애도 감금하시오." 카트린을 가리키며 그
가 덧붙여 말했다. 그런 다음 페라드에게 귓속말로 계속해서
말했다. "당신은 서류 수색을 주관하시오. 모든 것을 뒤져 보
시오. 아무것도 제외해선 안 됩니다." 마지막으로 사제에게 "사
제님, 당신께 전할 중요한 이야기가 있습니다."라고 은밀히 말
하더니, 그는 정원으로 사제를 데리고 나갔다.

"들어 보세요, 사제님. 사제님은 주교가 될 재능을 가진 분
으로 보입니다. (여기서 우리 이야기를 엿들을 수 있는 사람은 아
무도 없으니까 말인데,) 제 말을 잘 들어 주십시오. 어리석게 아

무엇도 헤쳐 나올 수 없는 구렁으로 굴러떨어지려 하는 두 가문을 구하기 위해, 저는 사제님 말고는 희망을 걸 데가 없습니다. 음모의 목적과 수단과 가담자들을 알아내기 위해 정부가 모든 음모에 은밀히 끼워 넣은 야비한 밀정들 중 하나가 드 시뫼즈와 도트세르 형제를 밀고했습니다. 저와 함께 온 저 하찮은 자와 저를 혼동하지 마십시오. 저자는 경찰에 속한 사람입니다. 하지만 저는 대단히 영광스럽게도 집정관실 소속이며 집정관실의 최종 명령을 받고 있습니다. 우리는 드 시뫼즈 형제의 파멸을 원하지 않습니다. 말랭은 그들이 총살당하는 꼴을 보고 싶어 하는 반면, 제1집정관께서는 만약 그들이 여기 있고 나쁜 의도를 갖고 있지 않다면, 그들을 벼랑 끝에서 붙잡기를 원하십니다. 그분은 훌륭한 무사들을 좋아하시니까요. 저와 함께 온 경관이 모든 권한을 가지고 있고 저는 외견상 아무것도 아니지만, 음모가 어디에 있는지 아는 사람은 저입니다. 경관은 시뫼즈 형제를 찾아내 넘겨주기만 한다면 후견과 지위, 어쩌면 금전까지도 제공하겠다고 약속했을 말랭의 지령을 받고 있습니다. 그러나 진정으로 위대한 인물인 제1집정관께서는 탐욕스러운 생각을 결코 장려하지 않습니다. 저는 두 젊은이가 여기에 와 있는지 전혀 알고 싶지 않아요." 사제가 어깨를 으쓱하는 것을 보며 그가 계속해서 말했다. "그들은 단 하나의 방식으로만 구조될 수 있습니다. 공화력 10년 화월(花月)[82] 6일 자 법을 아시겠지요. 그 법은 공화력 11년

---

82) 공화력 8월로 4월 20일(21일)부터 5월 19일(20일)에 해당한다.

포도월 1일 이전, 다시 말해 지난해 9월에 귀국하는 조건으로, 아직 외국에 있는 망명자들에게 특사를 내리고 있습니다. 그러나 도트세르 형제와 마찬가지로 시뫼즈 형제는 콩데 군에서 지휘를 맡았으므로, 이 법이 정한 예외적 경우에 해당합니다. 다시 말해 그들의 프랑스 내 출현은 범죄이며, 현재 우리가 처한 상황에서 그들은 끔찍한 음모의 공범이 되기에 충분합니다. 그런데 제1집정관께서는 자신의 정부에 대해 화해 불가능한 적들을 만들어 내는 이 예외 조항의 악폐를 느끼셨습니다. 만약 드 시뫼즈 형제가 헌법에 선서할 것을 약속하면서 법에 복종할 의도를 가지고 프랑스로 귀환하겠다는 내용의 탄원서를 제1집정관께 제출한다면 그들에 대한 어떤 추적도 행해지지 않을 것임을 집정관께서는 그들에게 알리고 싶어 하십니다. 이해하시겠지만 그들의 체포 며칠 전 날짜로 된 탄원서가 그분의 수중에 들어가야 하며, 제가 그 서류의 전달자가 될 수 있습니다. 저는 그 젊은이들이 어디에 있는지 묻는 것이 아닙니다." 사제가 또다시 부정의 몸짓을 하는 것을 보며 그는 말했다. "불행하게도 우리는 그들이 발각되리라고 확신합니다. 사람들이 숲을 지키고 있고, 파리의 입구들은 감시되고 있으며, 국경 역시 마찬가지입니다. 제 말을 잘 들으세요! 그 젊은이들이 숲과 파리 사이에 있다면 붙잡힐 것입니다. 파리에 있다면 거기서 발견될 것입니다. 만약 퇴각한다면, 그 가엾은 사람들은 체포될 거고요. 제1집정관은 옛 귀족들을 좋아하고 공화주의자들을 못 견뎌 하시는데, 그 이유는 간단합니다. 그분은 왕좌를 원하시기 때문에 자유의 신(神)의 목을 졸라야 하는 겁니다. 이건 우리 둘 사이의 비밀입니다. 그러니 잘 생각해 보십시오! 내일까지 눈 딱 감고 기다리겠습니다. 하지만 경관을 조심하세요. 그 못된 프로방스인은 악마의 하인입니다. 제가 제1집정관의 명령을 받고 있는 것과 마찬가지로, 그자는 푸셰의 명령을 받고 있습니다."

그러자 사제가 말했다. "만약 드 시뫼즈 형제가 여기 있다면, 나는 그들을 구하기 위해 피 10파인트[83]와 팔 하나라도 바치겠소. 그러나 드 생시뉴 양이 그들과 비밀을 나누는 사이라 할지라도, 나의 영원한 구원을 걸고 맹세하는 바이지만, 그녀는 최소한의 부주의도 저지르지 않았으며 나와 전혀 상의를 하지 않았어요. 신중함이라는 것이 존재한다면 말이지만, 어쨌든 지금 나는 그녀의 신중함이 대단히 만족스럽소. 어제 저녁 우리는 매일같이 그랬듯이 더없이 조용한 가운데 10시 30분까지 보스턴 게임을 했소. 아무것도 보지 못했고 아무 소리도 듣지 못했지요. 이 고적한 골짜기에서는 아이 하나라도 지나가면 누구나 보고 알게 되는데, 보름 전부터 외부인이라고는 아무도 오지 않았어요. 그런데 도트세르 형제와 드 시뫼즈 형제 네 사람이면 한 무리가 됩니다. 귀족 내외는 정부에 복종하고 있으며, 아들들을 자신들의 곁으로 데려오기 위해 상상할 수 있는 모든 노력을 했소. 그저께도 아들에게 편지를 썼지요. 따라서 나의 영혼과 양심을 걸고 말하거니와, 그들이 독일에 체류하고 있다는 나의 확고한 믿음은 당신이 이리로

[83] 옛 부피 단위. 1파인트는 0.93리터에 해당한다.

내려온 후에야 비로소 흔들렸소. 우리 사이의 얘기지만, 이곳에서 제1집정관님의 탁월한 자질을 인정하지 않는 사람은 백작 아가씨 한 명뿐입니다."

'음흉한 놈 같으니!' 하고 코랑탱은 생각했다. "만약 그 젊은이들이 총살당한다면, 그건 이곳 사람들이 원해서 그렇게 된 겁니다. 이제 나는 손을 털겠어요." 그가 큰소리로 대꾸했다.

그는 달빛이 환히 비치는 곳으로 구제 사제를 데리고 가서 이 치명적인 말을 하면서 무례하게 빤히 쳐다보았다. 사제는 마음이 몹시 아팠지만, 아무것도 모른 채 기습을 당한 셈이었다.

"그러니 알아 두세요, 신부님. 공드르빌 토지에 대한 그들의 권리로 인해 하급직 사람들이 보기에 그들은 이중으로 범죄자입니다! 요컨대 저는 그들이 신의 성자들이 아니라 신과 직접 관계를 맺기를 바랍니다." 코랑탱이 이렇게 말했다.

"정말 음모가 있단 말입니까?" 사제가 순진하게 물었다.

"그것은 천박하고 가증스럽고 비열한 음모이며, 관대한 국민 정신에 반하는 음모로서, 치욕에 휩싸일 것입니다." 코랑탱이 대꾸했다.

"그런데 드 생시뉴 양은 비열함이 가능하지 않은 사람입니다." 사제가 이렇게 외쳤다.

코랑탱이 다시 말했다. "이보세요, 신부님, (여전히 당신과 나 둘 사이의 얘기지만) 우리에게는 그녀의 공모에 대한 명백한 증거가 있습니다. 그러나 사법 당국에는 아직 충분한 증거라고 할 수 없지요. 우리가 접근하자 그녀는 도망쳤습니다……. 그렇지만 저는 당신들에게 먼저 면장을 보냈어요."

"그렇지요. 그러나 당신은 그들을 꼭 구하겠다는 사람치고 는 면장의 발꿈치를 너무 바짝 쫓아왔어요." 사제의 말이었다.

이 말을 끝으로 두 사람은 서로 할 말을 다 한 셈이어서, 서 로를 빤히 쳐다보기만 했다. 이 두 사람은 모두 사고(思考)의 심오한 해부학자라고 할 만한 사람들로서, 야만인이 유럽인의 눈에는 보이지 않는 단서를 가지고 자신의 적들을 예측할 수 있는 것과 마찬가지로, 목소리의 단순한 억양 하나, 눈길 하 나, 단어 하나로도 충분히 사람의 마음을 알아보았다.

'이 사람에게서 뭔가 끌어낼 수 있으리라 믿었는데, 내 속만 들키고 말았군.' 코랑탱은 이렇게 생각했다.

'아! 야릇한 인간!' 사제는 속으로 이렇게 중얼거렸다.

코랑탱과 사제가 살롱으로 돌아오는 순간, 교회의 낡은 벽 시계에서 자정을 울리는 소리가 났다. 뒤이어 여러 방의 출입 문과 서랍을 여닫는 소리가 들려왔다. 헌병들이 침대들을 헤 집고 있었다. 페라드는 밀정의 민첩한 두뇌를 동원해 온갖 것 을 뒤져서 조사하고 있었다. 이런 강탈 행위는 여전히 꼼짝 않 고 서 있는 충실한 하인들에게 공포심과 아울러 분노를 자아 냈다. 도트세르 씨는 아내와 구제 양과 연민의 눈길을 주고받 았다. 두려움에 찬 호기심이 모든 사람을 깨어 있게 했다. 페 라드는 밑으로 내려갔다가 조각된 백단 상자를 손에 들고 살 롱으로 돌아왔는데, 아마 예전에 드 시뫼즈 제독이 중국에서 가져온 상자 같았다. 그 예쁜 상자는 4절판 크기에 평평한 모 양이었다.

페라드가 코랑탱에게 손짓을 하더니 그를 유리창 쪽으로

데려갔다. 페라드가 그에게 말했다. "이제 알겠습니다! 마리옹은 공드르빌의 대금으로 금화 80만 프랑을 지불할 능력이 있었으며, 조금 전에 말랭을 죽이려고 했던 미쉬라는 작자는 시뫼즈가의 사람이 틀림없습니다. 그자가 마리옹을 위협한 것과 말랭을 겨냥한 것은 같은 이해관계 때문입니다. 그자는 여러 생각을 할 수 있는 자처럼 보였는데, 단 한 가지 생각만 하고 있었어요. 그자가 사태를 알게 되었고, 그들에게 알리려고 여기에 왔을 겁니다."

코랑탱이 동료의 유추를 계속 이어 가며 말했다. "말랭이 공중인 친구와 음모에 대해 이야기했을 테고, 매복해 있던 미쉬가 그들이 시뫼즈 형제에 대해 말하는 소리를 들었겠지. 실상 그자는 공드르빌을 잃는 것보다 더 커 보이는 불행을 막기 위해서만 총을 거둘 수 있었을 거예요."

"그자는 우리가 어떤 사람인지 잘 알아보았습니다." 페라드의 말이었다. "나 역시 보는 즉시 그 촌놈의 영리함이 비상해 보였어요."

"오! 그건 그자가 단단히 경계하고 있었다는 걸 증명하겠지요." 코랑탱의 대꾸였다. "요컨대 우리 착각하지 말도록 합시다. 배반은 엄청나게 냄새를 풍기며, 미개한 사람들은 멀리서도 그 냄새를 맡는 법."

"우리가 그들보다 더 강하지요." 프로방스인이 이렇게 말했다.

"아르시의 헌병 반장을 부르시오." 코랑탱이 헌병 한 명에게 소리쳤다. 그런 다음 페라드에게 말했다. "그 작자의 정자로 보냅시다."

"우리의 귀 역할을 하는 비올레트가 거기 있습니다." 프로방스인이 말했다.

코랑탱이 말했다. "우리는 그의 전갈을 듣지 못하고 출발했소. 사바티에[84]를 데려와야 했는데. 우리 둘로는 충분치 않단 말이야." 헌병 반장이 들어오자, 코랑탱이 자기와 페라드 사이로 그를 밀어붙이며 말했다. "반장, 조금 전 트루아의 헌병 반장이 그랬던 것처럼 농락당하지 마시오. 우리가 보기에 미쉬가 사건에 연루된 것 같소. 그의 정자로 가서 모든 것을 세세히 살피고 우리에게 보고하시오."

"어린 하인들을 체포하는 순간 제 부하 하나가 숲속에서 말들이 움직이는 소리를 들었고, 저는 네 명의 건장한 부하를 시켜 숲속에 숨으려는 자들을 추적하게 했습니다." 헌병 반장이 대답했다.

그가 떠났고, 잔디밭 포석 위에 울리던 그의 말이 질주하는 소리는 금방 잦아들었다.

'자! 그들은 파리로 가고 있거나 독일을 향해 퇴각하고 있어.' 하고 코랑탱은 생각했다. 그는 자리에 앉아 짧은 웃옷 주머니에서 수첩을 하나 꺼내 연필로 두 가지 지시 사항을 써서 봉인한 다음, 헌병 한 명을 손짓으로 불렀다. "전속력으로 트루아에 달려가서 지사를 깨우고, 새벽 여명을 이용해 전신기를 가동하라고 이르시오."

---

84) 이 인물은 다른 어느 장면에도 출현하지 않으며, 그에 대한 아무런 정보도 나와 있지 않다.

헌병이 말을 달려 출발했다. 이 행동의 의미와 코랑탱의 의도가 너무나 분명해서, 성의 주민 모두의 가슴이 조여들었다. 그러나 이 새로운 불안감은 어떤 면에서 그들의 고통에 덧붙여진 또 하나의 타격일 뿐이라고 할 수 있었다. 왜냐하면 그때 그들의 시선은 모두 소중한 상자를 향해 있었기 때문이다. 두 경관은 이야기를 주고받으면서, 그들의 불타는 시선에 담긴 의미를 염탐하고 있었다. 모든 사람들의 공포를 음미하는 이 두 인간의 무감각한 심장을 움직이게 하는 것은 일종의 차디찬 분노였다. 경찰과 사냥꾼은 모든 감정을 공유한다. 그렇지만 사냥꾼이 육체와 정신의 힘을 발휘하면서 토끼나 자고새나 노루를 잡으려고 전념하는 반면, 경찰에게는 국가나 군주를 구하고 큰 포상을 받는 것이 문제인 것이다. 이렇듯 큰 차이가 나는 인간과 동물 사이에서 벌어지는 사냥보다 인간 사냥이 더 우위에 있다. 게다가 비밀 정보원은 자신의 역할을 그가 헌신하는 이해관계의 규모와 중요성으로까지 끌어올릴 필요가 있다. 그러므로 이 직업에 관여하지 않는 사람이라 할지라도, 이 직업에서는 사냥꾼이 사냥감을 쫓을 때와 마찬가지의 열정이 소요된다는 것을 누구나 이해할 수 있다. 이와 같은 이치로, 두 사람은 진상에 가까이 다가갈수록 더욱더 몸이 달아올랐다. 그러나 그들의 의혹, 생각, 계획을 아무도 꿰뚫어보지 못하는 것과 마찬가지로, 그들의 몸가짐과 눈길은 조용하고 냉정하게 머물러 있었다. 그러나 숨겨진 미지의 사실을 추적하는 두 형사의 정신적 후각의 결과를 따라가 본 사람, 개연성을 빠르게 검토함으로써 진실을 찾아내기에 이르는 그들의 개와 같은 민첩성을 이해하게 된 사람에게는 무언가 전율할 만한 점이 있었다! 이 천재적인 인물들은 아주 높이 올라갈 수 있었을 텐데 어찌해서 이렇게 하찮은 자리에 머물러 있을까? 어떤 결함, 어떤 악덕, 어떤 정열이 그들을 이렇게 추락시켰을까? 사상가, 작가, 정치가, 화가, 장군이 말하고, 쓰고, 통치하고, 그림 그리고, 전투를 하듯이, 누군가는 정탐밖에 할 줄 모른다는 식으로 경찰관 신분에 머무는 것인가? 성 사람들의 마음속에는 저 파렴치한 인간들에게 벼락이라도 떨어지면 좋겠다는 단 하나의 동일한 염원이 자리 잡았다. 그들은 모두 복수에 목말라 있었다. 따라서 그자리에 헌병들이 없었다면 반항 행위라도 벌어졌을 것이다.

"이 상자의 열쇠를 가진 사람 없소?" 뻔뻔스러운 페라드가 말로 묻는 것 못지않게 커다란 빨간 코의 움직임으로 질문을 제기하며 물었다.

이제 헌병들이 자리에 없는 것을 알아채고, 그 프로방스인은 약간 두려운 기색이었다. 코랑탱과 그 사람 자신만 남아 있었던 것이다. 코랑탱이 주머니에서 작은 단도를 꺼내더니 상자의 틈 사이로 밀어 넣기 시작했다. 그 순간 처음에는 도로상에서, 뒤이어 잔디밭의 포석 위에서 필사적으로 말을 달리는 무시무시한 소리가 들려왔다. 그러나 그보다 더 큰 공포심을 자아낸 것은 중앙 망루 밑에 네 다리로 주저앉으며 쓰러지는 말의 숨소리였다. 승마복 스치는 소리로 예고된 로랑스의 출현을 목격했을 때는, 벼락이 일으키는 것과 같은 충격이 모든 사람을 뒤흔들었다. 그녀의 하인들이 그녀가 통과할 수 있도록 황급히 대열을 지었다. 전속력으로 말을 달려 오면서도, 그녀는 음모의 발각으로 야기된 괴로움을 곱씹었다. 희망이 모두 무너져 버린 것 아닌가! 그녀는 집정관 정부에 대한 복종의 필요성을 생각하면서 폐허 속에서 말을 달렸다. 네 명의 귀족에게 닥친 위험, 자신의 피로와 절망을 억제하게 하는 절대명제인 그 위험만 없었다면, 그녀는 잠에 곯아떨어졌을 것이다. 그녀는 자기 사촌들과 죽음 사이를 막아서기 위해 암말을 거의 죽을 만큼 세차게 몰았다. 그 영웅적인 처녀가 창백하고 초췌한 모습으로 문간에 나타나 베일을 한쪽으로 젖히고, 손에는 채찍을 든 채 불타오르는 시선으로 실내의 광경 전체를 한눈에 꿰뚫어 보았을 때 코랑탱의 날카롭고 혼탁한 얼굴에 나타난 미세한 움직임에서, 모두들 진정한 적수 두 명이 대면했음을 깨닫게 되었다. 무시무시한 결투가 시작되려 하고 있었다.

코랑탱의 손에 들린 그 상자를 보자마자 젊은 여백작이 채찍을 쳐들고 격렬하게 돌진해 그의 손에 너무도 강력한 타격을 가하는 바람에, 상자가 바닥에 떨어지고 말았다. 그녀는 상자를 주워 타오르는 불길 가운데로 집어 던지고는, 두 경관이 놀라움에서 깨어나기 전에 위협적인 태도로 벽난로 앞을 막아섰다. 로랑스의 눈에 경멸감이 번득였다. 그녀의 창백한 이마와 멸시에 찬 입술 모양은 경관들이 보기에는 그녀가 코랑탱을 독사 취급했던 앞서의 위압적인 행동 이상으로 모욕적이었다. 도트세르 씨는 자신이 기사임을 느끼고 피가 끓어올라 얼굴이 벌게졌으며, 검을 들고 있지 않은 것을 애석해 했다. 하인들은 우선 기쁨으로 몸을 떨었다. 경관 한 명이 그들이 그토록 염원했던 복수의 일격을 당한 것이다. 그러나 끔찍한 두려움이 그들의 행복감을 마음속 깊은 곳으로 억눌렀다. 헌병들이 창고 안을 왔다 갔다 하는 소리가 여전히 들렸던 것이다. 대중은 정부에 필요한 약국이라고 할 수 있는 경찰에 관여하는 사람들의 다양한 성격을 언어에서 명시하려고 하지 않기 때문에, 경찰관들을 구별하는 모든 뉘앙스가 '스파이'라는 강력한 뜻의 명사 하나로 수렴해 말한다. 그 스파이는 결코 화를 내지 않는다는 대단하고도 흥미로운 특징을 가지고 있다. 그러므로 스파이는 성직자들의 기독교적 겸양과 비슷한 성격을 지니며 경멸에 단련된 눈을 지니고 있다. 또한 그들 편에서도 경찰을 이해하지 못하는 어리석은 대중에게 경멸을 하나의 방벽처럼 내세운다. 그는 모욕에 대해서는 청동 같은 얼굴을 지니며, 대포가 아니고서는 손상되지 않는 단단한 등껍질을 가진 동물처럼 자신의 목표를 향해 곧장 나아간다. 그러나 또한 동물과 마찬가지로 자신의 철갑이 뚫릴 수 없다고 믿고 있는 만큼, 타격을 받게 되면 더욱더 화가 치미는 것이다. 손가락에 채찍을 맞은 것은 코랑탱에게 아픔은 차치하고라도 대포의 포격에 등껍질이 뚫린 것과도 같았다. 고상하고 고귀한 처녀에게는, 그곳에 모인 소수의 사람들 눈에만이 아니라 그녀 자신의 눈에도 혐오감으로 가득 찬 그 동작이 경찰을 모욕하는 행위로 비쳤다. 프로방스인 페라드는 난롯불로 돌진하다가 로랑스에게 발길질을 당했다. 그러나 그가 그녀의 발을 잡아 들어 올려, 얼마 전 그녀가 잠들었던 안락의자 위로 그녀를 조심스럽게 넘어뜨렸다. 그것은 공포 가운데 벌어진 소극(笑劇)으로, 인간사에서 흔히 일어나는 대조적인 장면이었다. 불길 속의 상자를 움켜쥐느라 페라드는 손이 시커멓게 그을렸다. 어쨌든 그는 상자를 확보해 그것을 바닥에 놓고 그 위에 주저앉았다. 이 작은 사건들은 한마디 말도 오가지 않은 채 재빠르게 진행되었다. 채찍질을 당한 아픔에서 정신을 차린 코랑탱이 드 생시뉴 양의 양손을 그러쥐었다.

"아름다운 아가씨, 나로 하여금 당신에게 폭력을 쓰지 않게 하시오." 그가 치욕을 느끼게 하는 정중함을 보이며 말했다.

페라드의 행동은 상자를 눌러 공기를 차단함으로써 불을 꺼지게 하는 결과를 가져왔다.

"헌병들, 우리를 도와줘요!" 그가 괴이한 자세를 유지한 채 소리쳤다.

"얌전히 있겠다고 약속하겠죠?" 코랑탱이 자신의 단도를 줍더니, 그것으로 그녀를 위협하는 실수를 범하지는 않은 채 도전적으로 말했다.

"저 상자의 비밀은 정부와는 상관이 없어요." 그녀가 서글픔이 섞인 태도와 어조로 대답했다. "상자 속 편지들을 읽게 되면 당신들은 아무리 파렴치하더라도 부끄러움을 느낄 거예요. 하지만 당신들이 무엇에 대해서든 부끄러움을 느끼긴 하겠어요?" 그녀가 잠시 사이를 두고 이렇게 말했다.

사제가 '제발 진정해요.'라는 뜻이 담긴 듯한 시선을 로랑스에게 던졌다.

페라드가 일어섰다. 숯과 닿아 거의 다 타 버린 상자의 바닥이 양탄자 위에 검은 흔적을 남겨 놓았다. 상자 뚜껑도 이미 검게 그을려 있었고, 옆면은 터져 나갔다. 살구 빛 바지의 밑단을 경찰의 신(神)인 두려움에 바친 그 기괴한 스케볼라[85]가 상자의 양옆을 마치 책처럼 열어 젖히더니, 게임 테이블의 융단 위에 세 통의 편지와 머리 타래 두 단을 쏟아 놓았다. 머리 타래 두 개가 백발인 것이 얼핏 보이자, 그는 코랑탱을 쳐다보며 미소를 지으려 했다. 코랑탱은 드 생시뉴 양을 놔두고 갈피에서 머리 타래가 떨어져 내린 편지를 읽으러 갔다.

로랑스도 자리에서 일어나 두 스파이 곁으로 가더니, 다음과 같이 말했다. "오! 큰 소리로 읽어요. 그것이 당신들에 대한 벌이 될 겁니다."

그들이 눈으로만 읽어 내려가자, 그녀 자신이 소리 내어 편지를 읽었다.

친애하는 로랑스,

남편과 내가 체포되던 슬픈 날 네가 행한 훌륭한 행동을 우리는 알게 되었다. 우리가 우리의 소중한 쌍둥이 형제를 사랑하는 것과 마찬가지로 네가 그들을 사랑하고 있다는 것도 우리는 알고 있다. 따라서 우리는 그들에게 소중한 동시에 슬픈

---

85) 로마의 귀족으로 기원전 507년 로마를 점령하고 있던 에트루리아의 왕을 암살하려고 시도했으나 실수로 다른 사람을 죽이게 되자 자신을 벌하기 위해 오른손을 스스로 불에 태웠다고 한다. 여기서는 상자를 불 속에서 꺼낸 페라드를 희화적으로 그에 비유하고 있다.

위탁물을 너에게 맡기고자 한다. 우리는 잠시 후 죽게 될 거고, 사형 집행인이 조금 전 우리의 머리칼을 잘라 냈다. 사형 집행인은 우리가 우리의 사랑하는 고아들에게 줄 수 있는 이 유일한 기념물을 너에게 맡기겠다고 우리에게 약속했어. 그러니 그들을 위해 이 유품을 간직해 두었다가, 좋은 시절이 오면 그들에게 주기 바란다. 거기에 우리의 축복과 함께 그들에게 보내는 마지막 키스를 담아 놓았어. 우리의 마지막 생각은 우선 우리 아들들, 다음으로는 너, 끝으로 하느님에 대한 것이 될 거야! 그들을 사랑해 다오.

베르트 드 생시뉴,

장 드 시뵈즈

편지를 다 읽자 모두의 눈에 눈물이 글썽였다.

로랑스가 두 경관을 뚫어질 듯 쳐다보며 단호한 목소리로 말했다. "당신들은 '사형 집행인'만큼의 동정심도 없군요."

코랑탱은 조용히 편지 갈피에 머리 타래를 넣더니, 탁자 한쪽에 편지를 놓고 날아가지 않도록 카드가 담긴 바구니를 그 위에 올려 놓았다. 모두들 감동한 가운데 이런 냉정한 행위는 끔찍스러운 것이었다. 페라드가 다른 편지 두 통을 펼쳤다.

로랑스가 다시 말했다. "오! 이 편지들로 말하자면, 거의 비슷한 것들이에요. 당신들은 유언을 들었는데, 여기 이 편지는 유언의 완성이라 할 수 있습니다. 이제부터 내 마음은 더 이상 아무한테도 비밀이 없게 되겠군요."

146

1794년 안더나흐, 전투 전야.

나의 사랑하는 로랑스, 나는 평생토록 당신을 사랑하며, 당신이 그 사실을 알아 주기 바라오. 그러나 내가 죽게 될 경우에는, 내가 당신을 사랑하는 만큼 내 동생 폴마리도 당신을 사랑한다는 사실을 알아 둬요. 죽어 가면서 내가 느낄 유일한 위안은 어느 날엔가 당신이 나의 소중한 동생을 남편으로 삼을 수 있다는 것을 확신하는 일이 될 거예요. 둘 다 살아 있는데 당신이 나 대신 그를 선택한다 해도, 나는 질투로 애가 닳지는 않을 겁니다. 결국 그런 선택은 나에게 아주 자연스러워 보일 텐데, 왜냐하면 어쩌면 그가 나보다 나을 것이기 때문이에요. 기타 등등.

마리폴

"이것이 또 다른 편지예요." 그녀가 얼굴에 매력적인 홍조를 띠며 계속 읽었다.

안더나흐, 전투 전야.

나의 다정한 로랑스, 나는 얼마간 슬픔에 잠겨 있어요. 마리폴이 너무도 쾌활한 성격이어서, 나보다 훨씬 더 당신 마음에 들 겁니다. 나는 당신을 열정적으로 사랑하고 있지만, 어느 날엔가 당신은 우리 둘 중 선택을 해야만 할 거예요……."

"당신은 망명자들과 교신을 하고 있었군요." 로랑스의 편지

읽기를 중단시키며 페라드가 말했다. 그는 편지 행간에 은현(隱顯) 잉크로 쓴 글씨가 있는지 확인하기 위해 편지를 조심스럽게 불빛에 비춰 보았다.

"그래요." 종이가 노랗게 바랜 소중한 편지들을 다시 접으며 로랑스가 말했다. "그런데 당신들은 무슨 권리로 나의 주거지와 나의 개인적 자유와 모든 가정적 덕목을 이렇게 침범하는 거죠?"

"아! 그게 말입니다." 하고 페라드가 말했다. "무슨 권리냐고요? 당신에게 말해야겠네요, 귀족 아가씨." 법무부 장관이 발부하고 내무부 장관이 부서한 영장을 옷 주머니에서 꺼내면서 그가 계속 말했다. "봐요, 아가씨, 장관들이 이 일을 직접 하셨다고요……."

"우리는 당신이 무슨 권리로 제1집정관의 암살자들을 당신 집에 유숙시켰는지 당신에게 물을 수 있습니다. 그리고 당신은 내 손가락에 채찍질을 했는데, 그것 때문에 어느 날엔가 당신의 사촌들을 처리하는 데 내가 일조할 수도 있을 겁니다. 그들을 구하기 위해서 온 내가 말입니다." 코랑탱이 로랑스에게 귓속말로 말했다.

사제는 코랑탱의 입술의 움직임과 그녀가 코랑탱에게 던진 눈길만 보고 속을 알 수 없는 그 대마술사가 무슨 말을 했는지 깨닫고는 여백작에게 경계의 신호를 보냈는데, 그 신호를 본 것은 굴라르뿐이었다. 페라드는 혹시 상자가 속이 빈 이중 판자로 만들어졌는지 알아보기 위해 상자 뚜껑을 톡톡 두드려 보았다.

"오! 이런. 이봐요, 그걸 부수지 말아요." 뚜껑을 빼앗으며 그녀가 페라드에게 말했다.

그녀가 핀을 집어 들고 얼굴 형상의 머리 부분을 누르자 용수철이 튕기며 판자 두 개가 분리되었다. 속이 빈 판자에서 콩데 군대의 제복을 입은 드 시뫼즈 형제의 축소 모형과 독일에서 상아에 그린 초상화 두 점이 나왔다. 분노가 치밀어 오르게 하는 적수와 얼굴을 맞대고 있던 코랑탱이 손짓을 해 페라드를 구석으로 끌고 가더니, 그와 은밀하게 이야기를 나누었다.

"당신은 이것을 불 속에 던졌어요." 후작 부인의 편지와 머리타래를 눈길로 가리키며 구제'사제가 로랑스에게 말했다.

그러나 의미심장하게 어깨를 한 번 으쓱한 것이 처녀의 답변의 전부였다. 사제는 그녀가 스파이들의 주의를 딴 데로 돌려 시간을 벌기 위해 모든 것을 희생했음을 깨닫고는, 감탄의 눈길로 하늘을 쳐다보았다.

"고타르의 울음소리가 들리는데, 도대체 그 애가 어디서 붙잡혔어요?" 그녀가 모두들 들을 수 있는 큰 소리로 사제에게 물었다.

"나는 몰라요." 하고 사제가 대답했다.

"그 애가 농장에 갔었나요?"

"농장이라고! 거기로 사람들을 보냅시다." 페라드가 코랑탱에게 말했다.

그러자 코랑탱이 대꾸했다. "아니, 저 여자가 제 사촌들의 운명을 일개 소작농에게 맡겼을 리 없어요. 저 여자는 지금 우리를 놀리는 겁니다. 우리가 여기로 오는 실수를 저질렀는데, 최소한 몇 가지 정보라도 가져갈 수 있도록 내가 당신에게 말한 것을 실행하도록 해요."

코랑탱은 벽난로 앞으로 가서 불을 쬐기 위해 연미복의 긴 꼬리를 치켜들더니, 방문하러 온 손님 같은 표정과 어조와 자세를 취했다.

"부인들은 가서 주무셔도 좋습니다, 하인들도 마찬가지고요. 면장님, 이제 당신의 도움이 필요 없게 되었네요. 우리는 엄중한 명령을 받았기 때문에 지금까지 한 것과 달리 행동하는 것이 허용되지 않습니다. 하지만 매우 두꺼워 보이는 모든 벽을 다 조사해 본 다음 떠날 겁니다."

면장이 일동에게 인사를 하고 밖으로 나갔다. 사제와 구제 양은 움직이지 않았다. 하인들은 불안이 너무 커서 젊은 여주인의 운명을 계속 지켜보지 않을 수 없었다. 로랑스가 당도한 후부터 절망에 빠진 어머니의 강한 호기심을 가지고 그녀를 유심히 지켜보던 도트세르 부인이 자리에서 일어나 그녀의 팔을 잡고 구석으로 데리고 가서 나지막한 소리로 물었다. "그 애들을 보았나요?"

"제가 어떻게 아주머니 모르시게 아드님들을 집 안으로 들어오게 하겠어요?" 로랑스가 대답했다. 그리고 이어서 말했다. "뒤리외, 아직 숨을 쉬고 있는 내 가엾은 스텔라를 구할 수 있을지 좀 가 봐요."

"말이 먼 길을 달린 모양이군요." 코랑탱이 말했다.

"세 시간에 15리외요. 나는 9시 30분에 나가서 1시가 넘어서야 돌아왔어요." 어안이 벙벙해서 그녀를 쳐다보고 있는 사제를 향해 그녀가 이렇게 대꾸했다.

그녀는 2시 30분을 가리키고 있는 벽시계를 쳐다보았다.

"그러니까 15리외를 달렸다는 것을 부인하지 않는 거죠?" 코랑탱이 다시 물었다.

그녀가 대답했다. "그래요, 완전히 결백한 나의 친척들과 드 시뫼즈 형제가 사면에서 제외되지 않도록 청원할 생각으로 생 시뉴로 귀환 중이었다는 사실을 인정합니다. 그래서 말랭 씨 가 그들을 어떤 반역죄에 연루시키려 한다고 믿게 되자, 그들 에게 독일로 돌아가라고 경고하러 갔어요. 그들은 트루아의 전보가 국경에 그들에 대한 경보를 발하기 전에 독일로 넘어 가 있을 겁니다. 만약 내가 죄를 범한 거라면 벌을 받겠어요."

로랑스가 심사숙고했고 모든 면에서 그럴듯하기도 한 이 답 변이 코랑탱의 확신을 흔들었다. 젊은 여백작은 그를 은밀히 관찰했다. 이 결정적인 순간, 모든 사람의 마음이 어떤 면에 서 두 사람의 얼굴에 걸려 있어 모든 시선이 코랑탱에게서 로 랑스로, 또 로랑스에게서 코랑탱으로 왔다 갔다 하던 그 순간, 숲으로부터 말을 달려 오는 소리가 도로 위에 울리더니, 이어 서 철책으로부터 잔디밭의 포석 위로 울려 퍼졌다. 모든 사람 의 얼굴에 무서운 불안감이 어렸다.

페라드가 기쁨으로 번쩍이는 눈을 하고 들어오더니, 서둘 러 자기 동료에게 가서 여백작이 들을 만큼 큰 소리로 말했다. "우리가 미쉬를 잡았어요."

번뇌와 피로와 모든 지적 기능의 긴장으로 인해 뺨에 홍조 를 띠고 있던 로랑스가 평소처럼 창백해지더니, 벼락이라도 맞은 듯 거의 기절하다시피 안락의자 위로 쓰러졌다. 그녀가 숨을 헐떡였으므로, 뒤리외 아낙과 구제 양과 도트세르 부인이 그녀 곁으로 달려갔다. 그녀는 자기 승마복의 단춧구멍 장식끈을 자르라고 손짓으로 지시했다.

"저 여자가 함정에 빠졌군. 그자들은 파리로 가고 있는 것이 틀림없어. 명령을 바꿉시다." 하고 코랑탱이 페라드에게 말했다.

그들은 헌병 한 명을 살롱 문간에 남겨 두고 밖으로 나갔다. 그 두 사내의 악마 같은 재주가 습관적인 교활함의 함정 속에 로랑스를 빠뜨림으로써, 이 결투에서 결정적으로 유리한 고지를 점령한 것이다.

아침 6시, 날이 밝으면서 두 경관이 다시 돌아왔다. 움푹한 길을 조사해 본 끝에, 그들은 숲으로 가기 위해 말들이 그 길로 지나갔음을 확인했다. 그들은 그 고장의 정찰 임무를 맡은 헌병 대위의 보고를 기다렸다. 헌병 반장의 감시하에 성을 포위하게 하고, 그들은 생시뉴의 주막으로 아침을 먹으러 갔다. 모든 질문에 계속 눈물을 펑펑 쏟는 것만으로만 대답한 고타르와 요지부동으로 침묵을 지킨 카트린을 석방하라는 명령을 내린 후였다. 카트린과 고타르는 살롱으로 와서 긴 안락의자에 늘어져 누워 있는 로랑스의 손에 입을 맞췄다. 뒤리외가 와서 스텔라가 죽지 않았다고 알렸다. 그러나 그 말은 많은 보살핌을 필요로 했다.

불안과 호기심에 가득 찬 면장은 마을에서 페라드와 코랑탱을 만났다. 그는 높은 관리들이 허름한 주막에서 아침을 먹는 것이 바람직하지 않다고 여겨서, 그들을 자기 집으로 데려갔다. 수도원 건물은 4분의 1리외쯤 떨어진 곳에 있었다. 길을 가면서 페라드는 아르시의 헌병 반장이 여태까지 미쉬와 비올레트의 소식을 전해 오지 않은 것에 주의를 기울였다.

"우리는 보통내기가 아닌 자들을 상대하고 있어요. 그자들은 우리보다 강합니다. 아마 신부도 뭔가 역할을 하고 있는 것 같아요." 코랑탱이 말했다.

굴라르 부인이 불을 피우지 않은 드넓은 식당으로 두 관리를 안내한 순간, 헌병 중위가 매우 당황한 태도로 당도했다.

"저희가 숲속에서 아르시 헌병 반장의 말과 마주쳤어요, 주인이 타지 않은 채로 말입니다." 그가 페라드에게 말했다.

"중위, 빨리 미쉬의 정자로 달려가 거기서 벌어지는 일을 알아 오시오. 아무래도 헌병 반장을 죽인 모양이군." 코랑탱이 소리쳤다.

이 소식은 면장 집의 식사를 망쳤다. 파리 사람들은 쉼터에서 끼니를 때우는 사냥꾼들처럼 재빨리 음식을 삼키고, 그들의 출현이 필요한 모든 지점에 신속히 다다를 수 있도록 역마를 매어 둔 버드나무 마차를 타고 성으로 돌아갔다. 동요와 두려움, 고통, 더없이 잔인한 불안이 던져진 살롱에 다시 나타난 두 사내는 실내복을 입은 로랑스, 귀족 남자와 그의 부인, 구제 사제와 그의 누이동생이 겉보기에는 조용한 모습으로 난롯가에 모여 있는 것을 발견했다.

'만약 미쉬를 붙잡았다면, 그를 데려왔을 거야. 나는 한심스럽게도 나 스스로를 통제하지 못하고 저 고약한 놈들의 의심을 밝혀 주는 우를 범했어. 그러나 모든 것은 만회될 수 있다.' 로랑스는 속으로 이렇게 생각했다. "우리를 오래 붙잡아 둘 건가요?" 그녀가 거리낌 없고 야유 어린 태도로 물었다.

'미쉬에 대한 우리의 걱정을 저 여자는 어떻게 짐작할 수 있는 거지? 밖에서 성 안으로 들어온 사람이 아무도 없는데, 저 여자는 우릴 비웃고 있어.' 두 스파이는 이런 생각을 눈길로 주고받았다.

코랑탱이 대답했다. "이제 오래 귀찮게 하지 않을 겁니다. 지금부터 세 시간 후에는 우리가 당신들의 조용한 삶을 흔들어 놓은 것에 대해 유감을 표하게 될 거예요."

아무도 대꾸를 하지 않았다. 이런 경멸의 침묵이 코랑탱의 내면적 분노를 배가했다. 이 작은 세계의 총명한 두 인물인 로랑스와 사제는 이제 그 사람에 관하여 잘 알고 있었다. 고타르와 카트린이 난롯불 옆에 아침 식탁을 차렸는데, 사제와 그의 누이도 식사에 참석했다. 정원과 마당과 도로 위를 서성거리다가 때때로 살롱으로 돌아오곤 하는 두 스파이에 대해서는 주인들도 하인들도 아무런 주의를 기울이지 않았다.

2시 30분에 중위가 돌아왔다.

그가 코랑탱에게 말했다. "이른바 생시뉴의 정자로부터 벨라슈 농장에 이르는 도로상에 널브러져 있는 헌병 반장을 제가 발견했습니다. 아마도 낙마 때문에 생긴 것 같은 머리의 끔찍한 타박상 말고 다른 상처는 없었습니다. 말 위에서 갑자기 붕 떠올랐다가 세차게 뒤로 내던져지는 바람에, 자기로서는 사태가 어떻게 벌어졌는지 설명할 수가 없다고 합니다. 두 발이 등자에서 빠졌기에 망정이지, 그러지 않았더라면 그는 죽었을 겁니다. 기겁한 말이 그를 들판으로 질질 끌고 다녔을 테니까요. 그를 미쉬와 비올레트에게 맡겨 두었습니다."

"뭐라고! 미쉬가 자기 정자에 있단 말이오?" 코랑탱이 이렇게 말하며 로랑스를 쳐다보았다.

여백작은 복수를 하게 된 여자답게, 미묘한 눈길로 미소를 지었다.

"그 사람은 어제저녁에 시작한 흥정을 비올레트와 매듭짓는 중이었습니다. 두 사람은 취해 있는 것처럼 보였습니다. 그거야 뭐 놀랄 일도 아니죠. 그들은 밤새도록 퍼마셨는데, 아직도 의견 일치를 못 봤더군요." 중위가 대답했다.

"비올레트가 당신에게 그렇게 말하던가요?" 코랑탱이 소리쳐 물었다.

"그렇습니다." 중위가 대답했다.

"아! 모든 일을 스스로 해야겠어요." 자신과 마찬가지로 중위의 판단력을 불신하는 코랑탱을 쳐다보며 페라드가 외쳤다.

젊은 사내가 고개를 끄덕여 나이 든 사람에게 응답했다.

"당신은 몇 시에 미쉬의 정자에 도착했소?" 드 생시뉴 양이 벽난로 위의 시계를 쳐다보는 것에 주목하면서 코랑탱이 물었다.

"대략 2시경입니다." 중위가 대답했다.

로랑스가 도트세르 부부와 구제 사제와 사제의 누이동생을 동시에 바라보았는데, 그들은 이제 푸른 장막 아래에 있는 느낌이었다. 로랑스의 두 눈에 승리의 기쁜 빛이 반짝였고, 안색이 발개졌으며, 눈두덩 사이로 눈물이 흘러내렸다. 더없이 큰 불행들에 강하게 대처해 온 이 처녀는 오직 기쁨에 의해서만 울 수 있었다. 이 순간 그녀는 숭고해 보였다. 로랑스의 남자 같은 성격에 대해 거의 슬픔의 감정을 느끼다가 지금 극도의 여자다운 다정함을 알아본 사제에게 특히 숭고해 보였다. 그런 감성이 그녀에게 화강암 덩어리 밑 무한한 깊이에 묻힌 보석처럼 숨어 있었던 것이다. 그 순간 헌병 한 명이 들어오더니, 파리의 신사들에게 전할 전갈이 있어서 미쉬의 아들이 왔는데 들여보내야 할지 물었다. 코랑탱이 긍정적인 고갯짓으로 답했다. 혈통을 속일 수 없는 꾀바른 작은 개와도 같은 프랑수아 미쉬가 마당에 와 있었는데, 그는 헌병이 보는 가운데 이제 풀려나 있는 고타르와 그자리에서 잠시 이야기를 나눌 수 있었다. 꼬마 미쉬는 헌병이 알아채지 못하는 사이에 고타르의 손에 뭔가를 슬그머니 넘겨줌으로써 심부름을 이행했다. 고타르는 프랑수아 뒤를 슬그머니 따라 들어가 드 생시뉴 양에게까지 다가가서는, 그녀의 온전한 반지 전부를 무심한 듯 건네주었다. 미쉬가 이렇게 반지를 보냄으로써 네 귀족 청년이 안전하다는 사실을 전달하고 있음을 깨달은 로랑스는 반지에 열렬한 키스를 했다.

"몸이 무척 편치 않은 헌병 반장을 어디 둬야 하는지 우리 아빠가 물어보라고 했어요."

"어디가 아프다더냐?" 페라드가 물었다.

"머리가요. 되게 세게 땅바닥에 쓰러졌대요. 말 잘 타는 헌병치고는 재수가 없었는지, 부딪혔다나! 에구머니나, 구멍이

났어요! 머리 뒤에 주먹만치 큰 구멍이요. 뾰족한 돌부리 위로 넘어졌나 봐요, 불쌍한 사람! 헌병이라도 말짱 허당이라 막 끙끙대는데, 불쌍하더라고요."

트루아의 헌병 대위가 마당으로 들어와 말에서 내리더니, 코랑탱에게 손짓을 했다. 그를 알아본 코랑탱이 서둘러 창문을 향해 다가가 시간을 절약하려고 창문을 열었다.

"무슨 일이오?"

"꼼짝 없이 되돌아왔습니다! 숲속의 대로 가운데서 땀으로 범벅이 된 채 지쳐서 뻗은 말 다섯 필이 발견되었어요. 그 말들이 어디서 왔고 누가 그것들을 제공했는지 알아보기 위해 그 말들을 잘 간수해 두도록 조치했습니다. 숲은 포위되었고, 따라서 거기에 있는 사람들은 아무도 빠져나갈 수 없을 겁니다."

"말 탄 사람들이 몇 시에 숲속에 들어왔다고 생각하시오?"

"12시 30분에요."

"토끼 새끼 한 마리도 그 숲에서 도망치지 못하도록 하시오. 페라드를 당신에게 남겨 놓고, 나는 불쌍한 헌병 반장을 보러 가겠소." 코랑탱이 헌병 대위에게 귓속말로 소곤거렸다.

그런 다음 프로방스인의 귀에 대고 말했다. "면장 집에 가 있어요. 당신을 돕도록 능란한 사람 하나를 보내겠소. 우리가 이 마을 사람들을 써야 할 테니, 그들의 얼굴을 모두 면밀히 살피시오."

마지막으로 일동에게 고개를 돌리더니, "그럼 잘들 계시오!" 하고 소름 끼치는 어조로 말했다.

아무도 밖으로 나가는 경관들에게 인사를 하지 않았다.

"성과 없는 가택 수색에 대해 푸셰가 뭐라고 할까요?" 코랑탱이 버드나무 마차에 오르는 것을 돕고 나서 페라드가 이렇게 말했다.

"오! 다 끝난 게 아닙니다. 그 귀족들은 숲속에 있을 거예요." 코랑탱이 페라드에게 귓속말로 이렇게 말했다. 그런 다음 살롱의 큰 창문에 끼운 작은 유리를 통해 자기들을 바라보고 있는 로랑스를 가리키며 말했다. "내 심경을 몹시 건드렸던 여자 한 명[86]을 제대로 처치한 적이 있지요! 저 여자도 다시 내 손아귀에 떨어지는 날에는 채찍질의 대가를 치르게 할 거예요."

"먼젓번은 평범한 여자였지만, 저 여자는 신분이 높은데……." 페라드가 대꾸했다.

"내가 그런 구분을 합니까? 다 바닷속 물고기지!" 그를 안내하며 역마를 모는 헌병에게 신호를 보내며 코랑탱이 말했다. 십 분 후 병력은 생시뉴성에서 완전히 철수했다.

"헌병 반장을 어떻게 처리한 거지?" 프랑수아 미쉬를 옆에 앉히고 먹을 것을 주며 로랑스가 물었다.

"아버지 어머니가 저에게 말씀하시기를, 생사가 걸린 문제이니 아무도 우리 집에 들어오게 해서는 안 된다고 하셨어요. 그래서 저는 숲속에서 말들의 움직임 소리를 듣고 못된 헌병 놈들인 걸 알아차리고, 그놈들이 우리 집에 들어오는 걸 막

---

86) 발자크가 앞서 발표한 작품 『올빼미당원』에 등장하는 드 베르뇌유 양을 뜻한다.

으려고 했지요. 저는 우리 집 창고에 있는 굵은 밧줄들을 가져다가 각각의 도로 출구에 있는 나무들 중 하나에 잡아맸어요. 그런 다음 밧줄을 말 탄 사람의 어깨 높이로 끌어당겨, 말 달리는 소리가 들리는 도로의 맞은편 나무 주위에 단단히 동여맸어요. 그렇게 그 길이 차단되었죠. 일은 빗나가지 않았어요. 달이 기울었고, 그 헌병 반장은 땅바닥으로 곤두박질쳤는데, 죽지는 않았어요. 어쩌겠어요? 헌병들은 목숨이 질겨요! 결국 사람은 자기가 할 수 있는 일을 하는 거죠."

"네가 우리를 구했구나!" 프랑수아 미쉬를 껴안고 철책까지 데리고 가면서 로랑스가 말했다. 거기서 아무도 보이지 않게 되자, 그녀는 귓속말로 그에게 소곤거렸다. "그 사람들 먹을 것은 받았어?"

"빵 12파운드와 포도주 네 병을 그분들에게 막 날라다 드렸어요. 엿새는 버티겠죠 뭐."

살롱으로 돌아오자, 처녀는 자신이 도트세르 부부, 구제 양과 구제 사제의 말 없는 질문의 대상이 되었음을 알았다. 그들은 불안한 만큼이나 감탄하는 심정으로 그녀를 쳐다보고 있었다.

"그러니까 그 애들을 만났어요?" 도트세르 부인이 큰 소리로 물었다.

백작 아가씨는 미소를 지으며 입술에 손가락을 대더니 자기 방으로 자러 올라갔다. 일단 승리를 획득하자, 피로가 짓눌러 왔던 것이다.

생시뉴에서 미쉬의 정자로 가는 가장 빠른 길은 그 마을로부터 벨라슈 농장으로 통하는 길로, 전날 스파이들이 미쉬에게 모습을 드러냈던 로터리에 이르는 길이었다. 따라서 코랑탱을 안내하는 헌병은 아르시의 헌병 반장이 택했던 그 도로를 따라갔다. 길을 가는 내내, 경관은 헌병 반장 같은 사람이 어떤 식으로 낙마하게 되었을지 곰곰이 생각해 보았다. 그처럼 중요한 지점에 단 한 사람만 파견했던 것을 자책했고, 그 실수로부터 자신의 용도를 위해 만들고 있는 경찰 규범의 한 공리를 이끌어 냈다. '만약 그들이 헌병을 해치워 버렸다면, 비올레트 또한 떼어내 버렸을 거야. 죽은 다섯 필의 말은 필경 네 명의 음모자와 미쉬를 싣고 파리 인근에서 숲으로 왔을 테고.' 그는 혼자 이렇게 생각했다. 그가 아르시 소대 소속인 헌병에게 물었다. "미쉬는 말을 가지고 있소?"

"아, 예! 유명한 조랑말이죠. 예전 드 시뫼즈 후작의 마구간에서 나온 사냥용 말입니다. 열다섯 살이나 되었지만 더할 나위 없이 힘이 좋아서, 미쉬가 타고 20리외를 달려도 땀한 방울 흘리지 않는답니다. 오! 그 사람은 그 말을 잘 돌보고, 아무리 돈을 많이 준다고 해도 팔지 않았죠." 헌병이 대답했다.

"그 말이 어떻게 생겼소?"

"검은색이 도는 갈색 털에 발굽 위쪽에는 흰색 반점이 군데군데 박혔고, 말랐는데 아랍 말처럼 힘이 좋습니다."

"당신 아랍 말을 본 적이 있소?"

"저는 일 년 전 이집트에서 돌아왔습니다. 이집트 군인의 말도 타 보았지요. 기병대에서 십일 년 복무했고요. 저는 스탱젤[87] 장군을 따라 라인 전투에 참전했고, 거기서 이탈리아로 갔다가, 제1집정관을 따라 이집트에 갔습니다. 그래서 저는 곧 헌병 반장이 될 겁니다."

"내가 미쉬의 정자로 가면, 당신은 마구간으로 가 보시오. 십일 년 전부터 말들과 함께 지내왔으면, 말이 언제 달렸는지 알아낼 수 있겠지요."

"자, 보십시오. 우리 반장이 땅에 떨어진 곳이 바로 여기입니다." 도로에서 로터리로 나아가는 지점을 가리키며 헌병이 말했다.

"헌병 대위에게 저 정자로 나를 데리러 오라고 이르시오. 우리는 여기서 함께 트루아로 갈 것이오."

코랑탱은 마차에서 내려 땅을 살펴보며 잠시 머물렀다. 한 그루는 직할 영지의 벽에 기대어 서 있고, 다른 하나는 지방 도로가 가로지르는 로터리의 비탈에 서 있어서 서로 마주 보고 있는 두 그루의 느릅나무를 그는 유심히 살펴보았다. 뒤이어 그는 아무도 보지 못했던 제복의 단추 하나를 길의 먼지 속에서 발견하고, 그것을 주웠다. 정자 안으로 들어서자, 부엌의 식탁에 앉아 여전히 논쟁을 벌이고 있는 비올레트와 미쉬가 얼핏 보였다. 비올레트가 자리에서 일어나 코랑탱에게 인사하더니 술을 권했다.

비올레트가 열두 시간도 더 전부터 취해 있다는 것을 한눈

---

87) 앙리 스탱젤(Henri Stengel, 1744~1796). 프랑스의 장군으로 라인 전투에서 두각을 나타냈다가, 몬도비(Mondovi) 전투에서 부상해 사망했다.

에 간파한 젊은 경관이 말했다. "됐어요, 나는 헌병 반장을 만나고 싶소."

"집사람이 위층에서 그를 돌보고 있어요." 미쉬가 말했다.

"반장, 좀 어떠시오?" 층계로 돌진한 코랑탱이 습포로 머리를 감싸고 미쉬 부인의 침대에 누워 있는 헌병을 발견하고는 이렇게 물었다.

모자와 칼과 장비 일체가 의자 위에 놓여 있었다. 자기 아들의 공적을 모르는 데다 여성의 감정에 충실한 마르트가 자기 어머니와 함께 헌병 반장을 보살피고 있었다.

"아르시의 의사인 바를레 씨를 기다리는 중입니다, 고셰가 의사를 부르러 갔어요." 미쉬 부인이 말했다.

"잠시 우리만 있게 해 주시지요." 두 여인의 순진함이 확연히 드러나는 광경에 상당히 놀라며 코랑탱이 말했다. 그가 제복을 쳐다보며 헌병 반장에게 물었다. "어떻게 당한 거요?"

"가슴이 뭔가에 걸렸습니다." 헌병 반장이 대답했다.

"당신 가죽 멜빵 좀 봅시다." 하고 코랑탱이 요구했다. 최근의 법이 헌병 제복의 세세한 부분까지 규정하면서 이른바 '국민' 헌병대에 부여한 하얀 테를 두른 노란색 밴드 위에, 현재의 전원 감시대원의 배지와 매우 유사한 배지가 달려 있었다. 법은 그 배지에 '개인과 재산에 대한 존중'이라는 이상한 문구를 새겨 넣도록 명령하고 있었다. 분명 밧줄이 멜빵에 걸렸던 모양으로, 멜빵에 깊은 흠집이 남아 있었다. 코랑탱이 옷을 집어 들고, 길에서 발견한 단추가 떨어져 나간 부분을 살펴보았다.

"사람들이 몇 시에 당신을 발견했소?" 코랑탱이 물었다.

"새벽녘에요."

"그들이 당신을 곧바로 이리 옮겼소?" 흐트러지지 않은 침대의 상태에 주목하면서 코랑탱이 물었다.

"예."

"누가 당신을 2층으로 옮겼죠?"

"의식 없는 저를 발견한 꼬마 미쉬와 두 여자가요."

코랑탱은 혼자 생각했다. '그래! 그들은 잠을 자지 않았군. 헌병 반장은 총격을 당한 것도 아니고, 몽둥이찜질을 당한 것도 아니야. 그를 몽둥이로 후려치기 위해서는 적수가 그와 같은 높이에 있어야 하고, 말을 타고 있어야 하기 때문이야. 다시 말해 그는 통행로에 설치된 어떤 장애물에 걸려 넘어진 거지. 나무토막일까? 그건 가능하지 않다. 쇠사슬일까? 그랬다면 흔적을 남겼을 거야.' 그가 자세히 보려고 헌병 반장에게 다가가며 큰 소리로 물었다. "당신은 어떻게 느꼈나요?"

"너무 갑작스럽게 넘어지는 바람에……."

"당신 턱 밑의 살갗이 벗겨졌어요."

"얼굴이 밧줄에 쓸린 것 같습니다……." 헌병 반장이 대답했다.

"이제 알겠어. 당신이 통과하는 것을 막으려고 한 나무에서 다른 나무로 밧줄을 친 거야……." 코랑탱이 말했다.

"그럴 수도 있겠네요." 헌병 반장이 대꾸했다.

코랑탱은 아래층으로 내려가서 부엌으로 들어갔다.

"이 늙은 불한당아, 그만 끝내자고. 자네는 전부 12만 프랑에 내 토지의 주인이 되는 거야. 나는 금리 생활자로 빈둥대며 지내겠어." 스파이를 쳐다보며 미쉬가 비올레트에게 이렇게 말했다.

"하느님이 하나뿐인 것처럼, 내가 가진 건 딱 6만뿐이라고."

"나머지는 지불 기한을 연기해 주겠다니까! 우리는 어제부터 여태까지 이 계약을 매듭짓지 못하고 있단 말이야……. 일등급 토지인데도."

"땅이 좋기는 하지." 비올레트가 대꾸했다.

"여보, 술 가져와!" 미쉬가 외쳤다.

"아직도 충분치 않다는 건가? 어제 9시부터 벌써 열네 병짼데……." 마르트의 어머니가 소리쳤다.

"당신 오늘 아침 9시부터 여기 있는 겁니까?" 코랑탱이 비올레트에게 물었다.

"죄송하지만 아닙니다. 어제저녁부터 자리를 뜨지 않고 있는데, 얻은 것이 아무것도 없어요. 저 사람이 나에게 계속 술을 먹이며 땅값만 계속 올리는 겁니다."

"매매에서는 술을 많이 마시는 자가 값을 올리는 법이지." 코랑탱이 말했다.

식탁 끝에 가지런히 놓인 열두어 개의 빈 병이 노파의 말을 입증하고 있었다. 그 순간 헌병이 밖에서 코랑탱에게 손짓을 했고, 코랑탱이 문턱에 이르자 귓속말로 속삭였다. "마구간에 말이 한 마리도 없습니다."

"아이를 말에 태워 읍에 보낸 모양이지요. 아이가 곧 돌아올 수도 있겠네요." 코랑탱이 안으로 들어가면서 이렇게 말했다.

"아닙니다, 선생님. 아이는 걸어서 갔어요." 마르트가 대꾸했다.

"그렇다면 말은 어떻게 했죠?"

"빌려줬소." 미쉬가 무뚝뚝한 어조로 대답했다.

"이리 와 보시오, 이 양반아. 내가 당신 귓구멍에 대고 몇 마디 해야겠소." 코랑탱이 관리인을 이끌며 말했다.

코랑탱과 미쉬가 밖으로 나갔다.

"어제 4시에 당신이 소총을 장전한 건 국가참사회원을 죽이기 위한 것이었음이 틀림없소. 공증인 그레뱅이 당신을 보았거든. 그러나 그 문제로 당신을 체포할 수는 없소. 의도는 분명하지만, 증인이 부족하니까. 어떻게 했는지는 모르겠지만 당신은 비올레트를 잠들게 했고, 당신과 당신 아내와 당신의 아들 녀석은 우리가 온 것을 드 생시뉴 양에게 알리고 그녀의 사촌들을 구하기 위해 밖에서 밤을 지새웠소. 나는 아직 그들이 어디 있는지 모르지만, 당신은 그들을 이리로 데려왔소. 당신 아들 아니면 당신 아내가 헌병 반장을 아주 재치 있게 땅바닥에 내던졌소. 결국 당신은 우리를 골탕 먹였지. 당신은 아주 당찬 사내요. 그러나 모든 이야기가 끝난 것이 아니고, 여지가 남아 있을 것이오. 타협하겠소? 그러면 당신의 주인들도 얻는 것이 있을 것이오."

"이리로 오시오, 누가 엿듣지 못하게 이야기합시다." 직할 영지의 연못가로 스파이를 이끌면서 미쉬가 말했다.

연못을 보자 코랑탱은 미쉬를 뚫어지게 쳐다보았다. 미쉬가 물속 3피트 깊이에 묻혀 있는 7피트짜리 항아리 속에 그를 집어 던지려고 자기 힘을 가늠하고 있는지도 모를 일이었다. 미 쉬도 마찬가지로 뚫어질 듯한 시선으로 응수했다. 그것은 물 컹물컹하고 차가운 보아 뱀이 브라질의 적갈색 야수 재규어와 맞붙고 있는 장면과도 흡사했다.

"나는 목이 마르지 않은데." 풀밭 가장자리에 멈춰 서서 작 은 단도를 꺼내려고 옷 주머니에 손을 집어넣은 채 파리의 선 멋쟁이가 말했다.

"우리는 서로를 이해하지 못하오." 미쉬가 차갑게 대꾸했다.

"이보시오, 얌전히 구시오. 사법 당국이 당신을 감시할 거요."

"사법 당국이 당신보다 상황을 더 밝게 보지 못한다면, 모 든 사람에게 위험이 도사리고 있을 거요." 관리인이 말했다.

"당신, 타협을 거절하는 거요?" 코랑탱이 의미심장한 어조 로 물었다.

"당신 같은 불한당과 내통하느니 차라리 목이 백 번 잘리는 편이 낫겠소. 한 사람의 목을 백 번씩이나 자를 수 있다면 말 이지만."

코랑탱은 미쉬와 정자, 그리고 쫓아오며 짖어대는 쿠로를 노려본 다음 격분해서 마차에 올랐다. 그는 트루아를 지나가 며 몇 가지 명령을 남기고 파리로 돌아갔다. 헌병 부대는 모두 외출 금지 상태에서 비밀 지시를 받았다.

12월과 1월, 2월에 걸쳐 석 달 동안 아주 작은 마을들까지 활발한 수색이 끊임없이 펼쳐졌다. 모든 카바레에서 정보가 수집되었다. 코랑탱은 세 가지 중요한 사실을 알게 되었다. 미 쉬의 말과 비슷한 말 한 필이 라니 근방에서 죽은 채로 발견되었다. 노뎀 숲에 묻힌 말 다섯 필은 인상착의로 보아 농부와 방앗간 주인들이 미쉬가 틀림없는 것 같은 남자에게 한 필당 500프랑씩에 판 것이었다. 조르주의 은닉자와 공범 들에 대한 법률이 공포되었을 때,[88] 코랑탱은 노뎀 숲으로 감시를 제한했다. 뒤이어 모로와 왕당파들과 피슈그뤼가 체포되자,[89] 그 고장에는 더 이상 낯선 얼굴들이 눈에 띄지 않게 되었다. 미쉬는 일자리를 잃었다. 아르시의 공증인이 미쉬에게 편지를 가져왔는데, 상원 의원이 된 국가참사회원이 그 편지에서 그레뱅에게 관리인의 회계 장부를 회수하고 그를 해고할 것을 요청하고 있었다. 사흘 만에 미쉬는 형식을 제대로 갖춘 결산 확인증을 제출하고 자유로워졌다. 그 고장 사람들에게는 몹시 놀랍게도 그는 생시뉴에 가서 살게 되었고, 로랑스는 그를 성의 유보 재산 전부를 맡는 소작인으로 만들었다. 그가 생시뉴에 자리 잡은 날은 공교롭게도 앙지앵 공작의 처형일과 일치했다. 프랑스 거의 전역에서 사람들은 폴리냐크와 리비에르와 모로의 재판에 선행된 무서운 보복 조치들인 체포, 재판, 선고 및 그 공작의 죽음을 동시에 알게 되었다.

---

88) 법률은 1804년 2월 29일에 공포되었고, 파리에 숨어 있던 조르주 카두달이 체포된 것은 1804년 3월 9일이다.

89) 카두달 및 모로와 함께 왕당파 음모의 주모자였던 샤를 피슈그뤼는 1804년 2월 28일에 체포되었고, 그해 4월 5일 감옥에서 시체로 발견되었다. 모로 장군은 더 일찍 체포되었는데, 그의 체포를 계기로 앞서 언급된 카두달의 공범들에 대한 법률이 제정되었다.

2장

코랑탱의 복수

미쉬가 사용할 농가가 건축되기를 기다리는 동안, 가짜 유다는 그 유명한 틈새가 있는 쪽, 마구간들 위편 부속 건물에 거주했다. 미쉬는 말 두 필을 구했는데, 한 필은 자신을 위한 것이고 다른 한 필은 아들을 위한 것이었다. 예측할 수 있는 바와 같이 그들 부자는 네 명의 귀족 청년을 먹이고 아무 부족함이 없도록 보살피는 것을 목적으로 하는 드 생시뉴 양의 모든 나들이에 고타르와 합류해 그녀를 수행해야 했기 때문이다. 프랑수아와 고타르는 여백작의 개들과 쿠로의 도움을 받아 은신처 주변을 살피고, 부근에 아무도 없는 것을 미리 확인했다. 마을에 스파이들이 있다는 것을 아무도 의심하지 않았기 때문에, 마르트와 그녀의 어머니와 카트린이 비밀을 엄수하기 위해 다른 사람들 모르게 준비한 음식을 로랑스와 미쉬가 날랐다. 신중을 기하느라 그 발송은 때로는 낮, 때로는 밤의 매번 다른 시간에 주당 두 번씩만 이루어졌다. 이런 주의 깊은 조치는 리비에르, 폴리냐크, 모로의 소송 기간만큼 계속되었다. 보나파르트의 가족을 제국으로 불러들이고 나폴레옹을 황제로 임명하는 원로원 결의[90]가 프랑스 국민의 동의 여부에 맡겨졌을 때, 도트세르 씨는 굴라르가 그에게 제시한 장부에 서명을 했다. 교황이 나폴레옹을 축성하러 온다는 사실이 마침내 알려졌다. 그때부터 드 생시뉴 양은 망명자 명단에서 삭제되고 시민권을 회복하기 위해 도트세르 형제와 사촌들이 청원을 제출하는 것에 더 이상 반대하지 않게 되었다. 도트세르 씨가 즉시 파리로 달려가 드 샤르주뵈프 씨를 만났는데, 후작 작위를 박탈당한 드 샤르주뵈프 씨는 탈레랑 씨와 친분이 있었다. 당시 신임을 받고 있던 탈레랑 장관이 조제핀에게 청원서를 전달했고, 조제핀은 국민 투표 결과를 알기 전부터 사람들이 황제, 폐하, 또는 전하라고 부르던 자기 남편에게 그 청원서를 넘겼다. 드 샤르주뵈프 씨, 도트세르 씨, 그리고 역시 파리에 가 있던 구제 신부가 탈레랑과 면담할 수 있었고, 장관은 그들에게 지원을 약속했다. 나폴레옹은 이미 왕당파들이 자신을 노리고 꾸민 거대 음모의 주동자들을 사면한 바 있었다. 네 귀족 청년은 혐의자에 불과하긴 했지만, 국가참사회 회의가 끝난 후 황제는 자기 집무실에 상원 의원 말랭, 푸셰, 탈레랑, 캉바세레스, 르브룅, 경찰 국장 뒤부아를

---

90) 1804년 5월 18일의 결의.

불러 모았다.

"여러분, 우리는 콩데 공 군대의 장교들인 드 시뫼즈 및 도 트세르 씨들로부터 프랑스 귀국을 허용해 달라는 청원을 받 았습니다." 아직 제1집정관의 복장을 착용한 미래의 황제가 이 렇게 말했다.

"그들은 프랑스에 있습니다." 푸셰가 말했다.

"제가 파리에서 마주치는 수많은 다른 사람들과 마찬가지 로 말이죠." 탈레랑이 거들었다.

"저는 여러분이 그들을 마주친 적은 결코 없다고 생각합니 다. 왜냐하면 그들은 노뎀 숲에 숨어 있으면서 저희들 집에 있 다고 믿으니까요." 말랭의 대꾸였다.

그는 제1집정관과 푸셰에게 자기가 목숨을 건지게 된 경위 를 이야기하는 것을 삼갔다. 그러나 코랑탱의 보고에 의거해, 그는 드 리비에르 씨와 드 폴리냐크 씨의 음모에 네 명의 귀족 이 가담한 사실과 미쉬가 그들의 공모자라는 사실을 회의에 모인 사람들에게 납득시켰다. 경찰 국장이 상원 의원의 주장 을 확인해 주었다.

"하지만 황제와 그분의 참모와 나, 이렇게 우리들만 그 비밀 을 알고 있던 순간에 어떻게 그 관리인이 음모가 발각되었다 는 사실을 알았을까요?" 경찰 국장이 이렇게 물었다.

아무도 뒤부아의 이 고찰에 주의를 기울이지 않았다.

"그들이 숲속에 숨어 있었고 당신이 일곱 달 동안 그들을 찾아내지 못했다면, 그들은 자기들이 저지른 과오의 대가를 잘 치른 셈이군." 황제가 푸셰에게 말했다.

"제가 폐하의 행동을 본받기 위해서는 그들이 저의 적이라는 사실로 충분합니다. 그러니 저는 그들이 망명자 명부에서 삭제되기를 청원하고, 폐하 곁에서 기꺼이 그들의 변호사를 자처하겠습니다." 경찰 국장의 통찰력에 겁을 먹은 말랭이 이렇게 말했다.

"그들이 망명해 있는 것보다 프랑스 시민권을 회복하는 편이 당신에게 덜 위험할 겁니다. 왜냐하면 그들이 제국의 헌법과 법률에 서약을 하게 될 테니까요." 푸셰가 말랭을 뚫어지게 쳐다보며 말했다.

"그들이 어떤 점에서 상원 의원님에게 위협이 되나요?" 나폴레옹이 물었다.

탈레랑이 잠시 동안 나지막한 목소리로 황제와 이야기를 나누었다. 그러자 드 시뫼즈 형제와 도트세르 형제를 망명자 명부에서 삭제하고 프랑스 시민권을 회복해 주는 일은 동의된 것처럼 보였다.

"폐하, 폐하께서는 그 사람들에 관한 이야기를 다시 들으실 수 있을 것입니다." 푸셰가 말했다.

탈레랑은 드 그랑리외 공작의 청원에 의거해 그 남자들이 그들의 이름으로 황제에 반대하는 어떤 시도도 하지 않을 것이며 아무런 저의 없이 황제에게 복종하겠다는 귀족으로서의 그들의 서약을 제시했는데, 그 서약은 나폴레옹의 환심을 샀다.

"도트세르 형제와 드 시뫼즈 형제는 최근의 사건 이후로 더이상 프랑스에 반대해 무기를 들기를 원하지 않습니다. 그들은 제국의 통치에 별로 공감하지 않고 있으니, 폐하께서 정복해야 할 사람들에 속합니다. 그러나 그들은 법에 복종하면서 프랑스 땅에서 사는 데 만족할 것입니다." 장관이 이렇게 말했다.

그런 다음 그는 그런 감정들이 표명되어 있는, 자기가 받은 편지 한 통을 황제의 안전(眼前)에 내놓았다.

"이토록 솔직한 것으로 보아 성실한 태도가 분명하오." 르브룅과 캉바세레스를 바라보며 황제가 말했다. "당신은 아직도 이의가 있소?" 그가 푸셰에게 물었다.

미래의 경찰부 장관이 대답했다. "폐하의 이익에 입각해 망명자 명부에서 삭제하는 일이 그들에게 결정적으로 허용될 때, 그 문서를 그 신사들에게 전달하는 임무를 저에게 맡겨 주시기를 요청합니다." 그가 큰 소리로 말했다.

"좋소." 푸셰의 얼굴에서 근심 어린 표정을 발견한 나폴레옹이 대답했다.

그 문제는 완전히 종결되지 않은 채 소회의가 끝났다. 그 회의는 나폴레옹의 기억 속에 그 네 명의 귀족에 대해 무언가 석연치 않은 느낌을 남기는 결과를 가져왔다. 성공했다고 믿은 도트세르 씨가 희소식을 알리는 편지를 썼다. 며칠 후 굴라르가 와서 도트세르 부인과 로랑스에게 네 귀족 청년을 트루아로 보내야 한다고 말했을 때 생시뉴의 주민들은 놀라지 않았다. 트루아에서 그들의 서약과 제국의 법률에 대한 복종의 맹세를 한 다음, 지사가 그들의 모든 권리를 복원하는 명령서를 그들에게 발부하도록 되어 있었다. 로랑스는 자기 사촌들과 도트세르 형제에게 기별하겠다고 면장에게 대답했다.

"그렇다면 그분들은 여기에 없습니까?" 굴라르가 물었다.

도트세르 부인이 걱정스럽게 로랑스를 바라보았다. 그녀는 면장을 놔둔 채 미쉬와 의논하려고 밖으로 나갔다. 미쉬는 망명자들을 즉시 인도해도 아무 지장이 없다고 생각했다. 그래서 로랑스, 미쉬, 그의 아들, 그리고 고타르가 말을 타고 숲으로 떠났다. 그들은 말 한 필을 더 끌고 갔다. 왜냐하면 여백작이 네 귀족 청년과 동반해 트루아까지 갔다가 그들과 함께 돌아올 예정이었기 때문이다. 이 희소식을 들은 사람들 모두가 즐거운 기마 행렬이 떠나는 모습을 보려고 잔디밭에 모여 섰다. 네 젊은이가 은신처에서 나와서 모습을 드러내지 않고 말에 올라 드 생시뉴 양과 함께 트루아로 가는 도로로 접어들었다. 미쉬는 아들과 고타르의 도움을 받아 지하실 입구를 다시 막았고, 그들 세 사람은 걸어서 돌아왔다. 도중에 미쉬가 자기 주인들이 쓰던 은식기와 은잔을 지하실 방에 놔둔 것을 기억하고, 혼자 그리로 돌아갔다. 연못가에 다다르자 지하실 안에서 목소리가 들렸고, 그는 가시덤불을 헤치고 곧장 입구를 향해 나아갔다.

"당신은 아마 은식기를 찾으러 오는 거겠지?" 페라드가 수풀 속에서 커다란 코를 드러내고 미소를 지으면서 그에게 말했다.

청년들이 결국 구조되었기 때문에 그럴 이유는 없었지만, 미쉬는 페라드의 말소리 하나하나에서 두려움을 느꼈다. 다가올 불행이 야기하는 것 같은 모호하고 불가해한 일종의 불안감이 그에게 강하게 작용했던 것이다. 그렇지만 그는 앞으로 나아갔고, 지하실의 쥐 한 마리를 손에 들고 층계에 서 있는 코랑탱을 발견했다.

그가 미쉬에게 말했다. "우리는 악인이 아니오. 사실 우리는 일주일 전부터 당신네의 그 몰락한 귀족들을 체포할 수도 있었지만, 그들이 사면될 것을 알고 있었기 때문에……. 그런데 당신은 아주 무서운 남자요! 당신이 우리를 너무 골탕 먹여서, 적어도 우리의 호기심이라도 충족해야겠소."

"우리가 누구에 의해 어떻게 배반당했는지 알기 위해서라면 기꺼이 뭔가를 내놓겠소만……." 미쉬가 소리쳤다.

"이보시게, 그것이 당신의 궁금증을 자아낸다면 당신네 말의 편자를 살펴보게나, 그러면 당신들 스스로 자신을 노출했음을 알 텐데." 페라드가 미소를 띠고 대꾸했다.

"지난 일은 잊읍시다." 코랑탱이 헌병 대위에게 말들을 끌고 오라는 신호를 보내면서 말했다.

"말에 영국식으로 멋지게 편자를 박고 생시뉴를 떠난 그 엉터리 파리의 일꾼 녀석이 그들과 한편이었군!" 하고 미쉬가 탄식했다. "그들로서는 땅이 축축할 때 나무꾼이나 밀렵꾼으로 위장한 그들 편의 한 사람을 시켜, 꺾쇠 표시가 있는 편자를 박은 우리 말의 발자국을 추적해서 알아내는 것으로 충분했겠구나. 이제는 피장파장이네."

미쉬는 귀족 청년들이 프랑스 시민권을 회복하고 자유를 되찾았으니 은신처가 발각되었어도 위험이 없다는 것을 위안으로 삼았다. 그렇지만 그의 모든 예감에는 이유가 있었다. 경찰과 예수회원들은 그들의 적도 친구도 결코 방임하는 법이 없는 것이다.

도트세르 씨가 파리에서 돌아왔는데, 그는 자기가 희소식을 전할 첫 번째 인물이 아니었다는 사실을 알고 꽤 놀라워했다. 뒤리외가 진수성찬의 만찬을 준비하고 있었다. 하인들은 정장을 차려입었고, 모두들 초조하게 추방자들을 기다렸다. 그들은 4시경에 기뻐하면서도 굴욕감을 느끼며 도착했다. 왜냐하면 향후 이 년 동안 고등 경찰의 감시하에 있어야 했고, 그동안 생시뉴 안에 거주하면서 매월 현청에 출두해야 했기 때문이다. "서명할 문서를 보내 드리겠습니다. 몇 달 후에 피슈그뤼의 모든 공범에게 부과된 조건들의 폐지를 청원하십시오. 본인은 귀하의 청원을 뒷받침하겠습니다." 지사가 그들에게 이렇게 말했다. 상당히 합당하다고 할 수 있는 이런 유보 사항들이 젊은이들의 마음을 얼마간 울적하게 만들었다. 로랑스가 웃음을 터뜨렸다.

"프랑스인들의 황제는 아직 사면을 내리는 데 익숙하지 않은 세련되지 못한 사람이에요." 하고 그녀가 말했다.

귀족 청년들은 성안의 모든 식구들이 철책 앞에 늘어서 있는 것을 발견했다. 길에는 그들의 모험으로 인해 현 전역에서 유명해진 젊은이들을 보려고 상당히 많은 마을 사람들이 나와 있었다. 도트세르 부인은 오랫동안 아들들을 부둥켜안고 있다가 눈물로 뒤덮인 얼굴을 드러냈다. 그녀는 아무 말도 하지 못했고, 저녁나절 동안 행복하지만 충격을 받은 모습으로 가만히 앉아 있었다. 드 시뫼즈 쌍둥이 형제가 나타나 말에서 내리자, 그들의 놀랍도록 닮은 모습에 모두들 경탄의 외침 소리를 냈다. 똑같은 시선, 똑같은 목소리, 똑같은 태도였다. 그들 두 사람은 말안장에서 몸을 일으키고 말에서 내리기 위해 말 엉덩이 너머로 다리를 뻗고 말고삐를 던지는 모습에서 정확히 똑같은 동작을 보여 주었다. 빈틈없이 똑같은 그들의 복장이 더욱더 그들을 진짜 메내크미 형제[91]처럼 만드는 데 일조했다. 그들은 발목 부분에 세공이 된 수바로프식 장화를 신었고, 흰 가죽으로 지은 착 달라붙는 바지와 금속 단추가 달린 초록빛 사냥 재킷, 검은 넥타이와 사슴 가죽 장갑을 착용하고 있었다. 그때 나이가 서른한 살이었던 두 젊은이는 그 시대의 표현에 따르자면 매혹적인 기사들이었다. 중키의 날씬한 몸매를 가진 그들은 어린애들처럼 물 속에 떠 있는 것 같은 긴 속눈썹이 달린 생기 있는 눈, 검은 머리칼, 아름다운 이마, 올리브색이 도는 흰 피부를 지니고 있었다. 그들의 아름다운 입술에서는 여자들의 말소리처럼 부드러운 말이 매력적으로 새어 나왔다. 평범한 지방 귀족들보다 더 우아하고 세련된 그들의 태도가 인간과 사물에 대한 지식에 기반을 둔 이차 교육이 그들에게 이루어졌음을 말해 주고 있었다. 그것은 일차 교육보다 훨씬 더 소중한 것으로, 인간을 성숙하게 하는 교육인 것이다. 미쉬 덕분에 그들은 망명 생활 동안에도 돈이 궁하지 않아서 여행을 즐길 수 있었고, 외국 궁정에서 환대도 받았다. 노귀족과 사제는 그들이 약간 거만하다고 생각했다. 그러나 그들의 입장에서는 어쩌면 그것이 좋은 성격의 결과인지

---

91) 기원전 215년경 로마의 희극 작가 플라우투스가 발표한 동명의 희극 작품에 나오는 쌍둥이 형제.

도 몰랐다. 그들은 세심한 교육의 뛰어난 미점들을 소유하고
있었고, 모든 신체 활동에서 탁월한 기량을 발휘했다. 그들에
게 드러날 수 있는 유일한 차이는 생각의 차이였다. 형이 우수
(憂愁)로 사람들을 매료하는 만큼 동생은 쾌활함으로 사람을
매료했다. 그러나 순전히 정신적인 이런 대조는 친밀한 관계가
오래 지속된 후에나 감지할 수 있는 것이었다.

"아! 여보, 어찌 이 두 청년에게 헌신하지 않을 도리가 있겠
소?" 미쉬가 마르트의 귀에 대고 소곤거렸다.

여자로서 그리고 어머니로서 쌍둥이 형제에게 감탄을 느끼던
마르트가 남편의 손을 꼭 쥐며 귀엽게 고개를 끄덕였다. 하인들
은 그들의 새로운 주인들을 포옹해도 된다는 허락을 받았다.

강제된 칠 개월의 칩거 기간 동안 네 젊은이는 가벼운 산책
을 나가는 부주의를 몇 차례 저질렀다. 더구나 그것은 미쉬와
그의 아들과 고타르가 주위를 감시하는 가운데 이루어진 산
책이었다. 달 밝은 아름다운 밤의 그 산책 동안, 로랑스는 그
들이 함께 지냈던 과거와 현재의 시간을 겹쳐 보면서, 두 형제
사이에서 선택하는 것이 불가능하다는 것을 느끼곤 했다. 쌍
둥이 형제에 대한 똑같이 순수한 사랑이 그녀의 마음을 나누
고 있었다. 마치 두 개의 심장을 가지고 있는 것 같았다. 두 명
의 폴 역시 목전에 놓인 자신들의 경쟁 관계에 대해 감히 서로
말을 꺼내지 못했다. 어쩌면 그들 세 사람 모두 이미 우연에 맡
긴 것일까? 현재 처한 정신 상태가 작용한 듯 그녀는 한순간
눈에 띄게 주저하더니, 형제 모두에게 팔을 맡기고 살롱으로
들어갔다. 자기 아들들을 붙들고 질문을 퍼붓던 도트세르 부

부가 그녀를 뒤따랐다. 그 순간 하인들 모두가 "생시뉴가 만세, 시뫼즈가 만세!" 하고 외쳤다. 여전히 두 형제 사이에 끼어 있던 로랑스가 고개를 돌리고 매력적인 감사의 몸짓을 했다.

어느 모임에서나, 심지어 가족 내에서조차도 오랜 부재 후에는 서로를 유심히 살펴보는 순간이 오게 마련이어서, 성내의 아홉 사람이 서로를 살펴보게 되었을 때, 아드리앵 도트세르가 로랑스에게 던진 첫 눈길을 언뜻 본 그의 어머니와 구제 사제는 그 청년이 백작 아가씨를 사랑하고 있다는 느낌을 받았다. 도트세르 형제 중 동생인 아드리앵은 부드럽고 다정한 마음의 소유자였다. 시련을 안겨 준 재난을 겪었음에도, 그의 가슴은 청춘에 머물러 있었다. 이 점에서 계속되는 위험으로 인해 순진한 마음을 유지하게 되는 많은 군인들과 닮은 아드리앵은 젊음의 아름다운 수줍음에 압도된 느낌이었다. 그는 자기 형과는 완전히 달랐다. 형은 우락부락한 모습의 사내로서, 능란한 사냥꾼인 데다 결단에 찬 용감무쌍한 군인이었지만, 감정적인 면에서 섬세성이 결여되고 지적 유연성도 결핍된 매우 실제적인 사람이었다. 한 사람에게 마음이 전부라고 한다면, 다른 한 사람에게는 행동이 전부였다. 그렇지만 둘 다 귀족적 삶에 합당한 똑같은 정도의 명예를 가지고 있었다. 아드리앵 도트세르는 갈색 머리에 작고 깡말랐지만 힘이 넘치는 모습이었다. 반면에 금발인 그의 형은 큰 키에 혈색이 창백하고 허약해 보였다. 아드리앵은 신경질적 기질의 강한 영혼의 소유자였다. 로베르는 점액질이지만, 자신의 순전히 육체적인 힘을 증명해 보이기를 좋아했다. 그 원인이 흥미로운 것일 수 있는 이런 기묘한 대조가 한 가족 내에 나타나는 경우가 흔히 있다. 그러나 여기서는 아드리앵과 그의 형이 어떻게 경쟁자가 되지 않았는지를 설명하기 위해서만 그것을 문제 삼고자 한다. 로베르는 로랑스에 대해 친척으로서의 애정과 아울러 같은 계급의 처녀에 대한 귀족으로서의 존중심을 가지고 있었다. 도트세르가의 장남은 감정적인 면에서 여자를 남자에 종속된 존재로 간주하는 부류의 남자들에 속했다. 그런 남자들은 여성의 육체를 출산을 위한 기능으로 한정하고, 여성에게 완전성을 원하면서도 여성의 다른 면은 전혀 고려하지 않는다. 그들의 생각에 의하면, 여자를 사회와 정치와 가문의 범주에 받아들이는 것은 사회적 혼란인 것이다. 오늘날 우리는 원시 부족의 이런 낡은 견해와는 너무 동떨어져 있어서, 거의 모든 여자들, 심지어 새로운 유파들이 제시하는 음울한 자유를 원하지 않는 여자들조차도 이런 견해에 대해서는 기분이 상할 수 있을 것이다. 그러나 로베르 도트세르는 불행하게도 낡은 생각을 지니고 있었다. 로베르는 중세 남자였고, 동생은 오늘날의 남자였다. 이런 차이가 형제 사이의 우애를 방해하기는커녕 오히려 더 돈독하게 해 주었다. 첫날 저녁부터 사제와 구제 양과 도트세르 부인은 그런 기미를 간파하고 가늠했다. 그들은 보스턴 게임을 계속하면서도 벌써부터 미래에 닥칠 어려움을 어렴풋이 예측했다.

고독 가운데서의 깊은 상념, 그리고 원대한 계획의 실패에서 오는 고뇌를 경험한 후 스물세 살 나이에 다시 여자로 돌아온 로랑스는 애정에 대한 무한한 갈구를 느꼈다. 그녀는 정신의 우아함을 한껏 발휘했으며, 매력적이었다. 그녀는 열다섯 살 아이 같은 순진함과 아울러 매혹적인 다정함을 드러냈다. 지난 십삼 년 동안, 로랑스는 오직 고통을 당하는 것으로만 여자 노릇을 해 왔는데, 이제 그것을 보상받고자 했다. 그리하여 그녀는 지금까지는 의연하고 강했던 것만큼 이제는 사랑스럽고 애교가 넘쳐 보였다. 따라서 살롱에 마지막까지 남아 있던 네 명의 나이 든 사람은 매력적인 처녀의 새로운 태도에 적잖이 불안을 느꼈다. 그런 성격과 그런 귀족다움을 지닌 젊은 여성의 정열이 어떤 힘인들 발휘하지 못하겠는가? 두 형제는 맹목적 애정을 가지고 한 여자를 똑같이 사랑하고 있었다. 로랑스는 둘 중 누구를 선택할 것인가? 한 사람을 선택하는 것은 다른 한 사람을 죽이는 일이 아니던가? 그녀 자신이 독자적으로 백작 작위를 가지고 있었으므로, 로랑스는 남편에게 고귀한 칭호와 대단한 특권과 유서 깊은 명성을 가져다줄 수 있는 여자였다. 어쩌면 이런 점을 생각해서, 옛 법률에 따르자면 가난하고 작위를 가질 수 없는 자기 동생과 로랑스를 결혼시키기 위해 드 시뫼즈 후작이 자신을 희생할 것인가? 그렇지만 동생이 로랑스를 아내로 맞는 크나큰 행복을 형에게서 박탈하기를 원하겠는가? 멀리 떨어져 있을 때는, 이 사랑의 싸움에 별로 장애가 따르지 않았다. 게다가 두 형제가 위험을 겪는 동안에는 전투의 우연이 난관을 단번에 해결할 수도 있었다. 그러나 그들이 모두 모여 있는 상황에서는 어떤 일이 닥칠 것인가? 정열이 온 힘을 다해 맹위를 떨치는 나이에 도달한 마리폴과 폴마리가 친척 여동생의 시선과 표정과 관심과 언사를 공유할 때 그들 사이에 무서운 결과가 따를 수도 있는 질투가 발생하지 않을 것인가? 쌍둥이의 평등하고 동시적이며 아름다운 삶은 어찌 될 것인가? 마지막 보스턴 게임이 진행되는 동안 각자가 하나씩 던진 이런 가정에 대해, 도트세르 부인은 자기로서는 로랑스가 사촌들 가운데 한 명과 결혼할 것으로는 믿지 않는다고 답변했다. 부인은 저녁 시간 동안 설명할 수 없는 예감, 어머니들과 하느님 사이의 비밀과도 같은 그런 예감을 느꼈다. 로랑스도 사촌들과 마주 대하게 되자 그에 못지않은 놀라움을 내심 느꼈다. 음모로 야기된 드라마, 두 형제가 겪은 위험, 그들의 망명에서 비롯된 불행에 그녀로서는 꿈도 꾸지 못했던 드라마가 뒤따르고 있었다. 이 고귀한 처녀는 쌍둥이 중 누구와도 결혼하지 않는 극단적 결정에 의존할 수도 없었다. 마음속 깊이 억제할 수 없는 정열을 간직한 채 다른 사람과 결혼하기에는 너무도 정직한 처녀였던 것이다. 처녀로 머물러 있으며 결정을 하지 않음으로써 자신의 두 사촌을 지치게 만들고 자신이 변덕을 부려도 자신에게 충실할 남자를 남편으로 맞는 것, 그것은 예상할 수도 없고 추구할 수도 없는 결정이었다. 어렴풋이 잠에 빠지며 우연에 맡기는 것이 가장 현명한 길이라고 그녀는 생각했다. 사랑에 관해서는 우연이 여자들의 구세주인 것이다.

다음 날 아침 미쉬가 파리로 떠났다가, 며칠 후 자신의 새 주인들을 위한 준마 네 필을 끌고 돌아왔다. 육 주 후면 사냥철이 시작되는데, 사냥을 통한 격렬한 기분 풀이가 성내에서 머리를 맞대고 지내는 어려움에 대한 구원책이 될지도 모른다는 것이 백작 아가씨의 현명한 생각이었다. 우선 이 기이한 사랑의 증인들에게 감탄을 자아낸, 그들이 예상 못 한 뜻밖의 결과가 나타났다. 사전 협의 같은 것이 전혀 없었지만 두 형제는 그들의 사촌 누이 곁에서 보살핌과 애정을 경쟁적으로 베풀었고, 거기서 만족스러운 마음의 기쁨을 얻는 것처럼 보였다. 그들과 로랑스 사이의 생활은 그들 두 형제 사이의 생활처럼 우애가 넘쳤다. 이보다 더 자연스러울 수가 없었다. 그처럼 오랜 부재 후에, 그들은 사촌 누이를 관찰하고, 잘 알게 되고, 또한 그녀에게 선택권을 맡기면서 자기들 두 사람을 그녀에게 잘 알릴 필요성을 느꼈다. 그들은 자기들 두 사람의 삶을 동일한 하나의 삶으로 만들어 주는 상호간의 애정에 의해 그 시련을 견뎠다. 모성애와도 같은 그녀의 사랑도 두 형제를 잘 구분하지는 못했다. 로랑스는 그들을 혼동하지 않고 알아보기 위해 그들에게 각자 다른 넥타이를 주었다. 형에게는 흰색 넥타이를, 동생에게는 검은색 넥타이를 매게 했다. 그처럼 완전히 닮은 모습, 모든 사람을 혼동시키는 똑같은 삶의 방식이 아니었다면, 그와 유사한 상황은 당연히 불가능해 보였을 것이다. 그런 상황은 눈으로 보아야만 믿게 되는 사실에 의해서만 설명될 수 있다. 그리고 그런 사실을 목격하게 되었을 때는, 그런 사실의 실재를 믿는 것보다 그런 사실을 납득하는 데 더 많은 정신의 혼란을 겪게 된다. 로랑스가 뭔가 말을 하면? 그녀의 목소리는 똑같이 사랑하며 똑같이 충실한 두 가슴속에 동일한 방식으로 울리는 것이었다. 그녀가 기발하거나 재미있거나 멋진 생각을 표명하면? 그러면 그녀의 시선은 두 시선에 의해 표현되는 기쁨과 마주치는 것이었다. 그 두 시선은 그녀의 모든 움직임을 뒤쫓으며 아무리 작은 것이라도 그녀의 욕구를 해석해 내고, 새로운 표정을 띤 채 그녀를 향해 언제나 미소를 짓는 시선이었다. 한 사람의 표정은 쾌활했고, 다른 한 사람의 표정은 애정 어린 우수를 담고 있었다. 연인에 관한 문제에서는 두 형제 둘 모두 행동과 조화를 이루는 찬탄할 만한 마음의 충동을 보였는데, 그 충동은 구제 사제의 견해에 따르면 숭고한 경지에까지 이르는 것이었다. 그리하여 무언가를 찾으러 가야 하거나 남자들이 사랑하는 여자에게 해 주기를 몹시 좋아하는 자질구레한 보살핌 같은 것이 문제 될 때면, 종종 형은 그런 일을 이행하는 즐거움을 동생에게 넘겨주고 자신은 사촌 누이에게 흐뭇하고도 자랑스러워하는 눈길을 보내는 것이었다. 동생은 그런 종류의 임무를 수행하는 데 자부심을 느꼈다. 인간이 동물의 맹렬한 시샘에까지 이를 정도로 이렇게 고귀한 감정싸움을 벌이는 모습은 그것을 바라보는 나이든 사람들의 마음을 심란하게 만들었다.

이런 세세한 일들이 백작 아가씨의 눈에 종종 눈물을 자아내게 했다. 단 하나의 감각, 특별한 체질을 타고난 어떤 사람들에게는 거대한 것일지도 모를 단 하나의 감각만이 로랑스의 감정을 헤아릴 수 있을 것이다. 어느 조화로운 이중창에서 손택[92]과 말리브란[93]의 목소리처럼 아름다운 두 목소리가 완벽

---

92) 헨리에테 손택(Henriette Sontag, 1806~1854). 독일의 여가수.
93) 마리아 말리브란(Maria Malibran, 1808~1836). 스페인의 여가수.

한 화음을 이루었던 추억에 의해, 또는 천재적인 연주자들이 연주하는 두 악기의 아름다운 선율이 정열에 사로잡힌 한 사람의 한숨 소리처럼 영혼 속으로 스며드는 완벽한 화음에 의해서만 그녀의 감정을 이해할 수 있을 것이다. 때때로 드 시뫼즈 후작이 안락의자에 몸을 파묻은 채, 로랑스와 이야기하며 웃고 있는 자기 동생에게 심각하고 우수에 찬 시선을 던지는 모습을 보면서, 사제는 그가 큰 희생을 치를 수도 있으리라 생각했다. 그러나 사제는 곧 그의 눈에서 억제할 수 없는 정열의 섬광을 포착하는 것이었다. 쌍둥이 중 하나가 로랑스와 단둘이 있을 때면, 그는 자기 혼자만 사랑받고 있다고 믿을 수 있었다. "그럴 때면 그들 두 사람이 마치 한 사람인 것처럼 보여요." 그녀의 마음 상태를 묻는 구제 신부에게 백작 아가씨가 이렇게 대답했다. 이 대답이 조금도 꾸밈없는 솔직한 것임을 사제는 알 수 있었다. 로랑스는 실제로 두 남자로부터 사랑받고 있다고 생각하지 않았다.

"하지만 귀여운 아가씨, 어쨌든 선택하지 않으면 안 돼요!" 어느 날 저녁 도트세르 부인이 그녀에게 이렇게 말했다. 부인의 아들은 로랑스에 대한 사랑으로 말없이 죽을 만큼의 고통을 겪고 있었다.

"우리를 행복한 채로 내버려 두세요. 하느님이 우리를 우리 자신으로부터 구해 주시겠죠!" 로랑스가 이렇게 대답했다.

아드리앵 도트세르는 자신에게는 희망이 거의 없다는 것을 알고 있었기 때문에 그를 쥐어뜯는 질투심을 가슴속 깊이 숨기고 자신의 괴로움에 대해 비밀을 지키고 있었다. 싸움이 지속된 몇 달 동안 그는 온전히 찬란한 광채로 빛나는 그 매력적인 여인을 보는 행복감으로 만족했다. 실제로 교태를 띠게 된 로랑스는 그즈음 사랑받는 여자들이 스스로에 대해 기울이는 모든 정성을 쏟았다. 최신 유행을 따랐으며, 더 아름다워 보이기 위해 몇 차례 파리로 달려가 장신구와 신상품을 구입했다. 마지막으로 사촌들이 너무 오랫동안 누리지 못했던 최소한의 안락이라도 자신의 집에서 즐길 수 있도록, 후견인의 강한 반대를 무릅쓰고 자신의 성을 당시 샹파뉴 지방에서 가장 완벽하고 편안한 거처로 만들었다.

로베르 도트세르는 이 무언의 드라마를 전혀 이해하지 못했다. 자기 동생의 로랑스에 대한 사랑을 알아차리지도 못했다. 그는 젊은 아가씨의 애교를 즐겨 놀렸는데, 그것은 그가 그 고약스러운 결점을 남의 환심을 사려는 욕구와 혼동하고 있었기 때문이다. 그런 식으로 그는 감정, 취미, 또는 학식에 관한 모든 것을 오해하고 있었다. 따라서 중세의 남자가 무대에 오를 때처럼, 로랑스는 그 남자 자신도 모르는 사이에 그 남자를 곧 연극의 어릿광대로 만들어 버렸다. 그녀는 로베르와 논쟁을 벌이면서, 어리석음과 무지가 빠져드는 늪 한가운데로 그를 조금씩 인도하면서 사촌 오빠들을 흥겹게 만들었다. 완벽해지려면 희생물을 행복한 상태로 놔둬야만 하는 그런 정신적 속임수에 그녀는 뛰어난 재주가 있었다. 그렇지만 매력적인 세 인물이 유일하게 행복했던 이 아름다운 시기 동안, 로베르는 그의 몹시 거친 성격에도 불구하고 어쩌면 문제를 결정지었을지도 모를 단호한 말로 시뫼즈 형제와 로랑스 사이에 개입한 일은 결코 없었다. 그는 두 형제의 성실함에 놀랐다. 다른 상대가 받지 못하거나 또는 그를 슬픔에 빠뜨릴 애정의 증거를 한 상대에게만 허용하는 데 여자가 얼마나 주저할 수 있는지를 로베르는 아마 짐작하고 있는지도 몰랐다. 형제 중 한 사람은 다른 한 사람에게 일어난 일에 대해 몹시 행복해하면서도 마음속으로는 얼마나 고통을 겪겠는가. 로베르의 존중심은 이 상황을 기막히게 잘 설명해 준다. 이 상황은 신앙의 시대라면 더없이 난해한 수수께끼와도 유사한 이 희귀한 현상의 난제를 해결하기 위해 교황만이 행사할 수 있을 법한 개입의 권한과 같은 특권을 요구하고 있었다. 프랑스 대혁명이 이들의 마음을 다시 가톨릭 신앙에 잠기게 했다. 그래서 종교가 이 위기를 더욱더 심각하게 만들었는데, 성격의 고귀함이 상황의 규모를 확대하기 때문이다. 따라서 도트세르 부부, 사제, 사제의 누이, 이 중 누구도 두 형제 쪽에든 로랑스 쪽에든 비속한 어떤 일이 벌어질 거라고는 전혀 예상하지 않았다.

각자 말없이 지켜보는 가족의 테두리 안에 신비스럽게 갇혀 있는 이 드라마의 흐름은 너무 빠른 동시에 또 너무 느리기도 했다. 드라마는 예기치 않은 즐거움, 사소한 싸움, 이루어지지 않은 선택, 뒤집힌 희망, 잔인한 기다림, 다음 날로 연기된 설명, 침묵의 선언 등을 너무 많이 지니고 있어서, 생시뉴 주민들은 나폴레옹 황제의 대관식에 대해서는 아무런 주목도 하지 않았다. 더구나 이 정열은 사냥의 즐거움 속에서 격렬한 기분 전환을 찾으며 휴식을 취하곤 했다. 사냥은 육체를 극도로 피곤하게 만듦으로써, 영혼이 너무도 위험한 몽상의 초원

지대를 헤맬 기회를 박탈했다. 매일매일이 약동하는 흥미를 갖고 있어서 로랑스도 그녀의 사촌 오빠들도 세상사에 대해서는 별로 생각하지 않았다.

"저 연인들 가운데 정말로 누가 가장 사랑하는지 모르겠어요." 하고 어느 날 저녁 구제 양이 말했다.

보스턴 게임을 하는 네 사람과 함께 아드리앵만 살롱에 있었는데, 그가 게임 하는 사람들에게로 눈길을 돌리더니 얼굴이 하얗게 질렸다. 며칠 전부터 그는 로랑스를 보고 그녀의 말소리를 듣는 즐거움만으로 삶을 지탱하고 있었다.

"내 생각에는, 여성의 특성상 백작 아가씨가 훨씬 더 마음 놓고 사랑하는 것 같아요." 하고 사제가 말했다.

잠시 후 로랑스와 두 형제와 로베르가 돌아왔다. 조금 전 신문이 배달된 후였다. 내부에서 시도된 음모의 비효율성을 목격하고, 영국은 프랑스에 대항해 유럽을 무장시켰다. 인간의 천재성이 창안한 가장 놀라운 계획 하나를 트라팔가[94]의 참패가 뒤엎었다. 황제는 그 계획을 통해 영국의 세력을 파멸시켜 자신의 황제 선출에 대해 프랑스에 보답할 작정이었다. 그 무렵 불로뉴 진지가 폐쇄되었다. 언제나 그렇듯 병사 수에서 열세인 나폴레옹은 아직까지 그가 모습을 드러낸 적이 없는 전쟁터에서 유럽과 전투를 벌일 예정이었다. 온 세상이 그 전투의 추이에 신경을 곤두세우고 있었다.

---

94) 스페인 남서쪽 끝의 지명. 1805년 10월 21일 이곳에서 넬슨의 영국 함대가 프랑스-스페인 연합 함대를 격파했다.

"오! 이번에는 그가 패배할 거야." 신문 읽기를 마치며 로베르가 말했다.

"그는 오스트리아와 러시아의 전 병력과 맞서야만 해." 마리폴이 말했다.

"그는 독일에서는 기동한 적이 없어." 폴마리가 부연했다.

"누구 얘기를 하는 거예요?" 하고 로랑스가 물었다.

"황제 얘기." 하고 세 귀족 청년이 대답했다.

로랑스가 두 애인에게 경멸의 시선을 던졌는데, 그들에게는 모욕적인 이 시선이 아드리앵을 매혹했다. 로랑스의 관심 밖 인물이었던 아드리앵은 감탄의 몸짓을 했고, 자기로서는 지금 오직 로랑스 생각밖에 없다는 것을 뜻하는 듯한 자랑스러운 눈길을 보냈다.

"그 모습 봤어요? 사랑이 그에게 증오심을 잊게 했군요." 구제 사제가 나지막한 소리로 말했다.

그것은 두 형제가 겪은 처음이자 마지막인 단 한 번의 질책이었다. 하지만 그 순간 그들은 자기들의 사촌 누이보다 사랑의 정도가 약했던 것이다. 두 달 후, 로랑스는 도트세르 씨가 그의 두 아들과 나누는 대화에서 아우스터리츠[95]의 놀라운 승리 소식을 알게 되었다. 자신의 방침에 충실했던 도트세르 씨는 아들들이 군 복무를 청원하기를 바랐다. 아마도 그들은 원래의 계급으로 복무할 수 있을 것이고, 군인으로서 멋진 출

---

95) 현재의 체코에 속하는 지역 이름. 1805년 12월 2일 나폴레옹이 이곳에서 오스트리아-러시아 연합군에게 혁혁한 승리를 거두었다.

세의 가능성이 아직 남아 있었다. 하지만 생시뉴에서는 순수한 왕당파의 입장이 우세했다. 네 귀족 청년과 로랑스는 미래에서 불행의 낌새를 느끼는 듯한 신중한 도트세르 씨를 비웃었다. 이 두 단어를 짝짓는 것이 가능할지 모르겠는데, 정신적 가치의 실행과 신중함 중에서 더 강한 힘은 아마 전자일 것이다. 그런데 가치라는 것은 정신으로부터 유래하는 생생하고 투철한 행위의 껍데기에 불과하다고 생리학자와 철학자 들이 인정할 날이 도래할는지도 모르겠다.

프랑스와 오스트리아 사이에 평화 협정이 맺어진 후 1806년 2월 말경 사면 청원을 했을 때 드 시뫼즈 형제를 위해 진력했고 그 후에도 그들에게 큰 애정을 보였던 친척 드 샤르주뵈프 옛 후작이 그의 영지로부터 생시뉴에 도착했다. 오브강 변 센에마른현에 소유지가 있는 그는 당시에 농담 삼아 고물 수레라고 불리던 일종의 사륜마차를 타고 왔다. 그 초라한 마차가 작은 포장도로에 접어들었을 때, 점심을 먹고 있던 성 사람들은 웃음을 터뜨렸다. 그러나 고물 수레의 가죽 커튼 두 짝 사이로 삐죽이 나온 노인의 대머리를 알아보자 도트세르 씨가 그의 이름을 외쳤고, 샤르주뵈프 가문의 어른을 마중하기 위해 성 사람들 모두가 자리를 박차고 일어났다.

"우리가 먼저 가서 감사의 인사를 올려야 했는데, 그분이 오시게 해서 큰 결례를 범했어요." 드 시뫼즈 후작이 자기 동생과 도트세르 형제에게 이렇게 말했다. 차체에 붙은 좌석에 앉아 마차를 몰고 온 농부 차림의 하인이 채찍을 거친 가죽

통 속에 꽂고 나서, 마차에서 내리는 후작을 도우려고 했다. 그러나 아드리앵과 동생 시뫼즈가 하인을 제지하고 가죽 단추로 잠겨 있는 커튼을 풀고는 사양하는 노인을 도와 마차에서 내리게 했다. 후작은 가죽 커튼이 달린 누렇게 바랜 그의 낡은 마차를 편하고 훌륭한 마차로 여기고 있었다. 하인은 고타르의 도움을 받아 엉덩이가 번들거리는 통통한 말 두 필을 벌써 마차에서 풀고 있었는데, 말들은 마차 끄는 일과 농사에 두루 쓰이는 것 같았다.

"추위에 어떻게 오셨어요? 하지만 아저씨는 왕년의 용사이시죠." 로랑스가 친척 노인의 팔짱을 끼고 살롱으로 안내하면서 말했다.

"나 같은 노인네를 보러 오는 것은 자네들 일이 아니지." 노인이 젊은 친척들에게 이렇게 재치 있게 가벼운 질책을 던졌다.

'저분이 무엇 때문에 오셨나?' 도트세르 씨는 혼자서 생각했다.

육십칠 세의 멋진 노인인 드 샤르주뵈프 씨는 연한 빛깔의 짧은 바지 차림이었다. 홀쭉한 다리에는 알록달록한 양말을 신고, 머리 뒤에는 머리칼을 집어넣는 비단 주머니를 달고 머리 분을 칠했으며, 옆머리는 비둘기 날개 모양으로 곱슬곱슬하게 가다듬고 있었다. 녹색 나사로 짓고 금단추를 단 사냥복은 금제 장식 끈으로 치장되어 있고 흰색 조끼는 현란한 금빛 자수로 번쩍이고 있었다. 노인들 사이에는 아직도 유행하고 있는 이런 장식품이 프레데릭 대왕을 닮은 그의 얼굴에 썩 잘 어울렸다. 그는 삼각모는 결코 쓰지 않았는데, 그것은 대머리 위에 분칠로 그린 반달 형상의 효과를 망치지 않기 위해서였다. 그는 뾰족한 손잡이가 달린 단장에 오른손을 기대고, 루이 14세에게나 어울릴 법한 동작으로 단장과 모자를 한꺼번에 들고 있었다. 위엄 있는 노인은 솜 넣은 비단 외투를 벗고 안락의자에 몸을 묻었다. 그런 다음 루이 15세 궁정의 탕아들만이 그 비결을 알 것 같은 자세로 두 다리 사이에 모자와 단장을 내려놓더니, 언제나 소중한 보석 같은 코담뱃갑을 매만질 수 있도록 양손을 비워 두었다. 그리고 아라베스크 문양을 금사로 수놓은, 끈으로 잠근 조끼 주머니에서 화려한 코담뱃갑을 꺼냈다. 그는 코담배를 집어 또 다른 매력적인 동작으로 주위에 나눠 줄 준비를 하면서, 자신의 방문이 가져온 즐거움을 애정 어린 눈길로 둘러보았다. 그는 젊은 망명자들이 왜 자기에 대한 그들의 의무를 이행하지 않았는지 이해하는 것처럼 보였다. '사랑을 할 때는 남을 찾지 않는 법이지.' 하고 혼자 속으로 생각하는 것 같았다.

"며칠간 저희 집에서 모실게요." 하고 로랑스가 말했다.

"그럴 수는 없네." 하고 노인이 대답했다. "자네는 우리를 떼어 놓고 있는 거리보다 더 먼 거리도 돌파할 수 있었지만, 우리가 여러 가지 사건 때문에 그렇게 소원하게 지내지 않았더라면, 나에게 딸들과 며느리들과 손자 손녀 들이 있다는 걸 자네는 알고 있었을 거야. 오늘 저녁에 나를 보지 못하면 그 애들 모두가 불안해할 걸세. 그런데 내가 가야 할 거리는 18리외 이상이라네."

"아저씨께는 아주 좋은 말들이 있잖아요." 하고 드 시뫼즈 후작이 말했다.

"오! 나는 어제 볼일을 보고 트루아에서 오는 길이야." 노인이 대꾸했다.

가족 및 드 샤르주뵈프 후작 부인에 대한 안부, 그리고 실제로는 별 관심이 없으나 예의상 각별한 관심을 표해야 할 일들에 대해 의례적인 문답이 오갔다. 도트세르 씨가 보기에 드 샤르주뵈프 씨의 방문 목적은 젊은 친척들에게 경솔한 일을 저지르지 않도록 권유하기 위해서인 것 같았다. 후작의 견해에 의하면 세월이 많이 변했고, 황제가 앞으로 어떻게 될지 아무도 알 수 없는 일이었다.

"오! 그 사람은 신이 되겠죠." 하고 로랑스가 말했다.

선량한 노인은 타협의 불가피함에 대해 이야기했다. 노인이 도트세르 씨가 자신의 모든 주장에 대해 갖추고 있는 것보다 훨씬 더 큰 확신과 권위를 보이며 순응의 필요성을 표명하는 것을 들으며, 도트세르 씨는 거의 애원하는 표정으로 자신의 두 아들을 쳐다보았다.

"아저씨께서는 그 사람을 섬기실 작정이세요?" 드 시뫼즈 후작이 드 샤르주뵈프 후작에게 물었다.

"내 가족의 이익을 위해 필요하다면, 물론이지."

이윽고 노인은 닥쳐올 위험에 대해 넌지시 귀띔을 했다. 로랑스가 설명을 재촉하자, 그는 네 귀족 청년에게 더는 사냥을 하지 말고 집 안에 조용히 머물러 있으라고 권했다.

"자네들은 공드르빌 영지가 여전히 자네들의 소유인 듯 여기고 있고, 그로 인해 끔찍한 증오심을 야기하고 있어." 노인이 드 시뫼즈 형제에게 말했다. "자네들은 놀라겠지만, 나는 알고 있네. 사람들이 자네들의 용감한 행동을 기억하고 있는 트루아에 자네들에 대한 악감정이 퍼져 있다는 사실을 자네들은 모르고 있단 말일세. 어떤 사람들은 자네들을 찬양하고 또 어떤 사람들은 자네들을 황제의 적으로 간주하면서, 자네들이 제국 경찰의 추적을 어떻게 모면했는지 다들 거리낌 없이 얘기하고 있다네. 몇몇 극렬 분자들은 자네들에 대한 나폴레옹의 관용을 놀라워하기도 하지. 한데 그런 건 아무것도 아닐세. 자네들은 자신이 더 교활하다고 믿는 사람들을 우롱한 셈이야. 하층민들은 결코 용서하는 법이 없다네. 자네들의 적인 상원 의원 말랭이 그의 수하들, 심지어 사법 보좌관들까지 도처에 심어 놓아서 자네들 현(縣)의 사법권은 그가 좌우한다고 할 수 있는데, 조만간 자네들이 어떤 불행한 사건에 연루된다면 그의 사법 권력은 대단히 만족해할 거야. 어떤 농부가 자기 밭을 지나가고 있는 자네들에게 시비를 거는 일이 생긴다고 치세. 자네들은 장전한 총을 갖고 있고 성질이 팔팔하니, 그럴 경우 바로 불행한 일이 일어날 수 있어. 그런데 자네들 입장에서는 시시비비를 가릴 때 유리한 판정을 받기가 보통 어려운 일이 아닐세. 내가 괜히 이런 말을 하는 게 아니라네. 경찰이 항시 자네들이 있는 군(郡)을 감시하고 있고, 지금은 자네들의 기도(企圖)로부터 제국의 상원 의원을 보호할 명백한 목적으로 요원 하나가 이 작은 아르시 마을 구석에 파견돼 있어. 상원 의원은 자네들을 두려워하며, 또 그런 말을 하고 다닌다네."

"그자가 저희를 중상하는 거죠!" 동생 시뫼즈가 이렇게 말했다.

"그자가 자네들을 중상한다고! 나, 나라면 그렇게 믿겠지! 그러나 대중은 어찌 생각하겠는가? 그것이 중요한 점이네. 미쉬가 상원 의원을 총으로 겨눴는데, 상원 의원은 그걸 잊지 않고 있다네. 자네들이 돌아온 이후부터, 백작 아가씨는 미쉬를 자기 집에 데려다 놓았어. 그러니까 여러 사람과 대부분의 대중에게는 말랭의 생각이 옳은 것처럼 보이는 것이지. 망명자들의 재산을 소유하게 된 사람들과의 관계에서 망명자들의 입장이 얼마나 미묘한 것인지 자네들은 모르고 있어. 눈치 빠른 사람인 지사가 어제 나한테 자네들에 관해 몇 마디 넌지시 이야기했는데, 그것이 나에게 불안감을 주었어. 요컨대 내 생각에는 자네들이 여기에 없는 편이……."

이 대답은 경악을 자아냈다. 마리폴이 요란하게 종을 울렸다.

"고타르, 미쉬를 찾아오너라." 어린 녀석이 나타나자 마리폴이 이렇게 말했다.

예전 공드르빌의 재산 관리인이 곧 모습을 드러냈다.

"이보시오, 미쉬, 당신이 말랭을 죽이려 했다는 게 사실이오?" 드 시뫼즈 후작이 물었다.

"예, 후작님. 그리고 그자가 다시 오면, 저는 또 그자를 노리겠습니다."

"우리가 당신을 잠복시켰다고 의심받는다는 사실, 또 당신을 소작인으로 받아들임으로써, 우리 사촌 누이가 당신의 계획에 발을 담갔다고 비난받는다는 사실을 알고 있소?"

"아이고! 도대체 이게 무슨 일입니까? 저는 탈 없이 말랭을 제거해 드릴 수도 없단 말입니까?" 미쉬가 이렇게 외쳤다.

"이봐요, 그건 안 될 일이오." 폴마리가 대꾸했다. "당신은 이 고장과 우리를 돕는 일에서 멀어져야 하오. 우리가 당신을 돌보겠소. 우리가 당신 재산을 증식할 수 있도록 하겠소. 당신은 이곳에 소유한 모든 것을 매각해서 밑천을 마련하시오. 우리는 트리에스테에 있는 우리 친구에게로 당신을 보내겠소. 그는 인맥이 넓어서, 이곳 사정이 우리 모두에게 좋아질 때까지 당신을 아주 유용하게 쓸 수 있을 것이오."

마룻바닥에 못 박힌 듯이 서 있는 미쉬의 두 눈에서 눈물이 흘러내렸다.

"자네가 말랭을 저격하려고 매복했을 때 본 사람들이 있었나?" 드 샤르주뵈프 후작이 물었다.

"공증인 그레뱅이 그 사람과 대화 중이었습니다. 바로 그것 때문에 그를 죽이지 못했습니다. 결과적으로 그건 아주 다행이었지요! 백작 아가씨께서 그 이유를 아십니다." 미쉬가 자기 여주인을 쳐다보며 말했다.

"그레뱅이 사실을 아는 유일한 사람은 아니겠지?" 비록 가족 내에서 이루어지는 것이지만 이런 심문에 난처한 기색을 보이며 드 샤르주뵈프 씨가 물었다.

"당시 저의 주인님들을 옭아매러 왔던 밀정도 그 사실을 알고 있습니다." 미쉬가 대답했다.

드 샤르주뵈프 씨가 정원을 내다보려는 것처럼 자리에서 슬쩍 일어서더니, "한데 자네들 생시뉴를 아주 잘 꾸며 놨군."

하고 말했다. 그러더니 밖으로 나갔고, 그 선문답의 의미를 짐작한 형제와 로랑스가 그의 뒤를 뒤따랐다.

"자네들은 솔직하고 너그럽지만, 늘 조심성이 없어." 하고 노인이 그들에게 말했다. "중상에 불과한 대중의 떠도는 소문을 내가 자네들에게 경고해 주는 것은 아주 자연스러운 일이네. 그런데 자네들은 도트세르 부부처럼 나약한 사람들에게, 그리고 그들의 아들들에게 그 소문을 사실로 만들어 주고 있어. 오! 젊은이들, 젊은이들이라니! 미쉬를 여기에 남겨 두고, 자네들이 떠나는 편이 나을 걸세, 자네들이 말이야! 그런데 어쨌든 자네들이 이 고장에 남는다면, 상원 의원에게 몇 마디 편지를 써서 미쉬에 관해 알리게. 자네들의 소작인에 대해 떠도는 소문을 나를 통해 막 알게 되었고, 그래서 그를 내보냈다고 말랭에게 말해 두도록 하게."

"저희가요! 저희가 아버지 어머니의 살해자, 우리 재산을 약탈해 간 뻔뻔스러운 말랭에게 편지를 쓰다니요!" 형제가 이렇게 소리쳤다.

"다 사실이지. 그러나 그 사람은 황실 최고 유력자 중 한 명이며 오브현의 왕 같은 존재라네."

"그자는 루이 16세의 죽음에 찬성표를 던졌으니 콩데군(軍)이 프랑스로 들어올 경우 최소한 종신형이겠죠." 드 생시뉴 여백작이 말했다.

"앙지앵 공작의 사형을 주장했을지도 모를 그 작자 말입니다!" 하고 폴 마리가 외쳤다.

"아이고! 그 작자의 고귀한 칭호들을 다 열거할 작정이구

먼." 드 시뫼즈 후작이 외쳤다. "로베스피에르를 쓰러뜨리려고 많은 군중이 일어서는 것을 보자 로베스피에르를 넘어뜨리기 위해 그의 프록코트 자락을 잡아당긴 자, 무월 18일의 쿠데타가 실패했더라면 보나파르트를 총살시켰을 자, 나폴레옹이 비틀거리면 부르봉 왕가를 데려올 자, 두려움을 불러일으키는 적수를 끝장내라고 검이나 피스톨을 건네주기 위해 언제나 최강자 곁에 자리 잡을 자! 열거하려면 한이 없겠지."

"우리 굉장히 저속해지고 있네요." 하고 로랑스가 말했다.

세 사람의 손을 잡고 아직 눈이 옅게 덮여 있는 잔디밭 쪽 한적한 곳으로 이끌면서 드 샤르주뵈프 노후작이 말했다. "어린애들 같으니! 자네들은 지혜로운 사람의 의견을 들으면서 성을 내려 하는군. 하지만 나는 그 의견을 말해야겠네. 나는 다음과 같이 처리할 생각이네. 나를 대신해 이야기할 나이 지긋한 사람을 중재자로 내세워, 공드르빌의 매각을 인정하는 조건으로 말랭에게 100만 프랑을 요구하도록 하겠네……. 오! 그자는 일을 비밀에 부친다면 제안에 동의할 걸세. 자네들은 현재의 이율로 쳐서 10만 프랑의 연소득을 누릴 수 있을 것이며, 프랑스의 다른 지방에 가서 좋은 토지를 구입할 수 있을 걸세. 생시뉴는 도트세르 씨가 관리하도록 놔두고, 자네들 두 사람 중 누가 이 아름다운 상속녀의 남편이 될지 제비를 뽑으면 될 거야. 그러나 젊은이들의 귀에 들리는 노인네의 말이란 노인네들의 귀에 들리는 젊은이들의 말처럼 맥 빠진 소리에 불과하겠지."

노후작은 세 명의 친척에게 대답이 필요 없다는 표시를 해 보이고 살롱으로 돌아갔다. 그들이 대화를 나누는 동안 살롱에는 구제 신부와 그의 누이가 와 있었다. 제비를 뽑아 사촌 누이의 배필을 정하라는 제안에 시뫼즈 형제는 반감이 일었고, 로랑스는 친척 노인이 제시한 씁쓸한 해결책에 기분이 상했다. 따라서 세 사람은 노인에게 계속 정중하기는 했지만 덜 사근사근하게 굴었다. 그런 냉랭함을 느낀 드 샤르주뵈프 씨는 매력적인 세 젊은이에게 몇 차례나 연민에 가득 찬 눈길을 보냈다. 대화가 일상적인 흐름을 띠게 되었으나, 샤르주뵈프 씨는 자기 아들들의 군 복무를 끈질기게 주장하는 도트세르 씨를 칭찬하면서 사태에 순응해야 할 필요성으로 다시 화제를 돌렸다.

"보나파르트는 공작들을 만들었네." 하고 그가 말했다. "그는 제국의 봉토를 창설했고, 백작들을 만들어 낼 거야. 말랭은 공드르빌의 백작이 되고 싶어 할 걸세." 그가 드 시뫼즈 형제를 바라보며 덧붙여 말했다. "그건 자네들에게 유리한 생각일 수도 있어."

"아니면 불길한 생각이겠죠." 로랑스가 대꾸했다.

마차에 말들이 매이자마자 후작은 자리에서 일어섰고, 모두들 그를 배웅했다. 마차 안에 자리를 잡자 그가 로랑스에게 다가오라고 손짓을 했고, 그녀는 새처럼 경쾌하게 마차 발판 위로 올라섰다.

"자네는 평범한 여자가 아니야, 그러니 내 말을 이해해야 하네." 그가 그녀의 귀에 대고 속삭였다. "말랭은 자네를 가만 놔둔 것을 무척 후회하고 있어. 그자가 자네에게 뭔가 덫을 놓을 걸세. 그러니 아무리 하찮은 일일지라도 모든 행동을 극히 조심하도록! 요컨대 타협하도록 하게. 이게 내 마지막 말일세."

두 형제는 철책을 돌아 트루아 쪽 도로로 달려가는 낡은 마차를 꼼짝 않고 바라보면서 잔디밭 가운데 사촌 누이 곁에 서 있었다. 로랑스가 노인의 마지막 말을 그들에게 전해 주었던 것이다. 노련한 인물이 알록달록한 양말을 신고 목덜미가 흉하게 퉁퉁해진 모습으로 낡은 마차를 타고 모습을 드러낸다면, 그의 생각은 언제나 틀린 것으로 보일 것이다. 이 젊은 영혼 중 그 누구도 프랑스에 일어난 변화를 헤아리지 못했고, 분개심이 그들의 신경을 요동치게 했으며, 명예심이 혈관 전체를 그들의 고귀한 피로 끓어오르게 했다.

"샤르주뵈프 가문의 수장이! 가장 멋진 전쟁 구호의 하나인 '더 강한 자가 나와라!'를 좌우명으로 삼는 사람의 모습이 이렇다니!" 하고 드 시뫼즈 후작이 말했다.

"그분은 황소로 변했어요." 씁쓸하게 웃음 지으며 로랑스가 말했다.

"우리는 더 이상 성 루이[96]의 시대에 살지 않지요." 동생 시뫼즈가 덧붙였다.

"'노래하며 죽겠노라!' 우리 가문을 만든 다섯 처녀의 이 함성이 나의 함성이 될 거예요." 하고 백작 아가씨가 소리쳤다.

"우리의 좌우명은 '여기서 죽노라!'잖아. 그러니 대를 이을

---

96) Saint Louis(1214~1270). 프랑스 카페 왕조의 왕이었던 루이 9세(재위 1226~1270)의 별칭. 십자군 원정에 참여했고 프랑스를 서유럽의 중심 국가로 만드는 등 공적이 많은 왕이었다.

수 없겠구나!" 하고 형 시뫼즈가 말했다. "깊이 생각해 보니, 우리의 황소 아저씨께서는 공드르빌이 말랭의 가문 이름이 될 거라는 말로 우리에게 말하려 한 내용을 아주 현명하게 요약하신 셈이로군!"

"말랭의 저택도 되고!" 하고 동생이 외쳤다.

"망사르는 귀족 계급을 위해 그것을 설계했는데, 천민이 거기서 자식들을 낳겠구나!" 형이 말했다.

"만약 그렇게 된다면, 차라리 공드르빌이 불타 버리는 편이 낫겠어요!" 드 생시뉴 양이 외쳤다.

도트세르 씨에게서 구입할 송아지를 살펴보러 온 마을 사람 한 명이 외양간을 나서다가 이 말을 들었다.

"그만 들어가죠. 하마터면 우리가 경솔을 범해서 송아지 문제로 황소의 생각에 정당성을 부여할 뻔했어요." 로랑스가 미소를 띠며 말했다. 뒤이어 그녀는 살롱으로 들어가면서 말했다. "가엾은 미쉬! 나는 당신의 돌발 행동을 잊어버렸어요. 하지만 우리는 이 고장에서 신망이 높지 않으니 우리를 위험에 빠뜨리지는 마세요. 혹시 당신에게 자책할 다른 허물이라도 있나요?"

"이분들을 구하러 달려가기 전에 옛 주인님들의 살해자를 죽이지 못한 것이 한스럽습니다."

"미쉬!" 하고 사제가 소리쳤다.

"하지만 이곳에서 여러분의 안전을 확신하지 못하는 한, 저는 이 고장을 떠나지 않겠습니다." 미쉬는 사제의 외침에는 아랑곳하지 않고 계속해서 말했다. "마음에 들지 않는 녀석들이 이곳을 배회하는 것을 알고 있습니다. 지난번 우리가 숲에서 사냥을 할 때, 저를 대신해 공드르빌을 관리하게 된 녀석이 저한테 오더니, 여기가 너희 땅인 줄 아느냐고 묻더군요. 저는 '오! 이보게, 두 세기 전부터 해 온 습관을 두 달 만에 버리기는 어렵네.' 하고 대꾸해 줬죠."

"당신 실수한 거예요." 드 시뫼즈 후작이 기분 좋은 미소를 지으며 대꾸했다.

"그자가 뭐라고 대꾸하던가?" 하고 도트세르 씨가 물었다.

"우리의 주장을 상원 의원에게 알리겠다고 했습니다." 하고 미쉬가 대답했다.

"드 공드르빌 백작에게!" 도트세르 형제 중 맏이가 대꾸했다. "아! 멋진 가면 놀이야! 실제로 보나파르트에게 폐하라고 부른다지요."

"드 베르 대공[97]은 전하라고 부른답니다."라고 사제가 말했다.

"그런데 그자가 누구죠?" 드 시뫼즈 씨가 물었다.

"나폴레옹의 매부인 뮈라지요." 도트세르 씨가 대답했다.

"그렇군요. 그럼 드 보아르네 후작 과부[98]에게도 폐하라고 부르나요?" 드 생시뉴 양이 물었다.

"그렇습니다, 아가씨." 하고 사제가 대답했다.

---

97) 조아킴 뮈라(Joachim Murat, 1767~1815). 나폴레옹 휘하의 장군으로 나폴레옹의 누이와 결혼했다. 프랑스군 원수와 나폴리 왕이 되었던 인물.
98) 나폴레옹과 결혼했던 조제핀 드 보아르네(Joséphine de Beauharnais, 1763~1814)를 말한다.

"우리가 파리에 가서 그 모든 걸 보아야겠군요." 로랑스가 소리쳤다.

"아! 아가씨, 저는 거기에 가서 일차 학습을 했습니다. 황실 수비대라고 부르는 것이 정말로 대단치도 않았습니다. 군대 전체가 그런 식이라면, 이 사태가 우리의 일생보다 더 오래 지속될지도 모릅니다." 미쉬가 말했다.

"군 복무를 하는 귀족 가문들에 대한 소문이 떠돌고 있어요." 도트세르 씨가 말했다.

"현행법에 의하면, 댁의 자제들도 복무를 해야 할 겁니다. 이제 법은 지위도 가문도 인정하지 않습니다." 사제가 거들었다.

"그 사람이 그의 궁정으로 우리에게 끼치는 해악이 혁명이 그 도끼로 끼친 해악보다 더 크군요!" 하고 로랑스가 외쳤다.

"교회가 그를 위해 기도하고 있습니다." 사제가 말했다.

차례로 던져진 이런 말들은 드 샤르주뵈프 노후작의 현명한 이야기들에 가해진 주석인 셈이었다. 한데 젊은이들은 타협을 받아들이기에는 지나친 신념과 명예를 지니고 있었다. 또 그들은 어느 시대에든 패배한 진영이 뇌까리던 이야기를 주고받고 있었다. 승리한 진영의 번영은 언젠가 끝나게 마련이고, 황제는 오직 군대에 의해 지탱될 뿐이며, 현상은 조만간 당위성 앞에서 파멸할 것이다 운운. 이런 신조를 지녔다 해도, 그들은 그들 앞에 파인 구덩이에 빠져들었다. 도트세르 씨처럼 신중하고 유순한 사람들은 피할 수 있을 구덩이였다. 솔직해진다면 사람들은 명백하거나 은밀한 어떤 경고도 받지 않고 불행이 돌연히 그들을 엄습한 적은 결코 없었다는 사실을 아마도 인정할 것이다. 그러나 많은 사람들은 파탄을 겪은 후에야 신비롭거나 아니면 명백한 이런 견해의 깊은 의미를 알아차리는 것이다.

"어떤 경우든 저는 저의 셈을 치르지 않고는 이 고장을 떠날 수 없다는 것을 백작 아가씨께서는 알고 계실 겁니다." 미쉬가 드 생시뉴 양에게 조그만 소리로 말했다.

그녀는 멀어져 가는 관리인에게 알았다는 뜻의 몸짓을 해 보이는 것으로 대답을 대신했다.

미쉬는 곧 자신의 토지를 벨라슈의 소작인 보비자주에게 매각했는데, 이십여 일이 지나서야 그 대금을 받을 수 있었다. 사촌 오빠들의 재산이 남아 있다는 사실을 그들에게 미리 알려 두었던 로랑스는 후작의 방문이 있고 한 달이 지나 사순절 셋째 주 목요일을 택해 숲속에 묻혀 있는 백만금을 꺼내자고 제안했다. 엄청난 양의 눈이 쌓인 바람에 그때까지 미쉬가 그 보물을 찾으러 가지 못했던 것이다. 하지만 그는 주인들과 함께 그 작업을 하는 것을 더 좋아했다. 미쉬는 어떻게든 그 고장을 떠나고자 했다. 그도 자기 자신이 두려웠던 것이다.

"말랭이 갑자기 공드르빌에 도착했다는데, 그 까닭을 모르겠습니다. 소유주의 죽음에 뒤이어 공드르빌을 매각하게 만들고 싶다는 충동을 저는 억제하기 힘듭니다. 이런 충동을 따르지 않는다면 제가 죄짓는 것 같은 생각이 드는군요!" 미쉬가 여주인에게 이렇게 말했다.

"그가 어떤 이유로 한겨울에 파리를 떠날 수 있었을까?"

"아르시 사람들 모두가 그 얘기를 수군대고 있습니다." 미쉬가 대답했다. "그는 가족을 파리에 남겨 두고 시종만 데리고 왔습니다. 아르시의 공증인 그레뱅 씨, 그리고 오브현 징세관의 아내이고 말랭에게 자기 명의를 빌려준 바 있는 마리옹의 제수인 마리옹 부인이 같이 머물고 있습니다."

로랑스는 사순절 셋째 주 목요일을 매우 적당한 날로 생각했다. 그날은 하인들을 모두 밖에 내보낼 수 있었기 때문이다. 농부들이 가장행렬을 구경하러 시내로 몰려가서, 들판에는 아무도 없었다. 그러나 그날을 선택한 것은 많은 범죄 사건이 일어나게 된 운명에 일조하는 결과가 되었다. 드 생시뉴 양이 능란하게 자기 계산을 한 것과 운명의 계산이 우연히 맞아떨어진 셈이다. 숲 경계에 위치한 성안에 금화 110만 프랑이 보관된 것을 알게 되면 도트세르 부부의 불안감이 너무나 클 테니 그들에게는 아무 얘기도 하지 말자는 것이 상의를 받은 도트세르 형제의 의견이었다. 그리하여 이 탐사의 비밀은 고타르, 미쉬, 네 귀족 청년, 로랑스로 국한되었다. 많은 계산을 해 본 끝에, 각각의 말 엉덩이에 실은 길쭉한 자루에 4만 8000프랑씩 넣는 것이 가능하다는 결론이 나왔다. 세 번의 행보로 충분할 터였다. 호기심 때문에 위험을 초래할 염려가 있는 하인들은 모두 트루아에 보내 사순절 축제를 구경하게 하는 주의 조치를 취했다. 신뢰할 수 있는 카트린과 마르트와 뒤리외가 남아 성을 지키면 될 것이다. 하인들은 그들에게 주어진 휴가를 기꺼이 받아들여, 날이 밝기 전부터 성을 떠났다. 고타르가 미쉬의 도움을 받아 아침 일찍 말에 글겅이질을 하고 안장을 채웠다. 주인과 하인의 기마 행렬은 생시뉴의 정원을 통과해 숲에 이르렀다. 직할 영지의 대문이 너무 낮아 각자 자기 말의 고삐를 잡고 직할 영지를 걸어가다가 막 말에 올라탄 순간, 벨라슈의 소작인인 늙은 보비자주가 그곳을 지나갔다.

"어어! 저기 누가 있네요." 하고 고타르가 소리쳤다.

"오! 나요." 정직한 소작인이 모습을 드러내며 말했다. "안녕하세요, 여러분. 현청의 포고령을 무시하고 사냥을 나가십니까? 나야 별소리하지 않겠지만 조심들 하세요! 여러분에게는 친구들이 있지만, 적들도 많습니다."

"오! 우리 사냥이 성공하도록 신의 가호가 있으시기를. 그러면 자네도 자네 주인들을 되찾게 될 걸세." 뚱뚱한 도트세르가 미소를 지으며 말했다.

나중에 사건으로 말미암아 전혀 다른 의미를 띠게 된 이 말을 듣자, 로랑스가 로베르에게 엄격한 눈길을 보냈다. 형 시뫼즈는 말랭이 보상을 받고 공드르빌 토지를 자기에게 돌려줄 거라 믿고 있었다. 이 어린애 같은 사람들은 드 샤르주뵈프 후작이 그들에게 충고한 것과 정반대의 일을 하고자 했던 것이다. 그들의 희망을 공유하고 있던 로베르는 그 치명적인 말을 하면서 바로 그 희망 사항을 생각하고 있었던 것이다.

"어찌 됐든 입 다물어, 이 친구야!" 대문 열쇠를 들고 맨 뒤에 오던 미쉬가 보비자주에게 말했다.

3월 말의 화창한 날이었다. 대기는 건조하고, 대지는 깨끗하고, 날씨는 청명했으며, 아직 잎이 나지 않은 나무들과 어울리지 않게 기온이 따뜻했다. 날씨가 너무나 온화해서 밭이 군데군데 초록빛을 띠고 있었다.

"당신이 우리 집안의 진정한 보물인데, 지금 우리가 보물을 찾으러 가고 있네." 형 시뫼즈가 웃으면서 로랑스에게 말했다.

로랑스가 앞서고, 그녀의 말 양편에서 사촌 형제들이 따라갔다. 도트세르 형제가 그 뒤를 따랐고, 미쉬가 맨 뒤에 섰다. 고타르는 길을 살피기 위해 앞서가고 있었다.

"우리 재산을 적어도 일부는 되찾게 되었으니 형과 결혼해요. 형은 당신을 열렬히 사랑하고, 당신은 이 시대의 귀족들에게 합당할 정도의 부를 누릴 수 있을 거예요." 동생이 나지막한 목소리로 말했다.

"아뇨, 형 재산은 모두 형에게 드리세요. 저에게도 두 사람이 생활할 정도의 재산은 있으니, 당신과 결혼할게요." 로랑스가 대답했다.

"그렇게 하도록 해. 나는 너를 떠나서 너의 형수로 어울릴 만한 여자를 찾아볼 테니까." 드 시뫼즈 후작이 이렇게 소리쳤다.

"그렇다면 오빠는 내가 생각했던 것보다 나를 덜 사랑하는 모양이네." 로랑스가 질투 어린 표정으로 형 시뫼즈를 쳐다보며 대꾸했다.

"천만에. 나는 두 사람의 나에 대한 사랑 이상으로 두 사람을 사랑하지." 후작의 대답이었다.

"그렇게 자기희생을 하려고요?" 그 순간 그를 더 좋아한다는 표정이 가득한 눈길을 던지며 로랑스가 형 시뫼즈에게 물었다.

후작은 침묵을 지켰다.

"그렇다면 나는 말이죠, 나는 오빠 생각만 하게 될 테고, 그건 내 남편에게 견딜 수 없는 일이 되겠죠." 그의 침묵에 초조한 기색을 보이며 로랑스가 계속 말했다.

"형 없이 내가 어떻게 살겠어요?" 동생이 형을 쳐다보며 외쳤다.

"어쨌든 로랑스가 우리 두 사람 모두와 결혼할 수는 없어." 후작이 이렇게 말하더니, 가슴을 찔린 사람처럼 돌변한 어조로 덧붙였다. "이제 결정을 내려야 할 시간이야."

그는 도트세르 형제가 아무 소리도 듣지 못하도록 앞으로 말을 몰았다. 동생의 말과 로랑스의 말도 그를 따라갔다. 그들과 뒤에 오던 세 사람 사이의 간격이 어느 정도 벌어지자 로랑스가 말을 꺼내려고 했지만, 먼저 눈물이 앞을 가렸다.

"나는 수녀원에 들어갈 거예요." 마침내 그녀가 이렇게 말했다.

"생시뉴 가문이 끝장나도록 내버려 둘 작정이에요?" 동생 시뫼즈가 말했다. "게다가 한 사람만 불행을 받아들이도록 하는 대신 두 사람 다 불행하게 만들 겁니다! 안 돼요, 우리 둘 중 그냥 친척으로 남게 될 한 사람이 체념할 거예요. 우리가 생각했던 것만큼 가난하지 않다는 사실을 알게 되었을 때 우리 두 사람은 서로의 입장을 이야기했어요." 그가 후작을 쳐다보며 말했다. "만약 내가 선택을 받으면 우리 재산은 전부 형 거예요. 그리고 내가 불행한 쪽이 되면 형이 드 시뫼즈 가문의 작위와 함께 재산을 나에게 줄 겁니다. 형은 생시뉴라는 성을 갖게 될 테니까요! 어찌 됐든 행복을 차지하지 못하는 사람도 가정을 꾸릴 기회는 갖게 될 거예요. 결국에 가서 그 사람이 슬픔으로 죽을 것처럼 느끼면, 새 가정을 음울하게 만들지 않기 위해 군대에 가서 죽으면 됩니다."

"우리는 진정한 중세의 기사예요. 우리는 우리의 조상과 어울리는 사람들입니다. 로랑스, 말해 봐요!" 하고 형이 소리쳤다.

"우리는 이런 식으로 머무르기를 바라지 않아요." 동생이 말했다.

"로랑스, 희생에 즐거움이 전혀 없다고 생각하지 말아요." 하고 형이 말했다.

"사랑하는 소중한 분들이여, 나는 지금 의사 표명을 할 수가 없어요. 나는 당신들이 한 사람인 것처럼 당신들 모두를 사랑해요. 당신들이 어머니를 사랑했던 것처럼 말이에요! 하느님이 우리를 도우시겠죠. 나는 선택하지 않겠어요. 우리 우연에 맡기도록 하죠. 나는 하나의 조건을 걸겠어요." 로랑스가 대답했다.

"무슨 조건?"

"당신들 중 나의 오빠로 남을 분은 내가 떠나라고 허락할 때까지 내 곁에 머물러 있어야 해요. 내가 떠남의 시기를 판단하는 유일한 사람이고 싶어요."

"그러지." 사촌 누이의 생각을 다 이해하지 못한 채로 두 형제가 대답했다.

"오늘 저녁 식탁에서 식사 기도가 끝난 다음 당신들 두 사람 중 도트세르 부인이 먼저 말을 거는 사람이 내 남편이 될 거예요. 하지만 두 사람 중 누구도 속임수를 쓰면 안 되고, 부인의 질문을 유도할 상황을 만들면 안 돼요."

"우리는 정정당당하게 굴 거예요." 동생이 말했다.

형제는 각각 로랑스의 손에 입을 맞추었다. 자신이 희생할 수 있으리라는 서로의 믿음이 쌍둥이 형제를 극도로 쾌활하게 만들었다.

"사랑하는 로랑스, 결과가 어떻든 당신은 한 명의 드 생시뉴 백작을 만들게 될 거야." 형이 이렇게 말했다.

"그리고 우리는 시뫼즈라는 성을 버리는 편에 내기를 걸겠어." 동생이 덧붙였다.

"이렇게 되었으니 여백작님은 처녀로 오래 머무르시지 않을 것 같군요." 도트세르 형제의 뒤에서 미쉬가 말했다. "저의 주인님들이 아주 유쾌하시네요. 저의 여주인님이 선택을 하신다면, 저는 떠나지 않고 이 결혼을 꼭 보고 싶습니다!"

도트세르 형제 중 누구도 대답하지 않았다. 갑자기 도트세르 형제와 미쉬 사이로 까치 한 마리가 날아올랐는데, 원시인들처럼 미신을 잘 믿는 미쉬는 마치 조종(弔鐘) 소리를 듣는 것만 같았다. 숲속에 함께 있을 때 까치를 보는 일이 드물었던 연인들에게는 그날 하루의 시작이 즐거웠다. 지도를 갖고 있던 미쉬가 장소를 알아냈고, 귀족 청년들이 각자 곡괭이를 지참하고 와서, 거액의 돈은 쉽게 발견되었다. 돈이 숨겨져 있던 숲 구석은 사람들의 거처와 통로로부터 멀리 떨어진 인적 없는 장소여서, 금화를 실은 행렬은 아무와도 마주치지 않았다. 그것이 불행인 셈이었다. 마지막 20만 프랑을 찾으러 생시뉴에서 숲으로 가는 길에, 성공으로 인해 대담해진 일행은 앞선

행로와는 다른 지름길을 택했다. 공드르빌 직할 영지가 내려다보이는 언덕 꼭대기를 지나는 길이었다.

"불이네!" 푸르스름한 불기둥이 얼핏 눈에 띠자 로랑스가 말했다.

"불놀이일 겁니다." 미쉬가 대꾸했다.

숲의 오솔길들을 속속들이 알고 있는 로랑스는 일행을 남겨 둔 채로 말에 박차를 가해 미쉬의 옛 거처인 생시뉴 정자까지 달려갔다. 정자는 인적이 없고 닫혀 있었지만 철책은 열려 있었고, 몇 필의 말이 지나간 흔적이 로랑스를 놀라게 했다. 영국식 정원의 풀밭에서 연기 기둥이 솟고 있었는데, 그녀는 누군가 풀을 태우는 것으로 추측했다.

"아하! 아가씨 여기 계셨군요." 조랑말을 타고 정원에서 급히 달려 나오던 비올레트가 로랑스 앞에 멈춰 서며 소리쳤다. "그런데 이건 카니발의 장난이겠죠? 그를 죽이지는 않겠죠."

"누구를 말하는 거지?"

"아가씨의 사촌들이 그의 죽음을 원하지는 않겠죠."

"누구의 죽음 말이냐고!"

"상원 의원의 죽음이죠."

"미쳤군, 비올레트!"

"그렇다면 도대체 여기서 뭘 하시는 겁니까?" 그가 물었다.

사촌들이 위험을 겪고 있다는 데 생각이 미치자, 용감무쌍한 여기사는 말에 박차를 가해 자루에 돈이 채워지는 순간 현장에 도착했다.

"경고예요! 무슨 일이 일어나고 있는지 모르겠지만, 빨리 생시뉴로 돌아갑시다."

　노후작이 구해 낸 재산을 옮기느라 귀족 청년들이 진력하는 동안, 공드르빌성에서는 이상한 일이 벌어지고 있었다.

　오후 2시, 상원 의원과 그의 친구 그레뱅은 1층의 커다란 살롱 난롯불 앞에서 장기를 두고 있었다. 그레뱅 부인과 마리옹 부인은 벽난로 구석의 소파에 앉아 담소를 나누고 있었다. 성의 하인들은 오래전부터 아르시 군내에 예고된 흥미로운 가장행렬을 구경하려고 모두 나가고 없었다. 미쉬를 대신해 생시뉴 정자를 차지한 관리인 가족도 거기에 가 있었다. 상원 의원의 시종과 비올레트만이 성에 남아 있었다. 문지기와 정원사 두 명과 그들의 아내들은 제자리를 지키고 있었다. 그러나 그들의 거처는 아르시 대로의 끝 마당 입구에 위치해 있어서, 성과의 거리 때문에 총소리를 들을 수 없었다. 게다가 그 사람들은 가장행렬이 도착하는 모습을 볼 수 있기를 희망하며 문간에 서서, 2분의 1리외쯤 떨어진 아르시 쪽을 바라보고 있었다. 비올레트는 자신의 임대차 계약 연장과 관련된 일을 처리하기 위해, 넓은 대기실 안에서 상원 의원과 그레뱅이 접견해 주기를 기다리고 있었다. 바로 그 순간, 키와 태도와 풍채가 도트세르 형제와 시뫼즈 형제 및 미쉬와 흡사한 다섯 명의 남자가 복면을 하고 장갑을 낀 행색으로 나타나 시종과 비올레트에게 달려들었다. 그들은 손수건으로 두 사람에게 재갈을 물리고, 찬방 의자에 그들을 비끄러맸다. 공격자들은 신속하게 움직였지만, 시종과 비올레트가 고함 소리를 내는 것을 막을 수는 없었다. 그 소리가 살롱에까지 들렸다. 두 부인에게 그것은 경고음 같았다.

"들어 보세요! 도둑이 들었어요." 그레뱅 부인이 말했다.

"무슨 소리! 사순절의 함성이야! 가장행렬이 곧 성에 당도할 거거든." 하고 그레뱅이 대꾸했다.

이런 왈가왈부 덕분에 다섯 명의 괴한은 앞뜰 쪽 문들을 잠그고 시종과 비올레트를 감금할 수 있는 시간을 벌었다. 고집 센 여자인 그레뱅 부인은 어떻게든 소리의 원인을 알아내고자 했다. 그래서 자리에서 일어나 다섯 명의 복면 괴한에게 다가갔다가, 그들로부터 비올레트와 시종과 같은 취급을 당했다. 그런 다음 그들이 살롱으로 밀고 들어왔고, 그들 중 더 건장한 두 사람이 드 공드르빌 백작을 덮쳐서 재갈을 물리고는 정원 쪽으로 끌고 나갔고, 다른 세 사람은 마리옹 부인과 공증인을 각각 안락의자에 묶고 재갈을 물렸다. 이런 습격이 이루어지는 데 채 삼십 분도 걸리지 않았다. 상원 의원을 끌고 나간 자들이 곧 세 명의 괴한과 합세해 지하실에서 지붕 밑 방까지 성을 샅샅이 뒤졌다. 그들은 어떤 자물쇠에도 곁쇠질을 하지 않고 장롱을 모두 열어 볼 수 있었다. 그들은 벽들을 면밀히 조사했고, 오후 5시까지 성안을 마음대로 휘젓고 다녔다. 그때 시종이 비올레트의 손에 묶인 밧줄을 마침내 이로 풀어 헤치기에 이르렀다. 재갈을 빼낸 비올레트가 고함쳐 도움을 청하기 시작했다. 고함 소리를 듣자, 다섯 괴한은 정원으로 내달아 생시뉴의 말들과 유사한 말들에 올라타고 달아났는데, 비올레트의 눈에 띄는 것을 피할 수 있을 만큼 재빠르지는 못했다. 비올레트가 시종의 결박을 풀고, 시종이 부인들과 공증인의 결박을 풀어 주었다. 비올레트는 자신의 조랑말에 올라타고 범인들을 뒤쫓았다. 정자에 다다르자, 그는 철책 두 짝이 열어젖혀져 있는 모습과 드 생시뉴 양이 버티고 서 있는 모습에 어안이 벙벙했다.

백작 아가씨가 모습을 감추자, 그레뱅이 공드르빌의 산림 감시인을 대동한 채 말을 타고 와서 비올레트와 합류했다. 문지기가 성의 마구간에 있는 말 한 필을 산림 감시인에게 빌려 준 것이다. 문지기의 아내가 아르시의 헌병대에 가서 사태를 알렸다.

비올레트는 로랑스를 만났던 사실과 속 깊고 단호한 성격으로 익히 알려진 그 대담한 처녀가 도망쳤다는 것을 곧바로 그레뱅에게 보고했다.

"그 여자는 망을 보고 있었습니다." 하고 비올레트가 말했다.

"습격한 괴한들이 과연 생시뉴의 귀족들일까?" 하고 그레뱅이 소리쳤다.

"뭐라고요! 그 육중한 미쉬를 알아보지 못하셨습니까? 저에게 달려든 게 바로 그놈이에요! 제 느낌으로는 그놈의 손모가지가 틀림없어요. 게다가 다섯 필의 말은 바로 생시뉴의 말이었어요." 비올레트가 대꾸했다.

로터리의 모래 위와 정원에 말들의 편자 자국이 보이자, 공증인은 그 소중한 흔적이 훼손되지 않도록 산림 감시인을 감시 역으로 철책에 세워 두고, 그 흔적을 확인시키기 위해 비올레트를 보내 아르시의 치안 판사를 데려오게 했다. 그러고 나서 그는 재빨리 공드르빌성의 살롱으로 돌아갔는데, 거기에는 제국 헌병대 중위와 소위가 병사 네 명과 헌병 반장 한 명을 대동하고 도착해 있었다. 짐작할 수 있는 바와 같이, 그 중위는 이 년 전 프랑수아가 머리에 상처를 입혔던 그 헌병 반장으로, 그때 코랑탱이 그에게 그의 간교한 적수의 정체를 알려 준 적이 있었다. 나중에 뛰어난 포병 연대장이 된 사람을 형제로 둔 지게라는 이름의 그 남자는 헌병대 장교로서 능력을 발휘해 유명해졌다. 그는 나중에 오브현의 헌병 중대를 지휘했다. 벨프라는 이름의 소위는 전에 생시뉴에서 정자까지, 그리고 정자에서 트루아까지 코랑탱을 안내해 준 사람이었다. 그 길을 가는 동안 파리의 경찰관은 이집트 원정에 참전한 바 있는 그 헌병에게 로랑스와 미쉬의 술책의 진상을 충분히 설명해 준 바 있었다. 그리하여 그 두 장교는 생시뉴 거주자들에 대해 강한 적대적 열정을 발휘해야 했고, 실제로 그것을 발휘하게 되었다. 말랭과 그레뱅은 둘 다 상호 간의 이익을 위해 이른바 혁명력 4년 무월의 법전[99] 성립을 위해 애썼는데, 그것은 총재 정부[100]에 의해 선포된 국민 의회[101]의 사법적 결과물이었다. 따라서 그 사법 절차를 속속들이 알고 있는 그레뱅은 이 사건에서 놀랄 만큼 신속하게 행동할 수 있었지만, 미쉬와 도트세르 형제 및 드 시뫼즈 형제의 범행이라는 가정하에 사건을 다뤘다. 오늘날에는 몇몇 늙은 법관들 말고는 사법

---

99) 1795년 10월 25일의 법전.

100) 프랑스 혁명기인 1795~1799년에 존재했던 정부.

101) 1792~1795년에 존재했던 프랑스의 혁명 의회.

제도의 구조를 기억하는 사람이 아무도 없다. 나폴레옹 법전의 공포 그리고 현재 프랑스에서 시행되는 사법관 제도를 통해 나폴레옹이 그때의 사법 제도를 뒤엎은 것이다.

혁명력 4년 무월의 법전은 공드르빌에서 일어난 범법 행위의 즉각적인 추적권을 현의 배심원단장에게 부여하고 있었다. 국민 의회가 범죄라는 단어를 법률 용어에서 삭제했다는 사실에 주목하기 바란다. 국민 의회는 벌금, 감금, 명예형 또는 체형(體刑)을 초래하는 행위로서 법에 저촉되는 범법 행위만을 인정했던 것이다. 사형은 체형이었다. 그렇지만 사형은 평화 시에는 폐지되어 징역 24년으로 대체되었다. 국민 의회가 징역 24년이 사형과 동등하다고 간주한 것이다. 종신형을 부과하는 형법은 무엇을 의미하는가? 당시 나폴레옹 휘하의 국가참사회에서 준비한 조직은 실제로 폭넓은 권력의 결합체인 배심원단장들의 사법관 지위를 폐지했다. 범법 행위자에 대한 추적과 기소에서, 배심원단장은 말하자면 사법 경찰관인 동시에 검사장이며, 치안 판사인 동시에 재판장이었다. 다만 소송 절차와 기소 행위는 행정부 위원의 승인과 심리 결과를 제출받은 8인 배심원단의 평결을 거쳐야 했다. 배심원단은 피고와 증인의 진술을 듣고 기소에 대한 일차 평결을 내리게 되어 있었다. 배심원단장은 자기 사무실에 모이는 배심원들에게 지대한 영향력을 행사했기 때문에, 배심원들은 그의 협력자가 될 수밖에 없었다. 이 배심원들이 기소 배심을 구성했다. 피고인들을 심판할 책무를 맡은 형사 법원 소속 배심원단을 구성하는 다른 배심원들도 있었다. 기소 배심원들과 달리 이들은 재판 배심원이라고 명명되었다. 나폴레옹이 근자에 형사 재판소라는 명칭을 부여한 형사 법원은 한 명의 재판장, 네 명의 판사, 그리고 검사와 한 명의 정부 위원으로 구성되었다. 그렇지만 1799년부터 1806년 사이에 몇몇 현에는 어떤 범죄들을 배심원 없이 재판하는 이른바 특별 재판소가 존재했는데, 이 재판소는 민사 법원의 판사들로 특별 법정을 구성했다. 특별 재판과 형사 재판 사이의 이런 충돌이 관할권 문제를 야기했는데, 그것은 파기원의 판단 사항이었다. 만약 오브현에 특별 재판소가 있었다면, 제국 상원 의원에 대한 범죄 행위의 재판은 분명 그곳에 위탁되었을 것이다. 그러나 이 조용한 현에는 그런 예외적인 재판권이 존재하지 않았다. 그래서 그레뱅이 소위를 트루아의 배심원단장에게 급파한 것이다. 이집트 원정에 참전한 경험이 있는 소위는 전속력으로 트루아로 달려가서, 거의 절대 권력을 가진 그 사법관을 역마차에 태우고 공드르빌로 돌아왔다.

트루아의 배심원단장은 왕이나 영주의 이름으로 재판하던 재판 관할구의 옛 보좌관이었고, 국민 의회의 한 위원회에 소속되어 봉급을 받던 전직 위원이었는데, 말랭의 친구의 친구인 덕분에 말랭에 의해 배심원단장에 보임된 사람이었다. 옛 형사 재판에 정통한 실무자라고 할 수 있는 르셰스노라는 이름의 그 사법관은 국민 의회의 법률적 업무에서 그레뱅과 마찬가지로 말랭에게 많은 도움을 준 바 있었다. 그래서 말랭이 그를 캉바세레스[102]에게 추천했고, 캉바세레스는 그를 이탈리

---

102) 장 자크 레지 드 캉바세레스(Jean-Jacques-Régis de Cambacérès,

아의 검사장으로 임명했다. 그것은 르셰스노의 경력에 불행한 일이 되었다. 그는 토리노의 한 귀부인과 염문을 일으켰고, 그 부인의 남편이 혼외자 배제 문제로 제기한 경범죄 소송을 피하기 위해 나폴레옹은 부득이 그를 추방해야만 했다. 전적으로 말랭의 은덕을 입고 있는 르셰스노는 이번 범행이 얼마나 중대한지 알아차리고, 헌병대 중대장과 열두 명의 경비병 부대를 대동하고 나타났다.

당연히 그는 출발 전에 지사와 협의를 했는데, 밤중이었기 때문에 지사는 전신기를 사용할 수가 없었다. 전대미문의 범죄 사건을 경찰부 장관과 법무부 장관 및 황제에게 알리기 위해 전령이 파리로 파견되었다. 르셰스노는 공드르빌의 살롱에서 마리옹 부인과 그레뱅 부인, 비올레트, 상원 의원의 시종, 그리고 서기를 대동한 치안 판사를 만났다. 성안에서는 이미 수색이 진행되고 있었다. 치안 판사는 그레뱅의 도움을 받아 심리를 위한 일차적 자료들을 세심하게 수집해 놓고 있었다. 사법관은 무엇보다 날짜와 시간의 선택이 보여 주는 오묘한 조합에 놀랐다. 시간은 단서와 증거를 즉각적으로 추적하는 것을 방해하고 있었다. 그 계절에는 비올레트가 범인들을 뒤쫓을 수 있었던 시각인 5시 30분이면 벌써 날이 어두워졌다. 범죄자들에게는 어둠이 흔히 면죄부가 되는 것이다. 모두들 아르시의 가장행렬을 보러 나가고 상원 의원 혼자만 집에

1753~1824). 프랑스의 법률가이며 정치인으로 나폴레옹 법전 성립에 기여했으며, 나폴레옹 제정하에서 상원 의장과 제국 대서기장을 역임했다.

있을 축제일을 선택한 것도 증인들을 회피할 수 있는 수단이 아니었겠는가?

"경찰국 요원들의 통찰력을 인정해야 합니다. 그들은 생시뉴 귀족들에 대한 경계심을 끊임없이 우리에게 상기시켰고, 조만간 그 사람들이 무언가 악행을 저지를 거라고 우리에게 말했습니다." 하고 르셰스노가 말했다.

다섯 명의 복면 괴한과 상원 의원의 흔적을 찾기 위해 트루아 현청 인근에 있는 모든 현청에 전령들을 파견한 오브현 지사의 활약에 대해 확신을 가진 르셰스노는 자기 심리(審理)의 기초를 확립하는 일부터 시작했다. 이 작업은 탄탄한 법률 지식을 갖춘 두 인물인 그레뱅과 치안 판사의 도움을 받아 신속하게 이루어졌다. 이전에 말랭과 그레뱅이 파리에서 소송 사건을 검토했던 법률 사무소의 수석 서기로 일한 바 있는 피구라는 이름의 치안 판사는 석 달 후 아르시 재판소의 재판장으로 임명되었다. 미쉬가 전에 마리옹 씨에게 했던 협박들이며 상원 의원이 정원에서 가까스로 모면한 매복 같은 것에 대해 르셰스노는 이미 알고 있었다. 서로 밀접한 인과 관계로 얽혀 있는 이 두 가지 사실은 현재 조사 중인 범행의 전조가 틀림없을 것이며, 옛 관리인이 악당들의 주모자임을 무엇보다 잘 지적해 주는 징조였다. 그레뱅과 그의 아내, 비올레트와 마리옹 부인은 복면한 다섯 괴한 가운데에서 미쉬와 전적으로 닮은 한 남자를 알아볼 수 있었다고 단언했다. 그 남자의 머리색과 구레나룻 색, 땅딸막한 키가 그의 변장을 거의 쓸모없게 만들어 놓았다고 주장했다. 게다가 미쉬 말고 다른 누가 생시뉴의 철책을 열쇠로 열 수 있겠는가? 아르시에서 돌아온 후 심문을 받은 관리인과 그의 아내는 두 철책을 열쇠로 잠가 놓았었다고 증언했다. 치안 판사가 산림 감시인과 서기의 입회하에 철책을 검사했는데, 거기에는 어떠한 불법 침입의 흔적도 없었다.

"우리가 그자를 내쫓았을 때, 그자는 성의 열쇠들을 복제해 두었을 겁니다." 하고 그레뱅이 말했다. "그런데 그자가 무언가 필사적인 공격을 생각해 둔 것이 틀림없습니다. 그자는 스무 날 만에 자기 재산을 매각했고, 바로 그저께 내 사무실에서 매각 대금을 수령했으니까요."

"그들이 그자의 등에 모든 짐을 지웠을 겁니다. 그자는 무조건 그들에게 맹종하니까요." 이런 상황에 놀란 르셰스노가 소리쳤다.

시뫼즈 형제와 도트세르 형제보다 성내의 사정을 잘 아는 사람이 누가 있겠는가? 침입자들 중 그 누구도 수색에서 우왕좌왕하지 않았다. 그들은 그 무리가 원하는 것이 무엇인지 잘 알고 있고 무엇보다도 그것을 어디서 찾을지 알고 있음을 증명하는 확신에 찬 태도로 사방으로 흩어졌다. 열린 장롱 가운데 부서진 것은 하나도 없었다. 범인들은 장롱 열쇠들을 가지고 있었던 것이다. 또 이상한 일은, 그들이 조그마한 절취 행위도 범하지 않았다는 사실이다. 그러니까 절도가 목적이 아니었다. 마지막으로 비올레트는 생시뉴성의 말들을 알아보고 나서, 관리인의 정자 앞에 매복해 있던 백작 아가씨를 발견했다. 이러한 전체적인 사실과 공술로 미루어 볼 때, 아무런 편견이 없는 사법 당국이라 할지라도 시뫼즈 형제와 도트세르 형제 및 미쉬에 대한 범죄 추정을 도출할 수 있을 텐데, 배심원단장에게는 그런 추정이 당연히 확신이 될 수밖에 없었다. 그렇다면 그들이 미래의 드 공드르빌 백작에게서 원한 것은 무엇일까? 그에게 토지 반환을 강제하는 것인가? 관리인은 1799년부터 그 토지를 획득하기 위한 자산을 갖고 있다고 공언해 왔다. 이 지점에서 모든 것의 양상이 바뀌었다.

박식한 형법 전문가는 성내에서 이루어진 적극적인 수색의 목적이 무엇일지 자문해 보았다. 만약 복수가 목적이었다면, 침입자들은 말랭을 죽일 수도 있었을 것이다. 어쩌면 상원의원은 이미 죽어서 땅에 묻혔는지도 모른다. 그렇지만 납치는 분명히 감금을 뜻했다. 성에서 수색을 한 뒤 왜 감금을 한단 말인가? 제국의 고위 인사를 납치한 행위가 오랫동안 비밀로 남아 있으리라 믿는다면 그건 분명 미친 짓이다! 이 범죄는 신속히 공표될 것인데, 그러면 범죄로 얻은 이익은 허사가 될 것이다.

이러한 이의 제기에 대해 피구는 사법 당국이 악당들의 모든 동기를 알아낼 수는 없다고 대답했다. 모든 형사 재판에는 판사와 범인 사이에 불분명한 부분이 존재하게 마련이었다. 인간의 의식은 심연과 같아서, 피의자들의 고백에 의해서만 인간의 지식이 그 안에 침투할 수 있는 것이다.

그레뱅과 르셰스노는 동의의 표시로 고개를 끄덕였지만, 그래도 그들은 자신들이 밝히고자 하는 어둠에 계속해서 눈길을 던졌다.

"하지만 황제께서는 그들을 사면하셨어요. 그들이 황제에 맞서는 최근의 음모에 가담했음에도 불구하고, 황제께서는 그들을 명단에서 삭제해 주셨단 말입니다." 피구가 그레뱅과 마리옹 부인에게 이렇게 말했다.

르셰스노는 그의 헌병대원 전원을 생시뉴 숲과 계곡으로 지체 없이 파견했다. 나폴레옹 법전의 용어에 의하면 자신의 사법 경찰관 보조역이 된 치안 판사로 하여금 헌병 중위 지게와 함께 가도록 했다. 그는 생시뉴면 내의 정보를 수집하고 필요하면 심문을 행할 책무를 치안 판사에게 맡겼다. 그는 더욱더 서둘러서, 혐의가 명백해 보이는 미쉬에 대한 체포 영장을 신속히 구술하고 서명을 마쳤다. 헌병들과 치안 판사가 출발하고 나서, 르셰스노는 시뫼즈 형제와 도트세르 형제에게 체포 영장을 발부하는 중요한 작업에 착수했다. 법전에 의하면, 이 문서에는 범법자의 모든 혐의가 기재되어야 했다. 지게와 치안 판사는 아주 신속히 생시뉴로 움직였기 때문에, 트루아에서 돌아오는 성의 하인들과 조우했다. 체포되어 면장 집으로 끌려가 심문을 받은 그들은 답변의 중요성을 알지 못한 채, 하루 종일 트루아에 가 있어도 좋다는 허락을 그 전날 받았다고 순진하게 대답했다. 치안 판사의 갑작스러운 질문에, 또한 그들은 백작 아가씨가 자기들은 생각지도 못했던 그 놀이에 참석하라고 제안했다고 대답했다. 이런 증언이 치안 판사에게는 너무나 중대해 보였기 때문에, 그는 이집트 원정 참전 병사를 공드르빌로 보내 르셰스노 씨가 와서 생시뉴 귀족들의 체포를 직접 시행하도록 청했다. 치안 판사는 이른바 범인들의 두목을 기습하기 위해 미쉬의 농가로 이동하고 있었기 때문에, 범인들의 체포를 동시에 수행할 목적이었다. 이런 새로운 사항들이 너무나 결정적인 것으로 보여서, 르셰스노는 정원에 남은 말발굽의 흔적을 조심스럽게 지키라고 그레뱅에게 부탁하고 즉시 생시뉴를 향해 출발했다. 민중의 적이고 또 황제의 적이 된 옛 귀족들에 대한 자신의 법적 조치가 트루아에 어떤 즐거움을 야기할지 배심원단장은 알고 있었다. 이와 같은 조치에서 법관은 명백한 증거에 대해 쉽사리 단순한 추정을 하게 마련이다. 그렇지만 황제가 근엄해진 탓에 연애 사건이 실추의 원인만 되지 않았더라면 분명 고위 법관으로 출세했을 르셰스노는 상원 의원의 마차를 타고 공드르빌에서 생시뉴로 가면서, 젊은 청년들과 미쉬의 대담함이 드 생시뉴 양의 정신과는 조화되지 않는 대단히 무분별한 것임을 알게 되었다. 그러니 상원 의원에게서 공드르빌의 반환을 이끌어 내는 것과는 다른 의도가 있을 거라고 그는 내심 믿게 되었다. 어느 일에서나 마찬가지로 사법관직에도 직업 의식이라고 명명할 만한 것이 존재한다. 르셰스노의 당황은 그 의식으로부터 유래하는바, 어떤 사람이든 자기 마음에 드는 임무를 획득하면서 갖게 되는 의식, 즉 학자는 학문에서, 예술가는 예술에서, 판사는 정의에서 얻게 되는 그런 의식인 것이다. 따라서 피고인들에게는 배심원들보다 판사가 더 확실한 보장이 될 수 있을 것이다. 사법관은 이성의 법칙만을 신뢰하는 반면, 배심원은 감정의 물결에 휩쓸리는 것이다. 배심원단장은 스스로에게 몇 가지 질문을 제기했고, 범인들의 체포 자체에서 그 질문들에 대한 만족할 만한 답을 찾으려고 애썼다. 말랭의 납치 소식이 트루아시를 이미 흥분에 들뜨게 만들었으나, 8시가 되어서도 아르시에서는 아직 그 소식을 모르고 있었다. 왜냐하면 사람들이 아르시로 헌병대와 치안 판사를 찾으러 갔을 때, 그곳의 모든 사람들은 아직 저녁을 먹고 있었기 때문이다. 결국 생시뉴에서는 아무도 그 소식을 모르고 있었는데, 생시뉴의 골짜기와 성은 두 번째로 포위되어 있었다. 그런데 이번에는 경찰이 아니라 사법 당국에 의한 포위였다. 경찰과는 타협이 가능하나, 사법 당국과는 대체로 불가능한 편이다.

마르트와 카트린과 뒤리외 내외는 밖에 나가지 말고 밖을 쳐다보지도 말고 성안에 머물러 있으라는 로랑스의 한마디 말만으로 그녀의 뜻에 빈틈없이 복종했다. 한 번 다녀올 때마다 말들은 담의 틈새 맞은편 움푹한 길에 멈춰 섰고, 거기서부터 일행 중 가장 힘이 센 로베르와 미쉬가 담의 틈새를 통해 은밀히 자루들을 날라 마드무아젤이라고 불리는 탑의 층계 밑 지하실 안에 옮겨 놓았다. 5시 30분경 성에 도착한 네 명의 귀족 청년과 미쉬는 즉시 그곳에 금화를 파묻기 시작했다. 로랑스와 도트세르 형제는 지하실 출구를 막아 두는 것이 좋겠다고 판단했다. 미쉬가 고타르의 도움을 받아 그 작업을 맡기로 했다. 고타르는 집 지을 때 쓰고 남은 석회 부대 몇 개를 찾으러 농가로 달려갔고, 마르트도 고타르에게 그것을 은밀히 넘겨주기 위해 자기 집으로 돌아갔다. 미쉬가 지은 농가는 움푹한 길로 통하는 언덕 위에 있었는데, 전에 그는 그 언덕 위에서 헌병들의 모습을 굽어본 적이 있었다. 배가 몹시 고 팠던 미쉬는 서둘러 일을 해서 7시 30분경에 일을 마무리 지을 수 있었다. 고타르가 아직도 필요할 거라 생각하고 마지막 석회 부대를 날라 오는 것을 막기 위해, 그는 걸음을 빠르게 옮겼다. 그의 농가는 이미 생시뉴의 산림 감시인, 치안 판사와 그의 서기, 그리고 세 명의 헌병에 의해 포위되어 있었는데, 그가 오는 소리가 들리자 포위하고 있던 사람들은 몸을 숨기고 그가 집 안으로 들어가도록 내버려 두었다.

어깨에 부대를 멘 고타르를 보자 미쉬는 멀리서 그에게 소리쳤다. "다 끝났다, 이 녀석아. 그건 도로 가져다 놓고 우리와 같이 저녁 먹자."

얼굴이 땀투성이이고 담 틈새의 잔해로부터 나온 진흙 섞인 돌가루와 석회로 잔뜩 더러워진 옷차림의 미쉬가 희색이 만면한 채 자기 농가의 부엌으로 들어갔다. 부엌에서는 마르트의 어머니와 마르트가 그를 기다리며 수프를 차리고 있었다.

손을 씻으려고 미쉬가 우물의 수도꼭지를 돌리는 순간, 치안 판사가 서기와 산림 감시인을 대동하고 나타났다.

"피구 씨, 우리에게 원하는 게 뭐요?" 미쉬가 물었다.

"황제와 법의 이름으로 당신을 체포합니다!"라고 치안 판사가 말했다.

그때 헌병 세 명이 고타르를 데리고 모습을 드러냈다. 테두리를 두른 헌병 모자들을 보고, 마르트와 그녀의 어머니가 두려움에 찬 눈길을 주고받았다.

"제기랄! 왜 그러는데?" 미쉬는 이렇게 내뱉고는 식탁 앞에 앉아 아내에게 말했다. "밥 줘, 배고파 죽겠어."

"당신도 우리와 마찬가지로 이유를 잘 알고 있겠지." 치안 판사가 말했다. 그는 소작인에게 체포 영장을 제시한 뒤, 서기에게 조서를 쓰기 시작하라는 신호를 보냈다.

"이런, 고타르, 너 놀란 모양이구나. 저녁 먹을래, 안 먹을래? 저 사람들은 허튼수작을 하도록 내버려 두자꾸나." 미쉬가 이렇게 말했다.

"당신 옷매무새 꼴이 어떤지 알고 있겠지? 마당에서 당신이 고타르에게 한 말 역시 부인하지 않을 테고?" 치안 판사가 물었다.

허기진 미쉬는 남편의 태연자약함에 어안이 벙벙해진 아내가 차려 준 저녁을 게걸스럽게 먹으면서 아무 대답도 하지 않았다. 그의 입은 음식으로 가득했고, 마음은 평온했다. 그러나 고타르는 끔찍한 두려움 때문에 식욕을 느낄 수 없었다.

"자, 당신 상원 의원을 어떻게 했소? 법률가들의 말을 들으니, 당신은 사형감이라고 하던데." 산림 감시인이 미쉬에게 귓속말을 했다.

"아이고! 맙소사!" 마지막 말을 얼핏 알아들은 마르트가 이렇게 소리치더니 번개를 맞은 듯 쓰러졌다.

"비올레트가 우리에게 뭔가 몹쓸 장난을 친 모양이군!" 로랑스의 말을 기억해 내며 미쉬가 이렇게 외쳤다.

"아! 그러니까 비올레트가 당신들을 보았다는 사실을 당신도 알고 있군그래." 하고 치안 판사가 말했다.

미쉬는 입술을 깨물고, 더 이상 아무 말도 하지 않기로 작정했다. 고타르도 그의 조심성을 그대로 따랐다. 미쉬의 입을 열려는 노력이 헛수고임을 알게 된 데다, 그 고장에서 그의 고집불통에 대해 뭐라고 수군대는지 잘 알고 있던 치안 판사는 미쉬와 고타르의 양손을 묶어서 생시뉴성으로 데리고 가라고 명령했다. 치안 판사도 배심원단장과 합류하기 위해 생시뉴성으로 향했다.

귀족 청년들과 로랑스는 너무 시장한 나머지 저녁 식사를 늦출 수 없어서, 식사 전에 옷을 갈아입을 여유가 없었다. 로랑스는 승마복 차림으로, 그리고 청년들은 흰 가죽 바지에 승마용 장화, 녹색 천의 윗도리 차림으로 살롱에 나타나 상당히 불안한 기색의 도트세르 부부와 마주쳤다. 도트세르 씨는 그들이 오가는 모습을 주시했다. 특히 그들이 자신을 경계하는 태도에 신경이 쓰였다. 로랑스로서는 하인들에게 했듯이 그에게는 금족령을 내릴 수 없었던 것이다. 그래서 그의 아들 하나가 달아나면서 그에게 대답을 회피하자, 도트세르 씨는 아내에게 가서 이런 말을 했다. "로랑스가 우리를 또 궁지에 빠뜨리지 않을까 두렵소!"

"오늘은 어떤 종류의 사냥을 했어요?" 하고 도트세르 부인이 로랑스에게 물었다.

"아! 아드님들이 가담한 나쁜 짓을 언젠가 아시게 될 거예요." 로랑스가 웃으며 대답했다.

비록 농담으로 한 말이었으나, 이 말은 도트세르 부인을 전율케 했다. 카트린이 저녁 식사가 준비되었음을 알렸다. 로랑스는 도트세르 씨와 팔짱을 끼고, 자신이 사촌 오빠들에게 한 짓궂은 장난에 미소를 지었다. 그녀는 그들의 협정에 따라 신탁의 역할로 변모한 부인에게 사촌 오빠 중 하나가 팔을 내밀지 않을 수 없도록 만든 것이다.

드 시뫼즈 후작이 도트세르 부인을 식탁으로 인도했다. 그 순간 상황이 너무도 엄숙해져서, 식사 기도가 끝나자 로랑스와 그녀의 사촌 오빠 두 사람은 가슴이 격렬하게 요동치는 것을 느꼈다. 식탁 준비를 하던 도트세르 부인은 시뫼즈 형제의 얼굴에 나타난 불안과 로랑스의 온화한 얼굴이 기묘하게 변한 모습에 기겁을 했다.

"무슨 특별한 일이라도 일어난 거예요?" 모두를 쳐다보며 그녀가 소리쳤다.

"누구한테 말씀하시는 거예요?" 하고 로랑스가 물었다.

"모든 사람에게."라고 부인이 대답했다.

"어머니, 저는 시장해 죽을 지경이에요." 로베르가 말했다.

여전히 마음이 산란한 도트세르 부인이 동생 것이라고 생각한 접시를 드 시뫼즈 후작에게 내밀었다.

"나는 자네들의 어머니나 다름없고 자네들 넥타이 색이 다른데도 늘 혼동한다니까. 지금도 내가 자네 동생에게 주는 줄로만 알았어."

"지금 부인은 생각하시는 것 이상으로 형을 돕고 계시는 겁니다. 이제 형이 드 생시뉴 백작입니다." 동생 시뫼즈가 얼굴이 파랗게 질리면서 말했다.

쾌활하기 짝이 없던 그 가엾은 청년이 더할 나위 없이 슬픈 표정을 지었다. 그러나 그는 가까스로 힘을 되찾고 미소를 지으며 로랑스를 바라보았고, 견딜 수 없는 애석함을 억눌렀다. 애인의 감정이 단숨에 형제애 속에 녹아내렸다.

"뭐라고! 백작 아가씨가 선택을 했나요?" 하고 도트세르 부인이 외쳤다.

"아니에요. 저희는 운명에 맡겼는데, 아주머니께서 운명의 도구가 되신 거예요." 로랑스가 대답했다.

그녀가 아침에 맺은 약정에 대해 이야기했다. 동생의 얼굴이 점점 더 창백해지는 것을 보고 있던 형 시뫼즈는 시시각각 '네가 로랑스와 결혼해. 나, 나는 죽으러 갈 거야!' 하고 외치고 싶은 갈망을 느끼고 있었다. 식탁에 디저트가 나올 무렵, 생시뉴의 식구들은 정원 쪽으로 난 식당 유리창을 누가 두드리는 소리를 들었다. 도트세르 형제 중 맏이가 일어나 문을 열고, 영지의 담을 기어오르다 바지 자락이 찢긴 사제를 안으로 들어오게 했다.

"도망치시오! 헌병들이 여러분을 체포하러 옵니다!"

"왜요?"

"아직 이유는 모르겠어요, 하지만 여러분에게 적대적인 행동입니다."

모두들 이 말을 웃음으로 받아들였다.

"우리는 무고합니다." 귀족 청년들이 소리쳤다.

사제가 말했다. "무죄건 유죄건 간에 말에 올라타고 국경으로 달려가시오. 거기서도 여러분의 무고함을 증명할 수 있을 것이오. 궐석 재판에 의한 유죄 선고는 재심이 가능하지만, 민중의 격정에 의해 만들어지고 편견에 의해 준비된 대심(對審)

유죄 판결은 돌이킬 수 없는 법이오. '만약 내가 노트르담 사원의 탑을 훔쳤다고 고발당한다면, 나는 우선 도망부터 치겠소.'라고 한 아를레[103] 재판장의 말을 상기하시오."

"그렇지만 도망가는 것은 죄가 있다고 자인하는 꼴이 아닙니까?" 드 시뫼즈 후작이 말했다.

"도망치지 말아요……!" 로랑스가 거들었다.

"언제나 고상한 어리석음이로군." 사제가 절망에 빠져서 말했다. "나에게 신의 권능이 있다면 내가 당신들을 데려가련만. 그런데 내가 이런 꼴로 이 자리에 남아 있는 걸 보면 그들이 이 야릇한 방문을 당신들이나 나에게 불리하게 해석할 테니, 나는 같은 길로 달아나겠소. 잘 생각해 보시오! 당신들에게는 아직 시간이 있어요. 사법 당국자들은 사제관의 경계 벽에 대한 생각은 미처 못 한 것 같은데, 당신들은 사방으로 포위되어 있어요."

가엾은 사제가 떠나고 얼마 안 되어 한 무리의 사람들의 발자국 울리는 소리와 헌병대의 칼 부딪치는 소리가 마당을 채우더니 이내 식당에까지 이르렀다. 드 샤르주뵈프 후작의 충고가 성공을 거두지 못한 것과 마찬가지로, 사제의 충고도 성공하지 못한 것이다.

동생 시뫼즈가 로랑스에게 우울한 어조로 말했다. "우리의 공동생활은 기괴한 삶이고, 우리는 기이한 사랑을 겪고 있는

---

103) 아실 아를레 3세(Achille III de Harlay, 1639~1712). 재사로 이름이 높았던 프랑스의 법관.

거예요. 이 기이함이 당신의 마음을 사로잡았어요. 어쩌면 쌍둥이에게는 자연의 법칙이 뒤집혀 있기 때문이거나 우리가 알고 있는 쌍둥이들의 이야기는 모두 불행하기 때문인지도 모르죠. 운명이 얼마나 집요하게 우리를 추적하는지 봐요. 당신의 결정이 운명적으로 또 연기되었군요."

로랑스는 망연자실했다. 불길하기 짝이 없는 배심원단장의 다음과 같은 선언이 그녀에게는 윙윙거리는 잡음처럼 들릴 뿐이었다. "황제와 법의 이름으로 폴마리와 마리폴 드 시뫼즈, 아드리앵과 로베르 도트세르 씨를 체포합니다!" 배심원단장은 피의자들의 옷에 묻은 진흙 자국을 함께 온 사람들에게 가리키면서 덧붙여 말했다. "이들은 오늘 하루 가운데 일부를 말을 타고 보냈음을 부인하지 못할 것이오."

"당신은 무슨 일로 이 사람들을 고발하는 건가요?" 드 생시뉴 양이 거만하게 물었다.

"아가씨는 체포하지 않습니까?" 하고 지게가 물었다.

"그녀의 혐의를 좀 더 광범위하게 검토할 때까지 나는 보증하에 그녀를 방면하겠습니다."

굴라르가 도주하지 않겠다는 서약을 백작 아가씨에게 요구하는 것만으로 보증을 제공했다. 로랑스는 시뫼즈가의 옛 마부를 철천지원수로 여기는 듯 오만이 가득 찬 눈길로 쏘아보았다. 그녀의 눈에서 눈물 한 방울이 흘러내렸는데, 그것은 지독한 고통을 예고하는 격분의 눈물이었다. 네 귀족 청년은 매서운 눈길을 주고받으며 요지부동으로 머물러 있었다. 도트세르 부부는 네 청년과 로랑스에게 속은 것이 아닐까 걱정하면서 아연실색한 상태에 빠져 있었다. 그토록 걱정한 끝에 겨우 자식들을 되찾았는데 또다시 그들을 빼앗기게 된 이 부모는 안락의자에 붙박인 채로 아무것도 눈에 보이지 않고 아무 소리도 귀에 들리지 않는 듯한 모습이었다.

"도트세르 씨께 저의 보증인이 되어 주십사고 부탁드려야 할까요?" 하고 로랑스가 옛 후견인에게 소리쳤다. 도트세르 씨는 최후의 심판의 나팔 소리처럼 날카롭고 비통하게 들린 이 외침에 비로소 정신을 차렸다.

그는 흘러내린 눈물을 닦더니, 마침내 사태를 이해하고 힘없는 목소리로 친척 아가씨에게 대답했다. "미안해요, 백작 아가씨. 나의 몸과 마음이 다 당신에게 속해 있다는 것을 당신은 잘 알고 있습니다."

르셰스노는 저녁 식사를 하고 있던 이 죄인들의 태연함에 처음에는 놀랐지만, 부모의 망연자실한 모습과 로랑스의 생각에 잠긴 태도를 보고 그들이 유죄라는 애초의 느낌을 회복했다. 로랑스는 자신을 옥죄는 덫의 정체를 알아내기 위해 골몰하고 있었다.

르셰스노가 정중하게 말했다. "여러분, 여러분은 교양 있는 신사들이니 불필요한 저항을 하지 않으실 줄로 압니다. 네 분모두 저를 따라 마구간으로 나오십시오. 거기서 여러분의 입회하에 여러분 말의 편자를 떼어 내야 합니다. 편자는 소송에서 중요한 증거가 되어 여러분의 무죄 또는 유죄를 입증할 것입니다. 아가씨도 같이 나오십시오……!"

르셰스노는 생시뉴의 편자공과 그의 조수를 전문가 자격

으로 출두시켜 놓고 있었다. 마구간에서 작업이 진행되는 동안, 치안 판사가 고타르와 미쉬를 데리고 왔다. 습격을 행한 자들의 말이 직할 영지에 남긴 흔적과 대조하기 위해 각각의 말에서 편자를 떼어 내고 목록을 만들어 편자를 모으는 작업은 시간을 요했다. 그래서 피구의 도착을 통보받자 르셰스노는 피의자들을 헌병대에 맡기고, 조서를 구술하기 위해 식당으로 갔다. 치안 판사가 체포 상황을 설명하면서 미쉬의 복장 상태를 그에게 가리켜 보였다.

"저자들은 상원 의원을 죽여 어느 벽 속에 처넣고 회반죽을 발랐을 겁니다." 피구가 르셰스노에게 이렇게 말했다.

"지금으로선 그게 걱정되는군." 하고 사법관이 대꾸했다.

"너 회반죽을 어디로 운반했어?" 그가 고타르에게 물었다.

고타르는 울기 시작했다.

"이 녀석 재판소가 두려운 모양이군." 올가미에 걸린 사자처럼 눈에서 불길을 내뿜으며 미쉬가 이렇게 말했다.

그때 면장 집에 억류되어 있던 집 안의 하인들이 모두 도착해 대기실을 채웠다. 대기실에서 울고 있던 카트린과 뒤리외 내외가 면장 집에서 그들이 한 대답이 얼마나 중요한지 그들에게 알려 주었다.

배심원단장과 치안 판사의 모든 질문에 고타르는 흐느낌으로 대답했다. 쉼 없이 우는 바람에 고타르는 일종의 경련을 일으키기에 이르렀는데, 그 모습을 보고 겁이 난 그들이 그를 풀어 주었다. 당돌한 꼬마 녀석은 더 이상 감시당하지 않는 것을 알게 되자 웃음 띤 얼굴로 미쉬를 쳐다보았고, 미쉬는 칭찬의 눈길을 그에게 던졌다. 르셰스노는 치안 판사 곁을 떠나 편자 공을 채근하러 갔다.

"이보세요, 체포의 이유를 우리에게 설명해 주실 수 있나요?" 도트세르 부인이 마침내 피구에게 이렇게 물었다.

"저 양반들은 무장을 하고 상원 의원을 납치해 감금한 죄로 고발되었습니다. 외적 상황과 달리 우리는 저 양반들이 상원 의원을 살해했다고 추정하지는 않고 있으니까요."

"그런데 만약 그런 범죄를 저질렀다면 어떤 벌을 받게 되나요?" 도트세르 씨가 물었다.

"현행 법전에 저촉되지 않는 법률 조항들이 유효한 이상 사형입니다." 치안 판사가 대답했다.

"사형이라고요!" 도트세르 부인이 소리치더니 기절하고 말았다.

그때 사제가 누이 구제 양과 함께 나타났고, 구제 양은 카트린과 뒤리외 부인을 불렀다.

"우리는 당신네 그 빌어먹을 상원 의원을 본 적조차 없소!" 하고 미쉬가 외쳤다.

"마리옹 부인, 그레뱅 부인, 그레뱅 씨, 상원 의원의 시종, 비올레트는 당신과 같은 식으로 말하지 않을 거요." 피구가 확신에 찬 법관의 신랄한 미소를 띠고 대꾸했다.

"도무지 이해할 수가 없군." 이 대꾸에 어안이 벙벙해진 미쉬가 이렇게 말했다. 이 순간부터 그는 자신이 주인들과 함께 불리하게 짜인 어떤 음모에 얽혀 들었다고 믿기 시작했다.

모두들 마구간에서 돌아왔다. 로랑스가 도트세르 부인에게 달려갔고, 부인은 정신을 되찾는 그녀에게 "사형이래요." 하고 말했다.

"사형……?" 로랑스가 네 귀족 청년을 쳐다보며 되뇌었다.

이 말이 공포심을 퍼뜨렸고, 지게는 코랑탱에게 가르침을 받은 사람답게 이 공포심을 이용했다.

그가 드 시뫼즈 후작을 식당 한구석으로 이끌면서 말했다. "아직은 모든 것을 잘 해결할 수 있습니다. 어쩌면 이 일은 장난에 불과하겠지요? 젠장! 당신들은 군인이었으니 말인데, 군인들끼리는 말이 통하는 법이죠. 당신들 상원 의원을 어떻게 했습니까? 만약 그를 살해했다면, 만사 끝장입니다. 그러나 그를 가뒀다면, 그만 돌려주십시오. 당신들의 거사가 실패했다는 걸 이제 잘 알 테니까요. 확신하건대 배심원단장은 상원 의원과 합의하에 소추를 무마할 겁니다."

"정말이지 우리는 당신이 하는 말을 전혀 이해할 수가 없군요." 드 시뫼즈 후작이 말했다.

"이런 식이라면 일을 오래 끌겠네요." 중위가 말했다.

"사랑하는 누이, 우리는 감옥에 가겠지만 걱정하지 말아요. 몇 시간 후면 돌아올 테니까. 무슨 오해가 있는 것 같은데 곧 해명될 거예요." 드 시뫼즈 후작이 말했다.

"여러분을 위해 나도 그러기를 바랍니다." 네 귀족 청년 그리고 고타르와 미쉬를 데려가라고 지게에게 신호를 보내면서 사법관이 말했다. 이어서 그가 중위에게 말했다. "그들을 트루아로 데려가지 말고, 아르시의 당신 부대에 유치하시오. 내일 날이 밝으면 그들은 직할 영지에 남은 흔적과 그들의 말의 편자를 대조하는 작업에 출두해야 할 것이오."

르셰스노와 피구는 카트린과 도트세르 부부와 로랑스를 심문한 뒤에야 성을 떠났다. 뒤리외 내외와 카트린과 마르트는 점심 식사 때에야 주인들을 보았다고 진술했다. 도트세르 씨는 3시에 그들을 보았다고 진술했다. 자정이 되어 로랑스가 십팔 개월 전부터 이 성의 생명이었고 그녀의 사랑과 기쁨의 대상이었던 네 젊은이가 부재한 채로 구제 사제와 그의 누이동생, 도트세르 부부 사이에 자리하게 되자 그녀는 오랫동안 침묵을 지켰고, 아무도 감히 그 침묵을 깨지 못했다. 비탄이 이보다 깊고 철저한 적은 결코 없었다. 이윽고 한숨 소리가 들렸고, 그들은 서로를 쳐다보았다.

잊힌 채 한구석에 박혀 있던 마르트가 일어서며 말했다. "사형이라고……! 마님, 죄가 없는데도 놈들이 그분들을 죽일 거라고요?"

"도대체 무슨 일을 저지른 겐가!" 하고 사제가 말했다.

로랑스는 아무 대답 없이 자리를 떴다. 예기치 못한 재난 가운데서 기운을 차리기 위해 고독이 필요했던 것이다.

3장

제정하의 정치 재판

세 차례의 큰 혁명[104]이 있었던 삼십사 년의 세월이 흐른 오늘날에는 오직 노인들만이 프랑스 제국의 상원 의원 납치가 유럽에 불러일으킨 엄청난 파문을 기억할 것이다. 생미셸 광장의 식료품상이었던 트뤼모의 재판, 제정하의 과부 모랭 재판, 왕정복고하의 퓌알데스와 카스탱의 재판, 그리고 현 정부에서 일어난 라파르주 부인과 피에스키의 재판[105]을 제외하

---

104) 발자크가 이 소설을 집필한 시기는 1840년이다. 여기서 세 차례의 큰 혁명이란 1806년부터 1840년 사이에 일어난 제정, 왕정복고, 7월 왕정, 세 차례의 체제 변화를 가리키는 것으로 보인다.
105) 식료품상 트뤼모는 비소에 의한 독살 죄로 1803년 3월에 재판을 받았고, 과부 모랭은 살인 미수 죄로 1812년 징역형을 받았다. 퓌알데스가 희생된 이른바 퓌알데스 사건은 1818년에 큰 파문을 일으켰다. 친구들을 살인한 죄로 재판을 받은 의사 카스탱은 1823년 사형에 처해졌다. 남편 라파르

면, 말랭의 납치 혐의로 기소된 청년들의 재판만큼 많은 사람의 관심과 호기심을 불러일으킨 재판은 없었다. 상원 소속 의원에 대한 범죄 행위는 황제의 분노를 야기했다. 황제는 범죄 발생 및 성과 없는 수색 결과에 대한 보고와 거의 동시에 범인들이 체포되었다는 보고를 받았다. 숲을 샅샅이 뒤지고 오브현과 주변의 여러 현을 폭넓게 수색했으나 드 공드르빌 백작이 지나가거나 감금되었다는 어떠한 단서도 나오지 않았다. 나폴레옹의 소환을 받은 법무부 장관이 경찰부 장관에게 정보를 조회한 뒤 나타나서 시뫼즈 형제와 말랭의 관계에 대해 황제에게 설명했다. 당시 중대한 문제들에 몰두해 있던 황제는 이전의 사실들에서 그 사건의 해결책을 찾았다.

"그 젊은이들은 미쳤소. 말랭 같은 법률가는 폭력에 의해 야기된 행위로부터 즉시 원상회복되어야만 하오. 드 공드르빌 백작을 방면하기 위해 그들이 어떻게 처신해야 할지 알 수 있도록 그 귀족들을 잘 감시하시오." 황제가 말했다.

그는 이 사건을 자신의 제도에 대한 공격, 대혁명의 결과에 대한 저항의 치명적인 예, 국유 재산이라는 중대 문제에 대한 침해, 그리고 그의 국내 정치에서 끊임없는 관심사인 정파들의 융합에 대한 장해물로 간주해서, 최대한 신속하게 사건을 처리하도록 엄명을 내렸다. 결국 황제는 조용히 살겠다고 그에게 약속한 그 젊은이들에게 우롱당한 셈이었다.

주를 독살한 혐의로 기소된 마리 카펠의 재판은 1840년 프랑스에 화제를 불러일으킨 사건이었다. 피에스키는 1835년 프랑스 왕 루이 필리프의 살해를 시도했으나 실패한 사람이다.

"푸셰의 예측이 맞아떨어졌군." 현재의 경찰부 장관 입에서 이 년 전에 터져 나왔던 말을 상기하며 황제가 외쳤다. 실상 푸셰는 로랑스에 관한 코랑탱의 보고서에서 받은 인상 때문에 그 말을 했을 뿐이었다.

맹목적이고 소리 없으며 보람 없고 드러나지 않는 공적 사항에 대해 아무도 관심을 기울이지 않는 입헌 정부하에서는, 황제의 말 한마디가 그의 정치 기구 또는 행정 기구에 불러일으키는 열성을 사람들은 상상할 수 없을 것이다. 그 강력한 의지는 사람들과 사물에 공히 전파되는 것처럼 보였다. 일단 말을 마친 황제는 1806년의 대(對)프랑스 동맹에 당황해서 그 사건을 잊어버렸다. 그는 앞으로 벌여야 할 전투들을 생각했고, 프로이센 왕국의 심장부에 일대 타격을 가하기 위해 그의 사단들을 집결시키는 일에 골몰했다. 그러나 신속한 재판을 바라는 황제의 욕구는 제국 내 모든 법관들의 입장에 영향을 미치는 불확실성[106] 가운데에서 강력한 수단을 발견했다. 당시 대서기장 자격의 캉바세레스와 법무부 장관 레니에가 일심 법원과 황실 법정과 파기원 제도를 준비하고 있었다. 그들은 나폴레옹이 많은 이유로 집착하고 있던 법복 문제를 논의하고 있었다. 그들은 직원 수를 재조정하고, 폐지된 고등 법원에서 일했던 인물들을 찾고 있었다. 따라서 오브현의 법관들이 드 공드르빌 백작 납치 사건에서 열의를 증명하면 천거의

---

106) 법관들은 새로운 사법 질서 내에서 자신들의 직위가 유지될지 의문을 품고 있었다.

훌륭한 이유가 될 거라 생각하는 것은 당연지사였다. 당시에는 나폴레옹의 추정이 신하들과 일반 대중의 확신으로 변하게 마련이었다.

대륙에는 아직 평화가 군림하고 있었고, 프랑스에서 황제에 대한 찬탄에 이의를 다는 사람은 없었다. 황제는 여러 이해관계와 허영심, 사람과 사물들, 요컨대 추억에 이르기까지 모든 것을 만족시켜 주는 셈이었다. 그러므로 그 납치의 시도는 모든 사람에게 공공의 행복에 대한 침해로 보였다. 따라서 무고하고 가엾은 귀족 청년들은 전반적인 불명예에 휩싸이게 되었다. 귀족들은 자기들 영지에 틀어박힌 채 소수가 모여 끼리끼리 이 사건에 대해 한탄하곤 했지만, 단 한 사람도 감히 입을 열지 못했다. 여론의 분출에 어떻게 맞선단 말인가? 현 전체에서 사람들은 1792년 생시뉴 저택의 덧창을 통해 죽임을 당한 열한 구의 시체를 떠올렸고, 그 일에 대해 피고인들에게 비난을 퍼부었다. 망명 귀족 모두가 대담해져서 그들의 재산을 획득한 사람들에게 폭력을 행사하지나 않을까 하는 두려움이 일었다. 망명 귀족들이 재산의 부당한 탈취에 대해 그런 식으로 항의하면서 재산의 복원을 준비하는지도 모를 일이었다. 그리하여 그 귀족 청년들은 강도, 도둑, 살인자 취급을 당했고, 특히 그들에게는 미쉬의 공모가 치명적인 것이 되었다. 그가 했든 그의 장인이 했든 간에, 공포 정치 동안 현 내에서 처형된 모든 사람의 목을 자른 인물로 통하는 미쉬야말로 더없이 어이없는 설화의 대상이 되었다. 더구나 말랭이 오브현의 거의 모든 관리들을 임명한 것이나 마찬가지였기 때문에 반응은 더욱더 악화했다. 대중의 목소리를 반박하기 위한 어떤 관대한 목소리도 일어나지 않았다. 요컨대 불행에 빠진 그 사람들은 반감에 맞서 싸울 아무런 합법적 수단도 갖고 있지 못했다. 왜냐하면 공화력 4년 무월의 법전은 기소 요건과 판결을 배심원들에게 맡김으로써, 재판의 공정성에 대한 의심을 이유로 피고인들이 항소권을 광범위하게 행사할 수 없도록 했기 때문이다. 체포된 지 이틀 후, 생시뉴성의 주인과 하인들은 기소 배심원 앞에 출두하도록 소환되었다. 성에 자리 잡은 구제 신부와 그의 누이 동생의 감독하에 소작 농부가 생시뉴의 관리를 맡았다. 드 생시뉴 양과 도트세르 부부는 트루아시 주변에 늘어선 길고 넓은 변두리 지역 한 곳에 뒤리외가 소유하고 있는 작은 집에 거처를 정했다. 대중의 분노, 부르주아지의 악의, 행정 당국의 적대감을 마주하고 로랑스는 가슴이 조이는 느낌이었다. 형사 재판이 이루어지는 지방 도시들에서 형사 사건에 연루된 사람들의 친인척에게는 항상 일어나게 마련인 몇 가지 소소한 일들을 통해 로랑스는 그러한 반응을 알아볼 수 있었다. 동정심 어린 격려의 언사 대신 끔찍스러운 복수욕이 번뜩이는 수군거림이 들릴 뿐이었다. 엄정한 예의범절이나 품위에서 비롯되는 절제 어린 행동 대신 역력한 증오의 표현이 있었으며, 특히 평범한 사람들이 드러내는 경원감이 있었는데, 불행은 의심을 야기하는 만큼 그것은 더욱 신속하게 감지되었다. 온전히 기운을 되찾은 로랑스는 명백한 무고함에 기대를 걸었고, 대중을 너무도 멸시했기에 자신을 맞이하는 그 적대적인 스산함에 겁을 먹지 않았다. 신속한 소송 절차에 따라 머지않아 형사 법정에서 벌어질 법률 싸움을 내내 생각하면서, 그녀는 도트세르 부부의 용기를 북돋았다. 그러나 그녀로서는 전혀 예상치 못했고 그녀의 용기를 감퇴시킨 충격적인 일을 겪게 된다. 전반적인 파탄과 재난의 와중에서 고난에 빠진 이 가족이 사막 한가운데를 헤매는 것 같은 처지에 봉착한 순간, 한 남자가 불현듯 로랑스의 눈앞에 나타나 그의 성격의 훌륭한 면을 모두 펼쳐 보였다. 문서 말미에 배심원단장이 '이유가 타당함.'이라는 문구를 기록하여 동의한 고소장이 검사에게 송부되고 피고인들에게 발부된 체포 영장이 구속 영장으로 변환된 다음 날, 드 샤르주뵈프 후작이 낡은 사륜마차를 타고 젊은 친척 아가씨를 구하러 용감하게 나타난 것이다. 대가문의 수장은 재판이 신속하게 진행될 것을 예상하고, 서둘러 파리에 올라가, 옛날의 대소인(代訴人)들 중 가장 능란하면서도 가장 정직한 사람 하나를 데려왔다. 그 사람은 파리에서 십 년 동안 귀족 계급의 소송 대리인 역할을 한 보르댕으로, 그의 후계자가 바로 그 유명한 소송 대리인 데르빌이었다.[107] 이 위엄 있는 대소인은 옛 노르망디 고등 법원장의 손자를 곧 변호사로 선임했는데, 그의 후견하에 학업을 마친 사법관 지망생이었다. 나중에 황제가 복원하게 될 폐기된 호칭을 사용해서 말하자면, 이 젊은 변호사는 실제로 이 소송 이후 파리에서 차장 검사로 임명받았고 가장 저명한 사법관 중

---

107) 보르댕은 이 작품을 위해 창조된 인물이고, 데르빌은 발자크의 초기 작에서부터 『인간극』의 많은 작품에 등장하는 발자크의 유명 등장인물 가운데 한 명이다.

하나가 되었다. 드 그랑빌 씨는 찬란한 첫 출발의 계기로 여기고 이 방어를 수락했다. 이 시대에는 비공식적인 방어자들이 변호사들의 역할을 대신하고 있었다. 이렇듯 방어권은 제한을 받지 않아서, 모든 시민이 무죄 변론을 할 수 있었다. 그러나 피고인들은 자기방어를 위해 여전히 옛 변호사들을 택하는 것이 일반적이었다. 고통으로 초췌해진 로랑스의 모습에 놀란 노후작은 훌륭한 취향과 분별을 유감없이 발휘했다. 그는 자신이 했던 충고가 속절없이 무산된 사실을 전혀 상기시키지 않았다. 그는 보르댕을 빈틈없이 의견을 따라야 할 절대적 권위자로, 그리고 젊은 드 그랑빌을 전적으로 신뢰할 수 있는 방어자로 소개했다.

로랑스는 노후작에게 손을 내밀고 힘차게 그의 손을 잡아 그를 매혹했다.

"후작님 말씀이 옳았어요." 그녀가 후작에게 말했다.

"이제 내 충고를 받아들이겠나?" 하고 그가 물었다.

젊은 백작 아가씨는 도트세르 부부와 마찬가지로 동의의 표시를 했다.

"그렇다면 내 집으로 오게. 내 집은 도시 가운데 재판소 가까이에 있으니까. 자네와 자네 변호사들에게는 비좁고 옹색하며 전쟁터에서 훨씬 먼 이곳보다 내 집이 편리할 거야. 여기에서는 매일같이 도시를 가로질러 다녀야 할 걸세."

로랑스는 제안을 받아들여 노인이 그녀와 도트세르 부인을 자기 집으로 데려갔고, 그곳은 재판이 계속되는 동안 방어자들과 생시뉴 주민들의 거처가 되었다. 파리에서 트루아로 내려

오는 동안 후작이 보르댕과 젊은 방어자에게 이전의 사실들 가운데 일부분을 이미 이야기하기는 했지만, 저녁 식사가 끝나고 문이 닫히자, 보르댕은 로랑스에게 어떤 세부 사항도 빠뜨리지 말라고 부탁하면서 사건의 정황을 정확히 이야기하게 했다. 보르댕은 난롯불에 두 발을 쪼이며 전적으로 무심한 태도로 귀 기울여 이야기를 들었다. 젊은 변호사는 소송 정보에 기울여야 할 주의와 드 생시뉴 양에 대한 찬탄 사이에서 어쩔 수 없이 마음이 헷갈리는 느낌이었다.

"그게 전부입니까?" 로랑스가 지금까지 이 이야기가 제시된 그대로 드라마의 사건들을 진술하고 나자 보르댕이 이렇게 물었다.

"그렇습니다." 하고 그녀가 대답했다.

이 장면이 진행된 드 샤르주뵈프 저택의 살롱에 잠시 동안 더없이 깊은 침묵이 흘렀다. 그것은 사람의 일생에서 볼 수 있는 광경 가운데 가장 엄숙하고 또 가장 드문 광경의 하나였다. 자연과 더불어 벌여야 할 싸움에 앞서 의사들이 환자의 죽음을 먼저 예감하는 것과 마찬가지로, 정의와 벌이는 모든 소송에서는 싸움에 앞서 판사들보다 변호사들이 먼저 결과를 판단한다. 생사의 결정을 선언할 늙은 대소인의 천연두로 깊이 파인 거무스레하고 늙은 얼굴로 로랑스와 도트세르 부부와 후작의 시선이 집중되었다. 도트세르 씨가 이마 위에 흘러내리는 땀방울을 훔쳤다. 로랑스는 젊은 변호사를 바라보았고, 그가 어두운 표정을 짓고 있는 것을 알아차렸다.

"그래서요, 보르댕 씨?" 그에게 코담뱃갑을 내밀며 후작이 물었다. 대소인은 무심한 태도로 담배 한 줌을 집어 들었다.

보르댕은 검은 풀솜실로 짠 두툼한 양말에 싸인 장딴지를 긁었다. 그는 검은 나사 반바지와 이른바 프랑스식이라고 일컫는 예복과 형태가 비슷한 윗옷을 걸치고 있었다. 그는 불안한 표정이 뒤섞인 사나운 눈길을 고객들에게 던졌는데, 그것이 그들을 얼어붙게 만들었다.

"상황을 분석해서 솔직하게 말씀드려야 할까요?" 하고 그가 말했다.

"예, 그렇게 해주세요, 선생님." 로랑스가 대답했다.

그러자 늙은 법률 실무가가 그녀에게 말했다. "아가씨가 선의에서 행한 모든 일이 부담으로 바뀌는군요. 친척분들을 구할 수는 없고, 기껏 감형을 시킬 수 있을 것입니다. 미쉬에게 그의 재산을 매각하도록 명령한 것은 상원 의원에 대한 당신들의 범행 의도의 가장 명백한 증거로 받아들여질 것입니다. 또한 당신들만 남아 있기 위해 의도적으로 하인들을 트루아에 보냈는데, 그것은 사실이기 때문에 더욱더 타당한 증거가 될 겁니다. 그리고 도트세르 형제 중 맏이분은 당신들 모두를 파멸로 이끄는 무서운 말을 보비자주에게 했어요. 아가씨는 공드르빌에 대한 당신들의 나쁜 의도를 훨씬 앞서서 증명해 보인 또 다른 말을 아가씨의 마당에서 한 적이 있고요. 그리고 아가씨로 말하자면, 공격이 벌어지는 순간 철책에서 감시를 하고 있었어요. 그들이 아가씨를 소추하지 않는 것은 이 사건에서 흥미의 요소를 배제하기 위한 것입니다."

"소송은 감당하기 어렵습니다." 드 그랑빌 씨가 말했다.

보르댕이 계속해서 이야기했다. "소송이 더 감당하기 어려운 이유는 이제 더 이상 진실을 말할 수 없기 때문입니다. 미쉬와 시뫼즈 형제와 도트세르 형제는 한나절 동안 당신과 함께 숲속에 갔다가 점심 식사를 하러 생시뉴로 돌아왔다고 단순하게 주장하는 것으로 그쳐야 합니다. 그러나 범죄가 일어난 3시에 당신들 모두가 생시뉴에 있었다고 우리가 주장할 수 있다면, 증인들은 누구입니까? 피고인 중 한 명의 아내인 마르트, 아가씨를 섬기는 뒤리외 내외와 카트린, 그리고 두 피고인의 아버지 어머니인 도트세르 부부입니다. 이 증인들은 무가치합니다. 법은 그들을 당신들의 증인으로 받아들이지 않고, 상식은 당신들 편의 증인으로서 그들을 제척합니다. 만약 불행하게도 당신이 금화 110만 프랑을 찾으러 숲속에 갔다고 말한다면, 당신은 피고인 모두를 도둑으로 도형장에 보내게 될 겁니다. 검사, 배심원들, 판사들, 방청객, 그리고 프랑스 전체가 당신들이 그 금화를 공드르빌에서 탈취했고, 그 탈취를 실행하기 위해서 상원 의원을 감금했다고 믿을 겁니다. 기소를 지금 이 상태로 받아들인다면, 사건은 명백하지 않습니다. 그러나 있는 그대로의 진실 속에서는 사건이 투명해질 겁니다. 배심원들은 모호한 모든 부분을 절도로 설명하려 할 거예요. 왜냐하면 왕당파는 오늘날 강도를 뜻하니까요! 현재 이 경우는 정치적 상황에서 보면 받아들일 만한 복수를 나타냅니다. 피고인들이 사형을 선고받을 위험이 있지만, 누가 보든 그것이 치욕스러운 일은 아닙니다. 반면 결코 합법적으로 보이지 않을 금전 절취라는 요소가 끼어들면, 범죄에 변명의 여지가 있을 경우 사형수들에게 따르기 마련인 관심의 이점이 사라지고 말 겁니다. 첫 순간, 그러니까 당신들이 낮 시간의 사용을 정당화하기 위해 돈을 숨겼던 장소, 숲의 지도, 양철통과 금화를 보여 줄 수 있었던 때라면, 공정한 사법관들과 대면해서 난관에서 벗어나는 것이 가능했을지도 모르겠습니다. 그러나 현 상황에서는 침묵해야 합니다. 제발 여섯 피고인 가운데 누구도 소송을 위험에 빠뜨리지 않았기를 바라며, 그들의 심문을 우리가 잘 이용할 수 있을지 두고 보기로 합시다."

로랑스는 절망감에 두 손을 비틀고, 비탄에 빠진 눈길로 하늘을 쳐다보았다. 그때 그녀는 자기 사촌들이 빠져 버린 낭떠러지의 한없는 깊이를 알아본 것이다. 후작과 젊은 변호사는 보르댕의 무시무시한 견해에 동의를 표했다. 도트세르 씨는 울고 있었다.

"그들을 도망치게 하라던 구제 사제의 말을 왜 듣지 않았을까요?" 극도로 흥분한 도트세르 부인이 말했다.

"아! 그들을 도망치게 할 수 있었는데 그렇게 하지 않았다면, 당신들은 스스로 그들을 죽게 만든 셈입니다." 하고 옛 대소인이 외쳤다. "궐석 재판은 시간을 벌어 줍니다. 무고한 사람들은 시간과 더불어 사건을 밝히게 되지요. 나는 평생 그럭저럭 잘 헤쳐 왔는데, 이 사건은 내가 평생 본 것 중 가장 난해한 사건으로 보입니다."

드 그랑빌 씨가 이어서 말했다. "이 사건은 모든 사람에게, 심지어 우리에게도 불가해합니다. 피고인들이 무고하다면, 습격은 다른 사람들이 범한 것입니다. 그런데 다섯 사람이 마술처럼 한꺼번에 한 고장에 나타날 수는 없고, 피고인들의 말들과 같은 식으로 편자가 박힌 말들을 손에 넣을 수 없으며, 피고인들과 닮은 모습을 빌려 올 수도 없고, 일부러 미쉬와 도트세르 씨 형제와 시뫼즈 씨 형제를 파멸시키기 위해 말랭을 구덩이 속에 묻을 수도 없는 노릇입니다. 진짜 범인들인 그 알지 못할 사람들은 무고한 다섯 분의 모습으로 변장해야 할 어떤 이해관계를 가지고 있습니다. 그들을 발견하고 그들의 흔적을 추적하기 위해서는, 정부에서 필요로 하는 만큼이나, 아주 넓은 범위 내의 면(面)들에 퍼져 있는 경관들과 또한 주민들의 눈길이 우리에게도 필요할 것입니다."

보르댕이 이어서 말했다. "그건 불가능한 일이오. 그런 것은 생각조차 하지 말아야 합니다. 사회가 재판을 창안한 이후로, 사법 당국이 범죄에 맞서 누리는 권한과 동등한 권한을 사회가 무고한 피고인들에게 부여하는 방법을 찾아낸 적은 결코 없습니다. 재판은 쌍방향이 동등한 것이 아닙니다. 스파이도 경찰력도 갖고 있지 못한 방어 측은 자기 고객들을 위해 사회적 힘을 행사할 수 없습니다. 무고함이 의지할 수 있는 건 논리밖에 없습니다. 그런데 배심원들을 사로잡을 수 있는 논리라는 것은 선입견을 가진 배심원들의 정신에는 무력한 것이 보통입니다. 고장 전체가 당신들에게 적대적이에요. 기소장을 승인한 여덟 명의 배심원들은 국유 재산의 소유자들이었습니다. 판결에 참여하는 배심원들도 첫 번째 배심원들과 마찬가지로 국유 재산 취득자와 매도자 들, 또는 그들에게 고용된 자들로 구성될 겁니다. 요컨대 우리는 말랭 편 배심원단을 마주하게 될 것입니다. 따라서 완벽한 방어 체계가 필요한데, 거기서 벗어난다면 당신들은 무고함 가운데에서 파멸하는 겁니다. 당신들은 유죄 선고를 받을 거예요. 우리는 상고심으로 가서, 오래도록 거기에 머물도록 애쓸 것입니다. 만약 그 사이에 내가 당신들에게 유리한 증거를 수집할 수 있다면, 당신들은 사면 청원을 할 수 있을 겁니다. 이상이 사건의 해부이고 나의 의견입니다. 만약 우리가 승리한다면, (재판에서는 모든 것이 가능하니까 드리는 말씀인데) 그것은 기적일 것입니다. 그렇지만 당신들의 변호사는 내가 아는 모든 변호사 가운데 그런 기적을 만들어 낼 수 있는 가장 유능한 변호사이며, 나 또한 그 일을 돕겠습니다."

그러자 드 그랑빌 씨가 말했다. "상원 의원이 수수께끼의 열쇠를 쥐고 있을 겁니다. 누가 나에게 원한을 품고 있고, 왜 나에게 원한을 품는지는 언제나 알 수 있는 법이니까요. 내가 보건대 그 사람은 겨울의 끝 무렵 파리를 떠나 수행원도 없이 혼자 공드르빌로 와서 자기 공증인과 함께 거기에 칩거하면서, 말하자면 자기를 낚아챈 다섯 사내에게 자신을 내맡긴 것이나 마찬가지입니다."

보르댕이 말을 이었다. "확실히 그의 행위는 적어도 우리 편의 행위만큼이나 이상합니다. 그렇지만 우리에 반대해 봉기한 한 고장에 맞서서 어떻게 피고인인 우리가 고발자로 변할 수 있겠습니까? 우리에게는 정부의 온정과 구원, 그리고 평범한 상황에 처했을 때보다 천 배는 더 많은 증거가 필요할 겁니다. 알려지지 않은 우리의 적수들에게서는 사전 모의, 그것도 더할 나위 없이 정교한 사전 모의가 감지됩니다. 그들은 말랭에 대한 미쉬와 드 시뫼즈 형제의 입장을 잘 알고 있었습니다. 입도 뻥긋하지 않는다! 훔치지도 않는다! 이건 극도의 조심성에서 나온 행동입니다. 그 가면 아래 보이는 것은 불한당과는 전혀 다른 면모입니다. 그러나 우리에게 주어질 배심원들에게 그런 말을 해 본들 무슨 소용이 있을까요!"

비공식 사건들에서 이러한 통찰력은 어떤 변호사들과 어떤 법관들을 대단히 뛰어난 인물로 만들어 주는데, 로랑스는 그 통찰력에 놀라고 압도되었다. 그 무서운 논리에 그녀는 가슴이 죄어드는 느낌이었다.

보르댕이 말했다. "백 건의 형사 사건 중에서 법원이 사건의 전모를 다 파헤치는 경우는 채 열 건도 되지 않으며, 사건의 비밀이 법원에 제대로 인지되지 않는 경우도 3분의 1은 족히 될 겁니다. 당신들의 사건은 피고인들과 검사들, 법원과 대중에게 모두 불가해한 사건에 속합니다. 군주로 말하자면, 드 시뫼즈 씨 형제가 그를 전복하기를 원하지 않았을 경우에라도, 그들 형제를 구조하는 일보다 신경 써야 할 다른 일들이 많지요. 그런데 도대체 누가 말랭에게 원한을 품었을까요? 그리고 그에게 원하는 것이 무엇일까요?"

보르댕과 드 그랑빌 씨는 서로를 쳐다보았다. 그들은 로랑스의 진실성에 의심을 품는 듯한 태도였다. 젊은 처녀에게는 이런 모습이 이 사건에서 겪은 수많은 고통 가운데 가장 쓰라린 것 중 하나였다. 그래서 그녀는 일체의 몹쓸 의혹을 없애 버리게 만드는 눈길을 두 방어자에게 던졌다.

이튿날 소송 서류가 방어자들에게 전달되었고, 그들은 피고인들과 연락을 취할 수 있었다. 여섯 피고인은 선량한 인물들답게, 직업적 용어를 써서 말하자면 '훌륭하게 처신했다'고 보르댕이 가족에게 알려 주었다.

"드 그랑빌 씨가 미쉬를 변호할 겁니다." 보르댕이 이렇게 말했다.

"미쉬라고……?" 이 변경에 놀라서 드 샤르주뵈프 씨가 외쳤다.

"그가 사건의 핵심입니다. 거기에 위험이 도사리고 있습니다." 하고 노(老)대소인이 대꾸했다.

"그가 가장 위험에 처해 있다면, 그렇게 하는 것이 합당해 보입니다." 하고 로랑스가 외쳤다.

드 그랑빌 씨가 말했다. "기회가 어렴풋이 보이고, 우리는 그 기회를 잘 연구할 겁니다. 숲속에서 늑대 한 마리가 어슬렁거렸으니 움푹 파인 길의 울타리 말뚝 하나를 수리하라고 도트세르 씨가 미쉬에게 시켰다고 말한다면, 우리가 그들을 구할 수 있을지도 모르겠습니다. 왜냐하면 형사 법정에서는 법적 다툼에 모든 것이 달려 있고 다툼은 소소한 일들에 대해 전개되는데, 그 소소한 일들이 엄청난 것으로 변하는 현상을 보게 될 겁니다."

로랑스는 의기소침한 상태에 빠져 버렸다. 행동과 사고(思考)의 무용함이 명백해 보일 때, 그런 상태는 모든 사람의 행동과 사고에 타격을 입히게 마련이다. 헌신적인 사람들, 또는 신비의 그림자에 휩싸인 광신적인 공감의 도움으로 한 사람이

나 권력을 뒤엎는 것은 더 이상 이 사태의 관건이 아니었다. 로랑스는 사회 전체가 그녀와 그녀의 사촌들에 맞서 무장하고 있음을 알아보았다. 혼자 감옥을 습격할 수는 없으며, 적대적인 민중의 한가운데에서, 그리고 이른바 피고인들의 대담성으로 인해 잔뜩 경계심을 품은 경찰의 감시의 눈길하에서 죄수들을 구해 낼 수도 없는 노릇이었다. 그리하여 어이없이 변해 버린 이 고귀하고 용감한 아가씨의 경악의 표정에 놀란 젊은 변호사가 용기를 북돋워 주려고 했을 때, 그녀는 이렇게 대답했다. "저는 입을 다물고 고통을 참으며 기다리겠습니다." 어조와 몸짓과 시선이 이 대답을 숭고한 것으로 만들어 주었는데, 무대가 좀 더 넓지 않아서 그 대답은 유명해지지 못했다. 잠시후, 도트세르 씨가 드 샤르주뵈프 후작에게 말했다. "저는 불행한 저의 두 자식을 위해 무진 애를 썼습니다! 그들을 위해 이미 국채 8000프랑 가까이를 다시 마련했어요. 그 애들이 군 복무를 원했다면 높은 계급에 이르렀을 것이고, 지금쯤 유리한 결혼을 할 수도 있었을 겁니다. 그러나 모든 계획이 물거품이 되었군요."

"뭐라고요, 그 애들의 명예와 목숨이 걸려 있는 판국에 그애들의 이해관계를 생각하시다니요." 그의 아내가 남편에게 말했다.

"도트세르 씨는 모든 문제를 다 생각하십니다." 후작이 대꾸했다.

생시뉴의 주민들이 형사 법정에서 다툼이 개시되기를 기다리며 수감자들과의 면회를 청했지만 허락을 얻지 못하고 있는 동안, 성에서는 고도로 중대한 사건 하나가 더할 나위 없이 비밀스럽게 진행되고 있었다. 마르트는 기소 배심에서 증언을 한 뒤 바로 생시뉴로 돌아와 있었다. 그녀의 증언이 별 의미가 없었기 때문에 검사가 그녀를 형사 법정에 소환하지 않았던 것이다. 극도로 예민한 감수성을 지닌 사람들이 모두 그렇듯이, 그 가여운 여인은 연민을 자아내게 하는 넋 나간 상태로 살롱의 구제 양 곁에 앉아 있었다. 피고인들이 사건이 있던 날 하루 동안 무엇을 하며 지냈는지 전혀 모르고 있는 사제나 다른 모든 사람들이 그런 것처럼, 그녀도 그들의 무고함이 의심스러워 보였다. 마르트는 미쉬와 그의 주인들과 로랑스가 상원 의원에 대해 무언가 복수를 한 거라고 생각했다. 그 불행한 여인은 미쉬의 헌신을 익히 알고 있었기에, 그의 전력 때문이든 복수의 수행에서 그가 행한 역할 때문이든, 미쉬가 모든 피고인 가운데 가장 큰 위험에 처했다는 사실을 깨닫고 있었다. 구제 신부와 그의 누이동생과 마르트는 이런 견해가 야기한 개연성 가운데서 갈피를 잡지 못하고 있었다. 그러나 그 개연성에 대해 골똘히 생각한 나머지, 그들의 정신은 한 가지 의미에 고정되기에 이르렀다. 데카르트가 요구하는 절대적 의심이란 자연 속의 공동(空洞)에서와 마찬가지로 인간의 뇌 속에서는 만들어질 수 없는 것이어서, 그런 절대적 의심이 발생하는 정신 작용은 배기 펌프의 효과와 마찬가지로 하나의 예외적이고 기괴한 상황일 것이다. 어떤 문제에서든 사람은 무언가를 믿게 마련이다. 그런데 마르트가 피고인들의 유죄를 너무도 두려워한 나머지, 그녀의 두려움은 일종의 믿음과 유사한 것이 되었다. 그리고 이러한 정신 상태는 그녀에게 치명적이었다. 귀족 청년들이 체포된 지 닷새 후 밤 10시경 그녀가 잠자리에 들려고 할 때, 농가에서 걸어서 성까지 온 그녀의 어머니가 마당으로 그녀를 불러냈다.

"트루아의 노동자 하나가 미쉬의 부탁으로 너에게 할 말이 있다며 움푹한 길에서 너를 기다리고 있다." 그녀가 마르트에게 말했다.

두 사람은 벽 틈을 통해 지름길로 나갔다. 밤중의 컴컴한 길에서, 마르트는 어둠 속에 드러나는 한 사람의 형체 외에는 아무것도 구별할 수 없었다.

"부인, 말씀해 보세요. 정말 미쉬 부인이 맞는지 제가 알 수 있도록요." 그 사람이 매우 불안한 목소리로 말했다.

"물론입니다. 그런데 제게 원하는 게 뭐죠?" 하고 마르트가 물었다.

그러자 낯선 이가 말했다. "좋습니다, 부인의 손을 제게 내밀어 보십시오. 저를 겁내지 마세요." 그러더니 마르트의 귀를 향해 몸을 기울이고 덧붙여 말했다. "미쉬의 부탁으로 부인께 한마디 전하러 왔습니다. 저는 감옥의 직원인데, 만약 제 상사들이 저의 부재를 알아차리면 우리 모두 파멸입니다. 저를 믿으세요. 예전에 부인의 친절하신 아버지께서 저를 그 자리에 앉히셨어요. 그래서 미쉬가 저를 신뢰했지요."

그는 편지 한 통을 마르트의 손에 쥐여 주고는 대답도 기다리지 않고 숲 쪽으로 자취를 감췄다. 어쩌면 사건의 비밀을 알게 되리라는 생각에 마르트는 몸이 떨리는 느낌이었다. 그녀는 어머니와 함께 농가로 달려가 문을 걸어 잠그고 다음의 편지를 읽었다.

나의 사랑하는 마르트,

이 편지를 당신에게 전하는 사람의 조심성을 당신은 믿어도 좋을 것이오. 그는 읽을 줄도 쓸 줄도 모르는 사람으로, 바뵈프의 음모에 가담했던 가장 견실한 공화주의자 가운데 하나요. 당신 아버지께서 그를 자주 부리셨는데 그는 상원 의원을 배반자로 여기고 있소. 그런데 나의 소중한 아내여, 우리는 우리가 이미 우리의 주인들을 숨긴 바 있는 지하실에 상원 의원을 가두어 두었소. 그 가련한 자는 닷새 치 식량만 갖고 있는데, 그가 살아 있는 것이 우리의 목적에 부합하니, 이 편지를 읽는 즉시 그에게 적어도 닷새 치의 식량을 더 갖다주시오. 숲은 필경 감시를 받고 있을 터이니, 우리의 젊은 주인들을 위해 했던 만큼 주의를 기울이시오. 말랭에게 한마디도 건네지 말고, 절대 입도 벙긋 말고, 지하실 계단 위에서 당신이 발견하게 될 우리의 복면 가운데 하나를 쓰시오. 우리의 목숨을 위험에 빠뜨리고 싶지 않다면, 내가 당신에게 위탁하지 않을 수 없는 비밀에 대해 최고도의 완전한 침묵을 지키시오. 드 생시뉴 아가씨는 망설일 수도 있으니, 이 문제에 대해 아가씨에게는 한마디도 하지 마시오. 내 걱정은 조금도 하지 마시오. 우리는 이 사건이 잘 해결될 거라 확신하며, 필요할 경우에는 말랭이 우리의 구원자가 될 거요. 마지막으로, 이 편지를 읽자마자 두말할 필요

없이 태워 버려야 하오. 누군가 이 편지를 단 한 줄이라도 읽게 되면, 내 목이 달아날 것이기 때문이오. 당신에게 열렬한 키스를 보내오.

미쉬

숲 가운데의 언덕 밑에 위치한 지하실의 존재를 아는 사람은 마르트, 그녀의 아들, 미쉬, 네 명의 귀족 청년과 로랑스뿐이었다. 거기서 페라드와 코랑탱을 마주쳤던 사실을 남편에게서 전혀 들은 바 없는 마르트는 편지의 내용을 믿을 수밖에 없었다. 더구나 그 편지가 미쉬가 쓰고 서명한 것으로 보였던만큼, 그것은 미쉬에게서 온 것일 수밖에 없었다. 만약 마르트가 피고인들의 무고함을 알고 있는 여주인 및 두 변호인과 즉시 상의를 했더라면, 눈치 빠른 대소인은 분명 자기 고객들을 휩싸고 있는 사악한 술책에 대해 무언가 단서를 얻었을 것이다. 그러나 마르트는 대부분의 여자들처럼 자신의 첫 느낌에 오롯이 빠져서, 그리고 명백해 보이는 듯한 사실을 확신하고 편지를 벽난로에 집어 던졌다. 그렇지만 불현듯 야릇한 조심성의 계시 같은 것에 자극받아 다 타지 않은 편지의 일부를 불에서 끄집어내어, 아무도 연루시키지 않을 내용의 첫 몇 행을 간수했고, 그것을 자신의 옷 아랫단 속에 꿰매 넣어 보관했다. 수감자가 이십사 시간 전부터 먹지 못하고 있다는 것을 알고 질겁한 그녀는 바로 그날 밤에 포도주와 빵과 고기를 그에게 가져다주고자 했다. 호기심과 자비심이 이튿날까지 미룰 수 없게 만든 것이다. 그녀는 화덕을 덥히고, 어머니의 도움을 받아 토끼고기 및 오리고기 파이와 쌀 과자를 만들고, 닭 두 마리를 튀기고, 포도주 세 병을 챙기고, 둥근 빵 두 덩어리를 몸소 구웠다. 새벽 2시 30분경, 그녀는 모든 것을 채롱에 넣어 지고서 숲을 향해 길을 나섰다. 나들이 때마다 놀랄 만한 영리함으로 척후병 역할을 하는 개 쿠로가 그녀와 함께 갔다. 개는 아주 먼 거리에서도 낯선 사람들의 냄새를 맡고, 그들의 출현을 알아채면 낮은 소리로 으르렁대며 여주인 곁으로 되돌아와 위험이 도사린 쪽으로 주둥이를 돌리고 그녀를 쳐다보는 것이었다.

마르트는 새벽 3시경 늦에 도착해 그곳에 쿠로를 파수꾼으로 남겨 놓았다. 입구를 치우느라 삼십 분쯤 작업한 끝에, 그녀는 가림막을 친 등(燈)을 들고, 실제로 계단 하나에서 발견한 복면으로 얼굴을 가리고 지하실 문에 당도했다. 상원 의원의 감금은 오래전부터 미리 계획된 것처럼 보였다. 마르트가 전에는 보지 못했던 사방 30센티미터쯤 되는 구멍이 지하실을 잠그는 쇠문 위쪽에 조잡하게 뚫려 있었다. 그러나 모든 수인(囚人)들이 누릴 수 있는 시간과 인내심을 동원해도 말랭이문을 가로막는 빗장을 움직일 수는 없도록, 빗장은 자물쇠로고정되어 있었다. 이끼 깔린 잠자리 위에 일어나 앉아 있던 상원 의원은 복면으로 가린 얼굴을 얼핏 보자 한숨을 내쉬더니, 그의 석방을 위해 온 사람은 아니라고 추측했다. 그는 가림막을 친 등의 어슴푸레한 불빛에 비친 마르트를 유심히 관찰했고, 복장과 체격과 거동으로 미루어 그녀를 알아보았다. 그녀가 구멍을 통해 그에게 파이를 건네자, 그는 파이가 바닥에 떨어지도록 내버려 두고 그녀의 두 손을 그러잡았다. 그는 극도의 기민성을 발휘해, 그녀가 끼고 있는 두 개의 반지를 손가락에서 빼내려고 했다. 그녀의 결혼반지와 드 생시뉴 양이 그녀에게 선물한 작은 반지였다.

"친애하는 미쉬 부인, 당신임을 부인하지는 못하겠지요." 하고 그가 말했다.

마르트는 상원 의원의 손가락이 닿는 것을 느끼자마자 주먹을 쥐고 그의 가슴에 세차게 내질렀다. 그러고 나서, 입을 다문 채 문에서 물러나 단단한 막대기를 분질러서 그 끝에 나머지 음식을 매달아 상원 의원에게 내밀었다.

"그들이 내게 원하는 게 뭐요?" 그가 물었다.

마르트는 대답하지 않고 달아났다. 집으로 돌아가는 길에 새벽 5시경 숲 가장자리에 당도했는데, 그때 쿠로가 방해꾼이 출현했음을 알려 주었다. 그녀는 길을 되짚어가서, 자신이 아주 오랫동안 살았던 정자 쪽을 향해 나아갔다. 그러나 한길로 접어들면서 그녀의 모습이 멀리 있던 공드르빌 감시인의 눈에 띄자, 그녀는 곧장 그가 있는 쪽으로 가기로 마음을 정했다.

"미쉬 부인, 참 일찍도 일어나셨네요." 그녀에게 바짝 다가서며 말했다.

"우리는 너무나 곤란한 처지에 빠져 있어서 내가 하녀의 일까지 하지 않을 수 없어요. 씨앗을 구하러 벨라슈에 가는 길이에요." 하고 그녀가 대답했다.

"그러니까 생시뉴에는 씨앗이 조금도 없다는 겁니까?" 감시인이 물었다.

마르트는 대답하지 않았다. 그녀는 계속 길을 가서 벨라슈 농장에 당도해서는, 파종을 위한 얼마간의 씨앗을 달라고 보비자주에게 청했다. 도트세르 씨가 종자 개량을 위한 씨앗을 그의 집에서 가져오도록 부탁했다고 둘러댔다. 마르트가 떠나자, 공드르빌의 감시인이 벨라슈에 와서 마르트가 무엇을 구하러 왔는지 알아보았다. 엿새 후, 더 조심스러워진 마르트는 분명히 숲을 살피고 있을 감시인들에게 들키지 않기 위해 자정이 되자마자 식량을 가지고 떠났다. 상원 의원에게 세 번 먹을 것을 날라다 준 다음, 사제가 피고인들의 공개 심문 조서를 읽는 것을 듣다가 그녀는 일종의 공포심에 사로잡혔다. 그때는 이미 법정의 논쟁이 시작된 후였다. 그녀는 구제 사제를 따로 만나, 그에게 말하려고 하는 내용에 대해 고해 성사와 마찬가지로 비밀 엄수를 맹세하게 한 다음, 자신이 미쉬에게서 받은 편지 조각을 그에게 보여 주는 동시에 편지의 내용을 이야기했고, 상원 의원이 있는 은신처의 비밀도 그에게 알려 주었다. 필체를 비교할 만한, 남편의 다른 편지들이 집에 있는지 사제가 즉시 마르트에게 물었다. 마르트는 자신의 농가에 갔다가, 법정에 증인으로 출두하라는 소환장이 거기에 와 있는 것을 발견했다. 그녀가 성에 돌아오자, 구제 사제와 그의 누이동생 역시 피고들의 요청으로 소환을 받은 상태였다. 그리하여 이 드라마의 모든 인물, 심지어 어떤 의미에서는 단역에 불과한 사람들까지도 그때 두 가족의 운명이 상연되던 무대 위에 전부 모이게 되었다.

프랑스의 여러 지역 가운데 사법 기관에 항상 수반되어야 마땅한 물적(物的) 위엄을 갖춘 곳은 대단히 드물다. 사법권은 종교와 왕권 다음으로 사회의 가장 중요한 도구가 아니겠는가? 그런데 도처에서, 심지어 파리에서조차도 사법 기관의 볼품없는 건물 모습, 적절치 못한 장소 배치, 그리고 오늘날 기념물 분야에서 가장 자부심 강하고 가장 과시적인 국가가 프랑스임에도 불구하고 장식이 결핍된 사법부 건물의 외관은 사법권이라는 거창한 권력의 작용을 감소시키는 것으로 보인다. 건물의 내부 배치 또한 거의 모든 도시에서 한결같다. 기다란 사각형 홀 안쪽의 연단 위에 초록색 서지 천을 덮은 사무용 책상 하나가 솟아 있는데, 그 책상 뒤 허름한 안락의자에 판사들이 착석한다. 왼편에 검사석이 있고, 벽을 따라 배심원들을 위한 의자가 갖춰진 기다란 단이 놓인다. 배심원들 맞은편에, 피고인들과 그들을 지키는 헌병들을 위한 벤치가 놓인 또다른 단이 펼쳐진다. 재판소 서기는 증거물들을 보관하는 탁자 옆 연단 아래에 자리 잡는다. 제국의 사법 제도가 제정되기 전에는 정부 위원과 배심원단장이 각각 책상과 의자를 차지했는데, 한 사람은 법정 사무용 책상의 오른편에, 다른 한 사람은 왼편에 자리 잡았다. 두 명의 정리(廷吏)가 증인들의 출두를 위해 법정 앞에 마련된 공간을 분주히 오간다. 방어자들은 피고인석 단 아래에 자리한다. 목제 난간 하나가 홀의 다른 쪽 끝에서 두 개의 단을 연결해, 증언이 끝난 증인들과 특별한 방청객들을 위한 벤치가 놓인 구역을 형성한다. 그리고 재판관석 맞은편 출입문 위쪽에는, 고위 관리들 및 법정을 주재하는 재판장이 헌 내에서 선별한 여성 방청객들을 위해 마련된 초라한 단 하나가 언제나 존재하게 마련이다. 특별하지 않은 보통 방청객들은 홀의 정문과 난간 사이의 공간에 서 있게 된다. 프랑스의 일반 법정들과 현행 중죄 재판소의 이런 평균적 모습이 트루아 형사 법정의 모습이었다.

1806년 4월에는 헌병들을 제외하고는 재판부를 구성하는 네 명의 판사와 재판장도, 검사도, 배심원단장도, 정부 위원도, 정리나 변호사들도, 그 어느 누구도 사물의 헐벗음과 얼굴의 빈약한 모습을 북돋아 줄 만한 복장이나 뚜렷한 표식을 착용하지 않았다. 예수 수난상도 놓여 있지 않아, 법조인들에게도 피고들에게도 수난의 모범을 보여 주지 못했다. 모든 것이 쓸쓸하고 평범했다. 사회적 호기심에 필수 불가결한 장치가 형사범에게는 어쩌면 하나의 위안이 될 수 있을는지도 모르겠다. 풍습의 변혁이 일어나지 않는 한, 재판에 쇄도하는 대중의 열성은 과거에도 그랬고 앞으로도 유사한 모든 경우에 마찬가지일 것이다. 재판 방청을 대중에 허용하는 것은 공개성을 내포한다는 사실 그리고 법정 심리의 공개는 과도한 고통을 부과하기 때문에 만약 입법자가 그것을 짐작할 수 있었다면 그런 고통을 부과하지 않았으리라는 사실을 프랑스가 인식하지 못하는 한, 대중의 열성은 언제나 마찬가지일 것이다. 대체로 풍습이 법률보다 더 잔인하다. 풍습이란 사람들의 본성인 것이다. 그러나 법은 한 나라의 이성이다. 이성에 기반하지 않는 경우가 많은 풍습은 법을 능가한다. 법원 주위에는 사람들이 떼를 지어 모여들었다. 유명한 모든 재판의 예와 마찬가지로, 재판장은 병사들을 줄 세워 문을 지키게 하지 않을 수 없었다. 난간 뒤에 선 방청객들은 너무나 밀집되어 있어서 숨이 막혔다. 미쉬를 변호하는 드 그랑빌 씨, 드 시뫼즈 형제의 방어자인 보르댕, 그리고 여섯 피고인 가운데 혐의가 덜한 도트세르 형제와 고타르를 변호하는 트루아의 변호사가 법정이 개회하기 전에 자기들 자리에 착석해 있었는데, 그들의 얼굴에는 자신감이 서려 있었다. 의사가 환자에게 걱정을 전혀 드러내 보이지 않는 것과 마찬가지로, 변호사는 고객에게 언제나 희망이 넘치는 모습을 보이는 법이다. 그것은 거짓이 미덕이 되는 드문 경우 중 하나이다. 피고인들이 입장하자, 네 청년의 모습을 보고 호의적인 속삭임이 일었다. 그들은 불안 속에서 이십 일간 수감 생활을 한 후, 약간 창백해진 모습이었다. 서로를 쏙 빼닮은 쌍둥이의 면모가 가장 강렬한 관심을 불러일으켰다. 자연이 자신의 가장 신기한 희귀함 중 하나에 특수한 보호 장치를 부여했음이 틀림없다는 생각을 누구나 했음직하다. 그리고 모두들 그들에 대한 운명의 망각을 수정하고 싶다는 유혹을 받았을 것이다. 고상하고 단순하며 부끄러움의 흔적이 조금도 없지만, 그렇다고 허세의 모습도 없는 그들의 태도가 많은 부인들을 감동시켰다. 네 명의 귀족 청년과 고타르는 체포되었을 때의 옷차림 그대로 출두했다. 그러나 복장이 증거물로 제출된 미쉬는 자신이 가진 가장 좋은 옷을 차려입어서, 푸른 프록코트, 로베스피에르식의 갈색 벨벳 조끼, 흰색 넥타이 차림이었다. 그 가엾은 사내는 흉한 얼굴의 대가를 치렀다. 그의 노란 눈이 웅성거리는 군중을 향해 투명하고 깊숙한 시선을 던지자, 군중은 두려움의 중얼거림으로 답했다. 방청객들은 그의 장인이 수많은 희생자들을 앉혔던 피고인석에 그가 출두한 사실에서 신의 손길을 보고자 했다. 무척이나 의연한 이 남자는 신랄한 미소를 억제하고 자기 주인들을 쳐다보았다. 마치 '제가 잘못했습니다!'라고 그들에게 말하는 것 같은 모습이었다. 다섯 명의 피고인은 그들의 변호인과 다정한 인사를 교환했다. 고타르는 여전히 바보 행세를 하고 있었다.

보르댕과 드 그랑빌 씨 곁에 용감하게 자리 잡은 드 샤르주뵈프 후작에게서 전후 사정을 설명 들은 대로 변호인들이 사려 깊게 기피 신청을 한 다음 배심원단이 구성되고 기소장이 낭독되고 나자, 피고인들은 각자 심문을 받기 위해 분리되었다. 그들은 모두 전체적 맥락에서 일치하는 답변을 했다. 아침에 말을 타고 숲에 산책을 나갔다가, 오후 1시에 점심 식사를 하러 생시뇨로 돌아왔다고 했다. 식사 후 3시부터 5시 30분까지, 그들은 다시 숲에 가 있었다. 이것이 피고인들의 공통된 답변이었고, 그들의 특수한 위치에 따라 약간의 변형이 파생했다. 재판장이 그렇게 이른 아침부터 외출한 이유를 대라고 드 시뫼즈 형제에게 요구하자, 그들은 사실은 귀환 후부터 공드르빌을 다시 구매할 생각을 해 왔고, 그 전날 도착해 있던 말랭과 교섭을 할 목적으로, 제안할 금액 산정을 위해 숲을 조사하려고 사촌 누이와 미쉬와 함께 나갔던 거라고 진술했다. 그 시간 동안 도트세르 형제와 그들의 사촌 누이와 고타르는 농부들이 목격한 바 있는 늑대를 사냥하고 있었다. 만약 배심원단장이 공드르빌 직할 영지를 통과한 말들의 흔적을 조사한 것과 같은 주의력을 기울여 숲에서 그들의 말의 흔적을 조사했다면, 그들이 성에서 아주 멀리 떨어진 지역에 나가 있던 증거가 발견되었을 거라고 했다.

도트세르 형제의 심문은 드 시뫼즈 형제의 심문 내용을 확인해 주었고, 예심에서 드 시뫼즈 형제가 했던 진술과 조화를 이루었다. 그들의 나들이를 정당화할 필요성이 피고인 각자에게 사냥 핑계를 대도록 암시해 준 것이다. 며칠 전 농부들이 숲속에서 늑대 한 마리를 목격한 사실이 그들 각자에게 핑곗거리를 제공한 셈이다.

그렇지만 검사는 도트세르 형제가 모두들 함께 사냥을 했다고 대답했던 첫 번째 심문 내용과 시뫼즈 형제는 숲의 가치를 산정하러 갔다고 주장한 반면 도트세르 형제와 로랑스는 사냥을 했다고 주장한 공판에서 채택한 답변 사이의 모순을 지적했다.

범죄 행위는 오후 2시부터 5시 30분 사이에 일어났으므로, 오전 시간을 사용한 방식에 대해서는 피고인들이 어떻게 설명하든 믿어야 한다고 드 그랑빌 씨가 주지시켰다.

피고인들은 상원 의원을 감금하기 위한 제반 준비를 은폐할 필요가 있었을 거라고 검사가 말했다.

그때 변호의 능란함이 모든 사람의 눈에 드러나 보였다. 판사들, 배심원들, 방청객들은 승소가 뜨거운 논쟁의 대상이 되리라는 것을 금방 깨달았다. 보르댕과 드 그랑빌 씨는 모든 것을 예상하고 있었던 것처럼 보였다. 무죄는 무고한 행위의 명백하고 수긍할 수 있는 계산서여야만 한다. 그러므로 변호의 의무는 기소의 있음직하지 않은 허구에 있음직한 허구를 대치시키는 것이다. 자신의 고객을 무고한 자로 생각하는 변호인에게는 기소가 하나의 우화가 된다. 네 귀족에 대한 공개 심문은 사태를 충분히 그들에게 유리하게 설명해 주었다. 거기까지는 모든 것이 잘 진행되었다. 그러나 미쉬에 대한 심문은 더 엄중했고 다툼을 야기했다. 그러자 왜 드 그랑빌 씨가 주인들의 변호 대신 하급자인 미쉬의 변호를 선택하게 되었는지를 모두들 이해하게 되었다.

미쉬는 마리옹을 위협한 것을 인정했지만, 그 위협이 난폭했다는 사람들의 주장은 부인했다. 말랭에 대한 매복으로 말하자면, 그저 직할 영지를 배회했을 뿐이라고 했다. 상원 의원과 그레뱅 씨는 그의 총구를 보고 겁이 났을 수 있고, 그의 자세가 공격적이지 않았지만 그것을 저격 자세로 추측할 수도 있었을 거라고 말했다. 사냥에 익숙하지 않은 사람은 밤중에 어떤 사람의 어깨에 총이 얹혀 있는 것을 보고도 그 총이 자기를 겨누고 있다고 생각할 수 있을 거라고 그는 지적했다. 체포되었을 때의 옷차림을 정당화하기 위해서, 그는 집으로 돌아가다가 벽 틈새에서 넘어졌다고 대답했다. "틈새를 기어오르려는데 앞이 잘 보이지 않아서 움푹한 길을 오를 때 디디는 돌들과 부딪쳤는데, 돌들이 그만 밑으로 허물어지고 말았습니다."라고 그는 말했다. 고타르가 그에게 가져다준 석회에 대해서는, 그때까지 받은 모든 심문에서 대답한 것과 마찬가지로, 움푹한 길의 울타리 말뚝 하나를 때우는 데 썼다고 대답했다.

치안 판사, 헌병들, 산림 감시인 모두가 그가 아래로 내려오는 소리를 들었다고 증언하고 있는데 어떻게 그가 움푹한 길 위쪽에서 울타리 말뚝을 수리하는 동시에 성의 벽 틈새에 있을 수 있었는지 설명해 보라고 검사와 재판장이 그에게 요구했다. 미쉬는 도트세르 씨가 그 수리를 반드시 하라고 명했는데 그 길이 면사무소와 야기할 수 있는 분쟁 때문에 그 사소한 수리를 하지 않았다고 도트세르 씨에게 질책을 들은 터여서 울타리의 복구를 그에게 알리러 가던 길이었다고 답변했다.

실제로 도트세르 씨는 면사무소가 그 길을 차지하는 것을 막기 위해 움푹한 길 위쪽에 울타리를 설치하라고 시킨 적이 있었다. 미쉬는 당시 자신의 옷차림과 사용한 것을 부인할 수 없는 석회가 얼마나 중요성을 지니는지 파악하고 그런 핑곗거리를 만들어 낸 것이다. 재판에서 종종 진실이 허구와 흡사해진다면, 허구 또한 진실과 대단히 흡사해진다. 변호인과 검사는 각각 이런 상황에 큰 가치를 부여하므로, 변호인의 노력과 검사의 의심에 의해 그런 상황은 결정적인 것이 된다.

아마도 드 그랑빌 씨에게서 암시를 받은 듯, 고타르도 미쉬에게 석회 자루들을 날라 달라는 부탁을 받았노라고 법정에서 자백하기에 이르렀다. 그때까지는 질문을 받을 때마다 항상 울음부터 터뜨렸던 것이다.

"당신이나 고타르는 왜 치안 판사와 산림 감시인을 그 울타리로 즉시 인도하지 않았나요?" 하고 검사가 물었다.

"우리에 대해 그런 엄청난 고발이 행해지리라고는 결코 생각하지 못했습니다." 미쉬가 대답했다.

고타르만 빼고 모든 피고인의 퇴장이 이루어졌다. 고타르만 혼자 남게 되자, 재판장은 그의 의도적인 바보 행세는 끝났다고 지적하면서, 자신의 이익을 지키기 위해 진실을 말하라고 종용했다. 고타르가 정말 멍청이라고 믿는 배심원은 아무도 없었다. 법정에서 계속 입을 다물면 엄벌을 받을 가능성이 있지만, 진실을 말하면 면소 처분을 받을 수 있을 거라고도 했다. 고타르는 울고 비틀거리더니, 이윽고 미쉬에게서 석회 몇 자루를 날라다 달라는 청을 받았노라고 대답하기에 이르렀다. 그러나 매번 농가 앞에서 미쉬와 마주쳤다고 말했다. 그는 날라다 준 석회 자루가 몇 개나 되느냐는 질문을 받았다.

"세 개요." 고타르가 대답했다.

체포되던 순간 나르던 것을 포함해 자루가 세 개인지 어떤지를 두고 고타르와 미쉬 사이에 설왕설래가 있었다. 나르던 마지막 자루를 포함하느냐 마느냐에 따라 자루 수는 두 개 또는 세 개가 되는 것이다. 이 논란은 미쉬에게 유리하게 끝났다. 배심원들은 두 자루만 사용한 것으로 결론 내렸다. 그들은 이 문제에 대해 이미 확신을 갖고 있는 것처럼 보였다. 보르댕과 드 그랑빌 씨는 배심원들이 석회에 신물이 나고 지쳐 빠지게 만듦으로써 그들이 그 문제에 대해 더 이상 아무것도 이해할 수 없도록 할 필요가 있겠다고 판단했다. 드 그랑빌 씨는 울타리 상태를 조사하기 위해 두 명의 전문가를 지명하도록 요청하는 제안서를 제출했다.

변호인이 다음과 같이 말했다.

"배심원단장은 엄밀한 검증을 하기 위해서보다는 미쉬의 술책을 입증하기 위한 목적으로 현장을 방문하는 데 만족했습니다. 그러나 우리가 보기에 단장은 자신의 의무를 소홀히 했고, 그의 과오는 우리에게 유용한 논거가 됩니다."

법정은 울타리의 말뚝 하나가 최근에 수리되었는지를 알아보기 위해 실제로 전문가들을 지명했다. 검사 측에서는 검증에 앞서 이 상황에 대한 자기편의 주장을 관철하고자 했다.

"당신은 혼자 울타리 수선을 하기 위해 5시 30분에서 6시 30분 사이의 어둑어둑한 시간을 선택한 겁니까?" 그가 미쉬에게 물었다.

"도트세르 씨께 꾸지람을 받았으니까요!"

그러자 검사가 이렇게 말했다.

"하지만 당신이 울타리에서 회반죽을 사용했다면, 반죽통과 흙손을 썼겠죠? 그런데 당신이 그렇게 신속하게 도트세르 씨한테 가서 그의 명령을 수행했다고 말했다면, 고타르가 어떻게 당신에게 또다시 석회를 운반해 갔는지 설명되지 않아요. 당신은 당신의 농가 앞을 지나야 했을 테고, 그때 당신의 연장을 놔두고 고타르에게 미리 알려 주었겠죠."

이 전광석화 같은 추론이 법정에 공포의 침묵을 자아냈다.

"자, 이제 자백하세요, 당신이 파묻은 것은 말뚝이 아니겠죠." 검사가 뒤이어 말했다.

"그러니까 당신은 그게 상원 의원이라고 생각하는 겁니까?" 미쉬가 극도의 빈정거리는 투로 말했다.

드 그랑빌 씨가 이 문제에 대해 설명할 것을 검사에게 단호히 요구했다. 미쉬는 납치와 감금죄로 기소된 것이지 살인죄로 기소된 것이 아니었다. 갑작스럽게 나온 이 질문은 더없이 중대한 것이었다. 혁명력 4년 무월의 법전은 법정 논쟁에서 새로운 기소 사항을 도입하는 것을 검사에게 금하고 있었다. 검사는 기소장의 범주에 머물러야지, 그러지 않으면 재판이 무효가 될 위험이 있었다.

미쉬는 자기 주인들을 위해 모든 책임을 짊어지기로 한 범죄의 주범으로서, 아직 알지는 못하지만 상원 의원이 신음하고 있을 어떤 장소의 입구를 폐쇄할 필요가 있었을지도 모른다고 검사가 답변했다.

질문에 시달리고 고타르의 면전에서 공격을 받으며 자신이 한 진술과 모순에 빠진 미쉬는 피고인석 난간을 주먹으로 세차게 내리치며 말했다. "나는 상원 의원 납치와 아무 상관이 없습니다. 그의 적들이 그를 감금했다고 믿고 싶어요. 그가 다시 나타나면, 석회가 그 일에 쓰인 적이 전혀 없다는 것을 알게 될 겁니다."

"좋습니다, 내가 고객의 변호를 위해 말할 수 있는 모든 것보다 당신이 더 많은 일을 해 주셨습니다." 변호사가 검사를 향해 이렇게 말했다.

배심원들을 놀라게 하고 변호에 유리함을 안겨 준 이 대담한 진술로 첫 공판이 종결되었다. 그리하여 그 도시의 변호사들과 보르댕은 젊은 변호사에게 열렬한 축하를 보냈다. 그 단정에 불안해진 검사는 자신이 함정에 빠진 것이 아닐까 하는 두려움을 느꼈다. 실제로 그는 변호사들이 매우 능란하게 꾸미고 고타르가 기막히게 제 역할을 한 함정에 빠진 셈이었다. 그 도시의 재담꾼들은 사건에 회반죽이 다시 칠해졌고, 검사는 그의 입지를 묽게 반죽했으며, 시뫼즈 형제는 석회처럼 새하얘졌다고 말했다. 프랑스에서는 모든 것이 농담의 영역으로 들어오는바, 프랑스는 그 분야의 여왕과도 같은 존재인 것이다. 단두대, 최대의 재앙, 바리케이드에 대해서도 농담이 행해지고, 어떤 프랑스인은 최후의 심판 대법정에 대해서도 농담을 할지 모른다.

다음 날은 검찰 측 증인에 대한 심문이 있었다. 마리옹 부인, 그레뱅 부인, 그레뱅, 상원 의원의 시종, 사건의 추이에 따라 공술이 쉽게 이해될 수 있는 비올레트가 그 증인들이었다. 모두들 피고인 다섯 명의 신원을 확인했는데, 네 명의 귀족 청년에 대해서는 어느 정도 망설임이 있었으나, 미쉬에 대해서는 확신을 가지고 신원 확인을 했다. 보비자주는 로베르 도트세르가 무심히 했던 말을 되풀이했다. 송아지를 사러 왔던 농부는 드 생시뉴 양의 말을 반복했다. 증언을 청취한 감정인들은 편자 자국을 네 귀족 청년의 말편자와 대조한 그들의 보고서를 확인했는데, 기소장에 따르면 양자는 전적으로 닮아 있었다. 이 상황은 자연히 드 그랑빌 씨와 검사 사이에 격렬한 논쟁의 대상으로 떠올랐다. 변호사는 생시뉴의 대장장이를 공략했고, 유사한 편자들이 며칠 전 타관 사람들에게 판매된 사실을 논쟁에서 입증하는 데 성공했다. 그런 데다 대장장이는 생시뉴성의 말들만 그런 방식으로 편자를 박는 것이 아니라, 면내의 다른 많은 말들도 같은 방식으로 편자를 박는다고 증언했다. 마지막으로 미쉬가 늘 타는 말은 특히 트루아에서 편자를 박았으며, 그 편자 자국은 직할 영지에서 확인된 자국 가운데서는 전혀 발견되지 않았다.

"미쉬와 꼭 닮았다는 사람은 이런 상황을 알지 못했고, 기소는 우리가 성 소유의 말 한 필을 사용했다고 입증하지 못했습니다." 드 그랑빌 씨가 배심원들을 똑바로 쳐다보며 이렇게 말했다.

게다가 그는 멀리 뒤편에서 보았을 뿐인 말들의 유사성에 관한 비올레트의 증언을 공박했다. 변호인이 경이로운 노력을 기울였음에도 불구하고, 다수의 실제적 증언은 미쉬에게 압도적으로 불리했다. 변호인 측이 예감했던 것과 마찬가지로 검사, 방청객, 재판관 및 배심원 모두가 느끼기에 하인 미쉬의 유죄가 주인들의 유죄와 연결되는 것처럼 보였다. 보르댕은 드 그랑빌 씨를 미쉬의 변호인으로 내세움으로써 소송의 핵심을 잘 짚어 낸 것이다. 그러나 그렇게 함으로써 변호인 측은 자신의 비밀을 드러낸 셈이었다. 또한 전 공드르빌 관리인인 미쉬와 관련된 모든 것은 흥미진진한 관심거리였다. 그런 데다 미쉬의 태도는 탁월했다. 그는 이 다툼에서 천성적으로 타고난 모든 명민함을 발휘했다. 그를 지켜보면서 대중은 그의 우월함을 알아보았다. 그러나 놀라운 사실은 그래서 그 사람이 더욱더 습격의 장본인으로 보였다는 점이다. 배심원들과 법률의 관점에서 볼 때 검찰 측 증인들보다 믿음이 덜 가는 변호인 측 증인들은 그들의 의무를 수행하는 것처럼 보였고, 대충 진술하는 것처럼 받아들여졌다. 우선 마르트도 도트세르 부부도 선서를 하지 않았다. 그리고 카트린과 뒤리외 내외는 하인 신분으로 인해 같은 경우로 취급되었다. 도트세르 씨는 실제로 넘어진 말뚝을 다시 세우라고 미쉬에게 명령을 내린 바 있다고 말했다. 그때 자기들의 보고서를 낭독한 감정인들의 진술도 귀족의 증언을 확인해 주었다. 그러나 감정인들은 그 작업이 이루어진 시기를 특정하는 것이 불가능하다고 진술함으로써 배심원단장에게도 유리한 입장을 제공했다. 작업 이후 스무 날이 지났을 수도 있고, 여러 주가 지났을 수도 있었다. 드 생시뉴 양의 출현은 가장 강렬한 호기심을 불러일으켰으나, 이십삼 일 동안이나 헤어져 있던 끝에 피고인석에서 사촌 오빠들을 다시 보게 되자 너무나 격렬한 감정을 느낀 나머지 그녀는 마치 죄를 지은 듯한 모습이었다. 그녀는 쌍둥이 형제 곁에 있고 싶은 억제할 수 없는 강한 욕망을 느꼈고, 나중에 그녀가 술회한 바에 따르면, 자신도 세상 사람들의 눈에 그들처럼 죄인으로 보이기 위해 검사를 살해하고 싶은, 참을 수 없는 분노에 사로잡혔다. 그녀는 생시뉴로 돌아오는 길에 직할 영지에서 연기가 피어오르는 것을 보고 화재로 믿었다고 순진하게 말했다. 오랫동안 그녀는 그 연기가 잡초에서 피어오르는 것으로 생각했었다.

"그렇지만 사법 당국의 관심을 끌 만한 특별한 점이 기억에 떠오른 것은 나중의 일이었습니다. 나는 내 승마복의 단춧구멍 장식 끈과 깃 주름 장식 속에서 바람에 날아온 종이가 탄재와 흡사한 재를 발견했습니다." 그녀는 말했다.

"연기가 많이 났습니까?" 하고 보르댕이 물었다.

"예, 저는 화재가 난 줄 알았습니다." 드 생시뉴 양이 대답했다.

"이 사실은 소송의 양상을 바꿀 수 있습니다. 화재가 일어난 장소에 대한 즉각적인 조사를 명령할 것을 법정에 요청하는 바입니다." 보르댕이 이렇게 말했다.

재판장이 조사를 명령했다.

변호인들의 요청으로 불려 나와 이 상황에 대해 심문을 받은 그레뱅은 그 문제에 관해서는 아는 것이 아무것도 없다고 증언했다. 그러나 보르댕과 그레뱅 사이에는 서로의 속내를 드러내는 눈길의 교환이 있었다.

'소송 결과는 여기에 달려 있어.' 하고 노대소인은 속으로 생각했다.

'그들이 바로 이 지점에 이르렀구나!' 공증인도 생각했다.

그러나 교활한 두 능구렁이는 둘 다 조사는 쓸데없는 짓이라고 생각했다. 보르댕은 그레뱅이 철벽처럼 신중할 거라고 생각했고, 그레뱅은 불탄 흔적을 없애 버린 것에 속으로 쾌재를 불렀다. 이 문제는 법적 다툼에서는 부수적 사항이고 부질없어 보였지만 사건 전말에서 젊은 피고인들이 정당화되기 위해서는 핵심적인 것이었다. 그러나 전문가들 및 직할 영지 방문에서 서기 역을 맡은 피구가 화재의 흔적이 존재하는 어떤 장소도 눈에 띄지 않았다고 선언함으로써 문제가 유야무야되었다. 보르댕은 영지 관리인의 명을 받아 불탄 목초지를 갈아엎었다고 증언한 두 명의 일꾼을 소환했다. 그러나 그들은 재가 어떤 성분에서 나왔는지 전혀 눈여겨보지 않았다고 말했다.

변호인들의 소환에 응해 출두한 영지 관리인은 아르시의 가장행렬을 구경하러 가는 길에 성 앞을 지나다가 상원 의원으로부터 불탄 목초지를 갈아엎으라는 명령을 받았다고 말했다. 아침 산책을 나갔던 상원 의원 눈에 그 목초지가 눈에 띄었던 것이다.

"거기서 풀을 태웠던가요, 아니면 종이를 태웠던가요?"

"종이를 태웠다고 믿을 만한 어떤 것도 보지 못했습니다." 하고 관리인이 대답했다.

"요컨대 거기서 풀을 태웠다면, 누군가 거기에 풀을 옮겨 와서 불을 놓았겠군요." 하고 변호인들이 말했다.

생시뉴의 사제와 구제 양의 증언은 호의적인 인상을 주었다. 그들은 저녁 예배를 마치고 나와서 숲 쪽으로 산책을 하다가 귀족 청년들과 미쉬가 말을 타고 성에서 나와 숲으로 향하는 것을 보았다고 했다. 구제 사제의 신분과 품성이 그의 증언에 무게를 더해 주었다.

유죄 판결을 확신하는 검사의 논리는 논고에 어울리는 상투적인 것이었다. 피고인들은 프랑스와 제도와 법에 맞서는 고질적인 적대자들이라는 것이었다. 그들은 혼란에 목마른 자들이었다. 그들이 황제의 생명을 겨냥한 음모에 가담했고 콩데의 군대에 소속되어 있었음에도 불구하고, 관대한 군주께서는 그들을 망명자 명단에서 삭제해 주신 바 있다. 그런데 그들은 그분의 관용을 이런 식으로 갚은 것이다. 요컨대 보나파르트주의자에 맞서서 부르봉의 이름으로 반복되었고, 오늘날에는 공화주의자들과 정통 왕조주의자들에 맞서서 루이 필리프

파의 이름으로 반복되는 모든 웅변적 수사가 동원되었던 것이다. 이런 상투적 언사가 어느 특정 정부에서는 의미를 가질 수도 있겠지만, 역사상 모든 시대의 검찰관 입에서 엇비슷한 모습으로 튀어나올 때에는 희극적으로 보이지 않겠는가. 이 점에 대해서는 '간판은 바뀌었지만, 술은 언제나 똑같다!'라는 좀 더 예스러운 표현을 인용해도 좋을 것이다. 제국의 가장 뛰어난 검사장 중 한 명이기도 했던 그 검사는 이 범행을 자기들 재산의 점유에 항의하기 위해 돌아온 망명자들의 의도 탓으로 돌렸다. 그는 상원 의원의 상황에 대해 방청석을 공포에 떨게 만들었다. 그런 다음 자신의 열성에 대한 확실한 보상을 촉구하는 재능을 동원해 증거, 준증거, 개연성을 전부 결집시킨 후, 침착하게 자리에 앉아 변호인들의 반격을 기다렸다.

드 그랑빌 씨는 기소된 형사 소송 건에 대해서만 변호했는데, 이 소송이 그의 명성을 드높였다. 우선 그는 자신의 변론을 위해 오늘날 우리가 베리에[108]를 찬양하는 것과 같은 웅변술의 활기를 보여 주었다. 다음으로 그는 피고인들의 무고함에 대한 확신을 갖고 있었던바, 그것이 그의 언변이 지닌 가장 강력한 매개체 중 하나였다. 당시의 신문들이 전문(全文)을 보도한 그의 변론의 주안점들은 다음과 같다. 우선 그는 미쉬의 생애를 진정한 빛으로 복원했다. 그것은 가장 위대한 감정이 울려 퍼지는 아름다운 이야기로서, 많은 공감을 불러일으

---

108) 피에르 앙투안 베리에(Pierre-Antoine Berryer, 1790~1868). 프랑스의 유명한 변호사이자 정치인. 1830년대 초 7월 왕정하에서 정통 왕조주의를 대변했고, 정치적 입장이 같았던 발자크와 교분이 깊었다.

켰다. 웅변적 목소리에 의해 자신의 명예가 회복되는 것을 보면서, 한순간 미쉬의 노란 눈에서 눈물이 솟아나 그의 무서운 얼굴을 타고 흘러내렸다. 그때 그의 있는 그대로의 본모습이 드러나 보였다. 어린애처럼 단순하면서도 꾀바른 남자, 그러나 일생 동안 단 하나의 생각만을 품어 온 남자의 모습이 바로 그것이었다. 무엇보다 배심원단에게 큰 효과를 발휘한 그 눈물에 의해 그 인물이 갑작스럽게 설명된 셈이었다. 능란한 변호인은 이런 호감의 분위기를 포착하고 증거를 둘러싼 논쟁을 개시했다. "범죄 구성체가 어디에 있습니까? 상원 의원은 어디 있습니까?" 변호인이 물었다. "검사 측에서는 상원 의원을 감금했다고, 심지어 돌과 석회를 써서 그를 밀폐했다고 우리를 기소했습니다! 그렇다면 우리만이 그가 있는 곳을 알 터인데, 당신들이 이십삼 일 동안이나 우리를 감옥에 붙들어 두고 있는 만큼, 그는 식량 결핍으로 죽었을 것입니다. 그러니까 우리는 살인자들인 셈인데, 당신은 우리를 살인죄로 기소하지 않았습니다. 만약 그가 살아 있다면, 우리에게는 공범자들이 있을 것입니다. 그런데 우리에게 공범자들이 있고 상원 의원이 살아 있다면, 도대체 왜 우리가 그의 모습을 드러내지 않겠습니까? 당신이 추정한 우리의 의도가 일단 실패한 마당에, 우리가 쓸데없이 우리의 입장을 악화시키겠습니까? 복수는 실패했고, 우리는 뉘우침으로 스스로 용서를 구할 수 있을 것입니다. 그런데 얻을 것이 아무것도 없는 사람을 우리가 끈질기게 붙들어 두겠습니까? 그것은 부조리하지 않습니까? 당신의 그 석회를 거두십시오, 그것의 효과는 끝장났습니다. 우리는 당신도 그렇게 믿지 않을 멍청한 범인들이거나 아니면 당신에게나 우리에게나 불가해한 어떤 상황의 희생양인 무고한 사람들인 것입니다! 오히려 당신은 상원 의원의 땅에서 태운 서류 뭉치를 찾아야 할 것입니다. 그것이 당신의 기소 이유보다 훨씬 더 첨예한 이해관계를 드러내어, 당신에게 상원 의원의 납치를 설명해 줄 것입니다."

검사 측을 논박한 다음, 변호인은 찬탄할 만한 능란함을 발휘해 이런 가정을 제시했다. 그는 돈독한 신앙심으로 미래를 믿고 영원한 형벌을 믿는 변호인 측 증인들의 품성에 대해 강조해서 말했다. 이 지점에서 그는 숭고해 보였고, 깊은 감동을 자아냈다. 그가 이렇게 말했다.

"아니! 저 죄인들은 자기들 사촌 누이에게서 상원 의원의 납치 소식을 듣고도 조용히 저녁 식사를 했습니다. 헌병대 장교가 모든 것을 끝낼 수 있는 방법을 그들에게 암시했을 때, 그들은 상원 의원을 돌려주기를 거절했는데, 그가 자기들에게 원하는 것이 무엇인지도 몰랐던 것입니다!"

그런 다음 그는 그 부당한 기소의 베일을 벗겨 줄 세월의 수중에 해결의 열쇠가 놓여 있는 수상한 사건을 암시했다. 논점이 일단 이 영역에 이르자, 그는 자신을 배심원으로 상정하는 대담하고도 교묘한 재치를 발휘하여 동료 배심원들과의 숙의에 대해 이야기했고, 만약 그 오류가 잔인한 처벌의 원인으로 인식되는 날에는 자신이 얼마나 불행할 것인지를 생생하게 묘사했다. 그가 자신의 회한을 너무도 여실하게 표현하면서, 변론이 배심원 처지의 그에게 강력하게 야기할 의혹을 다시 환기했으므로 배심원들은 끔찍한 불안에 빠졌다.

아직은 배심원들이 이런 종류의 연설에 무감각해진 시절이 아니어서, 이 연설은 새로운 매력을 발휘했고, 배심원단은 동요되었다. 드 그랑빌 씨의 열띤 변론에 이어 배심원들은 예리하고 능란한 검사의 말을 들어야 했다. 검사는 고려 사항을 증가시켰고, 소송의 어두운 부분들을 모두 부각했고, 소송을 불가해한 것으로 만들었다. 드 그랑빌 씨가 감정과 상상력을 공격했다면, 검사는 정신과 이성에 충격을 가하는 방식으로 행동했다. 요컨대 드 그랑빌 씨가 너무도 진지한 확신을 가지고 배심원들을 유인했기 때문에, 검사는 자신이 쌓은 발판이 산산조각 나는 것을 깨달았다. 그것이 너무 분명해 보였으므로 도트세르 형제와 고타르의 변호사는 그들에 대한 기소가 포기된 것으로 알고, 배심원들의 신중함에 모든 것을 일임했다. 검사는 자신의 답변을 다음 날로 연기해 달라고 요청했다. 이런 변론의 충격 속에서 심의가 이루어진다면 무죄 석방이 이루어질 것임을 배심원들의 눈길에서 읽어 낸 보르댕이 법률적, 사실적 이유를 내세워 자신의 무고한 고객들의 마음에 하룻밤 더 불안감이 쌓이게 하는 것을 반대했지만 허사였고, 법정은 토의를 이어 갔다.

"본인은 사회의 이익도 피고인들의 이익과 동등하다고 봅니다. 만약 법정이 이러한 요청을 변호인 측에 거부한다면 법정은 공정성의 개념을 위반하는 것이 될 터인즉, 검찰 측의 요청에도 동의해 주어야 합니다." 재판장이 이렇게 말했다.

"모든 것이 운에 달렸습니다. 오늘 저녁에 무죄 방면될 수 있는 당신들이, 내일은 유죄 선고를 받을 수도 있어요." 자신의 고객들을 바라보며 보르댕이 말했다.

"어느 경우이든, 우리는 당신을 찬미할 수밖에 없습니다." 하고 형 시뫼즈가 말했다.

드 생시뉴 양의 눈에 눈물이 글썽글썽했다. 변호인들이 의혹을 표명한 이후로, 그녀는 이와 같은 성공은 생각도 못 했었다. 사람들이 그녀를 축하해 주었다. 모두들 그녀에게 다가와 사촌 오빠들의 무죄 석방을 장담했다. 그러나 이 사건은 형사 소송의 양상을 일변시킨 더없이 놀랍고, 더없이 불길하고, 더없이 예기치 못한 극적 돌변을 맞게 된다.

드 그랑빌 씨의 변론이 있은 다음 날 새벽 5시, 상원 의원이 트루아의 대로에서 발견되었다. 그는 잠든 사이 알 수 없는 사람들에 의해 쇠사슬에서 풀려나, 소송 건은 알지도 못하고 자신의 이름이 유럽에서 떠들썩하게 회자되는 것도 모른 채, 대기를 마음껏 들이마실 수 있는 것을 기뻐하며 트루아로 가는 중이었다. 이 드라마의 주축 역할을 한 그 인물은 그를 보고 어안이 벙벙해진 다른 사람들과 마찬가지로 자신이 알게 된 사실에 어안이 벙벙해졌다. 그는 어느 농부의 마차를 제공받아 재빨리 트루아의 지사 관저에 당도했다. 지사는 즉시 배심원단장과 정부 위원과 검사에게 통보했다. 드 공드르빌 백작이 그들에게 진술한 이야기에 의거해, 검사는 잠들어 있는 마르트를 체포하려고 뒤리외의 집으로 사람들을 파견했고, 그동안 배심원단장은 그녀의 체포 영장을 작성해 교부했다. 보석으로 풀려나 있던 드 생시뉴 양은 끊임없는 번민 가운데서 좀처럼 잠을 이루지 못하다가 가까스로 잠이 들었는데, 마르트와 마찬가지로 깨워져 심문을 받기 위해 수감되었다. 상호간은 물론 변호사들과도 소통할 수 없도록 피고인들을 격리하라는 명령이 교도소장에게 전달되었다. 10시가 되자, 모여 있던 군중은 공판이 오후 1시로 연기되었다는 사실을 알게 되었다.

상원 의원의 석방, 마르트와 드 생시뉴 양의 체포 그리고 피고인들과의 소통 금지와 동시에 일어난 공판 시간의 변경이 드 샤르주뵈프 저택에 공포심을 야기했다. 도시 전체와 재판 방청을 위해 트루아에 모여든 구경꾼들, 신문의 속기사들, 민중 모두가 당연히 흥분에 휩싸였다. 10시경 구제 사제가 도트세르 부부와 변호인들을 만나러 왔다. 그때 사람들은 이런 상황에서 할 수 있는 대로 대충 아침을 먹는 중이었다. 사제는 보르댕과 드 그랑빌 씨를 따로 만나 마르트의 고백을 그들에게 알려 주고, 그녀가 받은 편지의 남은 조각을 그들에게 전해 주었다. 두 변호인이 눈길을 주고받았고, 보르댕이 사제에게 말했다. "한마디도 하지 마세요! 모든 것이 소용없는 짓 같으니, 최소한 냉정함을 유지하도록 합시다."

마르트는 배심원단장과 검사의 합동 심문에 저항할 힘이 없었다. 게다가 그녀에게 불리한 증거가 차고 넘쳤다. 상원 의원의 지적에 따라, 마르트가 마지막으로 가져다준 빵 껍질과 빈 술병 등 지하실에 남겨 둔 몇 가지 물건들을 찾으러 르셰스노가 사람들을 보냈다. 오랜 시간 갇혀 있으면서 말랭은 자신의 상황에 대해 여러 가지 추측을 해 보고 적들의 흔적을 추적할 수 있는 단서들을 찾아보았으므로, 당연히 자신이 관찰한 사실들을 법관에게 알려 주었다. 최근에 신축한 미쉬의 농가에는 필경 새 화덕이 있을 것이고, 빵을 올리는 기와와 벽돌들의 접합부에 특정한 무늬가 있을 테니, 남겨 둔 빵 껍질에 새겨진 줄무늬를 대조해 보면, 그가 먹은 빵이 그 화덕에서 구워졌다는 증거를 찾을 수 있을 터였다. 그런 데다 초록빛 밀랍으로 봉인된 포도주 병들도 미쉬의 지하실에 있는 포도주 병들과 같은 병일 것이다. 마르트를 대동하고 수색을 나간 치안 판사에게 진술된 이 자세한 고찰들은 상원 의원이 예측한 결과들을 가져왔다. 이런 명백한 증거들에 질겁한 순간, 마르트는 온전한 고백만이 남편의 목숨을 구할 수 있다고 그녀에게 넌지시 암시한 르셰스노와 검사와 정부 위원의 번지르르한 친절에 속아서, 상원 의원이 갇혀 있던 은신처를 아는 사람은 미쉬와 시뫼즈 형제 및 도트세르 형제뿐이고 자기가 세 차례에 걸쳐 밤중에 상원 의원에게 먹을 것을 가져다주었다고 고백하고 말았다. 은신처의 상황에 대해 심문을 받은 로랑스는 미쉬가 그 은신처를 발견했으며 경찰의 추적을 받던 귀족 청년들을 거기서 꺼내기 위해 이번 사건이 있기 전 미쉬가 자기에게 그 은신처를 알려 주었다는 사실을 고백하지 않을 수 없었다.

이런 심문들이 끝나자, 배심원단과 변호사들은 곧바로 공판의 재개를 통고받았다. 3시가 되자, 재판장은 새로운 요인들에 대해 논쟁이 재개될 것임을 알리며 개정을 선언했다. 재판장이 미쉬에게 포도주 병 세 개를 보게 하고, 그날 오전 그의 아내의 입회하에 치안 판사가 그의 농가에서 입수한 포도주가 든 병 한 개의 봉인과 비어 있는 병 두 개의 봉인이 유사하다는 것을 지적하면서, 그 포도주 병들이 그의 것임을 인정하느냐고 물었다. 미쉬는 그 병들이 자기 것임을 인정하려 하지 않았다. 그러나 이 새로운 증거물들은 배심원들에 의해 채택되었고, 빈 병들은 상원 의원이 감금돼 있던 장소에서 발견한 것이라고 재판장이 배심원들에게 설명했다. 수도원 폐허 밑에 위치한 지하실에 대해 피고인들이 각각 심문을 받았다. 검찰 측과 피고 측 모든 증인들의 새로운 증언을 들은 후, 미쉬가 발견한 그 은신처를 알고 있는 사람은 미쉬 자신과 로랑스와 네 명의 귀족 청년뿐임이 논쟁 끝에 확인되었다.[109] 피고인들과 두 명의 증인만 알고 있는 그 지하실이 상원 의원의 감옥으로 쓰였다고 검사가 선언했을 때 방청객과 배심원들이 보인 놀라운 반응은 쉽게 짐작할 수 있을 것이다. 마르트가 불려 나왔다. 그녀의 출현은 방청객과 피고인들 사이에 더없이 강렬한 불안감을 야기했다. 드 그랑빌 씨가 자리에서 일어나 남편에게 불리한 증언을 해야 할 처지의 아내를 심문하는 것에 반대한다는 의견을 제시했다. 그녀 자신의 고백에 따라, 마르트가 범인과 공범 관계라는 사실을 검사가 주지시켰다. 그녀는 선서를 할 필요가 없고, 증언을 해야 하는 것도 아니며, 단

---

109) 이 부분에서 미쉬가 경찰 요원인 코랑탱과 페라드를 생각하지 못한 점은 의문스럽다고 할 수 있다.

지 진실을 밝히기 위해 그녀의 진술을 청취해야 한다는 요지였다.

"우리는 배심원단장 앞에서 그녀의 심문 조서를 낭독시키기만 하면 됩니다." 재판장이 이렇게 말한 뒤 오전에 작성된 조서를 서기를 시켜 읽게 했다.

"이 고백을 인정하십니까?" 재판장이 물었다.

미쉬가 자기 아내를 쳐다보았고, 자신의 잘못을 깨달은 마르트는 정신을 잃고 쓰러졌다. 피고인석과 변호사석에 벼락이 내리쳤다고 말해도 조금도 과장이 아닐 것이다.

"나는 감옥에서 아내에게 편지를 쓴 적이 결코 없으며, 감옥의 직원 중 누구도 알지 못합니다." 하고 미쉬가 말했다.

보르댕이 미쉬에게 편지 조각을 건넸고, 그는 거기에 흘끗 눈길을 한번 던지더니, "내 필적을 모방했군요." 하고 소리쳤다.

"부인하는 것이 당신의 최후 수단이군요." 검사가 말했다.

그때 상원 의원이 그를 영접하는 의전 절차에 따라 안내되어 들어왔다. 그의 입장은 극적 반전이었다. 그 아름다운 영지의 옛 소유자들에게는 무자비하게도 법관들에 의해 드 공드르빌 백작이라고 명명된 말랭은 재판장의 권유에 따라 피고들을 오랫동안 매우 주의 깊게 바라보았다. 그는 자신을 납치한 자들의 복장이 귀족 청년들의 복장과 정확히 일치한다고 인정했다. 그러나 납치되던 순간 자신의 감각이 혼란되어 있어서 피고들이 반드시 범인이라고 단언할 수는 없다고 진술했다.

"나아가 이 네 명의 신사는 사건과 아무 관련이 없다는 것이 나의 확신입니다." 말랭이 덧붙여 말했다. 그는 미쉬를 쳐다보며 계속해서 말했다. "숲속에서 내 눈에 천을 감았던 손은 거칠었습니다. 따라서 나는 차라리 나의 옛 관리인이 그 일을 맡은 거라고 믿고 싶습니다. 그런데 나의 증언을 신중히 검토해 주시기를 배심원 여러분께 부탁드리는 바입니다. 이 점에 관한 나의 의혹은 대단히 경미한 것으로, 나는 조금의 확신도 없습니다. 이유는 다음과 같습니다. 나를 납치한 두 사람은 나의 눈에 천을 감았던 사람 뒤 말 잔등에 나를 실었는데, 그의 머리칼은 피고 미쉬의 머리칼과 같은 갈색이었습니다. 나의 관찰이 이상해 보인다 할지라도, 이 이야기는 꼭 해야겠는데, 그것이 피고에게는 유리한 확신의 기초가 될 것이기 때문입니다. 이 점에 대해서는 피고가 기분 상해 하지 않기를 바랍니다. 누구인지 모르는 사람의 등 뒤에 매달려 있던 나는 말이 빠르게 달리고 있었음에도 불구하고 그 사람의 체취를 느끼지 않을 수 없었습니다. 그런데 나는 미쉬 특유의 체취는 전혀 인지하지 못했습니다. 세 차례에 걸쳐 나에게 먹을 것을 가져다준 사람에 관해서는, 그 사람이 미쉬의 아내인 마르트라고 확신합니다. 처음에 왔을 때, 나는 드 생시뉴 양이 그녀에게 주었고 그녀가 빼낼 생각을 하지 않았던 반지를 그녀의 손에서 알아보았습니다. 이런 사실들에서 마주하는 모순들, 아직도 저 스스로 납득할 수 없는 이런 모순들을 법과 배심원 여러분께서 판별해 주시기를 앙청하는 바입니다."

누구나 찬동을 표시하는 호의적 속삭임이 말랭의 진술에 뒤따랐다. 그 귀중한 증인에게 몇 가지 질문을 할 수 있도록 허락해 달라고 보르댕이 법정에 요청했다.

"그러니까 상원 의원님께서는 피고인들에 대한 기소가 추정하는 이해관계와는 다른 어떤 원인에 의해 감금당했다고 믿으시는 겁니까?"

"물론입니다! 하지만 그 동기가 무엇인지는 모르겠습니다. 감금돼 있던 이십 일 동안 아무도 만나 본 적이 없으니까요." 상원 의원이 말했다.

그러자 검사가 발언했다. "의원님의 공드르빌성에 드 시뫼즈 형제의 수색을 필요로 하는 자료라든지 증서 또는 채권 같은 것이 보관되어 있다고 생각하십니까?"

"그렇게 생각하지 않습니다." 하고 말랭이 대답했다. "그런 경우라면, 그 신사들은 강제로 그것을 손에 넣으려 할 필요가 없었을 겁니다. 나에게 요구만 하면 그것을 획득할 수 있었을 테니까요."

"상원 의원님은 정원에서 서류를 태우게 하지 않았습니까?" 드 그랑빌 씨가 불쑥 물었다.

상원 의원이 그레뱅을 쳐다보았다. 공증인과 미묘한 눈길을 재빨리 주고받은 후 상원 의원은 서류를 태우지 않았다고 답변했고, 보르댕은 그들이 눈길을 주고받는 것을 눈치챘다. 검사가 상원 의원이 정원에서 자칫 희생당할 뻔했던 매복에 관해 질문하면서 혹시 총의 위치에 대해 오해가 있었던 것은 아닌가 하고 묻자, 상원 의원은 그때 미쉬가 나무 위에서 망을 보고 있었다고 대답했다. 그레뱅의 증언과 일치하는 이 답변은 강한 인상을 심어 주었다. 자기들을 대단히 관대하게 대하는 적수의 진술이 이어지는 동안, 귀족 청년들은 냉정한 태도를 유지했다. 로랑스는 더할 나위 없이 끔찍한 고통으로 괴로움을 겪고 있었다. 때때로 드 샤르주뵈프 후작이 그녀의 팔을 붙잡아 주었다. 드 공드르빌 백작이 네 명의 귀족 청년에게 인사를 하고 자리를 떴는데, 청년들은 그 인사에 대해 답례를 하지 않았다. 이 사소한 일이 배심원들을 분개하게 만들었다.

"저분들 낭패로군요." 보르댕이 후작에게 귓속말을 했다.

"아! 항상 저런 오만한 감정 때문에." 하고 드 샤르주뵈프 씨가 대꾸했다.

"우리의 업무가 너무나 수월해졌습니다, 여러분." 검사가 자리에서 일어나 배심원들을 바라보며 말했다.

그는 지하실 문을 봉쇄하는 빗장을 잠그는 데 쓸 자물쇠를 매다는 데 필요한 쇠막대기를 고정하는 용도로 석회 두 자루가 사용되었을 거라고 설명했다. 그런 구조에 대한 묘사는 아침에 피구가 작성한 조서에 수록되어 있었다. 오직 피고인들만 지하실의 존재를 알고 있었다는 사실을 검사는 쉽게 입증했다. 그는 변론이 거짓임을 분명하게 밝혔으며, 기적적으로 나타난 새로운 증거들을 통해 변론의 모든 논거들을 짓부숴 버렸다. 1806년의 상황에서는 신의 정의를 말하기에는 아직 1793년의 이른바 '지고의 존재'와 너무 근접해 있었던 만큼,[110] 검사는 배심원들에게 하늘의 뜻이 개입되었다고 이야기하지는 않았

---

110) 반(反)기독교적이었던 1793년 대혁명기에는 인격적인 신 대신 이성의 신인 지고의 존재를 내세웠다.

다. 마지막으로 그는 법적 심판은 상원 의원을 풀어 준 알 수 없는 공범들에게도 눈길을 돌리게 될 거라고 말한 뒤 평결을 확신하는 태도로 자리에 앉았다.

배심원들은 모호한 점이 있다고 생각했다. 그런데 그들 모두가 그 모호함이 극도로 중대한 사적 이해관계 때문에 입을 다무는 피고인들 때문이라고 확신했다.

어떤 음모가 있음을 점점 분명하게 깨닫게 된 드 그랑빌 씨가 자리에서 일어섰다. 그러나 그는 돌발 출현한 새로운 증언들보다 배심원들에게 분명히 드러난 확신에 찬 태도 때문에 의기소침해 보였다. 어쩌면 그의 변호는 전날보다 더 탁월했다. 이 두 번째 변론이 첫 번째 변론보다 더 논리적이고 밀도 있는 것 같았다. 그러나 그는 자신의 열렬함이 배심원단의 냉랭함에 의해 배척당하고 있는 것을 느꼈다. 그의 발언은 무용한 것이었고, 그는 그 사실을 알고 있었다. 끔찍스럽고 비관적인 상황이었다. 그는 분명코 마르트나 피고인들 중 누구의 도움도 없이 마치 기적처럼 일어난 상원 의원의 석방이 자신의 애초의 추론을 얼마나 잘 뒷받침하고 있는가를 주지시켰다. 어제 피고인들은 확실히 자신들의 무죄 석방을 믿을 수 있었다. 기소가 추정하는 바와 같이 그들이 상원 의원을 감금하거나 방면할 수 있는 장본인이라면, 그들은 재판이 끝난 후에나 상원 의원을 풀어 주었을 것이다. 그는 오직 어둠 속에 숨어 있는 적들만이 그 범행을 획책할 수 있었을 것임을 이해시키려고 진력했다.

이상한 일이었다! 배심원들은 그저 의무감에서 그의 말을 들고 있었으므로, 드 그랑빌 씨의 변론을 듣고 동요를 일으킨 것은 검사와 판사들의 양심뿐이었다. 시종 피고인들에게 그리도 호의적이었던 방청객들조차 피고인들의 유죄를 믿고 있었다. 생각의 분위기라는 것이 있다. 법정에서는 군중의 생각이 판사들과 배심원들에게 작용하며, 그 반대도 마찬가지다. 인지되거나 감지되는 사람들의 이런 정신적 경향을 알아보면서, 변호인은 마지막 발언에서 자신의 신념에 의해 야기된 일종의 열띤 흥분 상태에 도달했다.

"피고인들의 이름으로, 본인은 그 무엇도 지우지 못할 여러분의 치명적 오류를 사전에 용서하고자 합니다!" 하고 그가 외쳤다. "우리 모두는 어떤 알 수 없는 마키아벨리적 세력에 농락당한 것입니다. 마르트 미쉬는 가증스러운 음모의 희생양이며, 불행을 돌이킬 수 없게 될 때에야 사회는 그 사실을 알아차릴 것입니다."

보르댕은 상원 의원의 진술을 무기로 삼아 귀족 청년들의 무죄 석방을 요청했다.

배심원들이 눈에 띄게 확신의 표시를 보인 만큼 재판장은 더욱더 불편부당하게 다툼의 내용을 요약했다. 그는 상원 의원의 진술에 기대어 피고인들에게 유리한 쪽으로 저울추를 기울게 하기까지 했다. 그러나 이런 아량은 기소의 성공을 조금도 위태롭게 하지 않았다. 배심원단장의 여러 답변이 있은 후 밤 11시에 법정은 미쉬에게 사형을, 그리고 드 시뫼즈 형제에게 징역 24년을, 도트세르 형제에게 징역 10년을 선고했다. 고타르는 무죄 방면되었다. 사람들은 모두 자유로운 몸으로 법정 앞에 불려 나와 자기들에 대한 유죄 선고를 듣는 마지막 순간의 다섯 명 피고인의 태도를 보고 싶어 했다. 네 귀족 청년은 메마른 눈으로 순교자의 타는 듯한 눈길을 자기들에게 던진 로랑스를 바라보았다.

"우리가 풀려났다면 그녀는 울었을 거야." 동생 시뫼즈가 형에게 말했다.

끔찍스러운 음모의 희생자인 이 다섯 사람 이상으로 부당한 선고에 대해 평온한 얼굴과 품위 있는 태도를 보여 준 피고는 일찍이 없었을 것이다.

"우리의 변호사가 당신들을 용서했습니다!" 형 시뫼즈가 법정을 향해 말했다.

도트세르 부인은 병이 나서 석 달 동안 드 샤르주뵈프 저택에서 몸져누워 지냈다. 도트세르 씨는 조용히 생시뉴로 돌아갔다. 그러나 사제가 보기에 이 가련한 아버지는 젊은 시절의 기분 전환이라고는 전혀 없는 늙은이의 괴로움에 좀먹혀서, 운명의 선고를 받은 다음 날처럼 정신을 놓고 지내는 순간이 많았다. 아름다운 마르트에 관해서는 왈가왈부할 거리가 없다. 그녀는 남편이 사형 선고를 받은 이십 일 후 감옥에서 죽었다. 마르트는 로랑스에게 아들을 부탁하고 그녀의 품에 안겨 숨을 거두었다. 일단 관결이 선포되자, 극히 중요한 정치적 사건들이 이 재판의 기억을 삼켜 버려서 재판은 더 이상 문제로 떠오르지 않았다. 사회는 마치 대양처럼 움직여서, 재난이 덮친 후엔 그 수위와 형세를 회복하고 화급한 관심사의 운동을 통해 재난의 자취를 지우는 것이다.

자기 영혼의 굳건함과 사촌들의 무고함에 대한 확신이 없었다면, 로랑스는 견디지 못했을 것이다. 그러나 그녀는 고귀한 성격의 새로운 증거들을 보여 주었고, 극단적 불행이 아름다운 영혼에 각인하는 외면적 평온함으로 드 그랑빌 씨와 보르댕을 놀라게 했다. 그녀는 도트세르 부인을 보살피고 간호했으며, 매일 두 시간씩 감옥을 찾아갔다. 사촌 오빠들이 형장에 끌려가면, 그녀는 그들 중 한 명과 결혼하겠노라고 말했다.

보르댕이 외쳤다. "형장이라뇨! 아가씨는 황제에게 그들의 사면을 청원할 생각만 하십시오."

"보나파르트 같은 자에게 그들의 사면을 청하라고요?" 로랑스가 끔찍하다는 듯이 외쳤다.

위엄 있는 노대소인은 코에서 흘러내려 바닥에 떨어지려는 안경을 그러잡고는 이제는 나이 든 여자처럼 보이는 젊은 아가씨를 물끄러미 바라보았다. 그녀의 성격의 전모를 이해하게 된 보르댕이 드 샤르주뵈프 후작의 팔을 잡고 말했다. "후작님, 아가씨는 놔두고 파리로 달려가 그들을 구하십시다!"

드 시뫼즈 형제와 도트세르 형제 및 미쉬의 상고가 신설 파기원이 심판해야 할 첫 사건이 되었다.[111] 다행히 파기원의 창립 기념식 때문에 선고가 지연되었다.

<hr />

111) 상고 법원이 파기원(Cour de cassation)이라는 명칭으로 기능하기 시작한 것은 1804년 5월 18일부터인데, 이 작품에서 발자크는 파기원의 창립 기념식을 편의상 이 사건이 일어난 1806년으로 설정하고 있다.

9월 말경, 몇 차례의 변론과 검사장 메를랭[112]의 직접적 개입으로 인한 세 번의 공판이 있은 후 상고는 기각되었다. 파리 황실 법원이 설립되었고 드 그랑빌 씨가 그곳의 차장 검사로 임명되었는데, 오브헌이 이 법원의 관할 구역에 속했으므로, 드 그랑빌 씨는 자신의 직분 범위 내에서 유죄 선고를 받은 사람들을 위한 교섭을 진행할 수 있었다. 그는 자신의 후원자인 캉바세레스를 성가시게 했다. 보르댕과 드 샤르주뵈프 씨가 선고 다음 날 아침 마레 지구에 있는 드 그랑빌 씨의 저택을 찾아갔는데, 그동안 결혼을 한 드 그랑빌 씨는 그곳에서 신혼 생활을 하고 있었다. 자신의 옛 변호사였던 드 그랑빌 씨의 생활에 여러 사건들이 있었음에도 불구하고, 드 샤르주뵈프 씨는 그 젊은 차장 검사의 고뇌 어린 표정을 보고 그가 자기 고객들에게 여전히 충실하다는 것을 잘 알 수 있었다. 직업의 달인 급인 어떤 변호사들은 자신이 의뢰받은 소송 건을 최우선시한다. 그러나 그런 경우는 드문 편이니 믿지 마시라. 옛 의뢰인과 단둘이 사무실에 남게 되자, 그가 후작에게 말했다. "저는 당신의 방문을 기다리지 않고, 제가 할 수 있는 일을 모두 다 했습니다. 미쉬를 구하려고 애쓰지 마십시오, 그러면 드 시뫼즈 형제분의 사면을 얻지 못하게 될 겁니다. 한 명의 희생자는 필요합니다."

보르댕이 젊은 법관에게 세 건의 특사 청원서를 내보이며

---

112) 필리프 앙투안 메를랭(Philippe-Antoine Merlin, 1754~1838). 변호사 출신으로 1789년 혁명 때 삼부회의 대의원으로 선출되었다. 1801년 파기원 검사장에 임명되어 나폴레옹 실각 때까지 그 직책을 유지했다.

말했다. "어쩌지요! 당신의 옛 고객을 위한 청원을 제 재량으로 폐기할 수 있겠습니까? 이 서류를 불속에 던지는 건 그의 목이 잘리는 것을 의미합니다."

그가 미쉬의 백지 위임장을 제시하자, 드 그랑빌 씨가 그것을 받아 들고 바라보았다.

"우리가 이것을 폐기할 수는 없지요. 그러나 이 사실을 알아 두십시오! 만약 당신이 모든 것을 청원한다면, 당신은 아무것도 얻지 못할 겁니다."

"미쉬와 상의할 시간이 있겠습니까?" 하고 보르댕이 물었다.

"예. 처형 명령은 검사장실 소관이니 며칠간 말미를 드릴 수 있습니다. 사람을 죽게 하는 일이지만, 그런 일에도 형식을 갖춥니다. 특히 파리에서는요." 그가 쓰라린 느낌을 내보이며 말했다.

드 샤르주뵈프 씨는 드 그랑빌 씨가 하는 이 슬픈 이야기에 엄청난 무게를 부여하는 정보를 이미 법무부 장관에게서 들은 바 있었다.

드 그랑빌 씨가 다시 말했다. "미쉬는 무고합니다. 저는 그 사실을 알고 있고, 또 그렇게 말했습니다. 그러나 모든 사람에 맞서서 혼자 무얼 할 수 있겠습니까? 오늘 저의 역할은 입을 다물고 있는 것임을 생각해 주십시오. 저는 저의 옛 의뢰인의 목을 자를 단두대를 세우게 해야 합니다."

로랑스를 잘 아는 드 샤르주뵈프 씨는 그녀가 미쉬의 희생의 대가로 사촌들을 구하는 데 동의하지 않을 것임을 숙지하고 있었다. 그래서 후작은 마지막 시도를 해 보았다. 혹시 외교계 고위층에 구원의 방법이 있을지 알아보기 위해 외무부 장관의 면담을 신청해 둔 것이다. 그는 장관과 안면이 있으며 장관에게 얼마간 도움을 준 적도 있는 보르댕을 함께 데리고 갔다. 외무부 장관 탈레랑은 두 발을 앞으로 내밀고 팔꿈치를 책상에 기댄 채 손에 얼굴을 파묻고는, 신문을 바닥에 내려놓고 난롯불을 골똘히 바라보고 있는 모습이었다. 그는 파기원의 선고를 막 읽은 참이었다.

"앉으십시오, 후작님." 하고 장관이 말했다. 그러더니 자기 책상 앞의 자리를 가리키며 "보르댕, 당신은 여기로 와서 받아쓰세요." 하고 덧붙여 말했다.

폐하,

배심원단이 유죄를 선언한 바 있는 네 명의 무고한 귀족 청년이 폐하의 파기원에 의해 최근 유죄를 확정받았습니다.

황제 폐하께서 사면해 주시는 것 외에 그들에게는 더 이상 아무런 방책이 없습니다. 이 귀족 청년들이 폐하의 존엄하신 관용에 사면을 청원드리는 것은 오직 목숨을 다해 폐하를 위해 전투를 수행할 기회를 얻기 위한 것으로, 황제 폐하께 존경을 바쳐…… 운운.

청원서에 네 귀족 청년의 서명을 받아 내야 하고 또 고위층 인사들의 추천을 얻어 내겠다고 스스로 다짐한 드 샤르주뵈프 후작은 소중한 청원서의 원본을 보르댕의 손에서 받아 들더니, "이런 식의 은혜를 베풀 수 있는 분은 대공들밖에 없죠."

하고 말했다.

"후작님, 친척분들의 목숨은 전투의 운명에 달려 있습니다. 청원서가 승전 다음 날 도착하도록 애쓰십시오, 그러면 그분들은 구원받을 수 있을 것입니다!" 하고 장관이 말했다.

그는 펜을 들어 황제에게 몸소 친전(親展)을 썼고, 뒤록[113] 원수에게도 십여 줄의 전언을 쓴 후, 종을 울려 비서를 부르더니 외교관용 여권을 만들어 오라고 명했다. 그러고는 노대소인을 향해 조용히 물었다. "이 소송에 대한 당신의 진정한 견해는 무엇입니까?"

"그렇다면 각하께서도 누가 우리에게 이렇게 교묘한 올가미를 씌웠는지 모르십니까?"

"심증은 있지만, 나도 확증을 찾아야 할 이유가 있다오." 하고 대공이 대답했다. "트루아로 돌아가서, 내일 같은 시간에 이곳으로 드 생시뉴 백작 아가씨를 데려오시오. 내가 당신들의 방문을 미리 알려 둘 테니, 드 탈레랑 부인의 거처로 은밀히 가시오. 내 앞에 세워 둘 남자를 볼 수 있는 위치에 드 생시뉴 양을 자리 잡게 할 테니, 드 폴리냐크와 드 리비에르 씨의 음모가 있었을 당시 그 남자가 드 생시뉴 양의 집에 갔었는지 확인하도록 합시다. 내가 무슨 말을 하고 그 남자가 무슨 대답을 하든, 어떤 행동도, 단 한마디 말도 하지 마시오! 오직 드 시뫼즈 형제를 구할 생각만 하고 당신네 그 괴짜 사냥터지

---

113) 제로 크리스토프 미셸 뒤록(Géraud Christophe Michel Duroc, 1772~1813). 프랑스의 장군. 나폴레옹의 쿠데타에 참여한 후 대원수에 임명되었고, 아우스터리츠와 바그람 전투에서 두각을 나타냈다.

기에 대해서는 조금도 괘념치 마시오."

"그는 고결한 사람입니다, 각하!" 하고 보르댕이 외쳤다.

"보르댕! 당신 같은 사람이 감정을 앞세우다니? 그때는 그 사람에게 뭔가 역할이 있었겠죠." 장관은 어조를 바꾸더니 계속해서 말했다. "후작님, 우리의 군주는 엄청나게 자부심이 강합니다. 제가 사소한 실수를 저지르기만 해도, 그는 저를 해고할 겁니다. 그는 시간과 공간의 법칙을 바꿀 수 있는 위대한 군인입니다. 그렇지만 그도 사람들 자체를 바꿀 수는 없는 고로, 사람들을 자신의 용도에 맞게 빚어내고자 합니다. 이제 잊지 마십시오, 후작님 친척분들의 사면은 오직 한 사람…… 드 생시뉴 양만이 얻어 낼 수 있을 겁니다."

후작은 혼자 트루아로 가서, 로랑스에게 전후 사정을 이야기했다. 로랑스가 검사장으로부터 미쉬의 면회 허가를 얻었고, 후작은 그녀와 함께 감옥 정문까지 간 후, 거기서 그녀를 기다렸다. 그녀는 두 눈이 눈물로 흠뻑 젖은 채 문에서 나왔다.

"그 가엾은 사람은 발에 쇠사슬이 채워져 있는 것도 생각지 못하고, 더 이상 자기 걱정은 하지 말라고 저에게 간청하기 위해 제 앞에 무릎을 꿇으려고 애썼어요! 아! 후작님, 저는 그를 변호할 거예요. 그래요, 그들의 황제의 장화에 입이라도 맞추러 가겠어요. 만약 제가 실패하더라도, 그 사람은 저의 정성으로 우리 가족 가운데서 영원히 살 거예요. 시간을 벌어야 하니 그의 특사를 청원해 주세요, 저는 그의 초상화를 만들어 갖고 싶어요. 자, 이제 떠나요." 하고 로랑스가 말했다.

다음 날, 미리 약속한 신호에 따라 로랑스가 자리에 와 있음을 알게 되자 장관은 종을 울렸고, 문지기가 와서 코랑탱 씨를 들여보내라는 명령을 받아 갔다.

"이보시오, 당신은 능란한 사람이니, 내가 당신을 고용하고 싶소." 하고 탈레랑이 말했다.

"각하……."

"들어 보시오. 푸셰에게 봉사하면 당신은 돈은 벌 테지만 명예나 떳떳한 지위는 결코 얻지 못할 것이오. 그러나 베를린에서 그랬던 것처럼 나에게 계속 봉사한다면, 당신은 존중을 받을 것이오."

"각하, 감사합니다만……."

"최근 공드르빌의 사건에서 당신은 천재성을 발휘했소만……."

"각하, 지금 무슨 말씀을 하시는지요?" 지나치게 냉정하지도 또 지나치게 놀란 것 같지도 않은 태도로 코랑탱이 말했다.

"이보시오, 당신은 아무것도 이루지 못할 것이오. 당신은 두려워하고 있소……." 장관이 냉랭하게 대꾸했다.

"무엇을 말입니까, 각하?"

"죽음이지! 잘 가시오, 친구." 장관이 아름다운 저음의 굵직한 목소리로 말했다.

"바로 그자입니다. 그런데 하마터면 우리는 백작 아가씨를 죽게 만들 뻔했어요. 아가씨가 숨이 막혀서!" 드 샤르주뵈프 후작이 들어오면서 말했다.

"그런 간계를 쓸 수 있는 사람은 그자밖에 없습니다." 장관이 대꾸했다. "후작님, 당신은 성공하지 못할 수도 있는 위험에 처해 있습니다." 대공이 계속해서 말했다. "드러내 놓고 스트라스부르 대로를 택해서 가십시오. 제가 백지 여권 두 개를 보내 드리겠습니다. 대리인들을 준비해 두시고, 사용하는 도로, 그리고 특히 마차를 교묘하게 바꾸시고, 본인들 대신 대리인들이 스트라스부르에서 멈추게 하시고, 본인들은 스위스와 바이에른을 통해 프로이센으로 넘어가세요. 한마디도 하지 말고 극도로 조심하세요. 반대편엔 경찰이 웅크리고 있는데, 당신들은 경찰이 어떤 존재인지 알지 못합니다!"

드 생시뉴 양은 로베르 르페브르[114]가 트루아로 가서 미쉬의 초상화를 그리게 하기 위해 그에게 충분한 금액을 제공했고, 드 그랑빌 씨는 이제 유명해진 그 화가에게 가능한 모든 편의를 약속했다. 드 샤르주뵈프 씨는 로랑스 그리고 독일어를 하는 하인 한 명과 함께 자신의 허름한 낡은 마차를 타고 출발했다. 그러나 낭시 근처에서 그들에 앞서 멋진 사륜마차를 타고 도착해 있던 고타르와 구제 양을 만나서 그들의 사륜마차를 받고, 그들에게는 자신들이 타고 온 낡은 마차를 건네주었다. 장관의 생각이 옳았다. 스트라스부르에서 경찰 서장이 절대적인 명령을 받았다고 주장하면서, 여행자들의 여권에 사증을 찍기를 거부한 것이다. 바로 그 순간, 후작과 로랑스는 외교관 여권을 가지고 브장송을 통해 프랑스를 벗어나고 있

---

114) Robert Lefèbvre(1755~1830). 당대의 유명한 초상화가. 1806년에 나폴레옹의 초상화를 그린 바 있다.

었다. 로랑스는 10월 초순에 스위스를 가로질러 갔는데, 그 멋진 고장에는 조금의 관심도 기울일 여유가 없었다. 그녀는 자신의 처형 시간을 알고 있는 범죄자가 느끼는 무기력과도 흡사한 상태에 빠져 사륜마차 구석에 처박혀 있었다. 그 무렵엔 자연 전체가 피어오르는 수증기에 휩싸여 있는 것 같아서, 더없이 보잘것없는 사물들도 환상적인 모습을 띠고 있었다. 그러나 마치 옛날에 거열형에서 형리의 몽둥이가 수형자의 사지 위로 떨어지듯, '내가 성공하지 못하면 그들이 죽는다.'는 생각이 그녀의 영혼을 끊임없이 짓눌렀다. 그녀는 점점 더 기진맥진하는 느낌이었다. 잔인한 순간, 네 귀족 청년의 운명이 달려 있는 사람과 대면할 그 결정적 순간이 시시각각 다가오는 것을 경험하면서, 그녀는 모든 활기를 잃어 갔다. 쓸데없이 힘을 허비하지 않기 위해 그녀는 자신의 쇠약함에 그냥 몸을 내맡기기로 마음먹었다. 어떤 탁월한 정신의 소유자들은 최후의 기다림 가운데에서 돌발적인 쾌활함에 빠지기도 하는 까닭에, 후작은 밖으로는 다양하게 표출되는 강인한 영혼들의 셈속을 이해하는 것이 불가능했다. 오직 그들에게만 엄숙한 일이긴 하지만 어쨌든 평범한 사생활의 규모는 분명히 능가하는 그 만남이 이루어질 때까지 로랑스를 살아 있는 상태로 데려가지 못할까 봐 후작은 두려움을 느끼고 있었다. 한편 로랑스로서는, 증오와 경멸의 대상인 그 사람 앞에 굴복해야 한다는 사실이 모든 너그러운 감정을 사라지게 했다.

"그 일이 일어난 후 살아남을 로랑스는 곧 소멸해 갈 로랑스와 더 이상 닮아 있지 않을 거예요." 하고 그녀가 말했다.

그렇지만 일단 프로이센에 당도하자, 두 여행자는 그들이 마주하는 사람과 사물 들의 거대한 움직임에 눈길을 주지 않을 도리가 없었다. 예나[115] 전투가 이미 시작되었던 것이다. 프랑스 육군의 장엄한 사단들이 도열해 튈르리에서처럼 행진을 벌이는 모습이 로랑스와 후작의 눈에 들어왔다. 성경 속 단어와 이미지로 말고는 묘사할 수 없을 군사적 장관 가운데서, 그 엄청난 덩어리에 생명을 불어넣고 있는 사람이 로랑스의 상상력 속에 엄청난 거인의 규모로 부각되었다. 곧 승리라는 말이 그녀의 귓가에 울렸다. 황제의 군대는 이제 막 두 가지 현저한 우위를 확보해 놓고 있었다. 번개같이 움직이는 나폴레옹을 만나려고 무진 애를 쓰면서 두 여행자가 잘펠트에 도착하기 전날 밤에 프로이센 군주가 전사했다. 흉조의 날인 10월 13일, 드 생시뉴 양은 마침내 대군(大軍)의 무리 가운데에서 강 하나를 따라가고 있었다. 보이는 것은 혼돈뿐이고 마을에서 마을로, 한 부대에서 다른 부대로 떠밀리면서, 또 다른 15만 군사와 대치 중인 15만 군사의 대양 속을 노인과 함께 우왕좌왕하고 있는 그녀는 겁에 질리지 않을 수 없었다. 언덕 위에 나 있는 진흙투성이 도로의 울타리들 너머로 보이는 것이라고는 끝 모를 그 강뿐인 것에 맥이 빠져서, 그녀는 한 병사에게 강 이름을 물어보았다.

"잘레강입니다." 병사가 강줄기 반대편에 거대한 무리를 지

---

115) 독일의 도시. 1806년 10월 14일 이곳에서 프랑스군이 프로이센군에 대승을 거두었다.

어 모여 있는 프로이센 군대를 가리켜 보이며 말했다.

어둠이 내렸고, 불이 켜지고 무기들이 반짝이는 것이 로랑스의 눈에 띄었다. 기사도적 용감함을 지닌 노후작이 새 하인 옆에서 전날 산 좋은 말 두 필을 몸소 몰았다. 전쟁터에 다다르면 마부도 말도 구할 수 없으리라는 것을 노인은 잘 알고 있었다. 모든 병사들의 놀라움의 대상이었던 그 대담한 사륜마차가 갑자기 군 헌병대의 헌병 한 명에게 정지당했다. 그가 전속력으로 후작에게 돌진하더니 소리쳤다. "당신 누구요? 어디를 가시오? 원하는 게 뭐요?"

"황제를 만나러 갑니다. 나는 뒤록 대원수에게 보내는 장관들의 중요한 공문을 갖고 있소." 드 샤르주뵈프 후작이 대답했다.

"그렇다면 당신은 여기 머물러 있을 수 없습니다." 하고 헌병이 말했다.

그러나 해가 넘어가고 있었기 때문에 드 생시뉴 양과 후작은 더욱더 거기에 머물러 있을 수밖에 없었다.

군복 위에 모직 외투를 걸친 장교 두 명이 다가오는 것이 보이자, 드 생시뉴 양이 그들을 멈춰 세우며 물었다. "여기가 어디죠?"

두 장교 중 한 사람이 그녀에게 대답했다. "프랑스군 전위 부대의 앞입니다, 부인. 당신들은 여기 머물면 안 됩니다. 적이 행동을 개시하고 포대가 작동하면, 당신들은 쌍방의 포격 사이에 끼게 될 겁니다."

"아!" 그녀가 무심한 태도로 외쳤다.

아! 하는 그 외침 소리를 듣고 다른 장교가 말했다. "어떻게 이 부인이 여기 있는 거지?"

"우리는 뒤록 원수에게 알리러 간 헌병을 기다리고 있습니다. 우리가 황제와 면담할 수 있도록 뒤록 원수가 우리를 후원해 줄 거예요." 로랑스가 이렇게 대꾸했다.

"황제와 면담을 한다고요……? 결정적 전투 전야에 그런 생각을 하다니?" 첫 번째 장교가 말했다.

"아! 당신 생각이 맞아요. 내가 황제와 면담하는 날은 모레입니다. 승리가 그를 부드럽게 만들어줄 테니까." 그녀가 응수했다.

두 장교는 이십 보쯤 떨어진 곳으로 가더니 움직이지 않고 거기에 서 있던 그들의 말에 올라탔다. 그때 사륜마차는 한 떼의 장군들, 원수들, 장교들에 둘러싸였는데, 모두 최고위급 군인인 그들은 바로 그 장소에 있다는 이유로 그 마차를 존중해 주었다.

"아, 이럴 수가! 혹시 우리가 벌써 황제에게 말을 건 것은 아닌지 두렵네요." 후작이 드 생시뉴 양에게 이렇게 말했다.

"황제라면 저기 계신데요!" 하고 한 장군이 말해 주었다.

"어떻게 이 부인이 여기 있는 거지?"라고 말했던 장교가 몇 발자국 앞에 혼자 있는 것이 로랑스의 눈에 들어왔다. 두 장교 중 한 사람, 요컨대 황제가 초록빛 제복 위에 그 유명한 프록코트를 걸치고, 갑옷으로 화려하게 치장한 백마 위에 걸터앉아 있었다. 그는 쌍안경을 들고 잘레강 너머의 프로이센 군대를 살피고 있었다. 그제야 로랑스는 사륜마차가 왜 그곳에 멈취 서게 되었는지, 그리고 황제의 호위대가 왜 마차를 존중해서 대해 주었는지를 이해할 수 있었다. 그녀는 경련에 사로잡혔다. 마침내 결정적 시간이 닥쳐온 것이다. 그때 여러 무리의 사람들이 움직이는 소리와 빠른 속도로 그 고원 위에 설치되는 무기의 둔탁한 소리가 그녀에게 들려왔다. 포대들은 특유의 언어를 가진 듯 보였고, 수송 마차들의 소리가 울려 퍼졌고, 대포들이 번쩍이며 타올랐다.

"란 원수는 휘하 부대 전체를 거느리고 전방에 포진하고, 르페브르 원수와 근위대는 저 정상을 점령하시오." 다른 장교가 이렇게 명령했다. 그는 베르티에 참모장이었다.

황제가 말에서 내렸다. 그가 움직이자마자, 그의 유명한 기마 친위대원 루스탕이 황급히 다가와 말을 끌어갔다. 로랑스는 놀라서 어안이 벙벙했다. 그러한 소박함을 믿을 수 없었던 것이다.

"나는 이 고원에서 밤을 보내겠다." 황제가 말했다.

그 순간, 마침내 헌병이 찾아낸 뒤록 대원수가 드 샤르주뵈프 후작에게 다가와 찾아온 이유를 물었다. 후작은 드 생시뉴 양과 자신이 황제를 알현하는 일이 얼마나 긴급한지 외무부 장관이 써 준 편지에 설명되어 있다고 대답했다.

"폐하께서는 아마 야영지에서 저녁을 드시게 될 겁니다. 무슨 문제인지 알아본 다음, 알현이 가능한지 알려 드리겠습니다." 후작에게서 편지를 받아 들면서 뒤록이 말했다. 이어서 그는 헌병에게 명령했다. "헌병 반장, 이 마차를 뒤쪽 오두막 근처로 인도하게."

드 샤르주뵈프 씨는 헌병을 따라가 초라한 초가집 뒤에 자신의 마차를 멈춰 세웠다. 목재와 흙으로 지어졌고, 몇 그루의 과일나무에 둘러싸여 있는 그 집을 보병과 기병 보초들이 지키고 있었다.

전쟁의 위엄이 모든 광채에 휩싸여 거기서 폭발하고 있는 것 같았다. 그 정상에서는 양쪽 군대의 전선이 달빛에 환히 비쳐 보였다. 부관들이 끊임없이 오가는 가운데 한 시간을 기다린 끝에, 뒤록이 드 생시뉴 양과 드 샤르주뵈프 후작을 찾으러 나와서 그들을 초가집 안으로 들여보내 주었다. 그 집의 바닥은 평범한 집의 헛간 마당처럼 다진 흙으로 되어 있었다. 나폴레옹이 치워진 식탁 앞 조잡한 의자 위에 연기 나는 생나무 모닥불을 마주하고 앉아 있었다. 진흙투성이인 그의 장화는 그가 들판을 누비고 다녔음을 말해 주었다. 그는 그 유명한 프록코트를 벗고 있어서, 적색 대훈장이 가로 걸쳐져 있고 캐시미어 바지와 조끼의 흰색 안감을 두드러져 보이게 하는 익히 알려진 초록색 군복이 창백하고 냉정한 황제다운 얼굴을 찬탄할 만하게 부각해 주었다. 그는 그의 무릎 위에 놓인 접힌 지도에 손을 얹고 있었다. 옆에는 베르티에가 제국 부사령관의 빛나는 복장을 하고 기립해 있고, 시종인 콩스탕이 황제에게 커피를 쟁반에 받쳐 올리고 있었다.

"뭘 원하오? 전투 전에 나에게 이야기하는 것을 더 이상 두려워하지 않게 된 것이오? 문제 되는 일이 뭐요?" 그가 날카로운 눈빛으로 로랑스의 얼굴을 훑어보며 얼마간 의도적으로 퉁명스럽게 말했다.

"폐하, 저는 마드무아젤 드 생시뉴라고 합니다." 그녀가 마찬가지로 뚫어지게 그를 쳐다보며 말했다.

"그래서요?" 그 눈길이 도발적이라고 생각하며 나폴레옹이 조금 화난 목소리로 말했다.

"아시지 않습니까? 저는 드 생시뉴 여백작입니다, 폐하께 사면을 청합니다." 그녀가 무릎을 꿇은 뒤 탈레랑이 작성하고 황후와 캉바세레스와 말랭이 추천한 탄원서를 그에게 내밀면서 말했다.

황제가 탄원하는 여자를 예리한 시선으로 바라보며 우아하게 일으켜 세우더니 이렇게 말했다. "이제 온순해질 거요? 프랑스 제국이 어떻게 되어야 하는지 이해하겠소⋯⋯?"

"아! 이 순간 제가 아는 것은 오직 황제 폐하뿐입니다." 운명을 손에 쥔 사람이 사면을 예감케 하는 이 말을 하면서 보여 준 호의에 설복된 그녀가 이렇게 대답했다.

"그들은 무고하오?" 황제가 물었다.

"전원 무고합니다." 그녀가 열성을 띠며 대답했다.

"전원이라고? 아니오, 당신의 의견과 상관없이 사냥터지기는 나의 상원 의원을 죽일지도 모를 위험인물이오."

"오! 폐하, 폐하께 헌신적인 친구가 한 사람 있다면 폐하께서는 그를 버리시겠습니까? 폐하께서⋯⋯."

"당신은 여자요." 그가 야유의 기색을 담아 말했다.

"그리고 폐하는 강철 같은 남자이십니다!" 황제가 마음에 들어한 열정적인 강인함을 내보이며 그녀가 대꾸했다.

"그 사람은 나라의 사법권에 의해 단죄되었소."

"하지만 그는 무고합니다."

"어린애 같으니라고……!" 황제가 말했다.

그는 밖으로 나가 드 생시뉴 양의 손을 잡더니, 고원 위로 이끌었다.

겁쟁이들을 용사로 바꾸는 그 특유의 웅변술로 황제가 말했다. "여기, 여기에 30만 명의 남자들이 있소. 그들, 그들 역시 무고하오! 그런데 내일, 3만 명의 남자들이 죽을 것이오, 그들의 조국을 위해! 프로이센 병사들 가운데서도 어쩌면 위대한 기술자, 이론가, 천재가 죽어 나갈지도 모르오. 분명 우리 편에서도 알려지지 않은 위대한 인물들을 잃을 것이오. 종국에는 내 최고의 친구가 죽는 것을 보게 될지도 모르오! 그렇게 되었을 때 내가 신을 원망할 것인가? 아니. 나는 입을 다물 것이오. 아가씨, 여기서 사람들이 조국의 영광을 위해 죽듯이, 조국의 법을 위해서도 사람들이 죽어야 한다는 것을 알아 두시오." 그는 로랑스를 다시 오두막으로 데려가며 이렇게 덧붙여 말했다. 그런 다음 후작을 바라보며 말했다. "자, 프랑스로 돌아가시오. 나의 명령이 그리로 당신들을 뒤따라갈 테니."

로랑스는 미쉬에게 감형이 있으리라 생각해 감사의 염에 넘쳐 무릎을 꿇고 황제의 손에 입을 맞추었다.

그때 나폴레옹이 후작을 살펴보며 물었다. "당신이 드 샤르주뵈프 씨인가요?"

"그렇습니다, 폐하."

"자녀들이 있습니까?"

"많이 있습니다."

"그러면 왜 손자 한 명쯤 나에게 보내지 않는 거요? 그 아이가 내 시동 가운데 하나가 될 수도 있을 텐데……."

'아! 드디어 옛 소위 출신의 마각이 드러나는구나. 저 사람은 사면에 대한 대가를 바라는구나.' 하고 로랑스는 생각했다.

후작은 대답하지 않고 고개를 숙였다. 다행히 라프 장군이 허겁지겁 오두막 안으로 들어왔다.

"폐하, 근위 기병대와 드 베르 대공의 기병대는 내일 정오 전에는 합류할 수 없을 것입니다."

"상관없소. 우리에게도 유예의 시간이 있으니 그걸 이용할 수 있도록 합시다." 베르티에 쪽으로 고개를 돌리며 나폴레옹이 말했다.

한 번의 손짓이 있은 후 후작과 로랑스는 물러 나와 마차에 올랐다. 헌병 반장이 그들을 귀환 길로 데려가 이웃 마을까지 안내했고, 그들은 그 마을에서 밤을 보냈다. 다음 날 두 사람은 800문의 대포가 열 시간 동안이나 포효하는 전쟁터에서 멀리 벗어났고, 도중에 예나의 놀라운 승전보를 알게 되었다. 일주일 후, 그들은 트루아 근교에 접어들고 있었다. 트루아 지방 법원 소속 검사에게 전달된 법무부 장관의 명령은 황제의 결정을 기다리는 동안 귀족 청년들의 보석을 명하고 있었다. 그러나 동시에 미쉬의 처형 명령 또한 검사국에 의해 발송되었다. 이 명령들은 바로 그날 아침에 도착했다. 로랑스는 여행복 차림 그대로 2시경에 감옥으로 갔다. 그녀는 화장이라고 불리는 슬픈 의식을 수행하고 있는 미쉬의 곁에 머물러 있기를 고집했다. 단두대까지 그와 동반하기를 요청한 선량한 구제 사제가 주인들의 운명이 불확실한 가운데 죽는 것을 애석해하는 그 남자에게 막 죄를 사하는 의식을 행한 참이었다. 그래서 로랑스가 모습을 드러내자 그는 기쁨의 함성을 질렀다.

"나는 이제 죽을 수 있습니다." 하고 그가 말했다.

"그들은 일정한 조건하에서 사면되었어요." 그녀가 대답했다. "어쨌든 그들은 사면되었지요. 친구여, 당신을 위해서도 나는 사람들의 이견을 무릅쓰고 할 수 있는 시도를 다했어요. 당신도 구했다고 믿었는데, 황제가 군주의 친절함을 위장하고 나를 속였군요."

"충견은 옛 주인들과 같은 장소에서 죽어야 한다고 운명에 쓰여 있습니다!" 하고 미쉬가 말했다.

최후의 시간은 빠르게 흘러갔다. 떠나는 순간 미쉬는 드 생시뉴 양의 손에 입을 맞추고 싶다는 것 말고는 다른 어떠한 혜택도 청하지 않았다. 그녀는 그에게 자기 뺨을 내밀고 그 고귀한 희생자가 경건하게 포옹하는 대로 몸을 맡겼다. 미쉬는 수레에 타기를 거부했다.

"무고한 사람들은 걸어가야 합니다!" 그가 말했다.

그는 구제 사제가 자기에게 팔을 빌려주기를 원하지 않고, 의연하고 단호하게 단두대까지 걸어갔다. 단두대 앞에 엎드리는 순간, 그는 자기 목 위로 올라온 프록코트를 내려 달라고 부탁하면서 집행인에게 이렇게 말했다. "내 의복은 당신이 가질 것이니, 상하지 않도록 조심하시오."

네 귀족 청년은 가까스로 드 생시뉴 양과 만나는 시간을 가질 수 있었다. 사단장의 연락병이 기병 연대 소위 계급장과 함께 바욘에 있는 소속 부대에 즉시 입대하라는 명령을 그들에게 가져온 것이다. 그들 모두 미래에 대해 예감했던 터라 비통한 이별을 나눈 다음, 드 생시뉴 양은 황량한 자신의 성으로 돌아갔다.

두 형제는 소모시에라[116]에서 서로를 방어하다가 황제의 면전에서 함께 죽었는데, 그때 그들은 이미 기병 중대장이 되어 있었다. 그들의 마지막 말은 "로랑스, 여기서 죽노라!"였다.

도트세르 형제 중 형은 모스크바 요새 공격 중에 대령으로 전사했고, 동생이 형의 자리를 이었다.

드레스덴 전투에서 여단장으로 임명된 아드리앵은 그곳에서 심한 부상을 입고 치료받기 위해 생시뉴로 후송되었다. 그때 서른두 살이 된 백작 아가씨는 한때 자기 주위에 있던 네 귀족 청년 가운데 유일하게 남은 이 잔해를 구하려는 노력으로 그와 결혼했다. 그러나 그녀가 제공하고 그가 받아들인 것은 상처 입은 마음이었다. 사랑하는 사람들은 아무것도 의심하지 않거나 아니면 모든 것을 의심한다.

왕정복고를 맞은 로랑스는 열정을 잃은 존재였다. 그녀에게는 부르봉 왕가가 너무 늦게 등장한 것이다. 그래도 그녀는 불평할 수 없었다. 드 생시뉴 후작 칭호와 더불어 프랑스 귀족원 의원으로 임명된 그녀의 남편은 1816년 중장이 되었고, 그때

---

116) 스페인의 도시. 1808년 11월 30일 나폴레옹이 이곳에서 스페인 군대를 패퇴시켰다.

그가 수행한 탁월한 공적에 대해 청색 훈장 수훈으로 보상을 받았다.

로랑스가 자신의 아이처럼 돌본 미쉬의 아들은 1817년에 변호사 자격을 취득했다. 이 년 동안 자기 직업을 수행한 후, 그는 알랑송 법원의 대리 판사로 임명되었고, 1827년에는 아르시 법원 소속 검사로 승진했다. 미쉬의 자산 용도를 면밀히 살펴 온 로랑스는 이 청년이 성년이 되는 날 그에게 1만 2000리브르의 연금 증서를 교부해 주었다. 나중에 그녀는 그를 부유한 지렐 드 트루아 양과 결혼시켰다. 드 생시뉴 후작은 1829년 로랑스, 그의 아버지와 어머니, 그리고 그를 몹시 사랑한 자녀들의 품에 안겨 세상을 떠났다. 그가 죽을 때까지도 상원 의원 납치의 비밀을 아무도 파헤치지 못했다. 루이 18세[117]는 그 사건의 불행을 바로잡는 것을 거부하지 않았다. 그러나 그는 그 재난의 원인에 대해서는 드 생시뉴 후작 부인에게 입을 다물었다. 당시에 후작 부인은 루이 18세가 그 참담한 사건의 공모자라고 믿었다.

---

117) Louis XVIII(1755~1824). 루이 15세의 손자이며 루이 16세의 동생으로, 왕정복고기인 1814년부터 1824년까지 프랑스 국왕으로 재위했다.

결말

고(故) 드 생시뉴 후작은 포부르 뒤 룰가(街)에 위치한 장엄한 저택을 구입하는 데 자신의 저축과 아울러 부친과 모친의 저축을 사용했으며, 자신의 귀족원 의원 지위를 유지하기 위해 마련한 막대한 세습 재산에 그것을 포함시켰다. 종종 로랑스를 괴롭게 했던 후작과 그 부모의 지독한 절약이 그제야 설명되었다. 저택 구입 이후 자녀들을 위해 재산을 축적하면서 자신의 영지에서 살던 후작 부인은 딸 베르트와 아들 폴이 교육 문제로 인해 파리의 여러 요소가 요구되는 나이에 이르자 기꺼이 파리에서 겨울을 보내게 되었다. 드 생시뉴 부인은 사교계에는 별로 출입하지 않았다. 남편이 아내의 마음속에 자리 잡은 회한을 모를 수는 없었다. 그는 그녀를 위해 더할 나위 없는 섬세함을 발휘했고, 세상에서 오직 그녀만을 사랑하다가 죽었다. 얼마 동안은 남편의 고귀한 영혼이 제대로 인정받지 못했지만, 말년에 가서는 생시뉴가의 너그러운 딸이 그에게서 받은 만큼의 사랑을 그에게 돌려주어, 결국 그 남편도 전적으로 행복할 수 있었다. 로랑스는 특히 가족적 즐거움을 통해 삶을 이어갔다. 파리의 어떤 여인도 그녀 이상으로 친구들에게 사랑받고 존경받는 사람은 없었다. 그녀의 집에 간다는 것은 하나의 영광이었다. 엘리트들은 온화하고 너그럽고 재치 있으며 무엇보다도 소박한 그녀를 좋아했다. 고통의 흔적이 배어 있는 태도에도 불구하고 그녀는 그들의 마음을 끌었다. 누구든 그토록 강한 그 여인을 보호하는 듯 보였고, 어쩌면 그 은밀한 보호의 감정이 그녀가 사람들의 마음을 끄는 이유를 설명할 수 있는지도 모른다. 젊은 시절 그렇게도 고통스러웠던 그녀의 삶이 황혼 녘에는 아름답고 고요했다. 사람들은 그녀의 고통을 알고 있었다. 그러나 로베르 르페브르가 그린 초상화의 실제 인물이 누구인지 묻는 사람은 아무도 없었다. 그 슬픈 초상화는 관리인의 죽음 이후 살롱의 주요 장식물이었다. 로랑스의 얼굴은 어렵게 영근 과일의 성숙함을 지니고 있었다. 이제는 일종의 종교적 오연함 같은 것이 시련을 겪은 그 얼굴을 장식했다. 후작 부인이 집을 관리하게 되었을 때, 망명자 배상법[118]에 의해 증가한 그녀의 재산은 그녀 남편의 보수는 계산에 넣지 않고도 연수입 20만 리브르에 달했

---

118) 혁명기에 국유 재산으로 몰수되어 매각된 망명 귀족들의 재산에 대해 배상을 해 주는 이 법안은 왕정복고기인 1825년에 제정되었다.

다. 로랑스는 시뫼즈 형제가 남긴 110만 프랑도 상속받았다. 그때부터 그녀는 연간 10만 프랑만 쓰고, 나머지는 베르트의 지참금을 마련하기 위해 떼어 놓았다.

베르트는 살아 있는 초상화처럼 제 어머니를 빼닮았지만, 전사와 같은 대담함은 없었다. 그녀는 어머니의 더 섬세하고 영적인 모습으로 "더 여자답다"고 로랑스가 우수를 띠고 말했다. 후작 부인은 딸이 스무 살이 되기 전에는 결혼시키려 하지 않았다. 도트세르 영감님이 현명하게 관리해 1830년 국채가 하락한 시점에 채권에 투자해 두었던 가족의 저축은 베르트의 지참금으로 연수입 약 8만 프랑에 달해 있었고, 베르트는 1833년에 스무 살이 되었다.

이 무렵 드 카디냥 대공 부인은 자기 아들 드 모프리뇌즈 공작을 베르트와 결혼시키려고 몇 달 전부터 드 생시뉴 후작 부인에게 소개해 두고 있었다. 조르주 드 모프리뇌즈는 일주일에 세 번씩 후작 부인 집에서 저녁 식사를 했고, 모녀를 동반해 이탈리아 극장에 갔으며, 모녀가 불로뉴 숲을 산책할 때면 그녀들의 사륜마차 주위를 맴돌았다. 그 무렵 포부르 생제르맹의 사교계에는 조르주가 베르트를 사랑한다는 사실이 명백해 보였다. 다만 드 생시뉴 부인이 자기 딸이 훗날 대공 부인이 되기를 기다리면서 우선은 공작 부인으로 만들기를 원하는지는 아무도 알 수 없었다. 또 대공 부인이 자기 아들을 위해 그 훌륭한 지참금을 원하는지 여부, 그 유명한 디안이 시골 귀족을 며느리로 맞으려 하는지 여부, 그리고 시골 귀족이 드 카디냥 부인의 유명세와 그녀의 취향과 그녀의 낭비 많은 삶에 겁을 내지 않는지 여부는 아무도 알 수 없었다. 대공 부인은 아들에게 해가 되지 않으려는 욕망으로 독신자(篤信者)가 되어 자신의 내면 생활을 철저히 은폐하고, 햇빛 좋은 늦봄부터 초가을까지의 계절을 제네바의 별장에서 보냈다.

어느 날 저녁 드 카디냥 대공 부인은 데스파르 후작 부인과 총리인 드 마르세를 자기 집에 맞아들였다. 다음 해에 마르세가 세상을 떠났기 때문에, 그녀는 그날 저녁 옛 애인을 마지막으로 만난 셈이었다. 마르세 내각의 정무차관인 라스티냐크, 대사 두 명, 귀족원에 남아 있던 유명한 두 웅변가, 노(老)공작들인 드 르농쿠르와 드 나바랭, 드 방드네스 백작과 그의 젊은 부인, 그리고 다르테즈가 그자리에 있었다. 그들은 매우 기이한 서클을 이루고 있었는데, 그 서클의 구성은 쉽게 설명할 수 있을 것이다. 드 카디냥 대공에게 이르는 통행 허가증을 총리로부터 얻어 내는 것이 문제였던 것이다.[119] 이 책임을 자신이 떠맡고 싶지 않았던 드 마르세는 이 일은 사려 깊은 이들의 수중에 달려 있다고 대공 부인에게 말한 참이었다. 한 정객이 그날 저녁 시간 동안 그들에게 해결책을 가져와야만 했다. 드 생시뉴 후작 부인 모녀의 방문이 고지되었다. 비타협적 원칙주의자인 로랑스는 양원(兩院)의 가장 저명한 정통 왕조주의의 대변자들이 로랑스 자신은 오를레앙공 전하라고만 부르는 사람 휘하의 총리와 이야기를 나누면서 희희낙락하는 모

---

119) 발자크의 다른 작품 『드 카디냥 대공 부인의 비밀』 초반부를 보면 1830년 7월 혁명 후 대공이 대공 부인을 파리에 남겨 두고 왕가와 함께 프랑스를 떠난 것으로 나온다.

습을 보고 놀랐을 뿐만 아니라 기분이 상했다.[120] 드 마르세는 꺼지기 직전의 램프 불빛처럼 마지막 광채로 빛나고 있었다. 그 자리에서 그는 정치적 근심 걱정을 기꺼이 잊고 있었던 것이다. 소문에 의하면 그 무렵 오스트리아 궁정이 드 생톨레르 씨[121]를 받아들였다는 식으로 드 생시뉴 후작 부인은 드 마르세를 마지못해 인정했다. 사교계 인사의 면모가 총리의 지위를 묵과하도록 만든 셈이었다. 그러나 드 공드르빌 백작의 방문이 고지되었을 때, 그녀는 자신의 자리가 불에 달군 쇠판이라도 된 듯 벌떡 일어섰다.

"안녕히 계세요, 부인." 그녀는 냉랭한 어조로 대공 부인에게 말했다.

그녀는 그 치명적인 남자와 마주치지 않도록 발걸음의 방향을 계산하면서 베르트와 함께 밖으로 나갔다.

"어쩌면 귀하가 조르주의 결혼을 망치게 만들었군요." 대공부인이 드 마르세에게 나지막이 말했다.

아르시 출신의 옛 서기, 민중의 옛 대변인, 옛 열월파(熱月派),[122] 옛 법제 심의원 위원, 옛 국가참사회원, 제국의 옛 백

---

120) 1830년 7월 혁명 후 정통 부르봉 왕가의 샤를 10세가 퇴위하고 차자(次子) 계열의 오를레앙공 루이 필리프가 왕으로 즉위해 7월 왕정이 성립되었는데, 전통 귀족을 비롯한 정통 왕조주의자들은 7월 왕정 체제를 인정하지 않았다.
121) 루이 클레르 드 생톨레르(Louis-Clair de Sainte-Aulaire, 1778~1854). 프랑스의 저명한 외교관으로, 스탕달이 이탈리아의 치비타베키아 주재 프랑스 영사로 재직할 때 그의 상관인 대사였다.
122) 1794년 열월(프랑스 혁명력 11월) 9일에 로베스피에르를 타도한 정파.

작 겸 상원 의원, 루이 18세의 옛 귀족원 의원, 7월 체제의 신임 귀족원 의원인 남자가 아름다운 드 카디냥 대공 부인에게 비굴한 태도로 경의를 표했다.

"더 이상 두려워 마십시오, 아름다운 부인. 우리는 대공들과는 싸움을 벌이지 않습니다." 대공 부인 곁에 앉으면서 그가 말했다.

말랭은 루이 18세에게서 존중을 받았다. 그의 오랜 경험이 루이 18세에게 무용하지 않았던 것이다. 그는 드카즈[123] 내각을 무너뜨리는데 많은 조력을 했고, 빌렐[124] 내각에는 영향력 있는 조언자였다. 샤를 10세[125]에게 냉대를 받은 그는 탈레랑의 원한과 입장을 같이했다. 그 무렵 그는 1789년 이래 열두 번째로 섬기게 된 정부하에서 큰 신임을 얻고 있었는데, 나중에는 그 정부에 피해를 입히게 된다. 십오 개월 전부터 그는 우리의 외교관들 가운데 가장 유명한 인사[126]와 삼십육 년 동안 맺어 왔던 우정을 단절한 상태였다. 그날 저녁 그는 그 위대한 외교관에 대해 이야기하면서 이렇게 말했다. "드 보르

---

123) 엘리 드카즈(Élie Decazes, 1780~1860). 프랑스의 정치가로 왕정복고기에 루이 18세 치하에서 정부 수반 역할을 했다.
124) 조제프 드 빌렐(Joseph de Villèle, 1773~1854). 프랑스의 정치인. 급진 왕당파 성향으로 드카즈 내각 실각 후 1822년부터 총리를 역임했다.
125) Charles X(1757~1836). 루이 15세의 손자이며 루이 16세와 루이 18세의 동생. 왕정복고기 루이 18세의 사망 후 프랑스 국왕으로 재위했으나, 보수적 권위주의 정책으로 국민의 신뢰를 잃고 1830년 7월 혁명 후 국외로 망명했다.
126) 탈레랑을 지칭한다.

도 공작에 대해 그가 적의를 갖고 있는 이유를 아십니까? 왕위 승계권자가 너무 젊어서⋯⋯."

"귀하는 젊은 사람들에게 참 이상한 충고를 하시는군요." 라스티냐크가 그에게 대꾸했다.

대공 부인의 말을 듣고부터 깊은 생각에 잠겨 있던 드 마르세는 라스티냐크의 이 농담에 주의를 기울이지 않았다. 그는 공드르빌을 음험하게 쳐다보았고, 일찍 잠자리에 드는 노인네는 이제 떠난다는 말을 하기 위해 기회를 기다리고 있었다. 드 생시뉴 부인이 나가는 것을 지켜보았고 그 이유를 알고 있던 그자리의 모든 사람이 드 마르세를 따라 침묵을 지켰다. 후작 부인의 모습을 보지 못한 공드르빌은 사람들의 이런 유보적인 태도의 동기를 알 수 없었다. 그러나 일처리의 습관과 정치적 관습이 그에게 직감을 부여해 주었고 또 그는 본래 재치 있는 사람이어서, 자신의 출현이 거북스러움을 야기했다고 생각해 바로 자리를 떴다. 벽난로 앞에 서 있던 드 마르세는 중대한 생각을 누설하려는 듯한 태도로 천천히 멀어져 가는 칠십 세의 그 노인네를 지그시 바라보았다.

마차 굴러가는 소리가 들리자 총리가 말을 시작했다.

"부인, 제 협상자의 이름을 부인께 미리 말씀드리지 않은 것은 저의 잘못이었습니다. 그러나 저의 과오를 벌충하고 생시뉴가 사람들과 화해할 수 있는 방법을 부인께 알려 드리도록 하겠습니다. 사건이 발생한 것은 지금으로부터 삼십 년도 더 전입니다. 그것은 앙리 4세의 죽음만큼이나 해묵은 일로서, 속담이 뭐라고 하든 분명 우리만의 비밀 이야기입니다만, 다른 많은 역사적 참사들과 마찬가지로 가장 덜 알려진 역사입니다. 그런 데다가 제가 부인께 단언하건대, 만약 이 사건이 후작 부인과 관련이 없다 하더라도, 후작 부인은 역시 이 사건에 호기심을 가질 것입니다. 결국 이 사건은 우리 현대의 연대기 가운데 유명한 한 단락, 즉 생베르나르 준령[127] 통과의 진실을 밝혀 줍니다. 1793년에 민중의 물결이 폭풍우 위로 끌어올린 인물들 가운데 몇몇은 노랫말에서 읊어지듯 이미 안식처를 찾았는데, 그 마키아벨리적 인물들과 오늘날의 우리 정치인들은 깊이의 차원이 현저히 다르다는 사실을 대사님들은 그 사건에서 보시게 될 것입니다. 오늘날 프랑스에서 무언가가 되기 위해서는 반드시 그 시절의 폭풍우 속을 나뒹굴었어야만 합니다."

"하지만 제가 보기에 그런 관점에서 당신의 현재 상태는 더이상 바랄 나위가 없을 듯한데요……" 대공 부인이 미소를 지으며 말했다.

모든 사람의 입술에 점잖은 웃음이 떠올랐고, 드 마르세도 미소를 짓지 않을 수 없었다. 대사들은 조바심이 난 듯 보였고, 드 마르세가 발작적인 기침에 사로잡히는 바람에 사람들이 조용해졌다.

총리가 이야기를 이어 갔다.

"1800년 6월의 어느 새벽 3시경 새벽빛에 촛불이 흐릿해지려는 순간, 부이요트 카드놀이에 지쳤거나 다른 사람들의 관

---

127) 이탈리아와 스위스 국경 지대에 위치한 해발 2473미터의 준령. 마렝고 전투 직전인 1800년 5월 15일에서 20일 사이에 나폴레옹 군대가 이 준령을 넘었다.

심을 끌기 위해 건성으로 카드를 치던 두 남자가 당시 뒤 바크가에 있던 외무부 장관 저택의 살롱을 떠나 규방으로 갔습니다. 한 명은 이미 죽었고, 다른 한 명은 한쪽 발을 무덤 속에 넣은 상태인 그 두 남자는 각자 그들의 부류에서 서로 난형난제라 할 만큼 특별한 존재들이었습니다. 두 사람 모두 사제였다가 종교를 버린 사람들이었습니다. 둘 다 결혼을 했고요. 한 사람은 오라토리오 수도회의 평범한 수사였고, 다른 한 사람은 주교관을 썼던 신분이었습니다. 첫 번째 남자의 이름은 푸셰이고, 두 번째 남자의 이름은 여러분에게 말하지 않겠습니다. 한데 그 당시에는 두 사람 모두 평범한 프랑스 시민으로 불렸지만, 전혀 평범하지 않았죠. 두 사람이 규방으로 가는 것을 보자, 아직 자리에 남아 있던 사람들은 얼마간 호기심을 나타냈습니다. 세 번째 남자가 그들을 뒤따라갔습니다. 처음 두 남자보다 훨씬 더 힘이 세다고 믿고 있던 그 남자로 말하자면, 시에예스[128]라는 이름을 갖고 있었는데, 그 역시 대혁명 전에는 교회에 소속되어 있었다는 것을 여러분은 모두 알고 계십니다. 보행이 불편한 사람은 당시 외무부 장관이었고, 푸셰는 경찰부 장관이었습니다. 시에예스는 집정관직을 사임한 후였습니다. 차갑고 엄격한 모습의 키 작은 남자 하나가 자리를 떠나 그 세 남자와 합류하면서 어떤 사람 앞에서 큰 소

---

128) 에마뉘엘 조제프 시에예스(Emmanuel Joseph Sieyès, 1748~1836). 프랑스의 정치인. 성직자로서 샤르트르의 부주교를 역임하였으나, 대혁명에 가담해 자코뱅 클럽 회원이 되어 열렬한 혁명파로 활동했다. 혁명기와 나폴레옹 제정하에서 외교관과 정치가로 많은 역할을 했다.

리로 말했는데, 그것은 '나는 저 세 명의 사제가 두렵습니다.'
라는 말이었습니다. 그는 국방부 장관이었죠. 카르노[129]의 말
은 살롱에서 카드놀이를 하고 있던 집정관 두 명에게 전혀 불
안을 야기하지 않았습니다. 캉바세레스와 르브룅[130]은 당시
그들보다 훨씬 더 힘이 센 그들의 장관들에게 좌우되는 처지였
습니다. 이 정치인들은 거의 모두 사망했고, 우리는 더 이상 그
들에게 빚진 것이 아무것도 없습니다. 그들은 이제 역사에 속
하는데, 그날 밤의 역사는 무서운 것이었습니다. 나 혼자만이
그 역사를 알기 때문에, 그리고 루이 18세가 그 역사를 가엾은
드 생시뉴 부인에게 말하지 않았고 현 정부는 부인이 그 사실
을 아는 데 대해 무관심하기 때문에, 내가 그 역사를 여러분에
게 이야기하겠습니다. 네 남자 모두 자리에 앉았습니다. 절름발
이는 누군가 입을 열기 전에 문을 닫아야 했는데, 소문에 의하
면 빗장까지 질렀다고 합니다. 예의 바른 사람들만이 이런 세세
한 주의를 기울이는 법입니다. 세 명의 사제는 여러분이 알다시
피 창백하고 무감동한 얼굴을 하고 있었습니다. 카르노만 혈색
이 좋았지요. 그 군인이 맨 먼저 말을 꺼냈습니다. '무슨 일입니
까?' 하고. 그러자 우리 시대의 가장 탁월한 인물 중 한 명으로

---

129) 라자르 카르노(Lazare Carnot, 1753~1823). 프랑스의 장군. 정치인.
학자였던 인물로 프랑스 대혁명에 가담했고, 나폴레옹 휘하에서 국방부 장
관을 역임했다.
130) 샤를 프랑수아 르브룅(Charles François Lebrun, 1739~1824). 프랑스
의 정치인. 무월 18일 쿠데타 후에 나폴레옹에 의해 제3집정관으로 지명되
었다.

내가 찬미하는 대공이 '프랑스에 관한 일이오.' 하고 대답했을 것입니다. '공화국에 관한 문제요.' 하고 푸셰가 분명히 말했습니다. '권력 문제요.' 하고 필경 시에예스가 말했을 것입니다."

모든 참석자들이 서로를 쳐다보았다. 드 마르세는 목소리와 시선과 몸짓으로 세 인물을 기막히게 묘사했다. 그가 이야기를 계속했다.

"세 사제는 서로 완벽하게 뜻이 맞았습니다. 카르노는 틀림없이 무척 의연한 태도로 그의 동료들과 전 집정관을 쳐다보았겠죠. 제 생각에 그는 속으로 아연실색했을 것 같습니다. '성공할 것 같습니까?' 하고 시에예스가 그에게 물었습니다. '보나파르트에게서는 무엇이든 예상할 수 있습니다. 다행히 그는 알프스를 넘었지요.' 하고 국방부 장관이 대답했습니다. '이 순간 그는 자신의 패를 모두 걸고 있습니다.' 하고 외교관이 계산된 느릿느릿한 어조로 말했습니다. '요컨대 단도직입적으로 말하기로 합시다. 만약 제1집정관이 패배한다면 우리는 어떻게 하는 것이 좋겠습니까? 군대를 재건하는 일이 가능합니까? 우리는 그의 보잘것없는 봉사자들로 머물러야 합니까?' 하고 푸셰가 말했습니다. '이 순간 더 이상 공화국은 없습니다. 그는 십 년 임기의 집정관이에요.' 하고 시에예스가 지적했습니다. '그는 크롬웰이 가졌던 것보다 더 큰 권력을 가지고 있는 데다, 국왕의 사형에 찬성표를 던진 것도 아닙니다.' 하고 주교가 덧붙여 말했습니다. '우리에게는 주인이 한 사람 있습니다. 그가 전투에 지더라도 그 주인을 지켜야 합니까, 아니면 순수한 공화정으로 돌아가야 합니까?' 하고 푸셰가 말했습니다. '프랑스는 국민 의회[131]의 활력으로 돌아가야만 저항할 수 있을 것입니다.' 하고 카르노가 단정적으로 대꾸했습니다. '나는 카르노와 같은 의견이에요. 만약 보나파르트가 패배해서 돌아오면 그를 끝장내야 합니다. 그는 칠 개월 전부터 우리에게 그 점에 대해 충분히 얘기했어요!' 하고 시에예스가 말했습니다. '그에게는 군대가 있습니다.' 카르노가 생각에 잠긴 태도로 말했습니다. '민중은 우리 편을 들 겁니다!' 하고 푸셰가 소리쳤습니다. '이보세요, 당신 성급하군요!' 변함없는 그 저음의 목소리로 대영주가 이렇게 대꾸하자, 오라토리오회 수사는 움츠러들었습니다. '솔직하게 말합시다. 만약 보나파르트가 승리한다면 우리는 그를 찬양할 것이고, 패배한다면 그를 장사 지낼 것입니다!' 옛 국민 의회 의원 한 명이 얼굴을 내밀며 말했습니다. '말랭, 당신이 거기 있었군요. 당신도 우리 편이 될 겁니다.' 집주인이 동요의 기색 없이 이렇게 대꾸하고는 그에게 앉으라는 신호를 보냈습니다. 국민 의회의 아주 미미한 의원이었던 그 인물이 우리가 조금 전에 본 현재의 모습이 된 것은 이런 상황에서 비롯되었습니다. 말랭은 신중했고, 두 장관은 그를 변함없이 대해 주었지요. 그러나 그 역시 조직의 축이었고 간계의 혼이었습니다. '그 사람은 지금까지 패배한 적이 한 번도 없습니다! 그리고 그는 이제 한니발을 능가하지요.' 하고 카르노가 확신의 어조로 소리쳤습니다. '불행이 닥칠 경

---

131) 프랑스 대혁명기인 1792년 9월 21일 제헌 의회에 뒤이어 성립해 1795년 10월 26일까지 계속된 의회.

우에는 여기 5인 총재 회의가 있습니다.' 하고 시에예스가 각자에게 그들이 다섯 명의 집합이라는 사실을 주지시키며 대단히 교묘하게 대꾸했습니다. '그리고 우리 모두는 프랑스 혁명의 유지에 이해관계를 가지고 있습니다. 우리 세 사람은 환속을 했고, 장군은 국왕의 사형에 찬성표를 던졌습니다.' 하고 외무부 장관이 말했습니다. 그런 다음 그가 말랭에게 말했지요. '당신은 망명자들의 재산을 소유하고 있고요.' '우리 모두는 동일한 이해관계를 가지고 있고, 우리의 이해관계는 조국의 이해관계와 일치합니다.' 하고 시에예스가 단호하게 말했습니다. '드문 일이군요.' 외교관이 미소를 지으며 말했습니다. 그러자 푸셰가 덧붙여 말했습니다. '행동해야 합니다. 전투는 개시되었고, 멜라스[132]가 우월한 힘을 갖고 있습니다. 제노바는 반환되었고, 마세나[133]는 앙티브[134]를 향해 함대를 모는 실수를 범했습니다. 따라서 그가 보나파르트와 합류할 수 있을지 확실하지 않고, 보나파르트는 혼자만의 세력으로 고립될 것입니다.' '누가 당신에게 그런 소식을 전했습니까?' 하고 카르노가 물었지요. '그 소식은 확실합니다. 증권 시장이 열리는 시간이면 통지가 올 것입니다.' 하고 푸셰가 대답했습니다."

---

132) 마이클 폰 멜라스(Michael von Melas, 1729~1806). 오스트리아의 장군. 이탈리아의 몇몇 전투에서 승리를 거두었으나 1800년 6월 14일 마렝고 전투에서 나폴레옹에게 패배했다.

133) 앙드레 마세나(André Masséna, 1756~1817). 견습 선원 출신으로 프랑스군 원수에 오른 인물. 1800년 나폴레옹의 마렝고 전투 승리에 큰 공헌을 했다.

134) 프랑스 남동부 지중해 연안에 있는 도시.

드 마르세가 미소를 지으며 잠시 말을 멈추더니 이야기를
이어 갔다.

"그 사람들은 전혀 체면 차리지 않고 직설적으로 말했습니
다. '그런데 우리가 클럽들을 조직하고 애국심을 일깨워서 정
체(政體)를 바꿀 수 있는 때는 파탄의 소식이 당도할 때가 아
닙니다. 우리의 무월 18일은 미리 준비되어 있어야만 합니다.'
하고 푸셰가 계속해서 말했지요. '그 일은 경찰부 장관이 하도
록 맡겨 둡시다. 그리고 우리는 뤼시앵을 경계합시다.(뤼시앵 보
나파르트는 그 당시 내무부 장관이었다.)' 하고 외교관이 말했습니
다. '내가 그를 체포하겠습니다.' 푸셰가 이렇게 말했지요. '여러
분, 우리의 총재 정부는 더 이상 무정부적 변형에 내맡겨지지
않을 겁니다. 우리는 과두 권력, 종신제 상원, 우리의 수중에
놓일 선출 의회를 조직할 것입니다. 과거의 과오를 이용할 줄
알아야 하니까요.' 하고 시에예스가 외쳤습니다. '그런 제도와
함께라면 나는 평화를 누릴 겁니다.' 하고 주교가 말했습니다.
'독일 군대가 우리의 유일한 의지가 될 테니 모로[135]와 통신하
는 데 도움이 될 확실한 사람 하나를 나에게 찾아주시오.' 깊
은 상념에 잠겨 있던 카르노가 이렇게 외쳤습니다."

드 마르세가 잠시 사이를 두었다가 말을 이었다.

"실상 그 사람들 생각이 옳았습니다, 여러분! 그런 위기 상황

---

135) 장 빅토르 마리 모로(Jean Victor Marie Moreau, 1763~1813). 프랑스
의 장군. 법률가로 활동하다가 혁명군에 지원 입대해 1793년에 장군 임명을
받았다. 무월 18일의 쿠데타에서 나폴레옹을 도운 후 1800년 라인군 총사
령관으로 임명되었다.

에서 그들은 훌륭했고, 나 또한 그들처럼 행동했을 것입니다."

드 마르세가 자기 이야기를 이어 가면서 계속 이야기했다.

"'여러분!' 하고 시에예스가 장중하고 엄숙한 어조로 외쳤습니다. '여러분!'이라는 이 말은 완벽하게 이해되었지요. 모든 사람의 시선이 똑같은 믿음, 똑같은 약속, 즉 보나파르트가 승리해서 돌아올 경우에는 절대적 침묵과 완전한 연대를 지킬 것이라는 약속을 담고 있었습니다. '우리 모두 우리가 해야 할 일을 잘 알고 있습니다.' 하고 푸셰가 덧붙였습니다. 시에예스가 아주 부드럽게 빗장을 풀었고, 그의 사제다운 귀가 그에게 큰 도움이 되었던 것입니다. 뤼시앵이 들어왔습니다. '좋은 소식입니다, 여러분! 전령이 보나파르트 부인에게 제1집정관의 전언을 가져왔습니다. 그분은 몬테벨로에서 승리로 전쟁을 시작했습니다.' 세 명의 장관이 서로 쳐다보았습니다. '그것은 전면전이었습니까?' 하고 카르노가 물었지요. '아닙니다, 란[136]이 영광으로 휩싸이게 된 하나의 전투지요. 유혈이 낭자한 사태였습니다. 1만 명의 병사와 함께 1만 8000명의 다른 병사에게 공격을 받은 그는 구원군으로 파견된 한 사단에 의해 구출되었습니다. 오트는 패주했고요. 결국 멜라스의 작전선은 절단되었습니다.' '전투가 벌어진 건 언제부터입니까?' 하고 카르노가 물었습니다. '8일입니다.' 하고 뤼시앵이 대답했지요. '오

---

136) 장 란(Jean Lannes, 1769~1809). 프랑스의 군인. 1792년 지원군 부대에 입대하여 1795년에 장군이 되었다. 무월 18일 쿠데타에 가담했고, 마렝고 전투의 승리에 기여했다. 1804년에 원수가 되었고, 1808년에는 몬테벨로 공작이 되었다.

늘이 13일이니, 그렇다면 우리가 이야기를 나누고 있는 지금 이 순간 필시 프랑스의 운명이 결판나고 있겠군요.(실제로 마렝고 전투가 시작된 것은 6월 14일 새벽이었다.)' 하고 학자 장관이 뒤이어 말했습니다. '나흘 동안 죽을 지경으로 기다렸지요!' 하고 뤼시앵이 말했습니다. '죽을 지경?' 외무부 장관이 의문조로 냉정하게 되뇌었습니다. '나흘 동안.' 하고 푸셰가 말했습니다. 이 여섯 명의 인사가 살롱으로 돌아갔을 때에야 두 집정관은 이런 세부 사항을 알게 되었다고 한 목격자가 나에게 확인해 주었습니다. 그때는 새벽 4시였습니다. 푸셰가 맨 먼저 떠났습니다. 심오하고 비범하며, 널리 알려져 있지는 않았지만 분명히 필리프 2세의 천재성에 맞먹는, 그리고 티베리우스와 보르자에 맞먹는 천재성을 지닌 이 어둠의 천재가 악마 같은 은밀한 활동력을 가지고 행한 일은 바로 이와 같았습니다. 발헤런[137] 사건 때 그가 한 행동은 완벽한 군인, 위대한 정치가, 선견지명 있는 행정가의 행동이었습니다. 그는 나폴레옹이 가진 유일무이한 장관이었습니다. 여러분이 알다시피 당시 그는 나폴레옹을 겁먹게 했습니다. 푸셰와 마세나 그리고 대공은 내가 아는 한 외교, 전쟁, 통치 분야에서 가장 위대한 세 인물이고 가장 강력한 두뇌입니다. 만약 나폴레옹이 그들 세 사람을 자신의 일에 주저 없이 결합했다면, 더 이상 유럽은 존재하지 않고 거대한 프랑스 제국만 존재했을 것입니다. 푸셰가 나

---

137) 네덜란드의 섬. 1809년 영국이 이 섬에 군대 파견을 시도했으나 실패했다.

폴레옹에게서 마음이 멀어진 것은 시에예스와 드 탈레랑 대공이 배제된 것을 본 연후였습니다. 사흘의 시간 동안 푸셰는 혁명이라는 난로의 재를 휘저은 손길을 내내 감추고, 프랑스 전체를 무겁게 짓누르며 1793년의 공화주의적 활력을 되살려 낸 그 전체적 불안을 조직해 냈습니다. 우리 역사의 이 어두운 구석을 밝혀내야 하겠기에, 그에게서 출발해 옛 산악파의 모든 후예들을 사로잡은 그 동요가 마렝고의 승리 후 제1집정관의 생명을 위협한 공화주의적 음모를 야기했다는 사실을 여러분에게 말씀드리겠습니다. 자신이 빚어낸 불행한 사태에 대해 그가 가지고 있던 의식이, 보나파르트가 반대 의견을 가지고 있었음에도 불구하고 제1집정관 암살 시도에는 왕당파보다 공화파가 더 많이 연루되어 있다고 보나파르트에게 지적하는 힘을 푸셰에게 주었던 것입니다. 푸셰는 사람들을 기막히게 잘 알고 있었습니다. 푸셰는 배반당한 야심 때문에 시에예스를 신뢰했고, 대영주이기 때문에 드 탈레랑 씨를 신뢰했으며, 깊은 정직성 때문에 카르노를 신뢰했습니다. 그러나 그는 오늘 저녁에 우리가 본 인물은 꺼렸는데, 그가 그 사람을 어떻게 농락했는지는 다음과 같습니다. 그 당시 그 인물은 단순히 말랭, 루이 18세의 통신원인 말랭에 불과했습니다. 경찰부 장관은 그에게 혁명 정부의 선언문 및 법령을 작성하고 포고하는 책무 그리고 무월 18일의 반란자들을 범법자들로 만드는 문서를 작성하는 책무를 떠맡겼습니다. 더 나아가 그 서류들을 필요한 만큼 인쇄해 그의 집 안에 여러 개의 짐으로 꾸려서 준비해 두는 책임도 본의 아니게 이 공범자가 맡게 되었습니다. 혁명파 인쇄업자가 그 일에 선택되었던 연유로, 그 인쇄업자는 음모자로 체포되었다가 두 달 후에야 경찰에 의해 석방되었습니다. 그 사람은 자신이 연루된 것이 산악파의 음모라고 내내 믿고 있다가, 1816년에 사망했습니다. 푸셰의 경찰이 연기(演技)한 가장 흥미로운 장면 중 하나는 이론의 여지 없이 그 시대의 가장 유명한 은행가가 수신한 첫 통신이 야기한 장면일 텐데, 그 통신은 바로 마렝고 전투의 패배를 알리는 내용이었습니다. 여러분도 기억하겠지만, 나폴레옹의 행운은 저녁 7시경에야 알려졌습니다. 그날 정오에, 당시 금융계의 제왕에 의해 전장으로 파견된 요원이 프랑스 군대가 파멸에 빠진 것으로 보고 서둘러 소식을 전했던 것입니다. 경찰부 장관은 벽보 붙이는 사람들과 공고 외치는 사람들을 찾으러 보냈고, 그의 심복 하나가 인쇄물을 가득 실은 짐마차와 함께 도착했는데, 마침 그때 극히 빠른 속도로 도착한 저녁의 통신이 승리 소식을 퍼뜨려 프랑스를 광란에 휩싸이게 했습니다. 증권 시장에서는 엄청난 손실이 발생했습니다. 그러자 보나파르트의 실각과 정치적 사망을 선언하도록 되어 있던 벽보 붙이는 사람들과 공고 외치는 사람들 무리는 궁지에 빠졌고, 제1집정관의 승리를 찬양하는 선언문과 벽보가 인쇄되어 나오기를 기다리는 처지가 되었습니다. 음모의 모든 책임이 자신에게 쏟아져 내릴 수 있는 상황에 처한 공드르빌은 겁에 질린 나머지 짐 꾸러미들을 여러 대의 마차에 나눠 싣고 밤을 틈타 공드르빌로 날랐습니다. 아마도 그는 다른 사람 이름을 빌려 구입한 그 성의 지하실에 그 불길한 서류들을 파묻었을 것입니다……. 그는 자신에게 이름을 빌려준 사람을 제국 법원 한 곳의 법원장으로 임명되게 했는데, 그 사람 이름이…… 아마 마리옹이죠! 그런 다음 그는 때맞춰 파리로 돌아와 제1집정관에게 치하를 드렸습니다. 여러분도 아시다시피, 나폴레옹은 마렝고 전투 후 어마어마하게 빠른 속도로 이탈리아에서 프랑스로 달려왔습니다. 그런데 그 시절의 비밀스러운 역사를 속속들이 아는 사람들이 보기에 나폴레옹의 신속한 귀환의 원인이 된 것은 뤼시앵의 메시지였음이 분명합니다. 내무부 장관은 산악당의 태도를 얼핏 눈치채고, 바람이 어디에서 불어오는지는 알지 못한 채로 폭풍우를 두려워했던 것입니다. 세 명의 장관을 의심할 수는 없었던 뤼시앵은 그런 움직임의 원인을 무월 18일에 자기 형이 야기했던 증오심 탓으로, 또 1793년의 잔당들이 이탈리아 전투의 패배를 확신했던 탓으로 돌렸습니다. 생클루에서 사람들이 외쳤던 '폭군에게 죽음을!'이라는 말이 뤼시앵의 귀에는 항상 쟁쟁했던 것입니다. 마렝고 전투가 나폴레옹을 6월 25일까지 롬바르디아 평원에 붙잡아 두어서, 그는 7월 2일에야 프랑스에 도착했습니다. 그런데 튈르리에서 제1집정관에게 승리를 축하드리는 다섯 음모자들의 얼굴을 상상해 보십시오. 여러분이 조금 전에 보신 그 말랭은 약간 호민관 같은 면모여서 하는 말인데, 승리를 축하하는 바로 그 살롱에서 푸셰는 그 호민관에게 아직 더 기다려야 한다고, 모든 것이 끝난 것은 아니라고 말했습니다. 실상 드 탈레랑과 푸셰가 보기에 보나파르트는 자기들만큼 대혁명과 밀접히 결합돼 있는 것은 아니어서, 그들은 자기들 자신의 안전을 위해 앙지앵 공작 사건으로 보나파르트를 대혁명과 불가분의 관계로 엮어 놓았습니다. 그 왕자의 처형은 이해할 만한 분기(分岐)에 의해 마렝고 원정 동안 외무부 공관에서 꾸며진 음모와 맥이 닿아 있습니다. 오늘날에 와서 정보에 정통한 인사들을 알고 있던 사람이 보기에는, 보나파르트가 드 탈레랑 씨와 푸셰에게 어린애처럼 놀아났다는 것은 분명한 사실입니다. 그 당시 왕가의 사절들이 제1집정관과 타협의 시도를 하고 있었는데, 그들은 보나파르트를 부르봉 왕가와 결정적으로 틀어지게 만들기를 원했던 것입니다."

그때 이야기에 귀 기울이던 인사 가운데 한 사람이 말했다. "드 뤼 부인 댁에서 휘스트 놀이를 하던 탈레랑이 새벽 3시에 회중시계를 꺼내더니 카드놀이를 중단시키고, 갑자기 세 명의 놀이 상대에게 불문곡직하고 드 콩데 공에게 앙지앵 공작 말고 다른 자식이 있느냐고 묻더랍니다. 드 탈레랑 씨의 입에서 튀어나온 그 엉뚱한 질문은 더없이 큰 놀라움을 자아냈지요. '당신이 누구보다 잘 알고 있는 사실을 왜 우리에게 묻는 겁니까?' 하고 누군가가 그에게 말했습니다. 그러자 '이 순간 콩데 가문이 끝난다는 사실을 당신들에게 알려 주기 위해서입니다.'라고 그가 대답했습니다. 한데 드 탈레랑 씨는 초저녁부터 드 뤼 저택에 있었기 때문에, 보나파르트가 사면을 내리는 것이 불가능하다는 사실을 아마 알고 있었던 것 같습니다."

"그런데 저는 드 생시뉴 부인이 이 모든 이야기에 어떻게 관련되는지 전혀 모르겠습니다." 라스티냐크 드 마르세에게 말했다.

"아차! 당신이 너무 젊어서 내가 결말을 이야기하는 것을 깜빡했소. 당신은 드 공드르빌 백작 납치 사건을 알고 있지요.

그 사건이 시뫼즈 형제 그리고 도트세르 형제 중 형이 죽은 원인이 되었지요. 도트세르 형제 중 남은 한 명은 드 생시뉴 양과 결혼해서 백작이 되었고, 나중에는 드 생시뉴 후작이 되었습니다."

그 사건에 대해 모르고 있는 몇 사람의 청을 받아 드 마르세는 소송의 전말을 이야기했다. 다섯 명의 알 수 없는 사내들은 제국 경찰의 왈패들로, 인쇄물 뭉치들을 없애는 임무를 띤 자들이었다. 한데 드 공드르빌 백작은 제국의 체제가 견고해지고 있다는 믿음 때문에 마침 그 인쇄물들을 소각하려고 귀향한 길이었다. 드 마르세가 계속 이야기했다. "푸셰는 거기서 공드르빌과 루이 18세 사이의 서신 왕래 증거물도 동시에 찾도록 시켰을 것으로 의심됩니다. 공드르빌은 항상, 심지어 공포 정치 기간 동안에도 루이 18세와 뜻이 통했으니까요. 그런데 이 가공할 만한 사건에는 핵심 요원의 개인적인 감정도 개입되어 있었습니다. 그자는 아직도 살아 있는데, 결코 누구로도 대체할 수 없는 위대한 하급자들 중 한 명으로, 놀라운 책략과 수완으로 주목을 받았습니다. 그가 시뫼즈 형제를 체포하러 갔을 때 드 생시뉴 양이 그를 심하게 대했던 것으로 보입니다. 부인, 부인께서는 이렇게 사건의 비밀을 알게 되셨습니다. 부인께서 드 생시뉴 후작 부인에게 그 비밀을 설명해 주시고, 또 루이 18세가 왜 침묵을 지켰는지에 대해서도 후작 부인을 이해시키실 수 있을 것입니다."

1841년 1월, 파리.

작품 해설

격변의 시대와 인간의 삶

『어둠 속의 사건(Une Ténébreuse Affaire)』은 발자크의 거대한 작품군인 『인간극(La Comédie Humaine)』 가운데 독특한 위치를 차지하는 작품이라고 할 수 있다. 저명한 발자크 연구가인 알랭은 이 소설이 "발자크의 가장 위대한 작품 중 하나"라고 말한 바 있지만, 정작 이 작품은 프랑스의 일반 독자들에게 널리 알려진 친숙한 작품으로는 보이지 않으며, 아마도 우리나라에서는 처음으로 소개되는 소설일 것이다.

발자크는 자신의 『인간극』의 분류에서 『어둠 속의 사건』을 풍속 연구 분야 중 '정치생활 정경' 항목에 넣고 있다. 정치생활 정경은 단 네 편의 소설로 이루어져 있어 풍속 연구 가운데 비교적 작은 부분을 이루고 있는데, 그 네 편의 작품 중 『공포정 하의 한 에피소드(Un Episode sous la Terreur)』와 『Z.

마르카(Z. Marcas)』는 짤막한 중편 소설이며, 『아르시의 국회의원(Le Député d'Arcis)』은 장편 소설 분량이지만 미완으로 끝나고 있어서, 『어둠 속의 사건』이 작품의 분량이나 완결성으로 미루어 보아 정치생활 정경의 가장 중요한 작품으로 평가될 수 있을 것이다.

『어둠 속의 사건』 집필에는 실재하는 하나의 역사적 사건이 모티브를 제공한 것으로 알려져 있다. 발자크의 다른 모든 작품과 마찬가지로 이 소설도 우선적으로 작가의 상상력의 소산으로써 결코 어떤 현실적 사건의 단순한 반영일 수 없지만, 이 경우에는 소설 줄거리와 모티프가 된 사건 사이의 상관성이 밀접하여 먼저 그 사건의 개요를 언급할 필요가 있을 것이다.

나폴레옹 제정이 성립하기 사 년 전인 집정정부(Consulat) 시대였던 1800년 9월 23일 투르(Tours)에서 멀지 않은 곳에 있는 보베(Beauvais)성에서 상원 의원 클레망 드 리(Clément de Ris)가 납치되는 사건이 일어났다. 곧 수색이 시작되었지만 성과가 없다가, 같은 해 10월 10일 상원 의원은 돌연히 납치에서 풀려나 모습을 드러냈다. 피의자들이 체포되고, 1801년 7월 투르에서 재판이 열렸으나 증거 불충분으로 소송이 중단되었다. 납치 사건이 있은 지 일 년 이상 지난 1801년 10월 앙제(Angers)에서 두 번째 재판이 열렸는데, 그 결과 세 명의 피고가 납치범으로 사형 선고를 받고 처형당했다. 여러 가지로 모호한 점이 많았던 이 사건은 여론에 강한 반향을 일으켰다. 당시 경찰부 장관이었던 푸셰(Fouché)가 이 사건에서 수상쩍은 역할을 행했던 것으로 알려져 있다, 이 사건에 화가 나 있던 제1집정관 나폴레옹의 환심을 사는 동시에 자기 휘하 경찰의 효율성을 증명해 보이기 위해, 푸셰는 무죄 방면을 교환 조건으로 납치범들과 협상을 벌여서 상원 의원 클레망 드 리의 석방을 이끌어낸 것으로 알려져 있다. 그러고 나서 푸셰는 세 명의 피고가 무고하다는 사실을 알고 있으면서도 사형을 당하도록 냉정하게 방치함으로써 사건을 일단락짓고, 그 사건에서 자신이 행한 역할을 은폐했다는 것이다.

발자크는 유괴 사건이 일어났던 당시에 투르에 있었던 자기 아버지, 자신의 첫 연인이었던 베르니 부인(Madame de Berny) 및 오래 알고 지내던 경찰 관계 정보원 등으로부터 사건에 대한 상세한 얘기를 들었고, 이외에도 여러 가지 문서 자료 또한 참조했던 것으로 알려져 있다.

이상의 간략한 기술만으로도 『어둠 속의 사건』의 중심 줄거리 가운데 하나인 상원 의원 말랭 유괴 사건이 역사적 실재 사건인 클레망 드 리 납치 사건과 연관성이 있음을 짐작할 수 있다. 물론 사건의 시간과 장소와 행위 주체가 모두 다르고, 사건의 동기 및 전개 양상이 상이하다. 그러나 말랭 유괴 사건의 전말은 클레망 드 리 사건을 연상시키지 않을 수 없다. 『어둠 속의 사건』 전개의 핵심 요소 중 하나인 말랭 유괴 사건은 작가의 순전한 상상력의 소산이라기보다 실재했던 사건의 소설적 변용이라고 할 수 있을 것이다.

종래의 소설 연구 방법론에서 소설의 기원 연구는 중요한 관심사였다. 현재 가장 권위 있는 발자크 작품 판본 가운데 하나인 플레이아드 판의 『어둠 속의 사건』 작품 해설에서도 클레망 드 리 납치 사건은 작품의 기원으로서 상세하게 기술되어 있다. 물론 오늘날 일반 독자는 작품 속의 말랭 유괴 사건을 순전히 소설적 흥미만으로 읽을 수 있겠지만, 전문 연구자들에게는 소설의 기원 탐구가 여전히 무시할 수 없는 영역으로 남아 있다고 할 수 있다.

클레망 드 리 납치 사건 이외에도 『어둠 속의 사건』에는 다수의 역사적 사실들이 직접 또는 간접적으로 작품의 소재를 제공한다. 이 소설에는 제1집정관으로서 그리고 황제로서 나폴레옹이 등장하고, 그가 지휘하는 마렝고 전투와 예나 전투 이야기가 기술되며. 그에 대한 암살 모의는 소설 전개의 한 단초가 된다. 푸셰나 탈레랑 같은 역사적 실재 인물들이 실명으로 등장하여 정치적 음모를 꾸미고, 그 음모가 소설 전개의 중요한 요소임이 드러나기도 한다.

이처럼 구체적인 역사적 논거들이 소설의 도처에서 발견된다는 사실과 더불어 『어둠 속의 사건』은 시대상을 반영하고 있기 때문에 역사 소설로 규정될 만하다. 작품의 중심 줄거리는 집정정부 말기와 나폴레옹 제정 초기에 위치하지만, 소설의 시대적 배경은 프랑스 대혁명부터 1830년대 7월 왕정 때까지 거의 반세기에 걸친 프랑스 현대사의 격동기 전체를 포괄한다. 이 작품은 다양한 정치 체제가 접종하는 긴 세월의 벽화를 형성하고 있어서, 독자는 이 시대의 역사적 흐름을 염두에 두고 읽어야만 소설의 결을 충분히 이해할 수 있을 것이다.

『어둠 속의 사건』은 인간의 삶이 역사의 굴곡과 얽혀 있어서, 인간의 운명이 결국은 역사적으로 규정된다는 사실을 여실히 보여 주는 작품이라고 할 수 있다. 소설의 주인공들 모두가 어떤 의미에서는 역사의 거대한 흐름에 휩쓸려 패멸하는 역사의 희생물로 그려지고 있다고 해도 과언이 아닐 것이다.

미쉬는 발자크의 여러 소설 속에 등장하는 충직하고 헌신적인 집사의 유형 가운데 한 사람이다. 그는 혁명의 한가운데서 참수당한 자신의 은인 시뫼즈 후작의 집안을 보존하기 위해 자코뱅으로 정체를 위장하고 온갖 수모를 감수하다가, 말랭 유괴의 누명을 쓰고 단두대에 목을 바치는 인물이다. 옛 귀족의 영웅적 기상을 타고난 아름다운 처녀 로랑스는 자신의 친척 오빠들인 동시에 또한 열렬히 사랑하는 자신의 연인들이기도 한 시뫼즈 쌍둥이 형제의 목숨을 구하기 위해 경멸과 증오의 대상이었던 나폴레옹을 전장으로까지 찾아가 그 앞에 무릎을 꿇는다. 그녀는 사랑하는 남자들의 구명에 성공하지만, 그들은 사면의 대가로 나폴레옹 군대에 종군하여 일찍 전사하고 만다. 로랑스는 살아남아 존경받는 귀부인으로 여생을 보내는 후일담이 전해지지만, 소설의 결말은 역사의 궤적이 그녀에게 남긴 깊은 상흔이 결코 지워지지 않음을 말해주고 있다. 『어둠 속의 사건』 주역들 모두가 결국은 역사의 흐름에 침몰당하는 인물들인 셈이다.

이 작품에 그려진 역사는 단순히 흘러간 옛날이야기가 아니다. 정치생활 정경의 대표적 소설인 『어둠 속의 사건』은 대혁명 이후 7월 왕정까지 프랑스 현대사의 정치적 조명으로서, 우리는 이 작품에서 대혁명이 빚어낸 프랑스 사회의 구조적 변화를 읽어낼 수 있다. "문학에서 인용할 수 있는 그 어느 것보다 탁월한" 정치적 분석을 담고 있다고 알랭이 지적한 바 있는 이 소설은 역사 소설인 동시에 정치 소설로서의 성격이 두드러지는 작품이다.

작품의 서두에서 공드르빌 영지를 둘러싸고 미쉬와 말랭 사이에 벌어지는 갈등과 다툼은 개인적인 우연성을 넘어서서 혁명기 귀족과 신흥 부르주아 사이의 투쟁을 상징적으로 보여 주는 사건이기도 하다. 시뫼즈 후작처럼 혁명에 저항한 전통 귀족은 처형당하고, 그의 영지는 몰수당하여 국유 재산으로 매각된다. 말랭은 이 와중에서 재빠르게 국유 재산을 취득하여 부를 축적하고, 변화하는 정치 체제마다 교묘하게 적응하여 성공을 거두는 부르주아의 전형이라고 할 수 있다. 주인 가문을 위하여 영지를 되찾으려는 미쉬의 노력은 실패하고, 그는 단두대의 이슬로 사라지는 비극의 주인공이 된다. 『어둠 속의 사건』은 이러한 개인들의 삶의 궤적을 통하여 귀족 계급이 부르주아지에 의해 대체되어 가는 프랑스 현대사의 정치적 귀결을 보여주는 정치 소설이다.

부르주아의 승리 모습은 아름다운 것이 아니다. 그것은 흔히 비루하기 쉬운 적응과 타협의 현실주의적 모습인 것이다. 그 대척지에 원칙과 이상에 충실한 젊은 귀족들의 오연한 영웅주의가 있다. 로랑스와 시뫼즈 형제는 타협이나 굴종을 모르는 인간형이다. 그들의 편에 의리를 위해서는 죽음도 망설이지 않는 충직한 인간 미쉬가 있다. 작가의 공감과 동정은 의당 이들을 향해 있다.

여기서 독자는 왕정과 가톨릭을 옹호했던 보수적 정통 왕정주의자 발자크를 상기할 것이다. 그러나 원숙한 작가 발자크의 정치적 입장은 그렇게 단순하지 않다.『어둠 속의 사건』에는 젊은 귀족들의 과격한 비타협성을 불안한 눈길로 바라보면서, 말없이 조금씩 저축을 늘려 가며 미래를 준비하는 신중한 도트세르 씨가 긍정적인 필치로 그려지고 있다. 또한 소설 종반에는 사려 깊은 노귀족 샤르주뵈프 후작이 등장하여 젊은 귀족들을 향해 현명한 충고를 한다. 이 지혜로운 노인은 세상의 변화를 지적하면서, 젊은이들에게 현실을 직시하고 현상에 적응하고 타협할 것을 권고한다. 그러나 혈기 왕성한 젊은 주인공들은 온건한 구원의 방책을 외면하고 파국을 향해 줄달음치게 된다.

작품 내의 정서적 공감과 동정이 어느 방향을 향하든 간에,『어둠 속의 사건』에 표현된 작가 발자크의 최종적인 입장은 도트세르 씨나 샤르주뵈프 후작 같은 지혜로운 노인들을 통해서 나타나는 역사관이라고 할 수 있다. 발자크는 결코 자신의 정치적 편향에 매몰되는 감상적인 작가가 아니다. 그는 사려 깊은 작중 인물들을 매개로 대혁명이 빚어낸 프랑스 사회의 구조적 변화를 꿰뚫어 보고, 그것이 더는 돌이킬 수 없는 현상임을 진단해낸다. 이런 객관적이고 균형 잡힌 역사관에 의해서『어둠 속의 사건』은 아름다운 젊은 귀족들의 사랑과 모험의 이야기를 넘어서서 리얼리즘 소설 작품의 깊이를 보여 주는 것이다.

  역사 소설 또는 정치 소설로서의 성격이 『어둠 속의 사건』의 흥미로운 지점을 다 드러낼 수 있는 것은 아니다. 관점에 따라서 이 소설은 범죄 소설이고, 스릴러이며, 치열한 법적 다툼이 벌어지는 법정 소설이고, 또 코랑탱 같은 능란하고 음흉한 경찰이 등장하여 활약하는 경찰 이야기이기도 하다. 오늘날 흔히 추리 소설의 소재를 이루는 이상과 같은 요소들이 골고루 나타나고 있어서, 『어둠 속의 사건』은 추리 소설적 흥미가 대단히 농후한 작품이기도 한 것이다.

  물론 이 소설은 추리 소설(roman policier)이라는 용어가 정립되기 이전인 1841년에 나온 작품이다. 또 소설은 현대 추리 소설의 정석과는 꼭 맞지 않는 서술 방식을 취하고 있다. 탐정이 등장하여 합리적 추리를 통해서 딜레마를 해결하는 과정을 독자가 뒤쫓아가는 것이 추리 소설의 보편적 방식일 텐데, 『어둠 속의 사건』에서는 사건이 벌어지는 것과 동시에 독자가 그 사건의 추이를 알게 되는 구조를 취하고 있는 것이다.

  소설의 전반부에서는 제1집정관 보나파르트 암살 모의가 사전에 탄로나서 모의에 가담한 시뫼즈 형제를 경찰의 체포 위험으로부터 구해내는 것이 중심 줄거리를 이루고 있다. 코랑탱 같은 노련한 경찰의 추적을 따돌리고 시뫼즈 형제를 구출해 내는 미쉬의 신출귀몰한 작전의 과정 하나하나를 따라 읽게 되므로, 독자는 경찰이 놓치는 세부 사항을 소설 전개와 동시에 알게 된다. 소설 후반부의 말랭 납치 사건은 마렝고 전투 전야에 나폴레옹에 맞서서 꾸몄던 정치적 음모의 증거를 없애기 위해 경찰부 장관 푸셰가 조작하는 사건이다. 그런데 하수인 코랑탱은 과거에 로랑스에게 채찍을 맞았던 모욕에 대해 복수하기 위해 푸셰의 묵인하에 이 사건을 이용하는 것이다. 소설은 무고한 미쉬가 억울한 누명을 쓰고 죽게 되는 말랭 납치 사건의 진상을 독자가 사전에 알 수 있도록 구조화되어 있다.

소설의 대단원에 가서야 탐정에 의해 수수께끼가 풀리는 구조를 추리 소설의 절대적 공식으로 삼지 않는다면 『어둠 속의 사건』은 일종의 추리 소설로 읽을 수 있는 작품이다. 적어도 이 소설은 추리적 흥미가 대단히 강한 작품이다. 발자크는 추리적 기법을 즐겨 쓰는 작가로서 그의 『인간극』 도처에서, 특히 보트랭이 등장하는 작품들에서는 그런 기법이 빈번하게 사용되는 것을 볼 수 있다. 『어둠 속의 사건』은 『인간극』 가운데 그 추리적 기법이 가장 두드러지는 작품으로서, 현대 추리 소설의 일반 규칙을 접어두고 얘기하자면 『인간극』 가운데 가장 뛰어난 추리 소설이라고 말할 수도 있다. 『어둠 속의 사건』은 격동의 시대를 살아가는 사람들의 이야기가 추리 소설 기법으로 서술된 흥미로운 작품인 것이다.

작가 연보

1799년 5월 20일 프랑스의 투르(Tours)에서 아버지 베르나
르 프랑수아 발자크(Bernard-François Balzac), 어머니
로르 살랑비에(Laure Sallambier) 사이에서 태어났다.
1807년까지 유모의 집에 맡겨져 길러졌다.

1807년 가족과 헤어져 방돔(Vendôme)의 기숙 학교에 들어가
생활했다.

1814년 가족이 모두 파리로 이사했고, 르피트르(Lepître) 기숙
학교에 다니기 시작했다.

1816년 법학을 공부하고 공증인 사무소에서 소송 대리인, 법
률 실무 견습생으로 일했다. 소르본 대학교에서 문학
강의를 청강했다.

1819년 빌파리지(Villeparisis)로 이사했다. 발자크는 공증인 사

무소에 들어가기를 거부하고 문학에 뜻을 두었음을 밝혔고, 파리의 다락방에서 생활하며 작품 창작을 시작했다. 운문 비극『크롬웰(Cromwell)』, 철학적 소설『스테니(Sténie)』와『팔튀른(Falthurne)』을 집필했다.

1820년 파리와 빌파리지를 오가며 생활했다. 누이 동생 로르 (Laure)의 학교 친구이자 발자크의 충실한 조언자와 친구 역할을 할 쥘마 카로(Zulma Carraud)를 알게 되었다.

1822년 첫사랑인 스물두 살 연상의 여인 베르니 부인(Madame de Berny)을 만났다. 르 푸아트뱅 드 레그르빌(Le Poitevin de l'Egreville), 에티엔느 아라고(Etienne Arago)와 문학적으로 교류하며 친구들과 공동으로『비라그의 상속녀(L'héritière de Birague)』,『장 루이(Jean-Louis)』,『클로틸드 드 뤼지냥(Clotilde de Lusignan)』,『100년제(Le centenaire)』,『아르덴의 부사제(Le vicaire des Ardennes)』,『마지막 요정(La dernière fée)』등 몇 편의 소설을 써서 가명으로 출간했다.

1824년 『장자 상속권(Du droit d'aînesse)』,『예수회의 공정한 역사(Histoire impartiale des Jésuites)』등의 팸플릿을 익명으로 펴냈다.

1825년 사업을 시도하여 출판사, 인쇄소, 활자 제조소를 운영했다. 사업 실패로 막대한 빚을 지게 되고, 다시 문학으로 돌아오게 된다.『정직한 사람들의 규범(Code des gens honnêtes)』,『반 클로르(Wann-Chlore)』,『파리 간판의 비판적, 일화적 소사전(Petit dictionnaire critique et anecdotique des enseignes de Paris)』을 출간했다.

1829년 부친이 사망했다.『인간극(La comédie humaine)』에 포함될 최초의 소설이며 발자크의 실명으로 발표된 최초의 소설인『마지막 올빼미당원(Le dernier chouan)』을 집필했다.『결혼생리학(Physiologie du mariage)』이 출간되었다.

1830년 여러 살롱에 출입하며 사교 생활을 시작했다.『사생활 정경(Scènes de la vie privée)』을 출간했다. 발자크의 소설 분야 진출에 결정적인 해로서,『벤데타(La vendetta)』,『가정의 평화(La paix du ménage)』,『여인의 연구(Etude de femme)』,『곱세크(Gobseck)』등 여러 편의 소설이 나왔다.

1831년 『나귀 가죽(La peau de chagrin)』이 큰 성공을 거두었고,『사라진(Sarrasine)』,『알려지지 않은 걸작(Le chef-d'oeuvre inconnu)』,『저주받은 아이(L'enfant maudit)』,『추방당한 사람들(Les proscrits)』등 많은 작품을 집필했다.

1832년 카스트리(Castries) 후작 부인에게 반하게 된다. 정치적 야망을 갖고 정통 왕당파에 가담하여 국회 의원에 출마할 계획을 세웠다. 카스트리 후작 부인과 결별한다.『우스꽝스러운 콩트(Les contes drôlatiques)』에 속하는 첫 십여 편의 콩트가 출간되었다.『피르미아니 부인(Madame Firmiani)』,『버림받은 여인(La femme abandonnée)』, 『투르의 사제(Le curé de Tours)』 등이 출간되었다. 발자크의 평생의 연인이며 말년에 결혼하게 될 폴란드의 한스카(Hanska) 백작 부인의 첫 편지를 받았다.

1833년   『우스꽝스러운 콩트』에 속하는 두 번째 십여 편의 콩트 및 『루이 랑베르(Louis Lambert)』, 『외제니 그랑데(Eugénie Grandet)』, 『명사 고디사르(L'illustre Gaudissart)』, 『페라귀스(Ferragus)』, 『시골 의사(Le médecin de campagne)』 등 집필. 스위스의 뇌샤텔에서 한스카 부인을 처음으로 만났다.

1834년   왕성한 창작 활동과 사교 생활을 병행했다. 사셰(Saché)에 머물며 『세라피타(Séraphîta)』와 『고리오 영감(Le père Goriot)』 집필. 『랑제 공작 부인(La duchesse de Langeais)』과 『절대의 탐구(La recherche de l'Absolu)』가 출간되었다.

1835년   인물 재등장 기법이 처음으로 적용된 작품인 『고리오 영감』 출간. 『결혼 계약(Le contrat de mariage)』, 『골짜기의 백합(Le lys dans la vallée)』, 『세라피타』 등 출간. 빚쟁이들을 피하기 위하여 샤이오(Chaillot)에 가명으로 집을 얻어 거주했다.

1836년   《파리의 연대기(La chronique de Paris)》 창간. 이탈리아를 여행했다. 베르니 부인 사망. 『무신론자의 미사(La messe de l'athée)』, 『파시노 칸느(Facino Cane)』, 『카트린느 드 메디치(Sur Catherine de Médicis)』 등이 출간되었다.

1837년	이탈리아를 여행했다. 부채 문제로 집행관들의 추적을 받고 사셰에 체류했다. 『우스꽝스러운 콩트』에 속하는 십여 편의 콩트 및 『잃어버린 환상(Illusions perdues)』 초반부, 『노처녀(La vieille fille)』, 『세자르 비로토(César Birotteau)』 등 출간. 자르디(Jardies)의 영지를 구입했다.
1838년	3월 20일부터 6월 6일까지 은광 채굴을 위해 이탈리아의 사르데냐를 여행했다. 은광 경영으로 부유해지기를 꿈꿨지만 실패했다. 『뉘싱겐 상사(La maison Nucingen)』, 『마을 사제(Le curé de village)』가 출간되었다.
1839년	아카데미 프랑세즈 회원이 되고자 했다. 『고미술품 진열실(Le cabinet des antiques)』, 『이브의 딸(Une fille d'Eve)』, 『잃어버린 환상』 후속편, 『창녀들의 흥망성쇠(Splendeurs et misères des courtisanes)』 초반부, 『베아트릭스(Béatrix)』 등을 집필했다.
1840년	『고리오 영감』에서 발자크가 각색한 연극 「보트랭(Vautrin)」을 상연하나 실패로 끝났다. 발자크가 편집하는 잡지 《르뷔 파리지앵(Revue parisienne)》 창간. 발자크는 이 잡지에 스탕달의 『파르마의 수도원(La chartreuse de Parme)』을 찬양하는 글을 게재했다. 이 잡지는 3호를 발간하고 끝났다. 자르디의 영지를 매각하고 파시(Passy)에 거주하기 시작했다. 『피에레트(Pierrette)』, 『보헤미아의 왕자(Un prince de la Bohême)』 등을 펴냈다.
1841년	과로로 건강이 악화되었다. 10월 2일 『인간극』 출판을

계약했다. 『결혼한 두 젊은 여인의 회상록(Mémoires de deux jeunes mariées)』, 『위르쉴 미루에(Ursule Mirouët)』, 『어둠 속의 사건(Une ténébreuse affaire)』 등이 출간되었다.

1842년　전해 11월에 한스카 부인의 남편 한스키(Hanski) 백작이 갑자기 사망한 소식을 1월에 알게 되고, 한스카 부인과의 결혼이 발자크의 큰 목표가 되었다. 3월 발자크의 두 번째 연극 「키놀라의 밑천(Les ressources de Quinola)」이 오데옹 극장에서 상연되나 실패했다. 4월 『프랑스 도서 목록(La bibliographie de la France)』이 『인간극』의 첫 배본을 예고했다. 『인생의 출발(Un début dans la vie)』, 『알베르 사바뤼스(Albert Savarus)』, 『여인의 또 다른 연구(Autre étude de femme)』 등이 출간되었다.

1843년　한스카 부인을 만나러 페테르부르크 여행. 『인간극』 출간이 계속되었다. 『오노린느(Honorine)』, 『현의 뮤즈(La muse du département)』, 『잃어버린 환상』 마지막 부분이 출간되었다.

1844년　건강이 점점 악화되어 갔지만 활발한 창작 활동은 계속되었다. 『겸손한 미뇽(Modeste Mignon)』, 『농민들(Les paysans)』 등 집필. 한스카 부인과의 결혼 계획이 러시아의 법률 문제 등으로 난관에 봉착했다.

1845년　5월 드레스덴에서 한스카 부인과 만났다. 이탈리아 여행. 『사업가(Un homme d'affaires)』, 『부부 생활의 작은 비참(Petites misères de la vie conjugale)』 끝부분을 집필

했다.

1846년   파리의 포르튀네(Fortunée)가에 개인 저택을 구입했다.
         『종매 베트(La cousine Bette)』, 『현대사의 이면(L'envers
         de l'histoire contemporaine)』 등을 집필했다.

1847년   2월부터 4월까지 한스카 부인과 파리 체류. 건강과 금
         전상의 문제로 고통을 받았다. 6월 28일 유언장을 작성
         함. 9월 우크라이나의 한스카 부인 집에 체류. 『사촌 퐁
         스(Le cousin Pons)』, 『선거(L'election)』가 출간되었다.

1848년   2월 16일 파리로 귀환해 2월 혁명을 목격했다. 제헌
         의회 의원 출마에 실패함. 발자크의 연극 「계모(La
         marâtre)」 상연이 성공을 거뒀다. 사셰에서의 마지막 체
         류 후 심장 비대증으로 고통을 받던 발자크는 9월 우크
         라이나로 떠났다.

1849년   겨울 동안 우크라이나에서 병고에 시달렸다. 아카데미
         프랑세즈 회원 선출에 실패했다.

1850년   우크라이나에서 건강 상태가 악화되었다. 3월 14일 발
         자크와 한스카 백작 부인이 결혼식을 올렸다. 5월 발자
         크 부부는 파리를 향해 출발했다. 여행 중 병에 시달리며
         5월 21일 저녁 파리의 포르튀네가에 도착했다. 이후 발
         자크는 병상에서 일어나지 못하고 투병 생활을 지속했
         다. 8월 18일 저녁 빅토르 위고가 병상의 발자크를 문병
         했다. 위고의 문병 몇 시간 후 발자크는 숨을 거뒀다. 8월
         21일 장례식이 거행되고 빅토르 위고가 추도 연설을 거
         행했다. 페르라셰즈(Père-Lachaise) 묘지에 안장되었다.

세계문학전집 412

어둠 속의 사건

1판 1쇄 펴냄 2022년 7월 29일
1판 2쇄 펴냄 2023년 6월 7일

지은이   오노레 드 발자크
옮긴이   이동렬
발행인   박근섭, 박상준
펴낸곳   ㈜민음사

출판등록   1966. 5. 19. (제 16-490호)
서울특별시 강남구 도산대로1길 62(신사동) 강남출판문화센터 5층 (우편번호 06027)
대표전화 02-515-2000   팩시밀리 02-515-2007
www.minumsa.com

ⓒ 이동렬, 2022. Printed in Seoul, Korea

ISBN 978-89-374-6412-6 04800
ISBN 978-89-374-6000-5 (세트)

세계문학전집 목록

세계문학전집은 계속 간행됩니다.